MERIDIANE

Aus aller Welt

Band 3

Judith Katzir

Matisse hat die Sonne im Bauch

Roman

Aus dem Hebräischen
von Barbara Linner

Ammann Verlag

Die Originalausgabe erschien 1995
unter dem Titel Le'Matisse yesch et haschemesch babeten
in dem Verlag Hakibbuz hame'uchad in Tel Aviv

Satz: Dörlemann Satz Lemförde
Druck: Clausen & Bosse
ISBN 3-250-60003-2

I

In der Einbahnstraße der Traurigkeit

Das Auto mit dem Liebespaar donnerte bis zum Ende der Brücke, überschlug sich und tauchte in den Fluß ein. Der Schriftzug »FIN« verblich gegen den Hintergrund des Friedhofs. Das scharfumrissene Lichtrechteck flackerte und verlosch. Für einen Moment erschreckte sie die Dunkelheit wie damals, als sie acht oder neun war und mitten in der Nacht aufwachte, mit der Hand nach dem Schalter tastete, das Licht jedoch nicht anging, und sie wußte, sie würde ihr Leben lang blind sein, aber dennoch nicht aus dem Zimmer ging, niemanden rief, sondern im Bett sitzen blieb und Pläne schmiedete, wie sie die Blindenschrift lernen, trotz allem die Universität beenden und ein Buch über ihr Leben schreiben würde, wie Helen Keller, bis sie die längsgereihten Augenzeilen des Fensterladens in dunklem Blau, etwas heller als die Schwärze des Zimmers, anlinsten und sie mit Erleichterung, in die sich eine Spur Enttäuschung mischte, über sich selbst lachte; seit damals hatte sie zum Schlafen immer die kleine Lampe im Gang brennen lassen.

Auch jetzt, wo sie schon zweiundzwanzig war und alleine in einer Mietwohnung in der Yochanan-Hasandlar-Straße lebte, ließ sie in der Nacht das Licht im Klo an, obwohl sie Strom sparen mußte, und jedesmal, wenn ihre Mutter ihr den Scheck für die Miete und Nebenkosten gab und sagte, »ich verstehe nicht, weshalb du in Tel Aviv wohnen mußt, du machst dort doch sowieso nichts, reine Zeit- und Geldverschwendung, wenn du wenigstens irgendeinen Beruf erlernen würdest«, erwiderte sie nichts darauf, denn sie wußte längst, daß es keinen Sinn hatte, mit ihrer Mutter zu diskutieren – wie alles zu sein hatte und was nicht sein durfte, stand für sie in einem inneren Buch festgeschrieben und besiegelt, und nicht ein Jota konnte daran geändert werden; längst schon, seit sie dreizehn oder vierzehn war, seit der Scheidung ihrer Eltern, machte sie, was sie wollte, ohne zu fragen und ohne etwas zu sagen.

Auch jetzt gab sie ihr nichts von dem preis, von dem sie wußte, daß es das Wichtigste war, was sie jemals in ihrem Leben getan hatte. Seit jeher hatte sie das Gefühl, daß nichts Zufall war und alles, was ihr widerfuhr, im Guten wie im Schlechten, sie zu einem Ziel hindirigierte, von dem sie noch nicht genau wußte, was es war, es in ihrem Inneren jedoch bereits ahnte – auch wenn sich am Ende herausstellen sollte, daß es nur darin bestand, ihr Leben wie einen reichen, fesselnden Roman aufzubauen, Kapitel für Kapitel –, aber sie hatte das Gefühl, daß es mehr war als das und daß all diese Monate in Tel Aviv sie darauf vorbereiteten – das Herumstreunen in den Straßen und Buchläden, die Stunden, die sie am Strand saß, las und hin und wieder aufs Meer hinausblickte, das manchmal grau und glatt auf seiner Flanke lag wie ein Fisch, dessen Schuppen die Sonne zurückwarfen, und das manchmal Wellen, blau und hoch wie gläserne Paläste, zeigte, deren weiße Türme im Wind zerschellten, auf den Sand geschwemmt wurden und wie Bier oder Sprite schäumten, und bisweilen waren sie auch grünlich transparent, so daß man durch sie hindurch die Klippen und Felsen sehen konnte, und dann tauchte aus ihr plötzlich das Wort »Meerestiefen« empor, vielleicht wegen der Durchsichtigkeit, denn die wahren Meerestiefen lagen dunkel in der wirklichen Tiefe, dort, wo die versunkenen Schiffe schwiegen und alle Uhren stillstanden; und manchmal holte sie ein liniertes Blatt Papier und einen Stift heraus und versuchte, ein Gedicht zu schreiben.

Sie schrieb, seitdem sie in der Schulbücherei den Sammelband *Jugendpoesie* gefunden und beschlossen hatte, ihn nicht zurückzugeben, auch weil auf der fleckigen Karte in der Umschlagseite vermerkt war, daß der letzte Leser ihn vor fünf Jahren ausgeliehen hatte, und obwohl sie befürchtete, ihr Diebstahl würde eines Tages entdeckt werden, empfing sie Giza, die Bibliothekarin, weiterhin freundlich und hatte das Buch offenbar vergessen, das sie neben ihrem Bett liegen hatte und in dem sie las, bis sie nahezu alle Gedichte, die sie zwar nicht wirklich verstand, deren Klang, Rhythmus, Bilder und Gerüche sie jedoch in eine Art Verzauberung versetzten, auswendig kannte. Erst einige Jahre später begann sie, zwischen den Dichtern zu unterscheiden, und kaufte sich Bücher von denen, die sie am liebsten mochte; mit zwölf aber erschienen ihr alle Gedichte – und auch die Namen der Dichter, deren Klänge sie faszinierten, die sich manchmal ineinander wiederholten wie »Endad Eldan« und »David Avidan« –, als hätte sie ein einziges Wesen geschrieben, das sie auch in sich selbst spürte, wenn sie schrieb; ihr Pulsschlag beschleunigte sich dann, und die Zeilen, die entstanden, schienen ihre Ohren von innen her zu betäuben, aber wenn sie ihre Gedichte einige Zeit danach las, wußte sie, daß sie noch unausgereift waren. Das sagte auch Benjamin Keinan, ihr Literaturlehrer, dem sie die Gedichte immer zeigte, weil sie viel auf seine Meinung hielt, hauptsächlich allerdings, weil sie während der ganzen Schulzeit bis zur Oberstufe in ihn verliebt war und Vergnügen daran fand, daß er aufmerksam ihre Liebesgedichte las, ohne zu ahnen, daß sie an ihn gerichtet waren. Sie erinnerte sich an sein großzügiges Lächeln und seine braunen Augen, die sie liebevoll und mit leichtem Spott hinter den dicken Brillengläsern anblickten, als er sagte, »süß-saure Gedichte, wie in einem chinesischen Restaurant«, und ihr empfahl, an der Universität zu studieren, denn »ein schreibender Mensch braucht, außer Talent, auch eine breite humanistische Bildung«.

Und dieses Jahr hatte sie sich tatsächlich an der Universität eingeschrieben, für allgemeine Geisteswissenschaften und Kunst, und sie besuchte Seminare in Geschichte und Philosophie, Kunst- und Filmgeschichte, Psychologie und Literatur, und vor einigen Nächten hatte sie aus irgendeinem Grund von einem der Dozenten für Filmgeschichte geträumt, einem nicht mehr ganz jungen und nicht gutaussehenden Mann, der kein besonderes Interesse in ihr weckte, er kam im Traum zu ihr nach Hause, saß auf dem Boden vor ihrem Bett, richtete feuchte braune Augen auf sie und sagte, »ich werde hier sitzen bleiben, bis du mich liebst«, und sie erwachte aufgewühlt, nicht wegen ihm, sondern wegen dieser unbedingten Hingabe, die sie von keinem ihrer Freunde, die sie bisher gehabt hatte – und ganz sicher nicht von Schai –, kannte, und der Traum begleitete sie den ganzen Tag über in der Universität, und auch noch am Abend, in dem ungarischen Palatschinken-Haus in der Diezengoff-Straße, wo sie drei Abende in der Woche bediente, da ihre Mutter sie hatte wissen lassen, daß ihrer Finanzierungsbereitschaft Grenzen gesetzt waren.

Aber auch bei dieser Arbeit, die ihr verhaßt war, fand sie Interesse daran, die Leute zu beobachten, die ihr im allgemeinen gelangweilt und ein bißchen erbärmlich vorkamen, wie sie mit irgendwie stummer Verbissenheit ihre Palatschinken kauten, und der Laden war weder neu noch modern, nur Leute fanden noch dahin, die in den wechselnden Großstadttrends nicht auf dem laufenden waren, oder solche, denen es egal war – Fremde, die die Großstadt besichtigten, oder alte Leute, die sich hinsetzten, um in den Schwarzweißfernseher über der Theke zu schauen, manchmal auch Soldaten auf Ausgang. Und dann kam plötzlich jener Dozent aus dem Traum herein, allein, setzte sich und bestellte Palatschinken mit Auberginen und bulgarischem Käse, und als sie ihn bediente, betrachtete er sie mit müden braunen Augen und fragte, »kenne ich dich von irgendwoher?«, und sie sagte, »ich habe bei Ihnen den Kurs Italienischer Film belegt«, und spürte, daß sie bis zum Halsansatz errötete. Sie unterhielten sich ein paar Minuten über Filme, und sie bewies viel Fachkenntnis, denn sie verbrachte all ihre freien

Abende in der Cinemathek, sah manchmal zwei Filme hintereinander auf der Suche nach etwas, das sie nicht benennen konnte und von dem sie nur wußte, daß es das Wesentliche war, das sie auf den richtigen Weg bringen würde und für das sich alles gelohnt hätte. Genau so empfand sie nach diesem Film, *Jules und Jim* von Truffaut, und da gingen auf einmal die Lichter im Saal an, alle standen mit einer Art gesättigter Trägheit auf, streckten sich blinzelnd und strebten dem Ausgang zu, während sie noch sitzen blieb, ihre Knie an die harte Holzrückenlehne vor sich drückte, das Bild des schwarzen Autos, das in die Seine schoß, und Catherines Lächeln, grausam in seiner Unschuld, in sich eintauchen und versinken ließ.

Dann war sie draußen, auf der Ibn-Gvirol, in einer wüstenwindheißen Nacht Anfang April, die verirrte Düfte von Zitrusblüten mit sich trug und die Leidenschaften und jaulenden Kater auf die Straßen trieb, ihre Augen auf dem dämmrigen Geviert im dritten Stock eines der Häuser gerichtet; Schai schlief schon oder war nicht da, und sie kehrte um und beschloß, ihn nicht anzurufen, vielleicht würde sie ihn morgen in der Universität sehen, obwohl er seit Tagen nicht dagewesen war, seitdem sie ihn in der Cafeteria mit dieser Rothaarigen gesehen hatte, die mit ihm in einem höheren Semester studierte, und er ihr von weitem mit erstarrtem Lächeln zugewinkt hatte, aber sie hatte schon seit ein paar Wochen gespürt, daß etwas nicht in Ordnung war – eigentlich fast von Anfang an, nur die ersten Tage waren wirklich wunderbar, wie er sie in der Cafeteria angehalten und irgendwie staunend gesagt hatte, »was bist du für eine schöne Frau«, seine Augen voll Licht, und sie überrascht gelacht hatte; ihre Mutter war schön, das sah sie Tag für Tag, ihr ganzes Leben, alle sagten das, aber sie glich ihrer Mutter in nichts, auch das war unschwer zu sehen, und auch das hatte man ihr mit einer gewissen Enttäuschung gesagt, seit sie sich überhaupt erinnern konnte. Ihre Mutter war schmal und zart, mit blonden Löckchen und großen, blaugrün und türkis changierenden Augen, wie zwei schillernde Pfauenaugen, ihre Nase war gerade und modelliert, ihre Lippen glichen einem Schmetterling, ihr Hals war lang und edel, ihre Gestalt vollkommen geformt wie früher die Getränkeflaschen, und sie hatte wunderschöne Beine, während sie selbst groß und etwas breit war, vor allem in Schultern und Hüften, und kleine Brüste hatte, das lange braune Haar fiel ihr in widerborstigen, sonnenspröden Strähnen dicht auf den Rücken, die Augen grau und eng unter den buschigen Brauen, der Nasenrücken zu breit und die Unterlippe dicker als die obere, große Hände und Füße hatte sie, fast wie ihr Vater, von dem sie auch den Gang geerbt hatte, lange, schnelle Schritte – wenn sie mit ihrer Mutter auf der Straße ging, war sie immer gezwungen, auf sie zu warten –, und von ihm hatte sie auch den Teint, der dazu neigte, sich im Sommer dunkel zu färben, während ihre Mutter, hellhäutig wie eine englische Prinzessin, immer im Schatten saß, um sich nicht zu verbrennen, und auch die Kurzsichtigkeit hatte sie von ihrem Vater, und ihre ganze Kindheit und Jugend hindurch war sie gezwungen gewesen, eine Brille zu tragen, die ihr halbes Gesicht verdeckte und in den Turnstunden, bei Ausflügen und Festen von der Nase rutschte, deren Gläser sich beschlugen, wenn es regnete, sich mit Dunst überzogen, wenn sie weinte, die sich in ihr Gesicht drückte, wenn sie unterm Lesen einschlief, und deren Bügel sich manchmal verbog und abbrach; vor allem aber unterschied sie die Brille von den anderen und trennte sie von dem, was sie sah, und sie wußte es nicht einmal, bis sie vor ihrer Einberufung zur Armee beschloß, zum Optiker zu gehen und sich Kontaktlinsen anpassen zu lassen, und erst da, beim Kontakt der Luft mit ihren Wimpern, ihren Wangen, sagte sie überrascht zu ihrer Mutter, »weißt du, plötzlich sehe ich wirklich«.

Nein, sie ähnelte ihrer Mutter überhaupt nicht, und nur das breite, offene Gesicht, die slawischen Backenknochen erinnerten ein wenig an die Familie ihrer Mutter, an die Bilder von Großmutter Rivka, von der ebenfalls gesagt wurde, sie sei eine sehr schöne Frau gewesen, sie jedoch fühlte sich überhaupt nicht wie eine Frau, auch nicht wie ein Kind oder ein junges Mädchen, sondern einfach wie ein Mensch auf der Welt, und sie befaßte sich nie mit den Dingen, denen ihre Mutter einen Großteil ihrer Zeit widmete, wie zum Friseur und zur Kosmetikerin zu gehen, das Gesicht mit Cremes einzuschmieren, sich die Fingernägel zu lackieren und die Haare von den Beinen zu entfernen – mit weißen, in rötliches Wachs getauchten Stoffstreifen, die unter Schmerzen von den Schienbeinen abgerissen wurden; auf ihren Beinen sprossen nur vereinzelte goldblonde Haare, die sie nicht störten, sie trug nie einen Büstenhalter und schminkte sich nicht, immer Jeans und T-Shirt oder einen großen Pullover und Turnschuhe, und so war es komisch, aber auch angenehm, diesen Jungen mit dem bebrillten Kindergesicht, dem glatten Haar und den aufgeworfenen Lippen, den sie manchmal in gemeinsamen Vorlesungen betrachtete und von dem sie schon herausgefunden hatte, daß er Schai hieß, plötzlich sagen zu hören, »was für eine schöne Frau«.

An dem Tag beschlossen sie, die restlichen Stunden ausfallen zu lassen, und fuhren mit seinem Motorrad ans Meer, tranken in der Sonne am Strand Bier, und er erzählte ihr von seinen Fällen in der geschlossenen Abteilung im Krankenhaus, wo er parallel zum Studium sein Praktikum machte, und sie bat ihn, ihr das Verhalten jedes einzelnen zu beschreiben, wie sie redeten und dachten, psychisch Kranke in Büchern und Filmen hatten sie immer fasziniert – sie erinnerte sich an den Film *Von Angesicht zu Angesicht* von Bergman, den sie vor nicht allzu langer Zeit in der Cinemathek gesehen hatte, und an einige der Figuren Dostojewskijs; die Fähigkeit, eine andere Realität zu erschaffen auf der Schwelle von Phantasie und Wahn, deren Gesetze nicht weniger Gültigkeit besaßen, an diese zu glauben und ihnen gemäß zu leben, und ebenso die Fähigkeit, alle Grenzen zu überschreiten, wie früher, als sie noch jünger war und in ihr der heftige Drang erwachte, plötzlich in der Klasse aufzustehen und ganz ruhig zu sagen, Frau Lehrerin, du bist eine dumme Kuh, oder ihr Hemd vor den erschütterten Augen des Direktors hochzuheben, wenn er sie in sein Zimmer rief, um sie wieder zu verwarnen, daß sie auf ihre Schultracht besser achten sollte, oder während der Abschlußzeremonie der Rekrutenausbildung am Munitionshügel, als man von ihnen zu schwören verlangte, daß sie bereit seien, ihr Leben für die Heimat zu opfern, wild loszuschreien, und nur mit echter Mühe hielt sie sich davon ab, diese Dinge zu tun – besonders eroberte die Art, wie er von seinen Kranken sprach, mit Wärme und ohne Überheblichkeit, ihr Herz, und gegen Abend, als das Wasser golden und warm wurde, gingen sie hinein, sie in Slip und T-Shirt, das sofort naß wurde und am Leib klebte, und sie umschlangen sich und küßten sich mit dem Geschmack nach Salzwasser, kühle und warme Wasserströme zwischen den Beinen, und sie küßten sich weiter in der Nacht in seinem Bett, vom leisesten Flattern der Mundwinkel, nur Hauch an Hauch, bis zum Ringkampf der Zungen und verletzenden Bissen, wieder und wieder wollte sie an seiner Unterlippe, geschwollen und schwer wie eine Pflaume, saugen, und als er in sie eindrang, war sie so erregt, daß sie nicht kam, zu sehr war sie auf die neue Haut, den Geruch, die Berührung der Hände und die Augen konzentriert, darauf wie sein Gesicht gegen Ende zerfiel und die Lust herausbarst – sich selbst kannte sie ja schon, und es war nicht so wichtig. Aber gegen Morgen ritt sie mit ungezügelter Wildheit auf ihm, und als er auf dem Rücken einschlief, seine Augen unter dem gekrümmten Arm verborgen, der über der Stirn lag – ihre Mutter schlief immer so, wie in Schutzhaltung –, sagte sie sich, daß sie ihn offenbar liebte.

Als einige Tage vergangen waren, begann irgend etwas falsch zu laufen; ein paarmal sagte er ihr, er könne sie nicht treffen, weil er lernen müsse, und sie hörte auf, seine Nummer zu wählen, und wartete auf seinen Anruf, und wenn er telefonierte, gingen sie ins Kino, schliefen danach zusammen, und dann verschwand er wieder für einige Tage, manchmal ein bis zwei Wochen, und sie sagte sich, daß er sich sicher auch mit anderen Mädchen traf, und ging wieder allein ins Kino, um nicht daheim zu sitzen und auf einen Anruf zu warten, von dem sie wußte, daß er nicht kommen würde, doch so blieb ihr wenigstens der Zweifel, er könne ja angerufen haben, während sie weg war, und auf dem Nachhauseweg konnte sie nicht anders, sie ging an seiner Wohnung vorbei, um zu sehen, ob sein Motorrad unten stand und ob Licht im Fenster war, und dann ging sie die Ibn-Gvirol mit zugeschnürtem Hals entlang, denn die Nacht war voll warmer Düfte, und der Film hatte in ihr das Verlangen geweckt, die ganze Welt zu umarmen oder wenigstens einen Menschen, aber sie sagte sich, daß nicht einmal die Liebe das endgültige Ziel war, sie war nur irgendein Seelenstoff, nach dem die Sehnsucht machmal größer war als die Sache selbst, denn Lieben werden geboren und verlöschen wie Jahreszeiten, und nur das, was von ihnen bleibt, der Bodensatz, ist wirklich wichtig, und sie wußte bereits, es würde sie froh machen, diese Traurigkeit zu spüren, wie die Berührung des heißen Chamsinwindes auf ihrer Haut, wie den Geruch des Meeres, der sie plötzlich von ferne anwehte, wie die Erinnerung an das schöne Gesicht Jeanne Moreaus.

Da hielt neben ihr ein weißer Alpha Romeo, und eine Blume, eine große dunkle Rose, streckte sich ihr durchs Fenster entgegen. Sie schickte ein kurzes Lächeln in Richtung der ausgestreckten Hand und ging weiter, belustigt und ein wenig verärgert bei dem Gedanken, daß sie wie eine aussah, die man auf der Straße auflesen konnte, und er fuhr weiter – erst viele Tage später würde sie zu sich und zu ihm sagen, »was war ich für ein Dummkopf, wenn du damals nicht zurückgekommen wärst, würde ich dich überhaupt nicht kennen und mein ganzes Leben wäre völlig anders«, und er würde sagen, »deswegen liebe ich dich, weil du mich gezwungen hast, mich in Seitenstraßen zu verfransen, um zu drehen und zu dir zurückzukommen« –

und da tauchte er wieder hinter ihr auf, hielt ihr diese Rose mit der gleichen zeremoniellen Geste hin. Sie warf einen Blick auf ihn und sah einen salz- und pfeffermelierten Bart, langes wirres Haar, meerblaue Augen.

»Also gut, park irgendwo und steig aus«, sagte sie ruhig, wußte mit absoluter Gewißheit, daß er das tun würde, und tatsächlich parkte er, stieg aus dem Auto aus und verbeugte sich mit leicht eingeknickten Knien vor ihr, die Arme wie eine Tänzerin zu beiden Seiten des Körpers ausgestreckt, und sie sah, daß er ein bißchen kleiner war als sie, registrierte, daß die Hemdzipfel – der oberste und unterste Hemdknopf fehlten – vorne lose über die Jeans hingen, um seinen Bauch zu verbergen, daß er jugendliche Jesussandalen trug, obwohl er schon um die fünfundvierzig war, und daß er einen Geruch nach Zigaretten, Schweiß und Wodka verströmte.

»Ich hab sie vom schönsten Strauch in Tel Aviv gestohlen, für dich«, er streckte ihr die Blume zum dritten Mal hin. Der Nachhall eines weichen Akzents, den sie nicht identifizieren konnte.

»Wie heißt du«, sie nahm die aufgeblühte Rose entgegen, führte sie zerstreut an ihre Nase.

»Ach wie gut, daß niemand weiß …«

»Bist du Rumpelstilzchen?« Sie riß mit gespieltem Erstaunen die Augen auf und zog die Augenbrauen in die Höhe.

»Teufelin. Ich bin Yigal. Und du?«

»Rivi.«

»Und siehe, da kommt heraus Rebekka, unsere kleine Rivi, und trägt einen Krug auf ihrer Schulter, und das Mädchen ist sehr schön von Angesicht, eine Jungfrau, noch von keinem Mann erkannt« – seine Augen sprühten Funken.

»Schlag dir das aus dem Kopf«, sie setzte ein böses Gesicht auf. Gelächter durchquerte den Malchei-Yisrael-Platz und kletterte die Ben-Gurion-Straße entlang in Richtung der Roten Bar.

»Was machst du sonst noch im Leben außer mitten in der

Nacht Blumen und Mädchen zu pflücken?« Sie versuchte, scherzhaft zu klingen.

»In der Früh bin ich ein Begele-Hausierer, am Abend – ein gedungener Mörder. Und du? Moment, laß mich raten, am Morgen drapierst du dich auf den Rasen und brichst die Herzen auf dem Campus, und am Abend bist du eine Speisen- und Getränkeverkäuferin in einem Großstadtlokal.«

»Und du bist Wissenschaftler oder Künstler«, schoß sie zurück.

»Und hauptsächlich Herumtreiber«, er wurde mit einem Mal traurig. »Ja, ich unterrichte Mathematik an der technischen Universität.«

»Bist du aus Haifa?«

»Nein, ich fahre zweimal die Woche hin. Aber du bist aus Haifa, oder?«

»Woher weißt du das?« Jetzt war sie wirklich erstaunt.

»Du hast so einen Geruch an dir ... nach Kiefernharz und Raffinerierauch.«

»Wenn du anfängst, mich zu beleidigen, dann gehe ich, und du wirst mich nie im Leben wiedersehen.«

»Tausendmal Entschuldigung, Kochanka«, er ergriff ihre Hand und führte sie an seine Lippen.

»Was heißt das, Kochanka?«

»Das ist Polnisch«, er warf ihr einen Blick zu, und seine Augen lachten, »Liebling.«

Jahre später, lange Zeit nach der Trennung und bereits nach dem Tod ihrer Mutter, wird sie beschließen, über ihn zu schreiben, um ihn an einem Ort festzunageln, damit er ihr neues Leben mit dem anderen Mann nicht stört, aber auch, damit er sie nicht vergessen kann; sie wird mit sich kämpfen, welchen Namen sie ihm geben soll, damit ihn keiner erkennt, und die französischen Schriftstellerinnen, Marguerite Duras und Colette, beneiden, die über ihre Geliebten mit der Leichtigkeit eines

Parfümhauchs schrieben, sie wird versuchen zu rekonstruieren, woran sie sich aus den ersten Monaten erinnert, als er um sie warb wie jemand, der nichts zu verlieren hat – mit einer jugendlichen Begeisterung, die sich nur ein Mann in seinem Alter leisten kann –, und als sie ihm hartnäckig widerstand, mit offenen Händen den Überfluß entgegennahm, mit dem er sie überschüttete, sich jedoch weigerte, ihn selbst, seine Ängste, seinen sich nach ihr verzehrenden Körper anzunehmen; vor allem aber will sie diesen einen Augenblick finden, der alles in ihr umkehrte, wie bei einem Bild von Escher, schwarze Vögel auf weißem Hintergrund, die mit einem Lidschlag zu weißen Vögeln auf schwarzem Hintergrund werden, da es unmöglich ist, das Weiße und das Schwarze gleichzeitig zu sehen, und für jenen Augenblick wird sie die schwarzen Vögel nicht mehr erkennen.

Sie wird sich daran erinnern, daß sie am ersten Abend, als sie gegen vier Uhr morgens vor ihrer Wohnung in der Yochanan-Hasandlar-Straße aus seinem Auto ausstieg, leicht beschwipst und schwerfällig die Treppen hochkletterte, mit klopfendem Herzen und einem nicht zu unterdrückenden Lächeln auf ihren Lippen wußte, daß ihr ein Abenteuer widerfahren war, und dieser Mann, den sie noch nicht völlig durchschaute, umwarb sie mit Speisen und Getränken, amüsanten Geschichten und Zitaten von Abraham Schlonski und Alexander Penn, brachte sie in ein Pub im Süden der Stadt und zu einer Bäckerei mit Sesam- und Gewürzbegeles, die die ganze Nacht geöffnet war; und sie wußte von ihm bereits, daß er verheiratet war, er zog ein Paßbild aus der Brieftasche und betrachtete es einen Moment, als versuchte er, sich etwas einzuprägen, und legte es dann auf die weiße Tischdecke, neben ihren Screw-Driver-Cocktail, zwischen die Blütenblätter, die sie, ohne darauf zu achten, abgezupft hatte und zerrieb – immer mußte sie etwas zwischen ihren Fingern haben; irgendein Blatt, das sie von einer Hecke gepflückt hatte, eine Autobus- oder Kinokarte, ihre Blusensäume oder den Deckenzipfel beim Schlafen, und jetzt die Blätter der Rose, die sie nun nicht mehr ins Wasser würde stellen können, um sich an diese Nacht zu erinnern.

»Das ist Galia«, sagte er.

Sie betrachtete das Bild und sagte: »Hübsch, sie sieht Julie Christie ähnlich, was macht sie?«

»Sie lehrt Geschichte des Christentums an der Universität in Tel Aviv.«

»Und es macht ihr nichts aus, daß du dich in der Nacht so herumtreibst?« wunderte sie sich.

»Jeder von uns führt sein eigenes Leben«, sagte er, »sie weiß, daß ich ein bißchen ruhelos bin.«

Dann zeigte er ihr ein Bild von seinem Sohn, einem achtjährigen Jungen, der auf merkwürdige Art ebenfalls Julie Christie ähnelte, mit verständigen grünen Augen und glattem Honighaar, und sie fragte sich, aber warum umklammern seine Hände gewaltsam das Bierglas, als wollten sie es zerbrechen, weshalb sind seine Fingernägel lang und schmutzig, warum fehlen zwei Knöpfe an seinem ausgeblichenen Hemd, und wieso rupft er ab und zu mit zwei Fingern an seinem Bart und kaut mit den Zähnen darauf herum, sein Lachen ist heiser und bitter, und die blauen Augen mit den roten Äderchen vom Trinken, mit den schönen Lachfalten, weshalb blicken sie sie so an, verlangend und doch auch irgendwie verzweifelt.

Noch wußte sie nicht, ob sie ihn je wiedersehen würde. Er bat nicht um ihre Telefonnummer, und sie bot sie ihm nicht an, und am nächsten Morgen, in der Universität, während sie in der Cafeteria Schai auflauerte, der sich nirgends blicken ließ, fiel er ihr ein, und sie lächelte in sich hinein. Doch gegen Abend, als sie nach Hause kam und schon von weitem die Farbtupfer gewahrte, die rot und blau, grün und gelb, rosa, weiß und violett, sieben an der Zahl, ganz leicht im Wind über ihrem Balkon schwebten, war sie nicht überrascht – er hat mir Luftballons ans Balkongeländer gebunden, wie hat er das nur gemacht, dazu mußte er auf die Gastanks klettern, und das in seinem Alter, mit einem Bauch – und ihr Bauch hüpfte vor Lachen.

An den Tagen, an denen sie keine Vorlesungen an der Universität hatte und er nicht nach Haifa fuhr, klopfte er in der Früh an ihre Tür, preßte sein Gesicht an den Spion, seine rechte Hand hinter dem Rücken versteckt, und wenn sie aufmachte, drehte er ihr seinen Rücken zu, und eine Tüte Croissants, frischgemahlener Kaffee oder eine Blume tauchte auf – nie kam er mit leeren Händen, als habe er das Gefühl, er selbst sei nicht genug –, und sie tranken zusammen Kaffee, und dann bummelten sie durch die Stadt, die damals, kaum ein Jahr, nachdem sie dort hingezogen war, noch neu für sie war; der Geschmack von Käse und scharfen Würstchen auf dem Levinsky-Markt, der Duft nach Kardamom, Curry und Zimt aus den Gewürzläden in Kerem Hatimanit, dem jemenitischen Viertel, Bier, gefilte Fisch und eingelegte Gurken in einem kleinen jüdischen Lokal im Süden der Stadt – »Was macht a Jid«, kam Zucker immer hinter der Theke hervor, trocknete sich seine geschwollenen Finger, die gefüllten Wursthäuten glichen, an der fleckigen Schürze ab und drückte ihnen mit strahlendem Gesicht die Hände, und Yigal gab ihm auf Jiddisch zur Antwort, »nischt kosche«, nicht schlecht.

Hin und wieder betraten sie eines der Antiquariate in Nachalat Binyamin, ließen sich auf dem Boden nieder und wandten stockfleckige Seiten um, die nach Staub und Tabak rochen, und trotz ihrer Proteste verließen sie sie immer mit Beute – Bücher aus seiner Jugend, die er sie zu lesen bat – Eugen Onegin, Cyrano de Bergerac, Pelle der Eroberer, Gösta Berling, Till Eulenspiegel, und er an ihrer Seite, die Hände in den Hosentaschen, summte tum-balalaika vor sich hin.

Oder sie schlenderten auf dem Flohmarkt in Yafo herum; er pflegte mit der flachen Hand auf einen Tisch oder eine Kommode zu schlagen, wie auf den Rücken eines Vollbluts, und zu sagen, »das ist sehr schönes Art déco«, oder »das ist echter Jugendstil«. Die Händler kannten ihn als »Rechendoktor« und luden sie zu schwarzem Kaffee in winzigen Täßchen ein, sie warfen ihr nur verstohlen Blicke zu, aus Achtung vor ihm, und fingerten an den Bernsteinketten herum. »Du brauchst auch so eine Bernsteinkette«, sagte er in dem Fischlokal am Hafen zu ihr und ergriff ihre Finger, die die Papierserviette zu einem kleinen Ball rollten, »weißt du, die Chinesen sagen, daß eine Fingerspitzenmassage das Gedächtnis schärft.«

»Bestimmt erinnere ich mich deshalb an alles«, sagte sie schnell mit kindischem Stolz.

»Dann erinnere mich in dreißig Jahren, wenn du mich in der Geriatrie besuchen kommst – ich werde ein seniler, sabbernder Greis in einem Rollstuhl sein und du noch eine Fünfzigjährige in vollem Saft –, daran, daß ich in diesem Augenblick, mit der Sonne, dem Wein, dem guten Essen und deinem schönen Gesicht vor mir, glücklich war.«

Und nicht einmal bei diesem Satz ist sie sich ganz sicher, ob sie ihn genau so, wie er gesagt wurde, im Gedächtnis behielt, obwohl sie ihn auswendig lernte wie viele andere Dinge, denn von Kindheit an hatte sie sich immer befohlen, diesen Augenblick hältst du für immer in dir fest, ohne zu wissen, wofür sie ihn aufbewahren sollte und welchen Gebrauch sie davon machen wollte.

Abends gingen sie in die Rote Bar oder ins Tabu zum Trinken, bahnten sich zwischen den Holztischen einen Weg durch den dicken Rauch. Ältere Männer mit trüben, hungrigen Augen klopften ihm auf die Schulter, und Frauen, deren Schönheit von einst wie in Cellophan verpackt war, stießen ein heiseres »Hallo« hervor und küßten ihn auf seinen Bart. Yigal trank geeisten Wodka oder Cognac, und sie redeten, hauptsächlich über sie, über ihr Studium und ihre Arbeit, über die Bücher, die er ihr kaufte, und über ihre Familie, ihre Mutter, David und ihre beiden jüngeren Brüder.

»Du sprichst nie über deinen Vater«, sagte er eines Abends zu ihr.

»Ich habe keinen Vater.«

»Ist er tot?« Er runzelte die Augenbrauen.

»Nein, er ist verschwunden.«

»Das glaube ich nicht.«

»Eines Tages war er einfach nicht mehr da, hatte sich aufgelöst wie die Katze von Alice, wie Saint-Exupéry in der Wüste, wie im Bermudadreieck«, lachte sie, »als ich dreizehn war, verließ er das Haus und schaffte sich eine neue Familie in Beit Schemesch an, und das war's, seitdem habe ich ihn fast nie mehr gesehen.«

»Väter und Töchter im Pubertätsalter sind eine schwierige Geschichte, es gibt keinen Vater, der nicht, auch ohne es zu wissen, mit seiner Tochter schlafen möchte. Am leichtesten war es für ihn, das Weite zu suchen und sich abzusetzen«, er kniff seine Augen im Zigarettenrauch zusammen. »Wenn ich eine Tochter hätte, ich weiß nicht, ob ich der Versuchung widerstehen würde, ein Glück, daß ich einen Sohn habe, und auch mit ihm habe ich manchmal, wenn wir zusammen duschen, eine Erektion.«

Niemals habe ich jemanden so reden hören, dachte sie, er sagt nur die Wahrheit, ohne jede Bemäntelung oder Schnörkel. Und später, als er sie nach Hause fuhr, die *Pathétique* von Beethoven im Hintergrund, es war immer die *Pathétique* – bis sie ihm eine Kassette von Simon and Garfunkel kaufen würde, einige Monate später, als sie schon ein Liebespaar waren –, betrachtete sie ihn von der Seite, seine stark gebogene Nase, seinen eingekerbten, im Bart versteckten Mund und seine hellen Augen, deren Blick auf die Straße gerichtet war. Er hielt vor ihrem Haus und sagte ruhig, während er zart eine Haarsträhne aus ihrer Stirn strich, »ich habe viel Geduld, Kochanka, ich weiß, daß ich dich eines Tages kriege und deine kleine Seele festhalten werde, so«, er ballte seine Hand zur Faust, und sie stieg, ohne etwas zu sagen, aus dem Auto, warf die Tür zu und fühlte seine Augen in ihrem Rücken, bis sie das Treppenhaus betrat.

Während dieser ganzen Monate traf sie sich auch weiterhin manchmal mit Schai, vor allem, um mit ihm zu schlafen, sein dünner, glatter Körper, seine angenehme Haut, seine Lippen, und eines Abends, als sie mit ihm im Bett war, hörte sie das bekannte Klopfen, stand nackt auf und sagte durch die geschlossene Türe, »Yigal, ich bin gerade beschäftigt, komm ein andermal«, und er sagte, »ich werde kommen«, doch es durchflutete sie so etwas wie Reue, und kurze Zeit später bat sie auch Schai zu gehen, und am nächsten Morgen, als sie die Wohnung verließ, fand sie folgende Zeilen mit dickem schwarzem Filzstift an die weißlackierte Tür geschrieben:

> Niemand kennt wie ich die Nacht,
> niemand lebt die Nacht wie ich,
> wie ich erlischt niemand in der Nacht,
> in der Einbahnstraße der Traurigkeit.

Sie lächelte vor sich hin und schwankte kurz, ob sie die Zeilen wegwischen sollte, für den Fall, daß ihre Hausbesitzerin vorbeikäme oder sich einer der Nachbarn beschwerte, aber dann beschloß sie, die einstweilen stehenzulassen, als eine Art Zeugnis, und sie schrieb sie nur auf ihre gelben Ringbuchblätter ab, auf denen sie immer die Zusammenfassungen der Vorlesungen notierte, manchmal auch in einem Anfall von Begeisterung ein paar eigene Verse, und sie dachte daran, vor Beginn der Vorlesungen bei Golden vorbeizugehen und das ganze Gedicht zu suchen, von dem sie nicht wußte, ob es von Alterman, von Penn oder vielleicht von Chalfi war, und Golden, den alle bei seinem Nachnamen nannten und dessen Vornamen, Samson, die wenigsten überhaupt kannten, würde sie sicher auf eine Tasse Kaffee einladen, den er mit kleinen, ängstlichen Schritten auf einem runden Tablett vom Café herübertragen würde, wie er es jedesmal machte, wenn sie bei ihm vorbeikam, seitdem sie den Laden erstmals entdeckt hatte, ein paar Monate, nachdem sie nach Tel Aviv gezogen war, sie hatte die blaue Türe geöffnet, sich umgesehen, und der Laden hatte sie gefangengenommen; die alten Bodenfliesen, die mit Blumen in Grün und verblaßtem Orange bemalt waren, die dunklen Holzregale, vollgepackt mit Büchern vom Boden bis zur hohen Decke – um die obersten Regalfächer zu erreichen, kletterte Golden geschickt die lange, schmale Holzleiter hinauf –, die schwere, braune Verkaufstheke, in deren Rückseite sich kleine Schubladen für Stifte, Gummis und Schleifen befanden, die Theaterplakate aus den sechziger und siebziger Jahren, die am Eingang hingen, und der niedrige Tisch mit den beiden Strohhockern, wo sie bald stundenlang saß und in Theaterstücken und Gedichtbänden blätterte, und darauf stellte Golden jetzt die zwei Kaffeegläser ab.

Es kümmerte sie nicht, daß sie die erste und auch die zweite Vorlesung versäumte, sie liebte es einfach, mit ihm zusammenzusitzen und seiner Lebensgeschichte zu lauschen, die mit dem Laden und der Stadt verwoben war, und wenn er ohne jede chronologische Ordnung Kapitel daraus vor ihr aufrollte – in seinen Augen war alles ein einziger, andauernder und lebendiger Jetztzustand –, kam es des öfteren vor, daß er von Menschen, die vor langer Zeit gestorben waren, in der Gegenwart sprach, und sie ahnte, daß er das nicht aus altersbedingter Gedächtnisschwäche heraus tat, sondern aus dem gleichen Grund, der ihn veranlaßte, in Schriftstellern und Komponisten, die er schätzte – Kafka, Proust, Flaubert und Verdi, Mahler und viele andere –, seine nächsten Gefährten zu sehen und alle Einzelheiten ihres Lebens genau zu kennen, denn seit er als Kind Anfang der dreißiger Jahre ins Land gekommen war, mit seiner Mutter und seinem Vater – einem vornehmen und gebildeten Menschen, der bis zu seinem Tod als Lektor beim Sreberk-Verlag arbeitete –, war er als verträumter Junge bekannt, in Büchern und Musik versunken, und als begeisterter Theaterliebhaber, und während seine Altersgenossen im Herzeliya-Gymnasium in der antibritischen Hagana aktiv waren, später Khaki anzogen und zur Palmach gingen, trug Golden dreiteilige Anzüge aus englischem Stoff, die ihm ein Kunstschneider aus Nachalat Binyamin nähte, stahl sich vormittags zu den Philharmoniker-Proben in der Ohel-Schem-Halle, ging abends zu den Theateraufführungen der Habimah und erstickte in seinem Taschentuch den schwindsüchtigen Husten, der ihn dazu zwang, ab und zu die trockene Luft in den Pensionen auf dem Carmel oder in Jerusalem aufzusuchen.

Bis zum Alter von fünfundzwanzig, wußte sie, hatte Golden im elterlichen Haus gelebt, wo man sich bereits mit dem Gedanken abgefunden hatte, daß der kränkliche Sohn zu keiner Beschäftigung taugte, aber im Jahre neunundvierzig, nach einer kurzen Phase der Werbung – »sie war diejenige, die um mich geworben hat«, in sein Lachen floß die Bitterkeit des Kaffees mit ein, »und die Werbung dauerte exakt zwei Minuten; sie sagte, ›wir sollten eigentlich heiraten, oder?‹ Und ich willigte sofort ein« –, nahm er die um zwei Jahre ältere Miriam zur Frau, eine tatkräftige, kleingewachsene und kurzhalsige Frau mit breitem, rotem Gesicht; sie stellte ihn vor die Frage, was er für ihren Lebensunterhalt und den ihrer zukünftigen Kinder zu tun gedenke, und Golden beschloß, einen Buchladen aufzumachen.

Und so kaufte ihm sein Vater an der Ecke Ben-Yehuda-/Mapu-Straße, zwischen einem Ata-Kleidergeschäft und einer Apotheke, einen Laden, und gemeinsam brachten sie das Schild an, »Golden – Bücher und Zeitungen«, zu Goldens Verdruß, der gerne gehabt hätte, daß auf dem Schild nur »Bücher« geschrieben stand, da er beabsichtigte, in dem Laden nur Bücher und Zeitschriften mit Themen zu Kunst, Theater und Musik zu verkaufen. Am ersten Tag stellte er den *Zauberberg* und *Auf der Suche nach der verlorenen Zeit* jeweils in Originalsprache ins Schaufenster, trat auf den Gehsteig hinaus, betrachtete sie lange, und das Herz ging ihm auf, aber seine Frau beharrte darauf, daß Zeitungen ein ungleich sicherer Lebensunterhalt seien – »Muß man Nachrichten lesen? Muß man sich den Popo abwischen? Eine Zeitung braucht man jeden Tag. Ein Buch liest man einmal, und dann muß man es vor Pessach auch noch abstauben« –, und Golden war gezwungenermaßen damit einverstanden.

In den ersten Jahren war Golden der einzige, bei dem man Bücher aus dem Ausland finden konnte, Theaterstücke und Kunstbände, und der Laden wurde zum Treffpunkt für junge Schauspieler und Musiker, auch für angehende Dichter, die mehr kamen, um sich mit Golden, der ein großer Experte für europäische Prosa und Poesie war und ein offenes Ohr für ihre Erstlingsverse hatte, zu unterhalten, als um Bücher zu kaufen.

»Ja, damals war Goldens goldene Zeit«, seufzte er.

Im Laufe der Zeit wurden aus den meisten Kunden Freunde, und Freunden verkauft man keine Bücher, sondern man leiht sie ihnen, wobei diese nicht immer daran dachten, sie zurückzubringen, und wenn sie daran dachten, hatten sie das Buch nicht so sorgsam behandelt, daß man es noch verkaufen konnte, und Miriam, die für die Buchhaltung zuständig war, da Golden nicht einmal einen Scheck ausfüllen konnte, fand die Kasse wieder und wieder im Minus vor, und Goldens greiser Vater deckte die Verluste aus seiner Tasche, bis er an einem Wintertag einem Herzschlag erlag. Und nach diesen Jahren, in denen ihre einzige Tochter Ariela geboren wurde, kamen weniger gute Jahre. Die Konkurrenz in der Branche wurde größer, andere Geschäfte bissen sich ein Stück vom Kuchen der fremdsprachigen Literatur ab, Golden verkaufte weiterhin hier und da ein Buch, aber sein hauptsächlicher Lebensunterhalt waren die Zeitungen. Zu jener Zeit lernte er Amos, einen neunzehnjährigen Soldaten, kennen, von dessen Gedichten einige in der Literaturzeitschrift *Masa* und der literarischen Beilage von *Al Hamischmar* veröffentlicht worden waren, und es entspann sich eine besondere Freundschaft zwischen ihnen. Amos, der seinen Dienst in Tel Aviv in der Verwaltung versah, traf jeden Abend gegen sieben im Laden ein. Golden sperrte zu, und sie gingen in der Rose, Ecke Diezengoff-/Keren-Kayemet-Straße, Kaffee trinken und saßen dort zwei Stunden. Dann verließen sie das Café und spazierten die Straße hinauf und hinunter.

Sie konnte es sich vorstellen, dem Bild nach, das Golden unter der Theke aufbewahrte – ein magerer Soldat, dunkel und gelockt, mit glühenden braunen Augen, neben ihm ein Mann von durchschnittlicher Statur, bebrillt, mit kleinem grauem Schnurrbart, der ein Jackett aus kariertem englischem Stoff trug; Golden begleitet Amos nach Hause, zur Ecke Hamelech-George, und an Amos' Haus drehen sie um und kehren zu Goldens Haus, zur Sederot-Nordau-Straße, zurück, und sie können sich noch immer nicht trennen; Golden schildert Amos – wie ihr fünfzehn Jahre später – in allen Einzelheiten Theateraufführungen, die ihn in seiner Jugend bewegten; *Mirale Efrat* und *Michal Bat-Schaul* mit Chana Rovina, *Schuld und Sühne* mit Finkel Kraskolnikow, Menachem Gnesim in der Rolle des Marmeladow, Bertonow in der Rolle des Untersuchungsbeamten und Fanny Lubitsch als Sonja. Sie hatte Rivi ein paarmal mit ihrer Freundin Manja Olenskaja im Laden gesehen, beide schon sehr alt, aber das Alter schien ihren Verstand und ihre Zungen geschärft zu haben, die sie im Verlauf der Jahre voller Konkurrenz, Eifersucht und gegenseitiger Wertschätzung aneinander gewetzt hatten, denn insgeheim war sich jede der beiden sicher, daß ihre Freundin die bessere Schauspielerin gewesen war. Golden erinnert sich auswendig an den Text der Vorstellungen und spielt Amos alle Rollen vor, und ohne es zu merken, machen sie kehrt und gehen wieder in Richtung Amos' Haus, und das Abend für Abend, manchmal bis zwölf Uhr nachts, und wenn er schließlich nach Hause kam, murrte Miriam, »ich verstehe nicht, was du bei diesem Jungen zu suchen hast, der dein Sohn sein könnte, wo du eine Tochter zu Hause hast, die du kaum kennst«, aber Golden war wie im Taumel von seinen Unterhaltungen mit dem neugierigen Jungen, der in vier Sprachen las und wie er T. S. Eliot und Dylan Thomas verehrte, Verdi und Mahler, Tschechow und Gogol, Shakespeare und Proust, und ihm alle seine Gedichte vorlas, und der, als er Anfang der siebziger Jahre vom Militärdienst entlassen wurde, Theaterwissenschaft und englische Literatur an der Universität zu studieren begann und anfing, Artikel in Literaturzeitschriften zu veröffentlichen. Und Golden, der ihm eine glanzvolle Zukunft als Regisseur oder Professor prophezeite, nahm eines Sommers den Rest der Erbschaft von seinem Vater und lud Amos nach London ins Theater ein, »und das war der glücklichste Sommer meines Lebens«, sagte er zu ihr, und seine dicken Brillengläser beschlugen sich.

In jener Zeit verkam der Laden zu dem, was Miriam »die letzte Sprosse der Leiter« nannte, und sie beharrte darauf, daß geschlossen werden müsse, und Golden, der ihr unermüdliches Gezänk leid war, begann ernstlich darüber nachzudenken; Amos sagte zwar zu ihm, »an dem Tag, an dem du den Laden schließt, wirst du bei Baustoff-Schnell vorbeigehen und dir einen dicken Strick kaufen«, aber Golden beschloß nachzugeben, und Amos wollte sich eigens mit Miriam treffen, um ihr zu erklären, wie wichtig der Laden für Goldens seelische Gesundheit war, und auch anbieten, den Laden, der seit über zwanzig Jahren nicht mehr renoviert worden war, selbst zu weißeln und in seinen unterrichtsfreien Stunden beim Verkauf zu helfen, und Miriam – die seit Jahren einen Groll gegen Amos hegte, und speziell seit »ihren Flitterwochen in London«, die sie ihm unter keinen Umständen verzeihen konnte – war zu seinem großen Erstaunen mit einem Treffen einverstanden, und sie vereinbarten das Café Mersand an der Ecke Ben-Yehuda-/Frischmann-Straße als Ort.

Amos kam von der Universität, und als er aus dem Autobus

stieg, sah er erschrocken, daß er sich bereits um zehn Minuten verspätet hatte, und rannte los, denn er wollte den, wie ihn dünkte, günstigen Wind seitens Miriams nicht beeinträchtigen, rannte bis zur Ecke Frischmann, überquerte im Laufen bei Rot die Fahrbahn, ein schwarzes Taxi prallte gegen ihn, warf ihn auf die Straße, und dort lag er, bewußtlos und blutüberströmt, bis die Ambulanz eintraf, die ihn ins Ichilov-Krankenhaus brachte, wo er bei Tagesanbruch starb.

Der Laden wurde nicht geschlossen, Miriam sah ein, daß ihr Mann völlig zusammenbrechen würde, wenn ihm nach Amos auch noch der Laden genommen würde, während er ihr insgeheim die Schuld daran gab und ihr, ebenso wie sich selbst, nie verzieh. Er stellte ein bescheidenes Bändchen mit Amos' Gedichten zusammen und belagerte immer wieder die Verlage, bis sie sich schließlich erweichen ließen, vielleicht weil sie seiner Belästigungen leid waren und Erbarmen mit ihm hatten, und das schmale Büchlein erschien und verkaufte sich in ein paar Dutzend Exemplaren, hauptsächlich in Goldens Laden, der das Schaufenster mit Amos' Büchern füllte und jeden Käufer anflehte, bis es geradezu peinlich wurde.

Seitdem verfolgte er hinter den Brillengläsern jeden Jungen, der zufällig in den Laden hereingeschneit kam; »dieser Junge hat glühende braune Augen, genau wie seine«, flüsterte er ihr manchmal zu – seinen Namen nahm er nie in den Mund. Im Laufe der Jahre schloß er mit einigen anderen Jungen Freundschaft, vor allem mit Amnon, einem begabten Musiker, der Komposition und Dirigieren studierte, und mit Micha, einem Studenten der französischen Literatur – sie sah sie manchmal im Laden –, aber die neuen Freunde, mit denen er ebenfalls Kaffee trank und ausgedehnte Spaziergänge durch die Straßen unternahm, konnten seinen Kummer, seine Sehnsucht und die Schuldgefühle, die in ihm schwelten, nicht zerstreuen.

Häufig beschrieb er ihr Aufführungen oder erzählte Theateranekdoten, so wie jetzt, während sie auf dem Strohhocker saß, Alexander Penns kleines Büchlein *Die Einbahnstraße der Traurigkeit* in Händen hielt, das ihr Golden trotz ihrer Proteste geschenkt und auch ihren Dank dafür zurückgewiesen hatte – »was denn, für Bücher bedankt man sich nicht« –, und er erzählte schon lange, sie mußte eigentlich gehen, aber es war ihr unangenehm, seinen Redefluß zu unterbrechen; »und hast du von Rosa Lichtenstein gehört? Eine wunderbare Schauspielerin. Sie trägt immer Kleider, die schon drei Flohmärkte hinter sich haben, und zwei räudige Straßenkater hängen wie ein Pelz um ihren Hals, sie betritt den Laden mit wirrem Haar und Wahnsinn im Blick, ein Gefolge von Katzen im Schlepptau, acht oder neun, und sie redet nur Deutsch mit mir, Hebräisch kann sie nicht, und am Abend sehe ich sie in den Kammerspielen, sie hat die Rolle der Kupplerin in *Der Geizige*, und auf der Bühne trägt sie ein elegantes graues Kleid mit einem grauen Hut und Handschuhen bis über die Ellbogen, eine echte Lady, und sie spielt in fließendem Hebräisch, sogar akzentfrei, und am nächsten Tag – kommt sie wieder in den Laden mit den alten Lumpen und den Katzen und fragt mich: ›Sprechen Sie Deutsch?‹«

»Ich habe sie nie hier gesehen«, wunderte sich Rivi, und Golden lachte, »wie könntest du auch, sie ist gestorben, bevor du geboren bist«, und sie sagte, »ich muß gehen, ich habe um zwei eine Vorlesung«, aber als sie draußen war, machte sie, einem plötzlichen Impuls folgend, wieder kehrt, steckte ihren Kopf durch die Türe und fragte den überraschten Golden, der bereits ihre Kaffeegläser an dem kleinen Waschbecken im rückwärtigen Teil des Ladens spülte und Vorbereitungen traf zu schließen, »sag mal, kennst du einen Yigal Liebermann?«, und Golden lachte, »ob ich ihn kenne? Was für eine Frage, er kauft hier Bücher, seit er vierzehn ist, das erste Buch hat er sich leihweise gekauft, wie man so schön sagt, es war ein kleiner Kunstband über den russischen Konstruktivismus, ich habe nicht einmal bemerkt, daß er fehlt, weißt du, da kommen die Jungen herein, manchmal geht einer mit einem Buch unterm Hemd hinaus, und auch wenn ich es sehe, sage ich nichts, um sie nicht in Verlegenheit zu bringen, sie haben kein Geld, sie möchten gerne lesen, und die Bücher gehören ja eigentlich der ganzen Welt, nicht mir, ich kann sie ihnen doch nicht vorenthalten, aber in seinem Fall habe ich es wirklich nicht gemerkt, bis der Junge eines Tages mit dem Buch in der Hand hereinkommt, das Gesicht rot wie Borschtsch, und zu mir sagt, hören Sie, ich habe das Buch gestern bei Ihnen gestohlen, und dann konnte ich die ganze Nacht nicht schlafen, also komme ich, um es zurückzubringen, und ich war ganz durcheinander, das war mir noch nie passiert, daß jemand etwas zurückbrachte, ich wollte ihm das Buch sofort schenken und lud ihn zum Kaffeetrinken ein, aber er sagte, nein, wenn ich Geld habe, werde ich es kaufen, und einige Zeit danach kam er tatsächlich wieder und kaufte es, und seitdem hat er darauf bestanden, jedes Buch zum vollen Preis zu kaufen, wollte nicht einmal die zehn Prozent akzeptieren, die ich normalerweise nachlasse, nie wollte er mit mir Kaffee trinken, er unterhielt sich ein paar Minuten mit mir und ging wieder, aber einmal, als er bereits Schüler am Avni-Kunstinstitut war, traf ich ihn dort auf der Ausstellung zum Jahresende, ich war mit *ihm* dorthin gegangen« – er schwieg einen Augenblick –, »ja, die Arbeiten von Yigal waren sehr interessant, ich erinnere mich an ein Objekt, ein Holzkreuz, in dem drei verbogene, rostige Nägel steckten, und ins Holz hatte er ein Gedicht von Abba Kovner eingeschnitzt. Nach der Ausstellung gingen wir drei Kaffee trinken, und er erzählte, daß er nach dem Krieg mit seiner Mutter nach Israel eingewandert war und sie ihn in irgendeinen Kibbuz gesteckt hatte, und als er vierzehn war, hatte sie sich irgendwie zurechtgefunden und nahm ihn zu sich nach Tel Aviv, das war ungefähr zu der Zeit, als ich ihn kennenlernte. Aber in seinem zweiten Jahr verließ er das Avni-Institut plötzlich und ging ans Technikum, um Mathematik zu studieren, scheint mir, oder war es Physik, von diesen Dingen verstehe ich ja nichts, aber er kaufte auch danach immer noch Bücher, er kommt heute noch mindestens einmal im Monat hier vorbei, und auch seine Frau kommt oft, eine sehr nette Frau, sie ähnelt ein wenig dieser Schauspielerin, wie heißt sie gleich, Lauren Bacall.«

»Wieso denn, sie sieht Julie Christie in *Doktor Schiwago* ähnlich«, sagte Rivi, küßte ihn über die Ladentheke hinweg auf die Wange und sagte, »danke, ich muß los«, und draußen, als sie sich über ihre Entdeckungen freute und sich schon ausdachte, wie sie Yigal rücklings mit einer Frage überraschen würde, hörte sie Golden die Titelmelodie des Films vor sich hinpfeifen.

»Ja, manchmal spiele ich mit allem möglichen alten Schrott«, bekannte er. Er hatte sie nach ihrer Schicht von der Arbeit abgeholt, und nun saßen sie in der Roten Bar, »in den letzten zwanzig Jahren habe ich für die Schublade gebildhauert«, lachte er, »das Avni habe ich an dem Tag verlassen, an dem ich das Foto einer Arbeit von Picasso gesehen habe – ein Fahrradsattel, verbunden mit einem Lenker, der ein Stierkopf war. Es brachte mich um den Verstand. So einfach und so genial. An dem Tag, an dem ich begriff, daß ich nie ein Picasso sein würde, packte ich die Koffer und wechselte ans Technikum.«

»Und die Lehrer am Avni-Institut, was haben sie über deine Arbeiten gesagt?«

»Sie haben mich zum Weitermachen ermutigt, vor allem Streichmann, er war wirklich in Ordnung, der Mann, aber ich hatte mich entschieden. Ein Mensch muß sich seine Richter selbst wählen, und ich hatte bereits erfaßt, daß es ein wimmelnder Sumpf war von Ehrgefühlen und Machttrieben, Eifersucht, Kleinlichkeit und Megalomanie, sie waren bereit, sich gegenseitig zu zerfleischen, und wofür, für ein Stück Wand in einer Ausstellung, für eine Zeile in der Zeitung, erst nachher begriff ich, daß es an der Akademie genau das gleiche ist, alles in allem sind wir noch nicht aus dem Schtetl herausgekommen«, er kniff sich mit zwei Fingern in den Bart, »ich sage dir nicht, daß ich irgendeine Theorie erfunden habe, die das Gesicht der Menschheit verändern wird, aber bei Mathematik weiß ich zumindest, das kann ich. Woody Allen hat einmal gesagt, daß man das Leben nicht beherrschen kann, bloß die Kunst und die Onanie«, er lachte. »Ich füge seiner Liste auch die Mathematik hinzu.«

»Zeigst du's mir mal?« fragte sie vorsichtig.

»Unter der Bedingung, daß du's mir vorher zeigst«, seine Pupillen waren tanzende Teufel.

»Was, meine Gedichte?« fragte sie, begriff jedoch sofort und lachte.

Die Gedichte hatte sie ihm schon seit längerem zum Lesen geben wollen, aber etwas hatte sie davon abgehalten. Sie wußte, sie hatte sich ihn zum Richter erwählt, zusammen mit Noa, Golden und Benjamin Keinan, und sie fürchtete sich vor dem, was er sagen würde. Einige Abende später jedoch, als sie in ihrem Zimmer saßen, faßte sie Mut und holte aus dem Ringbuch ein paar Seiten heraus, die sie auf der alten, grünlichen Hermes getippt hatte, die ihr Vater auf dem Balkonschrank vergessen hatte, er hatte nur den 2 CV mitgenommen, der schon wie ein alter Frosch hüpfte und ächzte, und einen Koffer mit seinen Kleidern, und sie amüsierte sich mit dem Gedanken, er habe ihr die Schreibmaschine mit Absicht dagelassen, damit sie schrieb – er war doch immer so stolz auf jedes ihrer Gedichte gewesen, das in *Kinderwort* veröffentlicht wurde. Sie drückte Yigal die Seiten in die Hand und ging in die Küche, um Kaffee zu machen, und als sie mit einer gelben Henkeltasse in jeder Hand zurückkam, sagte er zu ihr, »sei nicht böse, aber ich glaube, sie sind nicht gut genug«, und sie nahm die Seiten und steckte sie wieder in das Ringbuch zurück.

Am Ende des Sommers, ein paar Tage vor den Feiertagen, aßen sie in einem kleinen, alten Lokal im Kerem-Hatimanim-Viertel zu Mittag. Sie tunkte Humus mit Ful auf, er aß Ochsenschwanzsuppe, die sein Gesicht zum Glühen brachte, und plötzlich sagte er: »Ich fahre für zwei Wochen nach Europa, kommst du mit?«

Sie konnte seine Erwartung dessen, was sie antworten würde, förmlich hören, wie der laute, durchdringende Ton eines Metronoms.

Ja, ich fahre mit – sie wußte es sofort, aber sie zögerte die Antwort noch hinaus; er will mich, daher diese ganze Reise, aber ich weiß nicht, ob ich ihn annehmen könnte, nicht nur den Körper – die ganzen Jahre, die Erinnerungen und die bittere Lust.

»Ich werde mitfahren«, erwiderte sie schließlich, »aber ohne irgendwelche Absichten, ich möchte mich auf nichts einlassen.«

Im Laufe dieser ganzen Monate hatte ich eine kühne und eigensinnige Närrin in mir herangezogen, die es wagte, ja zu ihm zu sagen – würde sie später über jenen Nachmittag, an dem sie ihr Schicksal mit eigenem Mund besiegelte, schreiben.

Am gleichen Abend ging sie zu Josef und Simcha, seiner Frau, den Besitzern des Palatschinken-Hauses; er war Ungar, um die siebzig, völlig taub, mit Hörgerät, saß den ganzen Tag am hintersten Tisch im rückwärtigen Teil des Cafés in Netzunterhemd und kurzen Hosen, ein Bündel Geldscheine in der Hand, das er ein ums andere Mal mit erstaunlicher Geschicklichkeit zählte und dabei seinen Daumen an der Zunge befeuchtete; seine Frau, die etwa zwanzig Jahre jünger war als er, eine üppige, scharfzüngige Tunesierin, leitete den Laden und kommandierte die Bedienungen und den arabischen Jungen herum, der die Palatschinken machte. Sie beruhigte die beiden, daß sie schon mit Zahavit, der zweiten Bedienung, ausgemacht habe, sie während der zwei Wochen zu vertreten, denn sie wußte, Zahavit würde mit Freuden einwilligen – das Bedienen war für sie nur ein Nebenprodukt ihrer Hauptbeschäftigung, die Suche nach einem Ehemann, sie kam immer tipptopp gekleidet und geschminkt wie zu einem Blind-date daher und sagte zu Rivi,

»heute habe ich ganz echt so ein Gefühl«, und wenn es einen Jungen dorthin verschlug, der ihr ein »Aschkenasi« und ein »toller Typ« zu sein schien, fiel sie über ihn her, umgarnte ihn in auswegloser Einkreisung mit ihrem Geschwätz, und nachdem er aufgestanden und gegangen war, ein höfliches Lächeln und ein mageres Trinkgeld hinterlassend, räumte sie die leeren Teller ab, mit dem Tablett auf ihren hohen Absätzen schwankend, und bemerkte in ihre Richtung, »glaub mir, alles Wahnsinnige, alle«. Und am Ende des Abends, wenn sie darauf warteten, daß an den letzten Tischen der Kaffee ausgetrunken wurde und Simcha ihnen endlich erlaubte, sich zum Essen hinzusetzen – sie suchten sich jeden Abend auf der Karte einen anderen Palatschinken aus –, phantasierte ihr Zahavit die Ohren voll von dem aschkenasischen Zahnarzt, den sie eines Tages heiraten würde; sie hatte einmal als Hilfe bei einem Zahnarzt gearbeitet, der zu ihr sagte, sie erinnere ihn an Sophia Loren. Ihre Zähne waren tatsächlich schön, blitzend weiß und regelmäßig, aber ihre dunkle Haut war pockennarbig, und ihre Nase wirkte gebrochen, und oft musterte sie Rivi neidvoll und sagte, »wenn ich aussehen würde wie du, wäre ich schon längst Stewardess geworden und hätte mir ruckzuck einen amerikanischen Millionär geschnappt, ich verstehe nicht, wieso du hier kleben bleibst, willst du nicht heiraten?«

»Nein«, sie stocherte mit der Gabel in dem Palatschinken herum, um die Rosinen herauszufischen.

»Moment mal, willst du keine Kinder?« wunderte sich Zahavit, die acht Brüder und Schwestern in einer landwirtschaftlichen Siedlung im Süden des Landes hatte und in den Augen ihrer Familie in jenem Moschav bereits seit ein paar Jahren als alte Jungfer galt. Sie war vierundzwanzig.

»In ein paar Jahren mache ich mit irgendeinem, der gerade in der Gegend ist, ein Kind«, lächelte sie, »vielleicht mit zweien oder drei. Sie werden nicht wissen, wer von ihnen der Vater ist, nur ich werde es wissen. Das wird sie wahnsinnig machen, und mein Kind wird drei Väter haben, die sich gegenseitig mit Geschenken, Ausflügen und Geschichten überbieten.«

»Du machst dich lustig über mich«, Zahavits Wimpern bebten weit aufgerissen.

Nun erzählte sie Zahavit von der Reise mit Yigal.

Ihre beste Freundin Noa hatte geheiratet und war nach Amerika gegangen, nicht zum Schauspielunterricht in New York, ihr Plan, seit sie vierzehn war, den sie ihr in allen Einzelheiten ausmalte, ihren beeindruckten Augen Monologe aus Theaterstücken von Tschechow und Hanoch Levin darbietend, manchmal ihre Lehrer und Klassenkameraden imitierend, so daß sich Rivi auf den heißen Asphalt des Schulhofes warf und vor lauter Lachen mit den Beinen in der Luft strampelte, sondern sie hatte sich irgendeiner Sekte in Oregon angeschlossen, über die Rivi nicht viel wußte, weil die Verbindung zwischen ihnen völlig abgerissen war, ausgenommen die Grüße, die sie ihr manchmal über ihre Eltern zukommen ließ, und den allgemein gehaltenen Glückwunschkarten zu ihrem Geburtstag. Seit damals, als Noa so plötzlich und schmerzlich weggegangen war, hatte sie keine Freundin zum Reden, denn auf der Universität, abgesehen von der kurzen Geschichte mit Schai, knüpfte sie keine neuen Beziehungen an, vielleicht, weil sie eine Reihe verschiedener Fächer studierte, vielleicht aber auch, weil sie die Unterhaltungen in der Cafeteria langweilten und ihr als Zeitverschwendung erschienen. Sie zog Zahavits Geschichten vor, in denen Tausende Schwager und Schwägerinnen und lockenköpfige, schrecklich süße Neffen die Mitwirkenden waren, die allesamt von ihr »Mami« genannt wurden.

»Ein sechsundvierzigjähriger, verheiratet? Sag mal, bist du noch ganz dicht?« rief Zahavit, und einige Köpfe drehten sich nach ihnen um, »du wirst leiden, glaub mir, leiden wirst du. Gott bestraft solche Dinge.«

»Hör auf, Gott ist ein aidskranker Homeless in New York«, murmelte sie eine Zeile aus einem Gedicht vor sich hin, das sie vor kurzem geschrieben hatte, und bereute, daß sie sich hatte hinreißen lassen, ihr davon zu erzählen.

»Du bist völlig durchgeknallt«, Zahavit sprühte mit der blauen Plastikflasche den Tisch ein und wienerte ihn mit einem Lappen, »was macht er, dein Senilo, ist er wenigstens irgendein Doktor?«

»Er ist Doktor der Mathematik, unterrichtet am Technikum, und meiner ist er ganz und gar nicht.«

Einen Tag vor dem Abflug rief sie ihre Mutter im Reisebüro an – das sie von Großvater, als er vor ungefähr zwei Jahren gestorben war, geerbt hatte –, um sich von ihr zu verabschieden und sich die Abflugszeit bestätigen zu lassen. Sie liebte es, im Reisebüro anzurufen, höflich darum zu bitten, mit Frau Carmela Schenhar zu sprechen, und wenn die Angestellte fragte, »wer ist am Apparat«, sagte sie, »ihre Tochter«, mit berechtigtem Stolz, denn seit ihrer Kindheit tänzelten die Angestellten um sie herum und verwöhnten sie, wenn sie ihren Großvater in dem prächtigen Direktionszimmer mit dem roten Ledermobiliar, den Gemälden mit Schweizer Alpen, holländischen Windmühlen und Tulpenfeldern besuchen kam. Sie weigerte sich, ihrer Mutter zu verraten, mit wem sie verreiste, »ein Freund«, sagte sie und versprach, nach ihrer Rückkehr übers Wochenende zu kommen. Seit sie nach Tel Aviv gezogen war, fuhr sie selten nach Hause, sei es wegen der Arbeit oder weil sie die stillen Sabbats in ihrer Wohnung liebte, vielleicht aber auch, weil die Atmosphäre im Haus, seit David bei ihnen eingezogen war, angespannt war und häufig irgendein unsinniger Streit ausbrach. »Amüsier dich, und paß auf dich auf«, sagte ihre Mutter, und Rivi hatte plötzlich das Gefühl ihrer Kindheit, daß sie auch aus einer Entfernung von hundert Kilometern in sie hineinsah und alles wußte.

Am Nachmittag – der Koffer war schon gepackt, nur das Waschzeug fehlte noch – ging sie in einem spontanen Entschluß zur Allenby-Straße und fuhr mit dem Einundsechziger nach Ramat Gan, zu Tante Techiya, der jüngeren Schwester Großmutter Rivkas.

Sie stieß das Tor auf, auf dem sie in ihrer Kindheit so gerne geschaukelt hatte – rohe, an den Enden zugespitzte und grün gestrichene Holzlatten – und betrat den Hof, in dem sie den Großteil ihrer Ferien verbracht hatte, denn ihre Eltern nutzten häufig die starken Ermäßigungen, die sie im Reisebüro ihres Großvaters erhielten, und reisten oft ins Ausland, und auf dem Weg zum Flughafen setzten sie sie bei ihrer Tante ab, die für sie wie eine Großmutter war und die momentan auf allen vieren das Gras inspizierte, mit zusammengekniffenen Augen hinter den Brillengläsern, die sie nach zwei Operationen am grauen Star, denen sie sich in den letzten Jahren unterzogen hatte, benötigte.

Rivi beugte sich über sie und küßte sie auf die gebräunte, kreuz und quer durchfurchte Wange, und Tante Techiya hob den Kopf und beäugte sie über ihren Brillenrand hinweg und sagte, »nur einen Moment, Äffchen«, und Rivi lächelte in sich hinein und betrachtete die Bäume, die die Wiese umgaben; die Mispel der Pessachferien, deren Früchte klein und süß wie Bienen waren, die Mango der großen Ferien, die ihr Unterhemd und ihre Hände mit klebrigem, orangefarbenem Saft volltropfte und Fäden zwischen den Zähnen hinterließ, wenn sie den Kern ablutschte, die Guajave der Ferien des Laubhüttenfestes, deren große Früchte des Nachts mit feuchten Explosionen aufplatzten, während sie mit bangem Herzen, die Augen weit aufgerissen, im Bett saß und dem Flügelschlagen der Fledermäuse lauschte, die, trunken vom Duft, immer wieder ins Geäst des Baums schossen. Und da war auch der hohe Pecan, in dessen Krone sie all die alten Bücher las, die Tante Techiyas Kinder, die herangewachsen waren und das Haus verlassen hatten, einmal zurückgelassen hatten. Sie saß rittlings auf einem dicken Ast, das Gesicht in den Buchseiten, die die Patina von *Yotam der Zauberer* oder *Das Geheimnis der Truhen* heraufbeschworen, bis die immerwährend heisere Stimme Tante Techiyas ihr nachkletterte, »Äffchen, das Püree wird kalt«. Jetzt streckte sie flink die braune Hand aus und rupfte irgendein Unkraut aus. »Schau her«, sagte sie mit Siegesstolz, hielt es ihr vors Gesicht, »das ist der große Feind des Rasens, man kann ihn an den fitzeligen gelben Blüten erkennen, siehst du?« Sie warf ihr einen prüfenden Blick zu. »Ja«, sagte sie zögernd, obwohl sie keinerlei Unterschied zwischen dem Unkraut und Tante Techiyas Gras sehen konnte, aber sie fürchtete sich davor, ihr Versagen einzugestehen, was ihr Verständnis der Familiengeheimnisse in Sachen Gärtnern, Marmeladeeinkochen, Hemden- und Wäschestärken betraf, Kunstfertigkeiten, die Großmutter Rivka und ihre Schwester in ihrer Kindheit von ihrer Mutter gelernt und an ihre Töchter weitergegeben hatten, von denen bei Rivis Mutter nur die Marmeladen und ein paar Blumentöpfe auf dem Balkon überlebt hatten, bis bei ihr gar nichts davon übriggeblieben war.

Tante Techiya setzte den mehrarmigen Rasensprinkler in Betrieb, der mit großzügigen, rhythmischen Bewegungen ringsherum Wasser zu verspritzen begann. Ein tiefer, gesättigter Geruch stieg vom feuchten Gras und den Blumenbeeten auf, die das Haus umrahmten, Strelitzien und Mönchskraut, samtige Stiefmütterchen, Lilien und Wicken, die in wilden Farben blühten und gewagte Düfte verströmten unter Tante Techiyas Fingern, die nicht auf die Gunst der launischen Schmetterlinge oder auf einen Zufallswind wartete, sondern selbst mit den Fingerspitzen etwas von dem Blütenstaub einer Blume nahm und ihn auf den zarten, länglichen Blütenstempel der Nachbarin strich, und auch jetzt, als sie den Pfad zum Kücheneingang entlanggingen, strichen ihre langen erdigen Finger über die Blüten, doch als sie zu den Strelitzien kamen, deren hinreißende Kelche orangeblau wie kleine Flammen züngelten, blieb sie plötzlich stehen und sagte, »die befruchte ich nicht mehr, sie brauchen fünf Jahre, um Blüten zu tragen, und mir wird es kaum mehr vergönnt sein, sie zu sehen, wozu sollte ich also«.

Bei ihren letzten Begegnungen hatte sie vermehrt vom Tod gesprochen, obwohl sie völlig gesund war. Rivi wußte, daß sie hoffte, ihren Mann, Onkel Mosche, zu treffen, der vor etwa fünfzehn Jahren, als sie sieben war, ganz plötzlich gestorben war – er brach eines Sabbatmorgens auf dem Rasen zusammen und stand nicht mehr auf – und mehr noch sehnte sie sich nach ihrem Sohn Uri, der einige Jahre darauf bei einem Verkehrsunfall ums Leben kam. »Ich bin fünfundsiebzig«, sagte sie oft, »und ich verstehe nicht, wofür der Mensch so lange leben muß.«

Sie bemühte sich jedoch trotzdem, viel zu unternehmen, und einige Wochen zuvor, mitten im heißesten August, hatte sie die durstige und erschöpfte Rivi die ganze Ben-Yehuda-Straße entlang geschleppt, um in den Reisebüros eine China-Tour zu finden, schenkte ihren Erklärungen, China sei ein Staat, den man nicht besuchen könne, nicht im mindesten Beachtung, sondern sagte nur immer wieder energisch zu den Angestellten, die verwirrt Rivi anblickten, als bäten sie um Bestätigung der Zurechnungsfähigkeit der alten Frau, »es interessiert mich, China zu sehen, an allen anderen Orten war ich schließlich schon, in meinem Alter kann ich mir nicht erlauben, zweimal an denselben Ort zu fahren«. Und erst als sie mit ihr die Prospekte durchgingen und eine Safari durch Kenia fanden, ein Land, das sie ebenfalls noch nicht bereist hatte, war sie zufriedengestellt, klopfte Rivi auf den Arm und lachte, »na gut, wenn sie hier keine Reisen ins Jenseits haben und auch nicht nach China, dann fahren wir eben in den Dschungel und schauen uns Elefanten an«.

Jetzt kletterte sie die drei Stufen zum schmalen Küchenbalkon hinauf, auf dem ein bleibender Geruch nach frisch geworfenen Katzenjungen hing, die ihre erste Erinnerung im Alter von zweieinhalb oder drei Jahren darstellten; die Berührung des staubigen Balkonbodens unter ihren nackten Füßen, Onkel

Mosche in kurzen Khakihosen und mit nackter Brust, der sie in seinen Armen auf das Geländer schwang, und in der Ecke die mit Zeitungen ausgepolsterte Orangenkiste, in der sich die Katzenjungen befanden, winzig, feucht und blind, mit dünnem Gewinsel an Kizis Bauch drängend. Sie traten durch die Gittertüre ein, und Rivi setzte sich auf den weiß gestrichenen Hocker an dem kleinen Tisch, auf den Tante Techiya jetzt flink einen feingeschnittenen Gemüsesalat, kleine eingelegte Auberginen, Püree, Joghurt, Aprikosenmarmelade und frisches Schwarzbrot aufzudecken begann, und wie früher warf sie ihr einen tadelnden Blick zu und befahl, »wasch dir die Hände«.

Sie ging ins Badezimmer und drehte den Wasserhahn auf. Onkel Mosches Rasierpinsel lag immer noch im kleinen Wandschrank, stellte sie fest, und sie hielt ihn unter ihre Nase, aber der scharfe Geruch, der ihr in die Nüstern stach, wenn sie ihn auf die Wangen küßte, hatte dem Geruch von Tante Techiyas Handcreme Platz gemacht, die gleich hereinkommen würde, ein Handtuch über der Schulter, wie früher, in all den Ferien, als sie den Wasserhahn aufdrehte und befahl, »Äffchen, ab ins Bad«, und die Badewanne mit kochend heißem Wasser vollaufen ließ, das ihr die Haut verbrühte, ihren ganzen Körper mit einem rauhen Schwamm und einem großen Seifenwürfel abrieb und ihr manchmal, wenn sie von Mißtrauen gepackt wurde, die Haare mit Essig und Petroleum wusch, und dann erlaubte sie ihr, im Wasser zu planschen, das sich etwas abgekühlt hatte, und sie selbst stellte sich, die sonnengebräunten, kräftigen Beine gespreizt, hin, um ihr dickes, schwarzes Haar zu kämmen, das ihr bis zu den Knien reichte, schwang den weichen Vorhang nach rechts und links und nach unten, kämmte ihn mit energischen Bewegungen, und am Ende flocht sie sich mit ihren flinken Fingern einen langen Zopf, wickelte ihn um ihren Kopf und steckte ihn mit Haarnadeln, die sie aus ihrem Mund hervorzauberte, fest, so wie sie es im Laufe der nahezu fünfundsiebzig Jahre getan hatte, in denen sie ihre Haarkrone, die weder schütter wurde noch ergraute, auf dem aufrechten Kopf trug, und nur einmal im Jahr, wenn ihr Haar bis zu den Kniekehlen fiel, schnitt sie selbst zehn Zentimeter ab.

Rivi wußte, daß sie in ihrem ganzen Leben keinen Friseur aufgesucht hatte, und nur am Tag ihrer Trauung mit Onkel Mosche, die an einem verregneten Morgen Ende Januar hastig in einer kleinen Synagoge in der Yehuda-Halevy-Straße vollzogen wurde, während eines Kurzurlaubs, den er von seinen Vorgesetzten in der britischen Armee erhalten hatte, wo er während der gesamten Dauer des Zweiten Weltkriegs vom Libanon bis nach Ägypten als Logistiker im Nachschubs- und Versorgungsbereich diente – nur da löste sie ihm zu Ehren ihren Zopf, erschien in ihrem Kamelhaarmantel und mit ihrem Brautschleier aus schwarzem Haar, und der alte Rabbiner betrachtete erschrocken den hochgewachsenen Mann in seiner staubigen, zerknitterten Uniform und das große, dunkle Mädchen, dessen flammendem Blick er entnehmen konnte, daß sie weder eine Jungfrau, geschweige denn im rituellen Bad gewesen war, die von zwei Freunden Onkel Mosches, hochgewachsene Soldaten wie er, begleitet wurden sowie von Held, seinem schwarzen Wolfshund, und zwei Bettlern, die für ein paar Groschen und ein Glas Wein bereit waren, die Stangen des Brautbaldachins zu halten, der eine lahm und der andere einarmig, beide betrunken und Speichel am Kinn. Der Rabbiner nahm Onkel Mosche beiseite und flüsterte ihm auf jiddisch zu, »noch ist es nicht zu spät zu bereuen, nimm dir eine von uns, die schwarze Stute wird dir das Leben zur Hölle machen«, und auch als ihm Onkel Mosche sagte, daß Tante Techiya eine der unseren war und nur so aussah wie eine von denen, konnte sich der Rabbiner nicht beruhigen und führte die Zeremonie stotternd mit hektischen Bewegungen durch, wie jemand, der gegen die Stimme seines Herzens handelt, und als Onkel Mosche das Glas unter seinem groben Militärstiefel zertrat, murmelte der Rabbiner »Amen« und flüsterte auf jiddisch vor sich hin, »a scheine ma'ase«, eine schöne Bescherung, und als Tante Techiya und Onkel Mosche aus der Synagoge in den tropfenden Regen hinausgetreten waren, rechtmäßig verheiratet und Arm in Arm, der Hund ihnen vorausrannte, die Bettler ihnen die Straße entlang hinterherwankten und hinter ihrem Rücken trunkene Glückwünsche und feuchtes Grinsen versabberten, Onkel Mosche ihnen noch ein paar Groschen in die Hand drückte, damit sie sich davonmachten, da stellte sich Tante Techiya hin und flocht sich wieder ihren Zopf, wickelte ihn um ihren Kopf und löste ihn nicht mehr, außer einmal täglich, um sich zu kämmen, und einmal in der Woche, am Freitagnachmittag, um sich die Haare mit einem selbst zubereiteten Kräuterextrakt zu waschen, der das Haar dunkel und glänzend erhielt.

Anschließend setzte sie sich immer in einen Korbsessel auf dem Balkon, um es trocknen zu lassen, schälte Kartoffeln für das Sabbatessen am Abend und gab vor, die Augen, die sie hinter dem Pitengozaun anstarrten, nicht zu bemerken, denn alle Kinder im Viertel kamen, um ihre Mäuler mit den roten, süß-sauren Früchten vollzustopfen und die langen schwarzen Schlangen anzuschauen, die sich von ihrem Kopf bis auf den Boden ringelten, deren durchdringender Wohlgeruch nach Zitrone, Nelke und Pfefferminz sich durch die Luft bis in die Küchen ihrer Mütter hineinschlängelte und sich unter die Kochdünste für ihr Abendessen mischte, und ganz allmählich wandelten sich die Schlangen zu einem dunklen Vorhang, auf dem die Strahlen der abendlichen Sonne Schattierungen von Blau, Orange und Rosa hervorzauberten. Und immer, wenn sie am Sabbat in der Klasse sangen, »die Sonne ist gegangen vom Haupt der Bäume, kommt, laßt uns der Königin Sabbat entgegengeh'n«, hatte sie Tante Techiya vor Augen, die am Sabbat auf dem Balkon Kartoffeln schälte und ihr Haar trocknen ließ.

Tante Techiya steckte die letzte Haarnadel fest und half ihr dann, aus dem Wasser aufzustehen, das schon kühl geworden war, wickelte ihren Körper in das weiße Handtuch, das hart und kratzig war vor lauter Schrubben, Auskochen und dem Wäscheblau, das sie und Na'ami, ihre jemenitische Haushaltshilfe, am Waschtag der Weißwäsche in den Kessel schütteten.

Alle zwei Wochen, fiel ihr wieder ein – ihre Hände verweilten an dem Handtuch, das die Jahre nicht weicher gemacht hatten –, ob Regen, ob Sonne, immer mittwochs, klopfte Na'ami um fünf Uhr morgens an die Tür, küßte hastig die Mesusa und stellte ihre Körbe und vielen Bündel auf den Tisch, von denen Rivi nie wußte, was sie enthielten, aber Na'ami zog immer aus einem von ihnen ein Büschel Minze aus ihrem Garten oder einen großen Einmachtiegel mit kleinen braunen Auberginen oder eine spezielle Sorte verschrumpelte, bittere Oliven, die sie selbst einlegte, und Tante Techiya schüttelte den Kopf, als wollte sie sagen, das wäre aber nicht nötig gewesen, doch ihr lief schon das Wasser im Mund zusammen, und ihre Augen leuchteten. Aus dem Fenster des Zimmers, in dem sie schlief und das einmal das Zimmer von Nurit, der mittleren Tochter, gewesen war, sah sie die beiden zur Hütte im Hof hinübermarschieren, die als Lager diente, in der sie sich in den Nachmittagsstunden gerne versteckte, wenn Fächer von Licht und Staub durch die Luken drangen und über Möbelteile schwärmten, die sich dort angehäuft hatten, auf Werkzeugen und Fahrradreifen, die an der Wand hingen, und auf dem alten schwarzen Motorrad mit Beiwagen, das Onkel Mosche gehörte – auf einem der Fotos aus den ersten Tagen ihrer Ehe, das Rivi einmal in dem Album mit dem rötlichen Ledereinband gesehen hatte, saßen sie darauf; der Onkel mit einer eng am Kopf anliegenden Lederhaube, einer Fliegerbrille über den Augen und einem Lächeln unter seinem hellen Schnurrbart, und hinter ihm Tante Techiya mit einem riesigen Bauch, einer runden Sonnenbrille und einem Kopftuch straff unterm Kinn geknotet, an dem ein ausgelassener Wind von hinten zerrte, und im Beiwagen daneben saß der Hund, aufrecht und heldenhaft wie sein Name. Aber seitdem das Motorrad kaputtgegangen und im Lager abgestellt worden war, hatte sich ein dichtes Netz von Spinnweben gebildet, zwischen denen die Sonnenstrahlen tanzten, und Gerüche nach Holzspänen und Benzin drangen dort auf sie ein, bis ihr schwindlig wurde.

Sie gingen auf diese Hütte zu; Na'ami, untersetzt und breit, mit wackelndem Kopf, zog ihr linkes, schwaches Bein nach und trug auf ihrem Kopf die Wäsche in ein Laken gebündelt, wie einen zerdrückten weißen Ball, ihre teigigen Gliedmaßen bedeckt von Schichten langer Kleider, auch im Sommer, ihr Gesicht dunkelbraun und glänzend, ihre Lippen dick und braun wie eine eingelegte Aubergine, auf ihrer plattgedrückten Nase eine Drahtbrille, und ihre Haare – graue Kräuselfäden, borstig wie Stahlwolle – spitzten unter dem geblümten Kopftuch hervor, dessen Enden auf ihrer Stirn zu einer Schleife verknotet waren. Gemeinsam zerrten sie den riesigen Kessel mit dem verkohlten Unterteil aus dem Lager hervor, die Holzscheite zum Anfeuern, die zwei Wellblechplatten, die zum Schrubben der Wäsche dienten, und die lange Latte zum Umrühren. Dann schichteten sie die Scheite unter dem Pomelobaum auf, umzäunten sie mit rußigen Ziegeln, die immer auf einem Haufen neben Kuschis Hundehütte lagen, ein später Sprößling von Held, der ebenfalls schon sehr alt war, und seit Onkel Mosche an jenem Sabbatmorgen umgefallen und nicht wieder aufgestanden war, lagerte er den ganzen Tag im Schatten des Baumes, sein Kopf ruhte auf den Vorderpfoten, seine weiße Nase zitterte, und Tränen der Schwäche und Sehnsucht und der Erinnerung an sein wildes, fröhliches Leben tropften aus seinen geschlossenen Augen, und nur wenn er hörte, daß der Kessel über den Pfad geschleift wurde, bewegte er sich ein wenig auf seinem Platz, wandte ihnen sein Hinterteil zu und steckte seine Schnauze in die Öffnung seiner Hütte, denn in den kommenden Stunden würde sich der Hof mit Gerüchen nach Seifenpulver, Petroleum und Rauch füllen, und Tante Techiya und Na'ami saßen einander auf kleinen Schemeln gegenüber, die

Bleche zwischen den Beinen eingepreizt, mit geballten Fäusten, deren rötlich und weiß verfärbte Knöchel mit Bettlaken und Handtüchern kämpften, der Schweiß lief ihnen in Strömen über ihre Gesichter, die dunkel vor Hitze waren, und hin und wieder entfuhr einer von beiden ein Seufzer ob der übermäßigen Anstrengung, und bei den letzten Wäschestücken konnten sie nicht mehr an sich halten, schnauften und keuchten laut, und aus der Tiefe des Bauches entrang sich ihnen ein Oioioi. Dann strafften sie sich, hoben die Arme, um sich die Stirn abzuwischen, dunkle Schweißinseln unter den Achselhöhlen. Sie ließen die Wäsche noch ein wenig im Kessel vor sich hin blubbern, standen ab und zu auf, um sie umzurühren oder mit Hilfe des Steckens zu wenden, und schließlich schütteten sie sie in die abblätternde Emailwanne und weichten sie in Wäscheblau ein, zuerst die Tischdecken, dann die Handtücher, die Bettlaken und Bezüge, die Nachthemden und zum Schluß die Unterwäsche, wobei Na'ami Tante Techiya von allen Schicksalsschlägen berichtete, die sie in den letzten beiden Wochen getroffen hatten, von ihrer Tochter, die am Sabbat rauchte, von ihrem Enkel, der sich an einem rostigen Nagel verletzt hatte und eine Tetanusspritze erhalten mußte, und Tante Techiya legte ihr Gesicht in Kummerfalten und sagte immer wieder oioioi, aber Rivi hatte das Gefühl, daß es anders als bei der Wäsche klang, und wußte nicht, ob ihre Augen wegen Na'amis Geschichten oder wegen des Rauchs plötzlich tränten.

Dann standen sie auf, Reihen von Holzwäscheklammern steckten an den alten, durchgewetzten Kittelgürteln, die, bereits um ihren Hals gehängt, auf die Brust herabbaumelten, und sie spannten die Wäsche auf Leinen über die Lilienbeete, die in kräftigem Rot, Rosa, Orange und Gelb blühten. Gemeinsam schütteten sie das Wasser in die Glut und schleppten den Kessel ins Lager, und bereits um neun Uhr morgens flatterte kapitulationsreif die weiße Wäsche, und Tante Techiya, Na'ami und Rivi drängten sich an dem kleinen Küchentisch zusammen, um zu frühstücken, Spiegeleier und feingeschnittenen Salat, eingelegte Auberginen oder Oliven und gesalzenen Käse, sie tauchten die Brotrinde ins Eigelb und kauten energisch, und ab und zu nahmen sie einen geräuschvollen Schluck von dem kochend heißen Minzetee, der ihre Gesichter zum Glühen brachte, und Tante Techiya gestattete sich einen langen, genußvollen Seufzer.

Jetzt aß sie schweigend, belud ihre Gabel mit Püree und Joghurt und löste es mit rhythmischen, langsamen Kaubewegungen im Mund auf, und Rivi sagte sich, daß sie in den letzten Jahren stark gealtert war und zunehmend Großmutter Batscheva, der greisen Mutter Tante Techiyas und Rivkas Großmutter ähnelte, die starb, als Rivi fünf war, und von der sie in Erinnerung behalten hatte, wie sie ihre Füße auf dem Pfad nachzog, mit einer schwarzen Brille und dem weißen Stock, der vor ihr hertappte, wobei sie »Techiya, Techiya« rief, mit der Stimme von Tante Techiya.

»Nu, ist der Junge, mit dem du verreist, hübsch? Groß?« Sie hob ihre Stimme am Ende der Fragen und durchbohrte sie mit den Augen.

»Er hat meine Größe, und er hat ein bißchen einen Bauch und einen Bart«, lächelte Rivi ihren Teller an.

»Älter als du? Verheiratet?« überfiel sie sie plötzlich, und Rivi fiel ein, wie sie ihr am Strand nachgerannt war, mit ihren langen Beinen nach ihren Schienbeinen ausgeholt hatte, um mit ihren starken Zehen hineinzukneifen, wie Krebsscheren, und ihr Lachen erhob sich über den Wellen, und sie fragte sich, ob sie wohl noch in der Lage war, Pecannüsse zwischen ihren Zehen zu knacken.

»Ich kann das nicht verstehen«, fuhr Tante Techiya fort, ohne auf ihre Antwort zu warten, »genausowenig wie ich deine Mutter verstanden habe, die sich in einen verheirateten Mann verliebt und ihn seiner Frau weggenommen hat. Von dem Augenblick an, als mein Mosche mich zum ersten Mal durch das Fenster des Gymnastikstudios von Frau Margalit Orenstein erspähte, und nach ein paar Tagen, während derer ich sein Gesicht die ganze Stunde über am Fenster kleben sah, stand er auch schon draußen und wartete auf mich, ich war damals vierzehn und er fast zwanzig, und ich war gewiß keine Greta Garbo, ich war groß wie ein Junge, schwarz und wild, meine Mutter nannte mich Zigale, Zigeunerin – aber von diesem Augenblick an hat er sein ganzes Leben lang keine andere mehr angeschaut, und sogar wenn er eine sah, sah er nichts, er scherzte immer, ich würde ihm die Augen auskratzen, und nachdem er gestorben war, glaubst du denn, ich hätte keine Verehrer gehabt? Aber ich wußte, ich könnte niemanden so lieben, wie ich ihn geliebt hatte. Dabei zankten wir uns, oho, was für Boxkämpfe wir uns hier auf dem Gras geliefert haben, und ich war nicht weniger stark als er, ich legte ihn mehr als einmal flach«, ein ausgelassenes Lächeln spielte auf ihrem Gesicht, »aber ihr seid faul, ihr wollt alles schon fix und fertig bekommen«, sagte sie bitter, »und wenn etwas ein bißchen in die Jahre gekommen ist, sei es der Fernseher, das Auto oder die Liebe, rennt man sofort los, um was Neues zu kaufen«, und Rivi wußte, daß sie an ihren jüngsten Sohn Ami dachte, der kurz davor stand, sich zum zweiten Mal scheiden zu lassen, »aber fahr du nur und genieß es, soviel du kannst, ich habe nichts gesagt, du weißt, daß ich mich nicht gern einmische, aber was ist denn, du hast meine Marmelade ja gar nicht probiert, sie ist diesmal hervorragend. Ich mach dir ein Glas Tee.«

»Aber ich bin nicht in ihn verliebt, und ich nehme ihn niemandem weg, wir sind bloß Freunde«, gelang es Rivi zu sagen. Und Tante Techiya, als hätte sie nichts gehört, sagte, »du mußt vorsichtig sein mit einem Herzen wie deinem, das mit einer Geschwindigkeit von zweihundert Schlägen in der Minute galoppiert; wie oft bin ich mit dir in der Nacht zum Doktor gerannt, als du klein warst«.

Das war wegen der Fledermäuse im Guajavabaum, dachte sie, aber sie sagte nichts.

Gegen Abend, als sie das grüne Gartentor hinter sich schloß, einen Korb Gläser mit Aprikosenmarmelade, eingelegten Auberginen und einer Tüte Pecans in der Hand – Tante Techiya ließ sie niemals mit leeren Händen fort –, schritt sie den Pitengozaun entlang, zupfte ein Blatt ab, zerrieb es und hielt es sich, ohne darauf zu achten, unter die Nase, und schon hatte sie Sehnsucht nach diesem Haus, das sie hinter sich zurückließ, nicht so, als würde sie in zwei, drei Wochen wieder hierher zurückkommen, sondern als hätte sie es auf immer verloren, so wie sie sich viele Jahre später einmal danach sehnen würde.

2

Matisse hat die Sonne im Bauch

Wann begann diese Liebe, die kein heraufdämmerndes Liebesgeflüster ankündigte, vor der sie nichts warnte; sie brach fertig ausgereift über sie herein, und woher hätte sie wissen sollen, daß sie noch stärker werden und zu gegebener Stunde nicht würde erlöschen wollen.

Nein, nicht auf dem Flug nach Rom, in dessen Verlauf sie zusammen die Flasche Smyrnoff leerten, die Yigal im Duty-free gekauft hatte, und er der Stewardess immer wieder auf die Nerven fiel, noch mehr Orangensaft und Eis zu bringen, und ihr Screw-Drivers mixte – um die Angst zu betäuben, habe ich getrunken, das bereits aufkeimende Wissen und die Verwirrung; und er trank, um die Aufregung, die Hoffnungen und Befürchtungen zu mildern und um sie zum Lachen bringen zu können; und wie ich gelacht habe.

Auch nicht in der Pension, in der sie für die erste Nacht ein Zimmer nahmen, vor der Reise nach Siena und Florenz – das Hauptziel der Reise, Rom, hatten sie für das Ende der Italienfahrt geplant, vor der Reise nach Paris – der Taxifahrer brachte sie vom Flughafen zu der Familienpension, in der er wahrscheinlich Prozente erhielt, unweit der Piazza Barberini, trug die Koffer hinein und stellte sie auf den abgeschabten Teppich vor die Rezeption. Yigal bezahlte ihn, und der Fahrer sagte »grazie mille«, wandte sich zum Gehen, doch plötzlich drehte er sich zu ihnen um und sagte, »attenzione ai borsaioli, signora, ci sono molti borsaioli a Roma«. Mit einer flinken Bewegung zog er Yigals Brieftasche aus seiner Hosentasche, als imitierte er die

Geschicklichkeit der Taschendiebe der Stadt, und legte sie ihm mit unschuldigem Gesicht in die Hand. Yigal öffnete sie, gab ihm noch ein paar Scheine für den guten Rat und lachte, »er zieht diese Nummer sicher bei jedem Touristen ab, aber was macht das schon, soll er glücklich werden«.

Sie bestiegen den offenen Fahrstuhl, der mit einem schmiedeeisernen Zierblattgitter verkleidet war, »genau wie in alten italienischen Filmen«, begeisterte sie sich, aber ihre Begeisterung ließ nach, als sie das schlichte Zimmer betraten, ein abgetretener Teppich mit Blumenmuster, Tapeten in schmutziggrünem Farbton und irgendein Druck von einem alten Segelschiff an der Wand, ohne Bad oder Minibar, nicht einmal ein Fernseher, nur sie beide, und das Bett, massig und gedrungen zwischen ihnen.

Am Abend aßen sie in einem Restaurant nahe dem Hotel, das der ältere Empfangsangestellte ihr unter heftigem Augenrollen und Zungenschnalzen empfohlen hatte, und es stellte sich heraus, daß es bloß ein ausgesprochenes Touristenlokal war; rotweiß karierte Tischdecken, dickbäuchige Chiantiflaschen im Strohmantel. Drei ältliche Tenöre sülzten neapolitanische Lieder, einer von ihnen quetschte unter seinen Händen ein schluchzendes Akkordeon aus, und nach dem Auftritt gingen sie zwischen den Tischen umher, fragten jeden der Gäste nach seiner Herkunft und spielten ein bekanntes Volkslied von dem jeweiligen Land. Als sie an ihren Tisch kamen, sagte Yigal, er stamme aus Rußland, und der Akkordeonspieler begann plötzlich *Die Stille hat sich über mich herabgesenkt* anzustimmen, und Yigal, betrunken, mit geröteten Wangen, das Haar klebte ihm strähnig auf der Stirn, schloß die Augen und trällerte auf hebräisch, angerostet und begeistert falsch, »lacht sie, oder ist sie traurig, erinnert sie sich noch an die Liebesnä-hähächte«, und sie betrachtete ihn amüsiert, ihr brennendes Gesicht in die Hände gestützt.

In der Nacht rollte sie sich in einer Ecke des Bettes zusammen und wandte ihm den Rücken zu. Sie entzog sich seiner in der

Dunkelheit nach ihrem Haar, nach ihrer Schulter tastenden Hand und schlief ein. Die ganze Nacht störte seine ruhelose Wachheit ihren Schlaf; wieder und wieder wurde das Feuerzeug auf die Kommode neben dem Bett geworfen, ein roter Funken in der Dunkelheit, der Geruch nach Rauch, sein schwerer Atem.

Am Morgen saß er bereits angekleidet im Sessel und durchbohrte sie mit zwei eisblauen Dolchen: »Ich möchte, daß du tausend Dollar nimmst, in die Via Veneto gehst und dir Kleider kaufst.«

»Tausend Dollar? Soviel bin ich nicht wert«, spottete sie.

»Das ist meine Bedingung für diese Reise.« Seine Hartnäckigkeit, sein Zorn, sein unterdrücktes Verlangen, seine Hilflosigkeit.

Sie vereinbarten, sich am Nachmittag im Café de Paris zu treffen. Den ganzen Tag spazierte sie mit einem berauschenden Haufen Lire herum, probierte Jacken, Schuhe, Hüte, fühlte sich wie ein kleines Mädchen, das seine kleinen Füße in die hochhackigen Schuhe seiner Mutter steckt, sich lange Ketten um den Hals hängt und sich vor dem Schrankspiegel im Schlafzimmer begutachtet. Ja, du verkleidest dich als deine Mutter, grinste sie sich jetzt in dem großen Spiegel an. Um fünf Uhr saß sie bereits im Café de Paris, in einem sonnenbeschienenen Abschnitt des Bürgersteigs; neue Sonnenbrille in Form von Katzenaugen, das Haar in einem grauen Turban gefangen, weißer Angorapullover, schwarze Reitstiefel mit Silbersporen, Ledertasche; Plastiktbeutel lagen zu ihren Füßen, und sie aß gelato vaniglia mit einer runden Schokoladenwaffel. La dolce vita. Er hat sich die Haare schneiden lassen – rief eine überraschte Stimme in ihr aus; kurze Haare und gestutzter Bart, und er erkennt mich nicht. Sein Blick wanderte herum, und schließlich ließ er sich an einem der Tische nieder. Welches kitzelnde Vergnügen im Bauch. Das Gelächter eines kleinen Mädchens beim Versteckspiel. Er bestellte einen Espresso. Sie warf ihm über die

Katzenbrille hinweg die Seitenblicke einer Claudia Cardinale zu. Plötzlich leuchtete sein Gesicht auf.

»Oi, Kochanka, wie schön du bist.« Er küßte sie schmatzend auf beide Backen.

»Du bist auch hübsch, so siehst du viel jünger aus.«

»Ich habe meine Haare verkauft, um dir eine Uhr zum Geburtstag zu schenken.«

»Das erinnert mich an einen Film, den ich einmal gesehen habe, Mini und Moskowitz, mit dieser Schaupielerin, wie heißt sie gleich.«

»Gena Rowlands. Eine Wahnsinnsbombe.«

»Genau. Erinnerst du dich, wie er eine Schere nimmt und sich vor ihren Augen den Schnurrbart absäbelt?«

»Und dann fängt sie endlich an, ihn zu lieben, die Schuftin, weil sie plötzlich aufhört, sich davor zu fürchten, daß er ihr soviel geben will.«

Sie warf ihm einen überraschten Blick zu. Er lächelte. »Das wahre Geben ist die Fähigkeit, denjenigen, der dich liebt, geben zu lassen, Oscar Wildes Worte.«

»Hat er das wirklich gesagt?« fragte sie zweifelnd.

»Nein«, lachte er, »aber jedes noch so idiotische Klischee klingt schrecklich schön, wenn man ihm am Schluß Oscar dranklebt.«

Sie lächelte und schloß die Augen, ließ seine Finger langsam ihren Nacken streicheln.

Ja, das war wohl der Augenblick, dem sie so fieberhaft nachspürte, als ließe sich alles in ihr entschlüsseln, wenn es ihr gelänge, sich diesen Moment genau, wie in einem rückwärts abgespulten Film, zu vergegenwärtigen, und ihre Seele wäre erlöst; der Augenblick, in dem sie auf dem Turm des Doms von Siena standen, den Wind im Gesicht, über sich nur den Himmel, überwölbt von dichten, weitgeschweiften Wolken, grau, blau und weiß, und darunter, über den Hügeln, die die Stadt mit

Toscana-Grün umringten, tat sich der Horizont auf, eine herbstliche Abendsonne brach durch und breitete einen Fächer über die Stadt, gebar byzantinisches Gold aus den Hausdächern, den Steinmauern, Türmen und Zinnen, Gold, pur und lebendig wie das eine, dem sie sich nicht mehr widersetze, das sie nicht mehr verleugnen konnte – und du standest dort, mitten auf dem Turmdach, im Zentrum der Welt, und sahst zu, wie ich im Kreis herumrannte und versuchte, das alles mit der Kamera einzufangen, und dann bist du hinter mich getreten, hast meine Schultern umfaßt und mir eine blutrote Unterhose gezeigt, die in der Ferne auf einer Wäscheleine zwischen zwei Häusern flatterte, und hast die Geschichte von Angelica erfunden, wie sie auf den Platz hinuntergeht, um neue Unterhosen für ihre erste Liebe zu kaufen, und die Pfiffe der jungen Männer im Café treiben ihr feurige Röte in die Wangen, sie wirft ihr wildes Haar nach hinten, strafft ihren Rücken, und sie verschwendet keinen Gedanken in ihrem herrlichen Kopf daran, daß sie auf einem Platz geht, der seit dem Mittelalter für seine Reiterspiele berühmt ist, denn sie ist von Verlangen getrieben, und auch ihr Paolo steht schon in Flammen, und während du mir die Geschichte ins Ohr flüstertest, waren meine Lider golden und schwer vor Sonne, und ich schlang meine Arme um deinen Hals – Zigarettengeruch, Haare, die in meine Lippen stachen, die überraschende, sehnsüchtige Zartheit, die dort die ganze Zeit auf mich gewartet hatte, meine Brüste waren an deine Brust gedrückt, und mein Herz pochte, ja, ich will dich jetzt, dich ganz, ja.

Dann spähten sie über das Geländer hinunter, ihr Körper wollte diese ganze Höhe, anziehend und beängstigend, spüren, und sie ließ den Deckel der Kamera fallen, er fiel und fiel, doch sie hörten keinen Aufschlag auf dem Steinboden, und dann stiegen sie Stufe um Stufe die steile Treppe hinunter, vorbei an den viereckigen Lichteinlässen, und suchten den schwarzen Plastikdeckel – ich wußte, wir würden ihn nicht finden, er war überhaupt nie am Boden angekommen, und das Zyklopenauge der Kamera blieb während der ganzen Reise offen – und Schwärme von weißen Tauben flogen mit einem Flügelgeknatter, das alle anderen Geräusche übertönte, vom Platz auf und verschwanden in den finsteren Mauernischen, in den Turmfenstern, über den Kapitellsimsen.

In dem großen Hotel, in dem sie die einzigen Gäste waren – das sagte der Angestellte am Empfang und fügte hinzu, »es gibt nicht viele Touristen hier im Herbst, und die, die kommen, bleiben nicht über Nacht; Siena ist eine kleine Stadt, man schaut sich den Platz an, den Dom, und fährt nach Florenz weiter« – in jener Nacht dort zog sie sich zum ersten Mal vor ihm aus, ganz einfach, als hätte etwas in ihr sich, ohne es zu wissen, die ganze Zeit schon darin geübt, und er entledigte sich seiner Kleider eher hastig, wie jemand, der an seinem Körper keine Freude hat, kniete nieder, umschlang ihre Hüften und barg sein Gesicht an ihrem Bauch, mit fest geschlossenen Augen, und dann setzte er sie auf die Bettkante, ihre Hände auf seinen Schultern, sein Mund war süß, und sein Bart kitzelte sie an den Oberschenkeln, und sie sah ihn an, ohne die Augen zu schließen, trotz der Lust, die sie überflutete, trotz des Erschauerns, und Angelica senkte sich mit dunklen Augen auf ihren Paolo nieder und galoppierte mit ihm in die Dunkelheit hinein, ihre Fingernägel in seinem Fleisch, ihr Haar peitschte auf ihre schweren Brüste und seinen Mund, die ganze Nacht hämmerte das Stampfen der Pferde vom Platz gegen ihre Ohren, und mit dem ersten Morgengrauen waren sie ein Liebespaar.

Im grünlich goldenen Licht Sienas betrachtete sie ihn in seinem Schlaf; es lag eine Art Zorn in seinem Gesicht, auf der angestrengten Stirn, und auch sein Schnarchen klang wütend. Es würde nie in ihrer Macht stehen, ihn zu besiegen – das wußte sie bereits damals –, höchstens vielleicht, irgendeine Falte zu glätten. Eine Narbe, eingeprägt in Form einer Uhr auf seiner Schulter, die bis zur Linie des Ärmelansatzes weiß war, erinnerte sie an einen fernen Sabbat im Bett ihrer Eltern: »Papa, was ist das?« – »Das habe ich einmal gegen Pocken bekommen, als ich Kind war.« Seine Hände, die die ganze Nacht wie auf einem treibenden Floß nach ihr gegriffen hatten, waren jetzt entspannt, die Handflächen nach unten. Leicht geschwollene Brustwarzen, dazwischen graue und weiße Haare, ein kleiner Bierbauch, der sich mit seinen Atemzügen hob und senkte, sein Glied darunter verborgen, zwischen ergrauten Schamhaaren. Der Schatten des Alters. Sie begrub ihn mit ihrem ganzen Körper unter sich, rieb ihre Wangen an seinem Bart, und er schlang die Arme um sie, schlug seine leuchtenden Meeresaugen zu ihr auf.

Im Autobus nach San Gimignano zog er zwei riesige Birnen aus seiner Manteltasche, deren Geschmack erlesen und durchtränkt von der Sonne der Toscana war, in der Farbe des grünlich goldenen Blätterfalls, der nach dem Ende des Sturms in Angelicas Augen ruhte. Danach holte er noch ein »baci« heraus, wikkelte es aus und legte es ihr in den Mund, noch eines und noch eins, und aus den Silberpapieren mit den blauen Sternen machte er für sie ein kleines Flugzeuggeschwader.

Weil sie ihn liebte, konnten sie die ganze erste Nacht in Florenz nicht genug voneinander bekommen, und am Morgen, in den Uffizien gegenüber der Pietà von Giotto, als er hinter ihr stand, seine Arme wie Pulloverärmel um ihren Hals geschlungen, sein Bart und sein warmer Atem in ihrem Nacken, vor dem Bild der schwangeren Frauen Botticellis, die in der *Allegorie des Frühlings* tanzten, konnten sie sich nicht mehr beherrschen, ihre Becken drängten zueinander, fast lagen sie auf der Bank, bis der Aufseher kam und ihnen auf englisch mit italienischer Intonation ernsthaft auseinandersetzte, die Bank sei für Interessierte gedacht, um ein Masterpiece zu betrachten, und sie sollten sich besser ins Hotel zurückbegeben oder wenigstens auf die Terrasse hinausgehen, und Yigal nahm ihn auf den Arm, und um ihr eine Freude zu machen, sagte er zu ihm, das Masterpiece sitze auf der Bank, und Venus und alle anderen seien auf jeden Fall eingeladen, es sich anzuschauen, aber der Aufseher drängte mit »avanti«-Rufen, heimlich auf italienisch fluchend, und sie durchschritten den langen Gang zwischen zwei Reihen griechischer Statuen, vollkommene weibliche und männliche marmorne Nacktheit, bis auf die Hände und Füße, die hier und da fehlten. Sie traten auf die Terrasse hinaus, weiße Tauben sammelten sich zu ihren Füßen, sie bestellten Cappuccino, er zündete sich eine Zigarette an und sagte, »gleich werden wir die erste Frau aufsuchen, die mir einen Samenerguß bescherte«, und er erzählte ihr von jenem Morgen im Kibbuz, als er dreizehn Jahre alt war; alle waren zur Schule gegangen, er war krank und blieb im Zimmer, sah sich einen Kunstband an, den er von der Bücherei ausgeliehen hatte. Sie sah ihn vor sich auf dem Eisenbett, blätternd, bis er bei ihr anlangte, nackt hingestreckt auf ihrem Lager, der kleine Hund schlief zu ihren Füßen, die zwei Dienerinnen hinter ihr, ihr flammendes Haar und ihr weißes, üppiges Fleisch, ihre aufgerichteten rosa Brustwarzen, ihre langen weißen Finger zwischen den Oberschenkeln, ihr unschuldiger Blick, und er lag auf dem Bauch, seine glasigen Augen ganz dicht an der delikaten Hand mit dem schwarzen Ring am kleinen Finger, dicht an den Fingerspitzen, die im geheimen Ort des Begehrens verschwanden, als sei dies ihr natürlicher Platz, und er rieb sich ein wenig an der Matratze, er mußte sich nicht einmal selbst berühren, die Lust kam nahezu sofort, eine Welle, ein Erbeben, ein Lichtstrahl, die Wange auf der kühlen, glatten Buchseite, die Augen geschlossen, das Herz pochte hastig, soviel Schönheit, soviel Schönheit, Feuchtigkeit auf seinem Unterbauch, und er stand auf und sah nach; »dieser erste Samen war so weiß, derart rein und jungfräulich; nachher war es nie mehr so. Natürlich habe ich sofort die Seite aus dem Buch gerissen, ich bewahrte sie unter der Matratze auf, aber irgendwie hat sie es nicht mehr geschafft, mich noch mal zu erregen, danach phantasierte ich wie alle von einer Aviva, die die größten Brüste im Kibbuz hatte. Komm.«

Sie gingen wieder in die Galerie zurück, um sie zu besichtigen, Tizians *Venus von Urbino*. Anschließend besuchten sie den Ledermarkt, und Rivi kaufte ihm einen dicken, schönen Gürtel, zog ihn durch die Jeansschlaufen und schloß die schwere Gürtelschnalle, und er küßte sie auf die Stirn, und zuletzt kauften sie eine Ananas und ein Messer und kehrten Arm in Arm zu ihrem Zimmer zurück, mit Blick auf den Fluß.

Am Abend saßen sie in einem der schicken Cafés auf der Piazza della Repubblica. Rivi trank eine Cioccolata, deren bittersüßer Geschmack und dickflüssige Konsistenz sie an die »heiße Schokolade« erinnerten, die Emil und Anton und das doppelte Lottchen bei Erich Kästner immer in den Kaffeehäusern von Wien und Berlin getrunken hatten, ihre ganze Kindheit hindurch hatte sie angestrengt versucht, sich den Geschmack vorzustellen. Sie studierte die Leute, die hereinkamen, Touristen und Einheimische, die Männer in Anzug und Krawatte, die Frauen im Mini mit Stöckelschuhen. Sie konnte den Duft von »Diorissimo« ausmachen, das Narzissenparfüm, das ihre Mutter häufig benutzte. Yigal beobachtete sie lächelnd und sagte, »weißt du, daß du häufig Frauen anschaust«, und sie sagte sich, ja, ich werde es ihm erzählen, obwohl ich versprochen habe, es keinem Menschen zu erzählen, nur ihm werde ich es erzählen, nur dieses eine Mal, und sie stützte ihr Kinn in die Hand, sah ihm in die Augen und sagte, »ich habe einmal eine Frau geliebt, meinen ersten Sex hatte ich mit einer Frau.« Er erschrak ein wenig, sie sah es seinem Gesicht an, er, dem nichts Menschliches fremd war. »Möchtest du es hören?« – »Wenn du es erzählen willst.« Und sie erzählte, denn plötzlich konnte sie nicht mehr zurück, von jenem Sommer mit Noa, als sie beide fünfzehn waren, »meine Mutter war ins Ausland gefahren, meine Brüder nach Beit Schemesch, und Noa kam zu mir, um das leere Haus und die Ferien zu feiern«, sie fuhren per Autostopp ans Meer, lagen bis zum Nachmittag am Strand, Noa schlief ein, und sie konnte ihren Blick nicht von den rötlichen Haarschlangen lösen, die sich dick und glänzend in der Sonne ringelten, auf den Wangen, rötlich angehaucht von zuviel Sonne, über die hellen, sommersprossigen Schultern, und sie bekam Lust, ihre Faust mit Sand zu füllen und ihn wie durch einen Trichter herabrieseln zu lassen, feiner, warmer Goldstaub, auf den langen Rükken, die schmalen Hüften, das erhöhte Dreieck des Badeanzugs, die langen Alabasterbeine, deren Kniekehlenfurchen ihr wie zwei Lächeln erschienen, und auf die Fußsohlen, die Noa wegen ihrer übertriebenen Länge haßte – »kein Schuh paßt mir, wie die Sohlen eines Monsters« –, die jetzt schmutzig waren, denn zuvor, als sie zum Kiosk gegangen waren, um sich Zitroneneis am Stiel zu kaufen, waren sie auf dem Asphalt barfuß gegangen, und dieser Gegensatz zwischen dem reinen Körper und den geschwärzten Fußsohlen ging ihr aus irgendeinem Grunde zu Herzen, sowie die Handflächen, die neben dem Kopf auf dem Handtuch lagen, die kräftigen Gelenke, der kindliche Rubin am Mittelfinger und der Daumen, der fast die vom heißen Chamsinwind ausgedörrten Lippen berührte.

Gegen Abend, als sie nach Hause zurückkehrten, war es jedoch Noa, die vorschlug, gemeinsam zu duschen, und als Noa ihre Augen schloß und ihr Gesicht in den kühlen Wasserstrom hob, den Mund wie zum Schrei aufgerissen, konnte sie nicht umhin, ihre kleinen Brüste mit den steifen dunklen Warzen, wie Kirschkerne, zu betrachten und das Schamhaar, kastanienfarben wie der Schwanz eines Eichhörnchens und viel üppiger als ihres, und als sie sich abgetrocknet hatten, standen sie vor dem großen Spiegel, der mit honigfarbenem Licht erfüllt war, »oder, genauer gesagt, Gelee-Licht, wie durchsichtiges Rosengelee«, und Noas Haar tauchte darin ein, ihre grün verwaschenen Augen, und sie, der graue, verträumte Blick über den rosa Brustwarzen.

Von ihnen hatte Yigal in der Nacht, als er ihren Körper von der Stirn bis zu den Fußsohlen, Stück für Stück einzeln beschrieb – bis sie vor Lachen strampelte und ihm mit den Fingern die Lippen verschloß: »Schluß jetzt, du Schmeichler, aufhören« –, gesagt, sie seien »wie Augen des Körpers, leicht schielend, als ob sie auf mitleidige Hände warten, die sie von hinten umfassen, und jemanden, der flüstert, kuckuck, wer bin ich, wie heiße ich« – jetzt zündete er sich eine Zigarette an und hörte ihr zu, und sie sagte sich, es gibt etwas an seinem Zuhören, das ist anders, es ist klar und scharf, fast kann man es hören, noch nie hat mir vor ihm jemand so zugehört, und sie fuhr in ihrer Erzählung fort, wie sie sich im Spiegel gemustert hatten, und Noa sagte, »du weißt gar nicht, wie schön du ohne die Brille bist«, und sie zurückschrak, »überhaupt nicht, meine Mutter ist furchtbar schön, und du bist schön, aber ich überhaupt nicht«, und Noa lachte, »was für ein Dummkopf du bist«, und plötzlich fanden sie sich aneinandergeschmiegt wieder, Brüste, Lenden, Scham, drängend tastende Lippen, Zungen mit dem Geschmack von Salz und Zitroneneis, die Beine taumelten zur Matratze in ihrem Zimmer, der Duft des Shampoos vermischt mit dem neuen, scharfen Geruch, der wundersam verschieden von ihrem Geruch war, die weiße Haut, die sich unter ihren Händen mit Gänsehaut überzog, der beschleunigte Atem, das räuberisch-träumerische Lächeln auf ihrem Gesicht, die wilde Umklammerung, bis das süße Pulsieren kam. »Es ist wie ein Schmetterling, der dort im Inneren flatternd zappelt, um zu fliegen«, sie atmete tief aus, »nicht war? Genau wie ein goldener Falter.« Und danach blieben sie liegen, Wange an Schulter, Bein an Bein, Arm auf dem Bauch, und Noa flüsterte: »Keine Gewissensbisse jetzt, hörst du, keine Schuldgefühle, ein großer Künstler muß im Leben alles ausprobieren, und wir werden gewaltig große Künstlerinnen, du wirst Gedichte wie Dalia Rabinowitsch und Rachel schreiben, und ich werde wie Chana Rovina und Chana Maron spielen, und eines Tages wirst du ein

Theaterstück eigens für mich schreiben, und jetzt ziehen wir uns an und reden nicht mehr darüber, weder untereinander noch mit irgend jemand anderem, auch nicht mit dem geliebtesten Geliebten, den wir je haben werden, versprochen?« Und sie, die gern gesagt hätte, warte doch, komm, wir bleiben noch so, sagte, »ich verspreche es«, stand auf, zog sich an und ging, um Kaffee zu machen.

»Und als meine Mutter zurückkam und mich mit ihren Röntgenaugen prüfend ansah und mißtrauisch sagte, ›was hast du die ganzen zwei Wochen gemacht, bestimmt hast du dich mit deiner nichtsnutzigen Freundin herumgetrieben‹« – sie hatten das Café jetzt bereits verlassen und spazierten die Ponte vecchio entlang, die Brückenlaternen verloren sich in der Schwärze des Wassers, und sie nahm seine Hand, um ihn zu beschwichtigen – »wußte ich, daß ich das Schrecklichste getan hatte, das ein Mädchen seiner Mutter antun kann, daß sie mir, wenn sie es herausfände, bis an ihr Lebensende nicht verzeihen würde. Ich versuchte, mich mit Noa nur noch bei ihr zu Hause zu treffen, um meiner Mutter keine Hinweise oder Beweise zu liefern, aber ich hatte Angst, sie würde mir das Begehren und die Scham vom Gesicht ablesen.«

Einige Zeit vermied es Noa, sie wiederzusehen, wegen der Peinlichkeit, oder weil sie begonnen hatte, mit Yoram auszugehen, einem guten Freund ihres älteren Bruders, und ihm ihre ganze Zeit widmete, aber zwei Monate später saßen sie wieder zusammen auf dem Fellteppich in Noas Zimmer, und sie erzählte ihr von ihrem ersten Mal, und Rivi sagte sich insgeheim, dein erstes Mal war mit mir, das wirst du nicht ändern oder leugnen können. Sie lachten wieder zusammen, und Noa brachte ihr bei, einen Joint zu drehen von dem Stoff, den Yoram ihr gegeben hatte, und sie rauchten, beeilten sich, mit ihren Händen den stark aromatischen Rauch aus dem Fenster hinauszuwedeln, und so ging es während der ganzen Schulzeit weiter, auch danach, in ihren Urlauben bei der Armee, und sie dachte, so würde es immer sein, und dann heiratete Noa und ließ sie im Stich.

Auch jetzt, auf der Brücke in der florentinischen Herbstnacht, eine andere Hand, nicht weniger geliebt, um ihre Hüften, kletterte in ihrem Hals noch immer die Demütigung wie ein giftiges Gewächs empor, und sie würde wiederkehren, Jahre später, wenn sie über diese Nacht schreiben wird, in der sie ihm das erzählte, was sie niemals zuvor und auch niemals danach jemandem erzählte, und sie wird es nicht mit den Worten, mit denen sie es damals sagte, aufschreiben, sondern mit anderen, denn an jene wird sie sich nicht genau erinnern, nur an sein Gesicht, seine Lippen, die sich aufeinanderpreßten, und an seine Augen, die die ganze Zeit auf sie gerichtet waren.

Überall, am Strand, auf der Straße, im Café, suchte ihr Blick die hellhäutige, wohlproportioniert Schlanke, deren Haar wie die Arme der in Bronze gegossenen Medusa war und deren Nase sich in einem kleinen Höcker brach – »und dann schlief ich mit meinem ersten Freund, Roni. Er war ein Soldat, der immer die siebten Klassen auf dem jährlichen Schulausflug in die Wüste Yehuda begleitete. Ich vergewaltigte ihn beinahe in der Nacht, auf dem blanken Busboden, und so schaffte ich es, die Angst abzubauen, das Schreckgespenst der Angst, was, so ist das, so bin ich, nie werde ich einen Mann haben, nie werde ich Kinder haben«, und obwohl sie nach Roni noch drei oder vier andere Freunde hatte, fuhr sie fort, nach dem rothaarigen Mädchentyp zu suchen, und manchmal – das erzählte sie ihm nicht – machte sie neben der Mittelschule in der Balfour-Straße halt, sah sie in der Schuluniform auf dem Zaun sitzen, die Knie spitzten unter den zerrissenen Jeans hervor, das lange Haar schwang vorwärts und rückwärts in Gelächter über alles und nichts, und auch da war eine Kupferhaarige, die einen schwarzen Kasten mit irgendeinem Instrument, einer Flöte oder Klarinette, trug, mit aufrechtem, freiem Gang wie der einer jungen Frau, die sich ihres Körpers sicher ist, und mit abrupten stürmischen Handbewegungen – wie ihre, wirklich ganz genau so –, die dem Mädchen, das neben ihr ging, etwas erklärte. Und sie sah die Freundin der Kupferhaarigen an und wurde enttäuscht – sie schaut mir überhaupt nicht ähnlich.

Damals, würde sie schreiben, wußte ich noch nicht, daß es eben so ist und daß ich mich viele Jahre später nach jedem Mann in seiner Größe mit langem Haar und grauweißem Bart umdrehen würde, auch dann noch, als ich einen anderen Mann geheiratet hatte, und wie es scheint, für immer und ewig.

Als sie in ihrem Zimmer ankamen, bedeckte bereits neblige Blässe die Hügelkämme jenseits des Flusses, und Yigal zog ihren halbschlafenden Körper an sich und flüsterte in ihren Schlaf hinein: »Du mußt auf den Zehenspitzen tanzen wie eine Seiltänzerin auf des Messers Schneide, nicht wahr?«

Oft studierte sie ihre Fotos – was sonst ist mir hier geblieben –, da ist Siena, goldgeboren, unter einem Vorhang von Wolken, Blau, Weiß und Grau drängen sich aneinander, und im Vordergrund der kupferne Glockenturm. Nur Angelicas Unterhosen, wird sie bedauernd denken, ein winziger roter Fleck, konnte ich nicht mit der Kamera einfangen, als hätte es sie nie gegeben.

Und das hier ist das Café am Platz von San Gimignano. Blaue Korbstühle und braun-weiß karierte Tischdecken. Er, wie gegen den Wind gelehnt, um sich eine Zigarette anzuzünden. Auf dem Tisch das Kamerafutteral und ein Becher mit grünem Eis, Pistaziengeschmack. Gleich, wenn sie mit dem Fotografieren fertig sein wird, wird sich ihr Mund mit dem Geschmack der bittersüßen Sahne füllen. Am Nebentisch sitzt eine männlich wirkende Frau, Zeugin wider Willen. Ihr Haar ist goldblond und sehr kurz, vielleicht eine Deutsche. Ein Glas mit einem rötlichen Getränk steht vor ihr. Vielleicht Campari. Sie schreibt etwas. Vielleicht eine Ansichtskarte.

Und hier sind die Bilder aus Rom. Das Ufer des Tibers, das sie von der Brücke aus fotografierte, bedeckt mit Graffiti, Bildern und Schriften. Wenn man das Foto nah an die Augen hält, kann man die riesigen roten Lettern lesen: »I love Alessandra«. »Livio e Linda – 1985«. »Aura – ti amo«. »Massimo e Olivia«, in einem Herzen aus Braun. Und da ist ein Gemälde mit einer Hexe, orangerotes Haar, ihr Umhang grünlich wie das Wasser des Flusses, ihre Schuhe lang und spitz, ihre schwarzen Hände schwenken einen Zauberstab. Was ist wohl aus Livio und Linda geworden, wird sie sich fragen, und aus Massimo und Olivia; haben sie geheiratet oder sich getrennt? Und der, der Alessandra liebte – hat er sie am Ende gekriegt? Und Aura? Vielleicht ist ja auch einer von ihnen aus lauter Verzweiflung ins Wasser gesprungen, nachdem sein braunes Herz gebrochen wurde? Und die Hexe? Schwenkt sie immer noch ihre schwarzen Hände über den Ufern des Flusses, oder ist sie mit den Jahren verblaßt, und die Namen neuer Liebender wurden auf ihren Umhang geschrieben?

Und da ist dieses Restaurant an der Piazza Navona, in dem sie am Sonntag, nach einem Rundgang im Vatikan und der Sixtinischen Kapelle, zu Mittag aßen – »schau mal«, sie platzte fast vor Lachen, als sie, die Hälser gereckt und die Augenbrauen zusammengekniffen, unter Michelangelos *Erschaffung der Welt* standen, »das Gesicht von Gott, mit dem langen Haar und dem Bart, schau doch, wie ähnlich er dir sieht«; und danach entdeckten sie dieses schöne Lokal mit den Strohstühlen und den rosa Tischdecken, summend von Gabelgeklapper, dem Klirren von Kristallgläsern, melodischer Unterhaltung, den italienischen Rufen der Kellner, sie fanden gerade noch einen freien Tisch unter einem der weißen Holzschirme.

Er trug sein schönes Hemd, hellblau-weiß gestreift, das sie zusammen kauften, nachdem sie eines Morgens zu ihm gesagt hatte, »jetzt wirf doch endlich deine alten Fetzen ohne Knöpfe weg«, und sie waren in die Via Veneto zum Einkaufen gefahren. Wie sehr er es genossen hatte, sie für ihn Hemden und Pullover in Blau- und Violettönen, passend zu seinen Augen, aussuchen zu lassen, und Schuhe und einen Ledermantel, und jetzt stützte er seine Ellbogen auf den Tisch, seine Handflächen berührten einander, die Ärmel bis unterhalb des Ellbogens aufgekrempelt, am Handgelenk die Uhr mit dem schwarzen Armband. Da, man konnte sogar die Uhrzeit sehen; zwanzig vor drei am Nachmittag. Er blickte zu ihr hin, sein Gesicht entspannt. Neben seinem rechten Ellbogen der grüne Michelin-Reiseführer, und sie wird sich daran erinnern, wie er aus einer seiner Jeanstaschen seine Lesebrille hervorzog, die er in der letzten Zeit benötigte, eine zusammengelegte Brille mit dünner, versilberter Fassung, rechteckige Gläser, länglich und schmal, die er wie ein gutherzig überheblicher Professor auf die Nasenspitze zu setzen pflegte – immer, wenn er sie aufsetzte, bekam sie Lust, ihn zu umarmen –, und er las ihr von Berninis Brunnenskulpturen vor, und dann trug er weiter über die Spanische Treppe vor, über die Villa Borghese, die sie am nächsten Morgen besichtigen wollten, und plötzlich warf er ihr einen amüsierten Blick über die Brille hinweg zu und sagte, »sei endlich still, alte Nervensäge«, klappte den Führer zu und nahm ihre Hand, und gleich würden sie essen und viel roten Wein trinken; der Ober schenkte ein wenig zum Kosten in sein Glas ein, doch er reichte ihr das Glas weiter, und sie schnüffelte mit hochgezogenen Augenbrauen, nahm einen Probeschluck, rollte den Wein am Gaumen, fuhr mit der Zunge von Backe zu Backe, ließ den Ober lange Zeit warten, bevor sie bedeutungsschwer nickte, das war ihr feststehendes Ritual, auch in den feinsten Restaurants, sie weideten sich an der unterdrückten Verlegenheit der Ober – sie betranken sich und fanden kein Ende, sich über den Tisch hinweg zu küssen; seine Hände umfaßten ihr Gesicht, sein Bart kitzelte sie am Kinn, der Weingeruch, und dann kehrten sie ins Hotel zurück.

Später an dem gleichen Abend saßen sie in einem kleinen Café auf dem Gehsteig gegenüber dem Denkmal für Vittorio Emanuele. Sie fragte ihn nach anderen Frauen. Er sagte, »wozu ist das wichtig«, und seine Augen verdüsterten sich, aber sie blieb hartnäckig: »Erzähl.«

»Es waren viele, ich kann mich schon nicht mehr daran erinnern, keine einzige war wichtig.« Er zündete sich eine Zigarette an, den Blick auf dem eisernen Tischbein.

»Wo hast du sie aufgelesen? In Pubs, auf der Straße, so wie du mich aufgelesen hast? Hast du Blumen durchs Fenster gestreckt?«

»Manchmal Blumen, manchmal Bonbons.«

»Du hast kleine Mädchen gejagt, die Bonbons von fremden Männern auf der Straße annehmen«, sie spürte, daß sie giftig wurde. »Welche Bonbons?«

»Große, rote am Stil.« Seine Stimme blieb gleichmäßig. Sein Blick auf dem Bürgersteig. Auf zertretenen Zigarettenkippen, einer Papierserviette, die im Wind trieb.

»Hast du sie im Lutschen getestet, oder was.«

»Du bist so berechenbar, Kochanka«, lächelte er.

»Und wo bist du mit ihnen hingegangen?«

»Etwas trinken, irgendwo.«

»Und dann zu ihnen nach Hause?«

»Manchmal. Ich hatte auch einen Stammplatz, irgendein Hotel.«

»Und dort hast du sie gebumst.«

»Ja.«

»Und es hat ihnen Spaß gemacht?«

»Oho. Bevor ich sie nicht vor Lust schreien gehört habe, habe ich sie nicht rausgelassen.«

»Und hat es dir Spaß gemacht?«

»Ich habe mich gesuhlt. Ich habe sie erniedrigt, ich habe ihnen weh getan, ich habe sie verachtet«, der Rauch ließ ihn die Augen zusammenkneifen.

»Wie hast du sie erniedrigt?«

»Manchmal habe ich sie geschlagen.«

»Mit den Händen?«

»Mit den Händen, mit dem Gürtel. Einmal habe ich einer eine Zigarette neben der Brustwarze ausgedrückt, sie hat darum gebeten.«

»Toll!« – sie beäugte ihn mit schockierten Kleinmädchenaugen, »warum machst du mit mir nicht solche Sachen?«

»Bei dir«, er strich eine Haarsträhne aus ihrer Stirn, »bin ich der Hohepriester im Allerheiligsten zur Stunde der Offenbarung des Heiligen Geistes.«

»Und nachher bist du einfach nach Hause gefahren und hast dich neben Galia schlafen gelegt?«

»Ja«, er nagte an seinem Bart, »und einmal murmelte sie, wie im Schlaf, sag der, die es nicht gibt, daß ihr Parfüm furchtbar ist.«

»Dann wußte sie es, und es hat ihr nichts ausgemacht?«

»Ich glaube, insgeheim hat sie es genossen, daß ich mich erniedrige.«

»Und diese Mädchen, hast du sie wieder getroffen?«

»Nie. Ich ging mit einer Telefonnummer hinaus, und im Treppenhaus habe ich den Zettel in kleine Stückchen zerrissen und sie im Wind verstreut.«

»Damit du nicht zurückkehren konntest.«

»Damit ich nicht zurückkehren konnte«, er lächelte traurig; »nur zu dir bin ich zurückgekehrt und werde immer zurückkehren, bis du mich wegjagst.«

»Dann jag ich dich eben nie weg«, tröstete sie sich selbst. Eine Woge von Mitleid und Lustgefühl ihm gegenüber stieg in ihr hoch.

»Du wirst jemanden jüngeren und besseren finden als mich«, er heftete seinen Blick auf einen verborgenen Punkt in der Luft, »und ich werde dir nachrennen und hinterherweinen wie der Sohn des Layisch seiner Frau Michal bis Bachurim ...«

»Mein Poät«, sie imitierte den schweren russischen Akzent Manja Olenskajas, zog seinen Kopf zu sich heran und küßte ihn wieder und wieder auf die Stirn.

Sie hörten auf, davon zu reden. Es war sehr kühl draußen geworden, aber sie bestellten noch einen Espresso und blieben auf dem Bürgersteig sitzen, bis es dunkel wurde.

Später an jenem Abend – oder war es ein anderer Abend? Es fiel ihr schwer, sich zu erinnern – fuhren sie mit einem Taxi nach Trastevere auf die andere Seite des Flusses, hinter der Kirche Santa Maria in Trastevere. Yigal sagte, das sei das neue Vergnügungsviertel der Jugend, kleine Pubs, in denen lokale Ensembles auftraten, so hatten ihm Freunde erzählt, die vor kurzem hier gewesen waren, und ihm besonders einen Pub namens Feeling empfohlen, in dem es hervorragende Getränke und traumhafte Jazzmusik geben sollte, und sie schlenderten durch die Gassen, spähten in die Öffnungen der Mauernischen und suchten die Schilder ab, fragten junge Leute, die ihnen sagten, rechts und dann links, andere dagegen, links und dann rechts, wirklich gleich da, um die Ecke, sì sì, è sinistra, und mit einem Mal begann es stark zu regnen, und Yigal sagte, »vielleicht sollten wir es lassen und irgendwo reingehen und was trinken«, aber sie versteifte sich darauf, hatte plötzlich das Gefühl, die ganze Reise wäre unvollständig, wären sie nicht an diesem Ort gewesen, der in ihrer Vorstellung immer verzauberter erschien, je länger sie nach ihm suchten, und er legte seinen neuen Ledermantel über sie, und sie setzten ihren Weg durch die schlammigen Gassen fort, kamen immer wieder an den gleichen Orten vorbei, ihre Kleider trieften vor Nässe, und sie lachten, erschöpft und verzweifelt, und sie sagte, »vielleicht gibt es gar keinen solchen Ort, vielleicht ist das eine Art Tradition, einen nichtexistenten Ort zu empfehlen, auch deine Freunde haben sich hier die Füße wundgelaufen und nichts gefunden, komm, wir werden dieses Feeling auch weiterempfehlen, wenn wir zurückkommen« – als ob wir zusammen zurückkehren würden, traf es sie plötzlich ins Herz; als ob wir gemeinsame Freunde hätten – und sie lehnten sich an die Mauer unter einem steinernen Sims und erfanden einen Coktail, gemixt aus dem heiligen Wein, der aus dem Petersdom gestohlen war, und dem süßen Menstruationsblut angehender dreizehnjähriger Nonnen, der von nackten Kellnern serviert wurde, die nur einen schwarzen Lederstreifen um die Lenden hatten, gehalten von einer Schnur, die im Spalt ihrer glatten, festen Hinterteile verschwand, und die nach ihrer Ähnlichkeit mit Michelangelos *David* ausgesucht wurden, und es spielte himmlische Orgelmusik, begleitet von einem Chor von Knaben, die mit Zustimmung der Eltern kastriert worden waren, damit sie ihre engelhaften Stimmen, die die Seele zu Tränen erschütterten, nicht verloren.

Der Regen hielt auch am nächsten Morgen an – ich erwachte immer vor dir, erinnerst du dich, und erklomm deinen mir entgegenstrebenden Körper, deine Augen, die sich wie zwei blaue Lächeln auftaten, meine Lippen an deinen, flüsternd, komm, wir bleiben so, ohne uns zu bewegen, und wir atmen nur still, während die Süße in uns anschwillt, bis der Körper schluchzen muß.

Danach vergruben sie sich in der Decke und erstickten vor Lachen – was zum Teufel hat uns so erheitert – und verzichteten ohne Bedauern auf ihren Plan, das Kolosseum, das Forum und den Titusbogen zu besichtigen, obwohl es die letzte Gelegenheit war; sie hatten bereits Karten für den Nachtzug nach Paris.

Als sie am Mittag das Hotel verließen, verkündete sie, daß sie vor Hunger sterbe, und sie betraten eine der Trattorien an der Piazza Barberini und aßen Fettuccini mit Sahnesoße und Schinkenstückchen und einem Eidotter, wie eine kleine Sonne, auf der Spitze des Haufens; danach bestellten sie Milchkalb in süßlichem Marsalla, Piccata a limone und tranken Chardonnais – er überließ es immer ihr, den Wein und das Menü für sie beide auszusuchen, denn er wußte, sie würde von allem probieren wollen.

Er erhob sein Glas auf sie und lächelte, und plötzlich hatte sie das Gefühl, alles tun zu können, was sie nur wollte, nichts ging über ihre Kraft, und die Unterhaltung schien, wie alle ihre Gespräche, so, als seien sie mit irgendeiner Wahrheit betraut, die für den Großteil der Menschheit nicht zugänglich war, aber darüber entschied, was wichtig und nichtig war und wie sich für sie beide eine Bedeutung in einer Welt der Willkür und Torheit finden ließ.

Als sie das Restaurant verließen, goß es immer noch erbarmungslos, und er nahm ihre Hand in seine warme Hand, steckte sie in seine Manteltasche und schlug vor, in eines der Kinos in der Via Veneto zu gehen; »was kümmert es dich, wir hören uns ein bißchen Italienisch an und knutschen«. Sie flüchteten sich in den Eingang ins Warme, kauften sich Karten, ertasteten sich ihren Weg durch den halbdunklen Saal und setzten sich in die angenehm gepolsterten Sessel – was für ein Film war es, ach ja, die Oper *Othello*, in einer Inszenierung fürs Kino, mit Plácido Domingo. Sie legte ihren Kopf auf seine Schulter und schlief ein, schließlich hatten sie die ganze Nacht nicht voneinander abgelassen, in fiebrigem Dämmerzustand, und dann noch das schwere Essen und der Wein. Sie wird sich an die schwere Süße ihres Schlafes erinnern, und wie es ihr nicht gelang aufzuwachen, auch als er ihre Wange streichelte und fröhlich flüsterte, »der Mohr erwürgt sie gleich, du versäumst was«. Nur für einen Augenblick riß sie ihre Lider hoch, die wie mit Kontaktkleber zusammengelötet schienen, und sie gewahrte den Wasserfall von Gold, der sich von Desdemonas Haupt ergoß, ihre Augen, die aus den Höhlen traten, als sich die schwarzen Hände um ihren Hals schlossen, und sie murmelte in seinen Hemdkragen, »sie ist doch schon tot, wie kann sie da noch weitersingen«.

Von den Kindheitserinnerungen, die sie ihm im Nachtzug nach Paris entlockte – sie gingen nicht in den bis zum letzten Platz belegten Schlafwagen, sondern saßen in der Bar, und als sie geschlossen wurde, standen sie die ganze Nacht auf dem schmalen Gang –, würden ihr nur Geschmacksempfindungen und Gerüche zurückbleiben; der Geschmack gefrorener Kartoffeln, die seine Mutter aus dem Schnee grub, als sie von Dorf zu Dorf wanderten und der polnischen Grenze entlang flohen, ins Innere Rußlands vordrangen; der fünfjährige Junge, der in den von Entbehrung und Angst zerfurchten Gesichtern der Bauern nach dem feinen, bebrillten Gesicht seines Vaters sucht, dem Lubliner Mathematiklehrer, gemäß dem Bild, das er aus dem Koffer seiner Mutter gestohlen hat, die ihm erzählte, daß sein Vater noch vor seiner Geburt wegging, um in den Reihen der Roten Armee zu kämpfen, und als vermißt gemeldet wurde, während er ganz tief in seinem Inneren weiß, sein Vater ist nicht umgekommen, er hat bloß Angst, ins besetzte Polen zurückzukehren, und er sucht nach ihnen, und eines Tages, vielleicht sogar morgen, vielleicht im nächsten Dorf, an der nächsten Bahnstation, würden sie sich treffen. »Und vielleicht ist er ja wirklich am Leben geblieben«, lachte er plötzlich, »hat irgendeine blutjunge Natascha geheiratet, mit einem russischen Gesicht wie dem deinen, weil er keine Lust hatte, zu meiner Mutter zurückzukehren, vielleicht lebt er sogar heute noch.«

Und einige Jahre später, im Durchgangslager in Triest, gibt ihm ein amerikanischer Soldat einen Klumpen Bitterschokolade von der Größe einer Waschseife, das erste Mal in seinem Leben, daß er Schokolade kostet, und er nagt mit seinen Zähnen daran, knabbert mit geschlossenen Augen, bis sein Mund die Süße nicht mehr ertragen kann und er den Rest in Fetzen eingewickelt in der Tasche seiner kurzen Hose versteckt, und nach nicht allzulanger Zeit ist sein Hinterteil voller brauner Flecken, und die kahlgeschorenen, verlausten Kinder zeigen auf ihn und lachen mit schwarzen Zähnen.

Und der Geschmack der ersten Orangen im Zitrushain, er verbirgt sich im grünen Schatten vor den Uringerüchen der

Bettnässer, ihrem jiddischen Geschrei, vor dem Spott der Kibbuzkinder.

Und der Puderduft der Wangen seiner Mutter, die ihn so selten besuchen kommt – »ich weiß nicht, weshalb sie mich im Kibbuz deponiert hat und wo sie die ganze Zeit damals war, vielleicht war sie sogar in irgendeiner Anstalt« –, seine Nase abwischt und ihn ermahnt, gut zu lernen, »denn dein Vater war doch so erfolgreich«, und ihn daran erinnert, daß er ihr alles verdankt, auch sein Leben, denn ihm hat sie schließlich die Kartoffeln gegeben und selbst nur die Schalen gegessen, dann drückt sie ihn an ihre große Brust, wie damals, als sie zusammen in Scheunen geschlafen haben, benetzt sein Haar mit ihren Tränen, und danach küßt sie ihn auf den Mund und geht, und wer weiß, wann sie wiederkommt.

Es war schon hell draußen, als sie aus dem Fenster blickten, ein grauer Himmel, gleichmütige französische Kühe hoben ihre Köpfe auf der Weide, und er sagte ruhig, »ich habe nie über diese Zeit geredet, ich dachte, ein Teil meiner Erinnerung sei völlig ausradiert, ich weiß gar nicht, wie du das auf einmal aus mir rausgeholt hast. Hast du einmal *Kaddisch* von Allen Ginsberg gelesen?«

Sie schüttelte den Kopf, und er schloß die Augen, zwei Spalten über dem Nasenrücken, und zitierte, als spräche er ein Gebet, »einmal dachte ich, sie wolle mich verführen – warf sich auf das riesige Bett, ihr Kleid hochgeschlagen, über den Hüften, großes Büschelhaar, Narben der Operationen, Pancreas-Drüse, Bauchverletzungen, Abtreibungen, Blinddarm, Nahtspuren der Schnitte, die sich ins Fett hineinzogen wie schreckliche dicke Reißverschlüsse – fetzige lange Lippen zwischen den Beinen – Was, sogar, Geruch vom Arschloch? Ich blieb kalt – später ein wenig Abscheu, nicht stark – es schien vielleicht eine gute Idee, 's zu versuchen – das Ungeheuer des Ursprungs und der Gebärmutter allen Anfangs – so vielleicht – kennenzulernen ... Yisborach, v'yistabach, v'yispoar, v'yisromam, v'yisnaseh, v'yishador, v'yishalleh, v'yishallol ...« Plötzlich brach er ab und sagte, »jüdische Mütter sind wahnsinnig, Vampirinnen von Schuldgefühlen, halten dich so an der Gurgel«, seine Finger schlossen sich zu Raubvogelkrallen, »nur hatte er Glück, seine Mutter starb, als er zwanzig und noch was war, während mir meine Mutter bis heute den Rest gibt.«

Kaddisch war das erste Buch, das er ihr geben würde, als sie nach Tel Aviv zurückkehrten.

Am ersten Morgen in Paris erwachte sie früh und sprang nackt aus dem Bett ans große Fenster; ein französisches Fenster, lächelte sie, als sie es öffnete. Ihre schlafwarme Haut erschauerte in der feuchten Straßenluft. Sie zog die durchscheinenden weißen Vorhänge beiseite, stützte ihren einen Fuß auf die Steinschwelle und ihre Ellbogen auf das schwarze schmiedeeiserne Geländer, betrachtete den grauen Himmel, die basaltdunklen Dächer und dann die schmale, lange Straße, die sich fünf Stockwerke unter ihr wand, nur zwei Straßenkehrer in leuchtenden orangen Overalls waren um diese Zeit zu sehen und Reihen von Spielzeugautos entlang dem Bürgersteig sowie ein paar Männer, die in dem Bistro an der Ecke ein- und ausgingen. Sie versuchte, mit ihren Nasenflügeln den Geruch von Kaffee zu erschnuppern, aber die Mischung ihrer Nachtgerüche, die an ihren Lenden klebte, traf ihre Nase.

Seit jener gebuchten Rundreise in den großen Ferien vor ihrer Einberufung zum Militär war sie nicht mehr hier gewesen, und damals hatte sie nur den Eiffelturm und den Louvre gesehen, denn was schafft man schon, wenn man sieben Länder in einem Monat bereist. Sie ging, um sich ein Bad einlaufen zu lassen, und kurz darauf kam Yigal herein, nackt, mit einem Frühstückstablett, das er beim Zimmerservice bestellt hatte. Er stellte es vorsichtig auf dem Bidet ab und gab ihr einen langen Kuß, dann wandte er ihr seine Rückseite zu und urinierte, schloß den Klodeckel, ließ sich darauf nieder, bestrich das Croissant mit

Butter und Orangenmarmelade und reichte es ihr, in eine Serviette eingeschlagen, schenkte ihr Kaffee aus der bauchigen Porzellankanne ein und zündete sich eine Zigarette an, und plötzlich fiel ihr ein, »auweia, ich habe schon seit zwei Tagen keine Pille genommen«, doch er sagte, »das macht nichts, du hast nichts zu befürchten, die Fähigkeit, Kinder zu zeugen, habe ich schon seit langem verloren«, und sie erschrak, »aber du hast doch einen Sohn«, und er sagte, »mein Samen ist seitdem gealtert«, und lachte, »ich bin der sicherste Fick der Welt, unfruchtbar wie eine Essiggurke«, und sie spürte Traurigkeit in sich eindringen, obwohl sie eigentlich hätte froh sein müssen, und sagte, »komm rein«, und er kam in die Badewanne, setzte sich mit dem Rücken zu ihr, und sie wusch ihm die Haare und den Bart, während er seinen Kopf an ihre Brüste lehnte und die Augen schloß, die Hand lose über dem Rand der Wanne.

Später gingen sie zu Fuß von ihrem Hotel in Saint-Germain zum Centre Pompidou, und sie hüpfte vor Freude neben ihm wie ein junges Füllen, blieb vor jedem Café und jedem Schaufenster stehen, steckte ihre Nase in die Bäckereien, Parfüm- und Tabakläden; in dem gläsernen Museum für moderne Kunst, an dessen Decke sich rote und blaue Rohre wie Periskope öffneten, wanderte sie aufgeregt zwischen den Gemälden umher, nicht der Reihe nach, sondern worauf ihr Auge fiel, in der gleichen Weise, in der sie manchmal Bücher las, von der Mitte, vom Anfang und vom Ende her, mit einer Art Ungeduld, und Yigal verfolgte lächelnd ihren unmöglichen Phantasiepfad – kreuz und quer und diagonal, ein verwirrendes, dichtes Gewebe –, den ihre weitausholenden Schritte zeichneten, und bisweilen kam er ihr nach und legte seine Hand auf ihre Schulter, um ihr Epochen, Einflüsse und Strömungen zu erklären, und dann gelangten sie in den Raum mit Matisse, sie blieb in der Mitte stehen, schwindlig von dem Blau, dem Grün und dem Violett, den Früchten und den Blumen, den kleinen Ornamenten und den rosa Frauen, die ruhten, sich räkelten, mit verschränkten Händen vor tiefblauem Hintergrund tanzten, und ihr zermalmte es das Herz im Inneren.

Sie näherte sich einem Bild, das ihr von weitem wie ein roter Fleck erschien, und entdeckte, daß es *Das rote Zimmer* hieß, und sie betrachtete die Frau mit der orangen, hohen Frisur und der schwarzen Bluse, die eine Schale mit Früchten in Gelb-, Orange- und Grüntönen auf den Eßtisch mit roter Tischdecke stellt, auf dem eine weitere Schale steht, aus der Früchte auf die Tischdecke zu rollen scheinen, blauschwarze Blumen ranken wild über den Tisch und die rote Wand dahinter, und ein Strohstuhl wie auf einem Bild von Van Gogh, die Lehne ebenfalls rot, darüber ein Fenster mit einer ländlich grünen Landschaftsszenerie, zwei Bäumen und gelben Blumentupfern, ein blau bis violetter Himmel, und er trat hinter sie, legte ihr seine Hand auf den Nacken und sagte, »weißt du, Picasso hat einmal gesagt, daß Matisse malt, als hätte er die Sonne im Bauch« – und ich wünschte, dieser Augenblick würde nie enden, daß wir für immer im Herzen von Paris all diesem Rot gegenüberstehen und du mir wieder und wieder den Satz sagst, der wie eine blaue Glasscherbe in mich einschnitt, Matisse hat die Sonne im Bauch, Matisse hat die Sonne im Bauch, der mich auch jetzt, nach Jahren, erzittern läßt, als hörte ich ihn zum ersten Mal, und wie damals sehe ich Matisse, nackt, mit einem kleinen Dionysosbauch und Bart, auf seinem Kopf ein schwarzes Künstler-Barett, den riesigen roten Mund aufgerissen gegen Himmel, die Sonne in seiner Hand, und er wirft sie in seinen Rachen hinunter, als wäre sie eine Orange.

Danach hielten sie ein Taxi an und fuhren – dünner Regen sprühte gegen die Windschutzscheibe, ihr Kopf auf seiner Schulter – zum Montparnasse, zur *Closerie des Lilas*. Das Lokal war dieser Stunde, zwischen vier und fünf Uhr nachmittags, menschenleer, nur in der Bar, auf dem roten Ledersofa, saßen ein älterer Mann und eine Frau nebeneinander, die Frau hatte einen gelben Hut in Form einer Schnecke auf, beide starrten auf irgendeinen unsichtbaren Punkt in der Luft und schwiegen. Sie ging zwischen den Holztischen durch, las laut die Namen, die auf den kleinen Kupfertafeln über jedem Tisch eingraviert waren, Ernest Hemingway, Jean-Paul Sartre, André Gide, Gertrude Stein, strich mit ihrem Finger über die Namen, als versuchte sie, sie zum Leben zu erwecken, als könnten diese Gestalten im nächsten Augenblick die Bar füllen, schwarze Barette, bunte Schals, Brillen mit Silberrahmen, Schwaden von Alkohol und Zigarettenrauch aus Elfenbeinmundstücken, und wie Zauberjongleure würden sie sich patati-patata, patati-patata zueinandergesellen. Yigal ging ihr hinterher, ließ sie ihren Tisch wählen. »Wem gibst du die Ehre«, lachte er, »allen«, sagte sie und setzte sich an den Tisch von André Gide. Sie bestellten einen Kir Royal und ein Bier.

»Auf sein Wohl«, er hob sein Glas, »kennst du seine Geschichte über Prometheus, den Ober und den Bankier?«

»Nein«, sie wischte mit ihrem Finger Bierschaum aus seinem Schnurrbart und leckte daran, ohne es zu merken.

»Also dann«, er lächelte, wie immer, wenn er dabei war, ihr etwas Neues zu erzählen, »eines Tages stieg Prometheus von den Bergen des Kaukasus herunter, zu dem Boulevard zwischen der Place Madeleine und der Oper. Er ging in ein Restaurant, in dem der Oberkellner immer drei Leute, die einander nicht kannten, an einen Tisch setzte, um ihre Unterhaltung zu belauschen und so etwas über die menschliche Gattung zu erfahren. Der Ober erzählte Prometheus von einem Bankier, der einmal mit einem Umschlag, in dem ein paar hundert Francs waren, einem Taschentuch und einer fertigen Ohrfeige in der Hand auf die Straße ging. Auf der Straße ließ der Bankier das Taschentuch fallen. Ein Mann hob es auf, und der Bankier bat ihn, auf den Umschlag den Namen eines seiner Bekannten zu notieren. Nachdem der Mann ihn aufgeschrieben hatte – ohrfeigte ihn der Bankier, warf den Umschlag in den Briefkasten, hielt eine Droschke auf und verschwand. So erhielt ein x-beliebiger Mensch einen Umschlag mit Geld, und ein anderer x-beliebiger Mensch – eine Ohrfeige, und so, mit solchen Handlungen ohne Zweck und Grund, verwirklichte der Bankier seine Menschlichkeit.«

»Dieser Bankier hat auch veranlaßt, daß du in der Nacht durch die Ibn-Gvirol gefahren bist, gerade als ich aus dem Kino kam, oder?«

»Und bis heute ist nicht klar, ob die Begegnung ein Geldumschlag oder eine Ohrfeige war«, neckte er sie.

»Komm, wir fragen den Ober. Garçon!« – rief sie mit ziemlich lauter Stimme, und der ältere, schnurrbärtige Ober präsentierte sich so flink an ihrer Seite, als hätte er die ganze Zeit dort gestanden, und sie begann, ihm die verwickelte Frage zu stellen, streute französische Brocken ein, die ihr von der Schule her im Gedächtnis geblieben waren, und dachte, früher hätte ich das nicht gewagt.

»Une bière, un kir royal«, sagte Yigal, der die Ungeduld des Obers wahrnahm und ihre Hände ergriff, »komm, wir setzen uns ein bißchen zu Henry Miller.«

Der Ober, die linke Augenbraue in betonter Verwunderung hochgezogen, servierte ihnen die Getränke an dem neuen Tisch.

»Auf das Wohl dieses verhurten, pervertierten, begabten Wüstlings«, er hob sein Glas, »kennst du die Sache, wie er ins Bad geht und entdeckt, daß seine Geliebte ins Bidet geschissen hat, und er steht da und betrachtet die zwei Zapfen, die sich dort präsentieren, als seien sie das Schönste auf der Welt? Ich verstehe ihn«, er lachte, »ich wäre bereit, daß du deine süßen Tannenzapfen direkt auf meinem Gesicht ablegst.«

Sie lachte und legte ihre Hand auf seine Stirn, wie um zu prüfen, ob er Fieber hatte.

»Vielleicht lasse ich mir das Haar wachsen«, fiel ihr plötzlich ein, »vielleicht bringst du mir die arme Katze, die da im Regen gegenüber steht, ich will eine Katze, wenn ich keine langen Haare habe, will ich eine Katze ...«

»Bist du schwanger?« fragte er blitzschnell.

»Ja, von dir«, schoß sie zurück, und sofort tat es ihr leid, doch er zündete sich eine Zigarette an, als hätte er nichts gehört. Dann zogen sie an den kleinen Ecktisch Sartres um.

»Euer schreckliches Alter der Einsicht«, seufzte sie mit gekünstelter Tragik, »ihr kennt euch selbst, euren Platz, eure Einschränkungen; auf die Hauptsache, die Begeisterung, den Sturm, die Eroberung der Welt habt ihr schon verzichtet. Was mache ich hier überhaupt.«

Yigal lachte, hob das Bierglas vors Gesicht, kniff ein Auge zu, und sein offenes Auge blickte sie durch das dicke Glas hindurch an.

»Ich habe den Tisch von Simone de Beauvoir nicht gefunden, vielleicht hat sie hier keinen eigenen Tisch«, sagte sie.

»Sie hatte kein leichtes Leben mit ihm«, seine Miene umwölkte sich plötzlich, sie wußte, daß er an Galia dachte, und sie stand auf und wechselte zum Tisch Gertrude Steins. Er folgte ihr, küßte ihren Scheitel. Sie bestellten eine weitere Runde Getränke.

»Kennst du die Geschichte von Woody Allen, wie er eines Nachmittags mit Getrude Stein und Picasso und Matisse in einer Homosexuellenbar in Südfrankreich saß, die Füße bequem auf Hockern in Nordfrankreich hochgelegt?«

»Ja«, lachte sie, »und dann nahm ihn Hemingway zur Thunfischjagd mit, und sie fingen vier Dosen, und Gertrude Stein zog einen Boxhandschuh an und brach ihm die Nase.«

Ja, wir haben gelacht damals, bis das Gesicht schmerzte, wir hustend Augen und Nase mit Servietten abtrockneten, wie um zu vertuschen, daß etwas kaputtgegangen war.

An einem Abend gingen sie in eine Aufführung der *Dreigroschenoper* ins Théâtre Musical am Châtelet, und nachdem sie nur noch Karten für eine der oberen Galerien bekommen hatten, traten sie auf einen langhaarigen jungen Mann zu, mit Ledermantel und runder, verspiegelter Sonnenbrille, zu dessen Füßen ein offener Koffer stand, wie ein Akkordeonkoffer ausgepolstert mit rotem Samt, in dem einige Operngläser in nachgeahmtem Art nouveau verstreut lagen.

Rivi probierte die Gläser aus, betrachtete Schloßtürme, Baumkronen und Menschengesichter, das Schild des Cafés Sarah Bernhardt, die Laternen des Pont-Neuf und Touristenboote auf der Seine – alles vergrößert und unruhig bewegt wie in einem Godard-Film, und ihr fiel Großvater Jacob ein – nachher, im Theaterfoyer, erzählte sie es auch Yigal –, Jacob, der Vater ihres Vaters, ein Bauarbeiter, der in den fünfziger Jahren bei einem Arbeitsunfall beide Beine verlor. Von dem Tag an, an dem er aus dem Krankenhaus kam, saß er den ganzen Tag, ab fünf Uhr morgens, ohne Prothesen in seinem Rollstuhl auf dem Balkon, die langen, leeren Hosenbeine baumelten herunter, als ob er sich einem Arbeitstag stellte, und betrat die Wohnung bis zum Abend nicht mehr, außer für die Toilette und zum Essen, auch im Winter, dann flatterten die Hosenbeine und blähten sich wie Windsäcke auf, und er beschwerte sich, daß ihm an Händen und Füßen kalt sei. Mit einem großen schwarzen Fernglas blickte er auf den Hafen, seine ruhelosen Augen irrten von Schiff zu Schiff, und wenn sie ihn fragte, was er dort suche, gab er ihr das Fernglas, das nicht stark vergrößerte und unscharf eingestellt war, und sie sah graue Schiffe mit den runden, schwarzen Fensterreihen wie kleine Flötenlöcher, fette Bojen wippten wie orange Badeenten auf und ab, farbige Container lagen übereinander wie Würfeltürme, Motorboote zeichneten Schaumstraßen, und von den beiden Gießereien der Raffinerien stieg dichter Rauch auf, dessen übler Geruch manchmal bis auf den Balkon drang, immer das gleiche verwischte Bild, und sie gab ihm enttäuscht das Fernglas zurück, und er lächelte ihr zu und sagte stolz, »ein hervorragendes Fernglas, an einem klaren Tag kann man damit bis Rosch Hanikra sehen«.

»Nur wenn der Nachbar von unten zu ihnen kam, immer

am Freitagnachmittag, ging Großvater hinein, um Großmutter zu beaufsichtigen« – sie stiegen die mit rotem Teppich bespannten Stufen zur Galerie empor, und Yigal drückte seine Zigarette in dem hohen Marmoraschenbecher aus –, »er hieß Herr Süss. Er war Uhrmacher, ein stiller Witwer, der ein wenig Wärme und etwas gefilte Fisch oder Hühnersuppe mit Hühnerklein – Pulkalech und Gorgalech sagte er – suchte, was ihm Großmutter nur allzu gerne auftischte, und dazu machte sie auch noch Tee und Apfelkuchen, den sie im ›Wundertopf‹ buk, und sie schalteten den Fernseher ein und setzten sich gemeinsam davor, um sich den arabischen Freitagsfilm anzuschauen, aber dann kam Großvater herein und ließ ihn nicht aus den Augen, einmal verfolgte er ihn in seinem Rollstuhl durchs ganze Haus, warf ihm seinen Stock nach und schrie, er komme immer zu dem arabischen Film, der die Triebe anstachele, und auch wenn er schon mit zwei Beinen im Grab stehe, könne er ihn immer noch erschlagen.«

Yigal lachte und legte seinen Arm um ihre Schulter: »Und dann?«

»Danach hörte er auf zu kommen, und dann starb Großvater, aber Süss kam auch dann nicht mehr, weder zum Begräbnis noch zur Trauerwoche, und lange Zeit später traf ihn Großmutter auf der Treppe mit einem Einkaufskorb, und sie sagte, ich stelle jetzt Suppe aufs Feuer, vielleicht kommen Sie zum Mittagessen zu mir herauf, aber er lehnte ab und sagte, die ganze Sache mit dem Tod und dem Begräbnis erscheine ihm wie ein einziger großer Bluff, Tatsache sei, daß er in der Nacht den Rollstuhl noch über seinem Kopf herumfahren höre.«

Die Vorstellung war in französisch, nur die Lieder sangen sie auf deutsch, und Rivi stellte immer wieder das Fernglas ein, um ein gutes Bild zu erhalten, und bemühte sich, sich an alles zu erinnern, um Golden nach ihrer Rückkehr, so wie er es liebte, bis in jede Einzelheit das Bühnenbild, die Kostüme und die Gesten der Schauspieler beschreiben zu können. »Golden hätte es gefallen«, sagte sie nach der Vorstellung zu Yigal, als sie im Café Deux Magots saßen, »ich hebe das Programm für ihn auf, er wird es verschlingen und noch die Knochen auslutschen.«

»Ja«, lachte er, »Menschen wie er kommen heute nicht mehr zur Welt, er erinnert mich an die Wiener, über die Stefan Zweig in *Die Welt von gestern* schrieb. Wenn er Anfang des Jahrhunderts in Wien gelebt hätte, wäre er sicher einer von denen gewesen, die auf der Straße Mahlers Friseur und dem Maniküristen von Josef Kainz nachrannten, um sie um ein Autogramm zu bitten.«

»Sag mal«, ihre Finger zerpflückten die Papierserviette mit dem Emblem der zwei Figuren, »wie kommt es, daß ihr keine Freunde geworden seid?«

»Ich weiß nicht«, er zuckte die Achseln, »vielleicht, weil ich ihm einmal, als ich jung war, irgendein Buch aus dem Laden geschleppt habe. Außerdem, ich war nie ein geselliger Mensch.«

Ins Picasso-Museum fuhr sie allein mit der Metro, während sich Yigal in Geschäftsangelegenheiten mit irgendeinem französischen Millionär traf, was vor seiner Frau der offizielle Grund für die Reise war.

Im Kellergeschoß entdeckte sie den Stierkopf, dessen Gesicht ein Fahrradsattel und die Hörner die Lenkstange waren, und es kam ihr so vor, als lächelte er sie irgendwie boshaft an. Dann betrachtete sie lange eine Reihe von Skizzen *Das Studio des Bildhauers*; als ob er uns gezeichnet hätte, dachte sie betroffen – dieser Mann, der ältere, bärtige, nackte Bildhauer, nur mit einem Blumenkranz auf dem Kopf, die schönen Falten auf der Stirn, die hellen Augen, die sich zu den Nasenflügeln hin verbreiternde Nase, und die junge Frau, sein Modell, seine Geliebte, das ungezähmte Haar, das breite Becken, wie sie ihre Wange an seinen Brustteppich schmiegt, und wie er mit seiner riesigen Hand ihre Stirn umfaßt, und hier liegt sie in seinem Schoß, und er sieht kopulierende Wildpferde, und ein Mädchen steht auf ihren Knien und küßt einen Minotaurus, dessen Gesicht wie sein eigenes ist, dort sitzt er, und sie liegt auf der Seite, ihr Körper schwer auf seiner Lende, ihr Gesicht ruht verträumt in seiner Handfläche, hier liegt sie auf dem Rücken ausgestreckt, ihren starken Arm um seinen Kopf geschlungen, und sein Arm umfaßt ihre Rippen unter den aufrechten Brüsten, denn genau so war es, das alles, die Zärtlichkeit, das Verlangen und die Hingabe der jungen Muse zum Vater, zum Geliebten, zum Lehrer, zu ihrem Minotaurus.

Im Museumsladen kaufte sie ein Notizbuch und ein paar Ansichtskarten und ging hinaus, um ihn zu treffen – sie hatten sich zum Mittagessen an der Place des Vosges verabredet, und danach wollten sie das Victor-Hugo-Haus besuchen; sie hatte Lust, den Ort zu sehen, an dem seine Tochter aufgewachsen war – vielleicht würde sie dort Bilder von ihr finden, obwohl sie sich an sie für immer in Gestalt von Isabelle Adjani erinnern würde, die Adèle in Truffauts Film verkörperte, den sie vor ein paar Monaten in der Cinemathek gesehen und der sie so aufgewühlt hatte –, die schöne, einsame Adèle, die um den Mann, den sie liebte, kämpfte, bis sie darüber den Verstand verlor.

Sie schritt durch die engen Gassen, verweilte vor den Schaufenstern der Galerien und der Antiquitätenläden. Ich wäre froh, in einem dieser Häuser zu wohnen, dachte sie, gleichgültig, stolz ruhen sie mit der Sicherheit von Jahrhunderten in sich, und alles, die Läden, die Restaurants, die Leute, geht hier irgendwie mit einer beiläufigen Sublimation wie mühelos seinen Gang, und das Licht beruhigt in seiner grauen Eintönigkeit, fordert nicht, mäßigt.

Und da war schon der Platz, in sich gekehrt in gelassener Schönheit, und dort das Restaurant, in dem sie sich verabredet hatten. Er war noch nicht da, stellte sie fest, und sie setzte sich an einen der Tische mit den weißen Tischdecken am Fenster und spähte zu den verführerischen Käsesorten und den Preiselbeer- und Himbeertörtchen auf dem Dessertwagen hinüber.

Da war er – ihr Herz machte einen Sprung – etwas schwankend und mit geröteten Backen, als hätte er getrunken. Er ließ sich ihr gegenüber nieder, nahm ihr Gesicht in seine Hände und küßte sie auf den Mund, »oi«, schnaufte er, »ich bin halb Paris zu Fuß abgelaufen. Hör mal, dieser jüdische Millionär, den ich getroffen habe, das ist vielleicht ein Typ, er ist fünfzig, und seine Großeltern leben noch in irgendeinem Dorf in der Normandie, stell dir das vor«, lachte er, »er hat die Absicht, auf ihren Namen ein Forschungsinstitut im Technikum zu stiften. Nach fünf Gläsern war er völlig betrunken und bestand darauf, mir seine Entwicklung der Quantentheorie zu erklären, was völlig Idiotisches. Natürlich habe ich ihm gesagt, es sei genial, und da hat er vor Aufregung geweint.«

»Wunderbar«, lachte sie. Er erzählte ihr so wenig von seiner Arbeit, von seinem Leben, nur was sie ihm Stück für Stück abluchste. Und während sie aßen, bat sie ihn, ihr die Quantentheorie zu erklären, und er holte einen Stift aus seiner Hemdtasche, malte ihr auf die Rückseite seiner Zigarettenschachtel einen Kasten mit zwei Öffnungen auf und erzählte ihr von Schrödinger und Niels Bohr, und sie verstand zwar nur wenig von seinen ganzen Erklärungen, aber sie war davon begeistert, daß die Wirklichkeit selbst nicht ausschlaggebend für hier oder dort ist, was sich uns offenbart, hängt von unserer Entscheidung ab, was wir messen wollen, denn die Welt und die Menschen darin existieren dank uns, die wir sie betrachten, und die Wahl, welchen Ausschnitt wir sehen wollen, liegt in unserer Hand, wie auf den Bildern Picassos, die sie zuvor im Museum gesehen hatte, als könnte man durch die Betrachtung eines anderen sein Verhalten und sogar seine seelische Verfassung verändern. Er erzählte ihr von Schrödingers Gedankenexperiment mit der Katze, die in einer versiegelten Stahlwandzelle saß, so daß während des ganzen Versuchs keine Möglichkeit bestand vorauszusagen, ob sie lebte oder tot war, sie konnte also gleichzeitig lebendig und tot sein, in einer Art suspendiertem Leben, und nur wer die Stahlzelle öffnete, würde ihren endgültigen Tod feststellen, denn ihr Zustand ist nicht wirklich, solange wir sie nicht der Betrachtung unterzogen haben.

»Moment«, sie schnipste mit ihren Fingern Staubkörner weg, die auf seinem Hemd gelandet waren, »das heißt, daß wir theoretisch sowohl lebendig als auch tot sein könnten, wie die Katze, und wir könnten uns an zwei Orten zur gleichen Zeit befinden, wie Niels Bohrs Lichtwelle, sowohl hier als auch im Hotel, sagen wir mal?«

Er lachte. »Theoretisch befinden wir uns im Augenblick in einem kleinen Dorf in Nordchina, und ein alter chinesischer Weiser macht uns eine Massage mit den Zehen, und genau zur gleichen Zeit befindet er sich in einem Palast in Saudi-Arabien und knetet mit spezieller Drucktechnik den verkrampften Rükken des Scheichs, der Urlaub in Amsterdam macht und theoretisch Xavira Hollander fickt, die in dem Moment einen Vortrag über theoretische Erotik auf einem Kongreß über feministische Theorien an der Columbia Universität in New York hält, und die Studentin in der ersten Reihe ist das theoretische Mädchen, das an dem Tisch neben uns sitzt, und sie, wie du sehen kannst, ist ein fetter behaarter, sechzigjähriger Franzose.«

»Dann können wir gemäß der Quantentheorie«, lachte sie, »wenn wir nach Israel zurückkommen, gleichzeitig sowohl bei dir zu Hause als auch bei mir sein, richtig?«

»Ja«, er lachte zu laut und hustete, »bis meine Frau mich theoretisch umbringt.«

In der Nacht saß sie im Schneidersitz in der Mitte des Betts, und er, an die Wand gelehnt, bis in Brusthöhe zugedeckt, eine Gesichtshälfte verschattet und die andere im Licht der Nachttischlampe, rauchte und hörte ihr zu, als sie sich selbst wieder die Geschichte ihrer Eltern erzählte, die sie vielleicht diesmal mit Hilfe seiner ungetrübten Aufmerksamkeit zu begreifen imstande wäre.

»Weißt du, es kann sein, daß sie von vornherein keine

Chance hatten«, überlegte sie, zerknautschte eine Ecke der Bettdecke. »Meine Mutter stammte aus einer alten Familie, ihre Großeltern sind mit der zweiten Alija aus Rußland eingewandert, die Großmutter, die Batscheva hieß, verlor durch den Handkantenschlag eines Kosaken in einem Odessaer Pogrom ein Auge, und in ihren letzten Jahren überzog der Star das Auge, das ihr verblieben war, und sie erblindete völlig. Ich war fünf, als sie starb. Sie wohnte bei Tante Techiya, ihrer jüngsten Tochter, die also eine Tante mütterlicherseits ist, und sie hatte Bücher in Blindenschrift, und ich liebte es, die Augen zuzumachen, mir vorzustellen, ich sei blind, und mit den Fingern über die angenehmen Erhebungen zu fahren, als würde ich lesen. Jedenfalls, meine Großmutter Rivka und Tante Techiya wurden in Yafo geboren und wuchsen in Tel Aviv auf, und von seiten des Vaters meiner Mutter, Großvater Emanuel, sind wir um die siebte Generation im Land. Der Großvater des Großvaters seines Großvaters war mit der chassidischen Alija, etwa zur Zeit Napoleons, aus Litauen gekommen und hatte sich in Zefat niedergelassen. Meine Mutter ist also ein prachtvoller Sproß der Vereinigung zwischen der alteingesessenen jüdischen Gemeinde in Palästina und den Pionieren, und sie zogen sie wie eine blonde Prinzessin auf, ein Kind der Sonne. Sie schickten sie aufs Realgymnasium und in den Klavierunterricht zu Frau Zelina Tuchfeld-Lapowski, die die beste Lehrerin in Haifa war. An Geld fehlte es ihnen offenbar nicht; stell dir vor, in den vierziger Jahren, zu einer Zeit, als sich die meisten Leute zu zwei, drei Familien in einer Wohnung zusammenquetschten, wohnten sie in einer Villa auf dem Carmel, in der Panoramastraße, sie hatten ein Auto und sogar einen Privatchauffeur, denn mein Großvater lernte nie fahren. Großmutter Rivka arbeitete als Lehrerin, und Großvater leitete ein Reisebüro für Inlandstourismus, dessen Existenzgrundlage hauptsächlich aus den Jeckes, den alten Deutschen auf dem Carmel bestand, die von der deutschen Regierung einmal im Jahr zwei Wochen Erholung in den Kurbädern im Land geschenkt bekamen, damit sie ihre Traumata ein wenig lüfteten« – sie legte sich auf die Seite, den Kopf auf die Hand gestützt, und er ließ seine Hand über die Rundung ihrer Hüfte gleiten –, »es war offenbar ein gutes Geschäft, und Großvater dehnte es auch auf Auslandsreisen aus. In den sechziger Jahren wurde wenig gereist, aber danach wurden die Leute langsam reicher, das Geschäft blühte, und Großvater stockte seine Villa um ein weiteres Geschoß auf und machte daraus eine Wohnung für Mutter und uns, und Vater war irgendwie Gast in dieser Wohnung, anscheinend war er von Anfang an eine Art Gast in ihrem Leben, der Sohn eines Bauarbeiters mit amputierten Beinen, der sich von einer Sozialrente ernährte. Großvater und Großmutter Hirsch waren direkt vor Kriegsausbruch aus Polen eingewandert, und der Großteil ihrer Familie kam dort um. Sie wohnten in der Unterstadt von Haifa zusammen mit zwei weiteren Familien in einer kleinen Wohnung, und meinen Vater und seine zwei Brüder schickten sie auf die Alliance, denn das war die einzige Schule, an der der Unterricht gratis war. Er erzählte immer, daß er die Schulbücher von dem Geld kaufte, das er mit Privatstunden verdiente, die er anderen Schülern gab, auch aus höheren Klassen, denn er wurde immer als ein Genie betrachtet, und später bekam er ein Stipendium für die Universität. Seine Mutter, Großmutter Pnina, wollte, daß er Arzt würde, und er fuhr nach Jerusalem zum Studieren, wo er Mutter kennenlernte, die Geschichte und Geographie studierte und hauptsächlich auf der Suche nach einem Ehemann war. Auf der Schule hatte sie irgendeinen Freund gehabt, den sie demnächst heiraten wollte, aber er fiel plötzlich im Sinaikrieg. Sie hat ihn nie erwähnt, ich weiß von ihm aus Großmutters und Tante Techiyas Geschichten und aus ihrem Poesiealbum, das ich einmal gefunden habe; alle, die hineingeschrieben haben, erwähnten ihn irgendwie, ›Nathan und Carmela, dem schönsten Paar in Beit Biram‹. Und nachdem er ihr weggestorben war und sie aus der Armee entlassen wurde, ging sie nach Jerusalem, um zu studieren, und dort lernte sie Vater kennen. Obwohl sie ungefähr gleichaltrig waren, haben sie sich nicht in Haifa kennengelernt, denn sie war da und er dort, aber er gefiel ihr, denn er war begabt und fleißig, und es schien ihr, als könnte er es weit bringen, vielleicht sogar zum Fakultätsvorstand – ihr Traum war es, mit einem erfolgreichen Professor verheiratet zu sein, und vielleicht dachte sie auch, wenn sie einen Arzt heiraten würde, bliebe ihr das erspart, was ihrer Mutter passiert war, die plötzlich an Brustkrebs erkrankt war, und sie beschloß zuzugreifen. Er war groß und stark und sah nicht schlecht aus, und sie brachte ihm bei, wie man sich anzieht, änderte seinen Haarschnitt und überzeugte ihn, die Brille zu wechseln und den Namen gegen einen hebräischen, Schenhar, auszutauschen, der schön für sie klang, Carmela Schenhar, und nach ihrer Hochzeit zogen sie zu Großvater Emanuel – Großmutter Rivka war gerade gestorben, und man konnte ihn unmöglich allein lassen, und als er sich etwas erholt hatte, zogen sie in eine Mietwohnung um. Vater fing in der internistischen Abteilung im Rambam-Krankenhaus an, sie arbeitete im Reisebüro, und vor allem zog sie mich, Oren und Noam auf, die ein paar Jahre nach mir auf die Welt kamen. Aber Vater kam nicht so voran, wie sie gehofft hatte, obwohl er viele Stunden arbeitete, Nachtschichten, Bereitschaftsdienst und all das, und Mutter sagte, er wüßte nicht, wie man sich in den Vordergrund stelle, und sie beschloß, er müsse eine Privatpraxis aufmachen. Damals waren wir gerade umgezogen und wohnten über Großvater Emanuel, in der neuen Wohnung, die er für uns gebaut hatte, mit riesigen Fenstern, durch die man die ganze Bucht überblicken konnte, und Vater bekam dort eine Praxis mit separatem Eingang. Ich erinnere mich, daß wir am Zaun das Schild befestigten: ›Dr. Yehuda Schenhar, Spezialist für Innere Medizin‹, und im Sommer, wenn ich von der Schule zurückkam, liebte ich es, mein Gesicht, das vom Aufstieg glühte, an das kühle Metall zu schmiegen. Ich wußte nicht genau, welcher Arten diese inneren Krankheiten waren, für die mein Vater ein solcher Spezialist war; ich erinnere mich, daß ich ihn einmal gefragt habe, ob Großmutter Rivkas Brustkrebs eine innere Krankheit war und weshalb er sie nicht heilen konnte, und ich dachte, wenn sie noch am Leben wäre, hätten sie für mich bestimmt keinen solchen altbackenen und widerwärtigen Namen ausgesucht. Wenn ich krank war, untersuchte er mich und gab mir einen Zettel für die Schule mit«, sie ließ ihre Stimme tiefer klingen, »›meine Tochter Rivka ist gestern wegen Erkrankung nicht zum Unterricht gekommen, Dr. Yehuda Schenhar‹, und alle beneideten mich, daß ich zu Hause bleiben konnte und mein Vater mir Zettel gab, wann immer ich wollte. Im Laufe der Zeit stellte sich heraus, daß auch die Praxis nicht so besonders lief, hauptsächlich weil er niedrige Preise berechnete und von Leuten, die ihm mittellos erschienen, überhaupt kein Geld nahm, ich erinnere mich, wie sie darüber stritten, das heißt, meine Mutter stritt und mein Vater schwieg, er antwortete ihr nie, wartete nur, daß ihr Schreien aufhörte. Eigentlich sagte er nur ein Mal, ›was willst du denn von mir, ich kann eben nicht vergessen, daß ich der Sohn eines Arbeiters bin‹, aber in allen restlichen Angelegenheiten überließ er immer ihr die Entscheidung. Er sang ihr immer vor, ›ein schönes Mädchen gibt es in Hai-fa, sie wohnt in der Straße zum Panora-ma‹, und ›was hast du, Fräulein Lipkin, das niemand versteht‹, nach einer Melodie aus *My Fair Lady*, er umarmte sie und sagte, ›meine Frau, du bist Eisen-Beton‹, und sie schnitt so ein Gesicht und sagte zu ihm, ›geh dich waschen, Dickmops‹ – das war ihr Kosename für ihn, obwohl er gar nicht so dick war, nur breit und groß, so erschien er zumindest meinen Augen, bis ich David kennenlernte, der mindestens einen halben Kopf größer war als er. Aber er war nicht beleidigt; er lächelte fast stolz und ging unter die Dusche.

Manchmal, samstags, duschte ich mit ihm zusammen; wir fuhren nach Bat Galim an den Strand, Mutter saß im Schatten, um keinen Sonnenbrand zu kriegen, und er nahm mich ins tiefe Wasser mit, und wenn wir nach Hause zurückkamen, rieb er mir den Teer, der an meinen Füßen klebte, mit einem benzingetränkten Wattebausch ab, und wir duschten zusammen und sangen *Ein Birnbaum steht in meinem Garten* und *Wenn ich einmal reich wär*, bis er beschloß, ich sei schon zu groß, um gemeinsam mit ihm zu duschen. In dieser Zeit hat er mich in der Stadtbücherei in der Kellerstraße eingeschrieben. Ich verschlang zwei Bücher pro Tag. Meine Mutter kam immer an meinem Zimmer vorbei, schaltete das Licht ein und sagte, ›lies nicht im Dunkeln, du wirst dir die Augen verderben‹, und sie hatte recht, schon in der dritten Klasse konnte ich nicht mehr lesen, was an der Tafel stand, ich begann eine Brille zu tragen, wie mein Vater, und sie machte sich über uns lustig und sagte, ›zwei Schielaugen‹ und ›doppelte Brillenschlange‹. Am meisten aber liebte ich die Bücher von Am Oved, die er immer bekam und derartig schnell las, daß Mutter sagte, er lese diagonal. Sie selber las nur hin und wieder, aber sie ordnete die Bücher nach Farben: alle roten zusammen, alle rosafarbenen, alle grünen, bis heute erinnere ich mich den Farben nach an sie, *Mein Michael* war rosa, *Das Buch von San Michele* war orange, *Hundert Jahre Einsamkeit* war grün, ebenso *Reisen mit meiner Tante*, na gut, es mußte auch grün sein, wegen Graham Greene. Es war das erste Erwachsenenbuch, das ich gelesen habe, ich war vielleicht neun, und obwohl ich viele Dinge nicht verstand, war ich in Tante Augusta mit den roten Haaren und den dunklen Geheimnissen, Abenteuern und Liebhabern richtig verliebt, und ich stellte mir immer vor, wie mich Tante Techiya auf eine ihrer Reisen mitnahm, denn obwohl Großvater ein Reisebüro hatte und meine Mutter und mein Vater wie verrückt herumreisten, nahmen sie mich nie mit; Mutter sagte immer, ›warte ein paar Jahre, jetzt würdest du dich sowieso an nichts erinnern‹. In die Erholungsheime hier nahmen sie uns allerdings mit, das schon. Ich erinnere mich, daß wir einmal im Sommer, bevor ich meine Bat-Mizwa feierte, ins Erholungsheim nach Rosch Hanikra fuhren. Im Schwimmbad organisierten sie Schwimmwettbewerbe, und

Mutter und ich überzeugten Vater davon, daran teilzunehmen. Anfangs war er nicht begeistert, aber Mutter lachte, ›wovor hast du Angst, du schwimmst doch wie Mark Spitz, nu, laß dich sehen‹, und er setzte die Brille ab, gab sie ihr zur Aufbewahrung, kletterte ganz langsam auf das Sprungbrett, als würde er zum Schafott geführt, und stand dort mit blindem Blick und ernstem Gesicht, da ertönte ein Pfiff, alle sprangen in einem gewaltigen Aufspritzen, es war unmöglich zu sehen, wer führte, und ich stand ganz dicht am Wasser und drückte ihm die Daumen, obwohl ich wußte, daß er sich den ersten Platz wie nichts holen würde, denn wenn ich mit ihm ins Tiefe gegangen war, am Strand von Bat Galim, hatte er das Wasser wie ein Haifisch durchschnitten. Und am Anfang schwamm er tatsächlich als Erster, aber auf der zweiten Bahn überholte ihn einer und ein paar Sekunden später noch einer, ich sah, wie sich der Mund meiner Mutter zusammenpreßte, und mir kam vor, als spürte er ihre Blicke im Rücken, und das war es, was ihn schwächte und seine scharfen, exakten Schwimmbewegungen in undefinierbares Gepaddel verwandelte, in ein verzweifeltes Zappeln, und plötzlich verlor er die Orientierung und begann, diagonal zu schwimmen, und am Schluß holten ihn alle ein, bis auf einen Alten, der Brustschwimmen machte und nach einer Viertel Stunde ankam. Vater kletterte heraus, kam zu uns zurück und sah Mutter nicht an, und auch sie blickte ihn nicht an, als sie ihm das Handtuch und die Brille reichte, und ich griff nach seiner Hand, fast weinte ich, und er streichelte mir den Kopf und sagte: ›Was soll man machen, Rivi, man gewinnt nicht immer.‹

Und ein paar Wochen später zog er plötzlich zum Schlafen in die Praxis um, auf eine Patientenliege, und ich wußte, irgendwie hing es mit dem Schwimmwettbewerb zusammen. Und dann führten sie dieses Gespräch mit uns und sagten, daß sie sich scheiden ließen, und Vater nahm mich zu einem Spaziergang ins Wadi mit, es war im Winter, daran erinnere ich mich, denn die Veilchen blühten alle, und es duftete herrlich nach Kiefern, völlig anders als der trockene, scharfe Geruch, den sie im Sommer haben, und mein Vater versprach mir, von mir würde er sich nicht trennen, er würde mich besuchen kommen und zu sich einladen. Aber er wohnte weiterhin in der Praxis, und ich dachte schon, sie hätten es bereut, und freute mich, aber dann, eines Morgens, stopfte er ein paar Kleider in einen verstaubten Koffer mit kaputtem Reißverschluß und ging in den sintflutartigen Regen, der draußen herabstürzte, hinaus, wie ein Gast, der zu lange geblieben war, so daß er von allen, und vor allem von sich selbst, genug hatte, er ließ alle Bücher da, das Grammophon, die Schallplatten von Jacques Brel und Brassens und Édith Piaf, bei denen er so gerne mitsummte, die Praxis mit der gesamten Einrichtung und die Schreibmaschine, die er als Student benutzt hatte. Er wohnte wieder bei Großmutter und Großvater, denen es schrecklich leid tat – sie liebten meine Mutter bis zur Selbstverleugnung, obwohl sie bei ihnen immer auf der Sofakante gesessen war, als ob es dort schmutzig wäre, nie etwas essen wollte, nur mit Mühe ein Glas Tee annahm, und bloß darauf wartete, daß der Besuch sein Ende nähme. Ein paar Monate, nachdem er weggegangen war, heiratete er ganz plötzlich eine Jerusalemerin aus religiösem Haus, ich weiß nicht, wie er sie kennengelernt hat, vielleicht über eine Heiratsvermittlung oder eine Zeitungsannonce. Er war noch relativ jung damals, vierzig, und seine Frau war einige Jahre jünger als er, sie zogen nach Beit Schemesch, stell dir vor, wie weit er floh, und er begann, als praktischer Arzt bei einer Zweigstelle der Allgemeinen Krankenkasse zu arbeiten, er sitzt heute noch dort fest, verschreibt koscheres Aspirin, und sie ist Lehrerin in einer Grundschule, sie haben zwei Töchter, ich habe sie einmal gesehen; als ich siebzehn war, fuhr ich mit Noa nach Beit Schemesch, wir spähten durch den Zaun und haben seine Frau beim Wäscheaufhängen gesehen, fett und schlampig, mit Perücke und grauem Gesicht, und die Mädchen rannten um sie herum, und Noa sagte, ›keine sieht dir ähnlich‹, und ich wußte nicht, ob ich froh sein oder es bedauern sollte, die ältere muß heute schon neun sein und die kleine sieben, meine Schwestern, und Noa sagte, ›komm, wir gehen rein, wenn wir schon hier sind‹, aber ich wollte nicht. Er hätte kommen müssen und mich holen, sogar mit Gewalt, so wie er Oren und Noam geholt hat, von draußen nach ihnen rief, damit er Mutter nicht sehen mußte, sie ins Auto packte und losfuhr, und ich sperrte mich in meinem Zimmer ein und tat so, als mache es mir nichts aus, als hätte ich ihn ausgelöscht, als existiere er nicht, aber es gelang mir nie zu begreifen, was an mir falsch war, was faul war, denn früher war ich einmal sein über alles geliebtes Mädchen gewesen, die Erstgeborene und Meistgeliebte, und er hatte es doch versprochen.«

»Vielleicht wollte seine Frau nicht, daß du mit ihren Töchtern konkurrierst«, Yigal zündete sich eine Zigarette an, und in seiner Stimme lag verhaltener Zorn, »aber warum hat deine Mutter sich nicht darum gekümmert, den Kontakt zwischen euch aufrechtzuerhalten?«

»Ich weiß nicht«, sie trocknete sich mit dem Zipfel der Bettdecke die Augen ab, »als ich klein war, hat sie Frau Luna, ihre Schneiderin, gebeten, mir aus den Resten der Stoffe, die sie für sich selbst nähen ließ, Kleider zu machen. Wir fuhren mit der Carmel-Seilbahn zu ihrem Haus in der Massadastraße, und Frau Luna, dunkel und dünn wie ein Zwirnsfaden, mit eingesunkenen Wangen, setzte uns in ihren düsteren Nähsalon, in dem immer der Geruch nach ungelüfteten Stoffen hing, drängte uns, uns auszuziehen und die neuen Kleider anzuprobieren, und wenn ich sie im Badezimmer anziehen wollte, sagte sie, ›was schämst du dich, wir haben alle genau das gleiche Patent‹, und sie und Mutter bogen sich vor Lachen. Danach standen wir vor dem großen Spiegel, der schräg an der Wand lehnte und dessen obere Ecke abgeschlagen war. An Mutter sah alles tipptopp aus, denn ihre Maße änderten sich nie, und daneben ich, mit der Brille, irgendwie grobschlächtig, reizlos, in eine Art kindliche Version des gleichen Kleides gekleidet, das immer zu lang oder zu weit oder sackartig war, und Frau Luna rechtfertigte sich, ›ich lasse viel Stoff dran, weil sie ständig wächst‹, schnappte sich das gelbe Metermaß vom Nacken der Schneiderpuppe, ein grauer Frauenrumpf ohne Hände, Beine und Kopf, nur ein Torso auf einer Säule, und sie nahm noch einmal Maß und zog dann aus dem Bauch der Frau ein paar Stecknadeln, um die Säume und die Seitennähte zu markieren, und Mutter zündete sich eine Zigarette an und sagte, ›jetzt ist es völlig in Ordnung, stell dich bloß mal gerade hin, hör auf, wie ein Fragezeichen dazustehen‹.

Auf der Straße, im Geschäft, im Café sagten die Leute, ›kaum zu glauben, daß ihr Mutter und Tochter seid, ihr seht wie Schwestern aus‹, und Mutter lachte, daher erschien es ihr vielleicht ganz natürlich, daß sich Vater auch von mir trennte. Es kann auch sein, daß ich ihre Rache dafür war, daß er nach allem, was sie in ihn investiert hatte, kein Professor und Fakultätsvorstand geworden war, und vielleicht dafür, daß er so mir nichts, dir nichts eine neue Familie gegründet und ihr gezeigt hatte, daß er sehr gut ohne sie zurechtkam, ihr jeden Monat ein paar Groschen hinwarf, während sie schwer arbeitete und uns mit zusammengebissenen Zähnen aufzog, allein während der drei Jahre, bis sie David kennenlernte.«

Sie legte ihren Kopf auf seinen Bauch. Seine Finger zausten ihr Haar. Aus dem Zimmer nebenan war das Rauschen des Bidets zu hören. »Eines Abends kam ich von einer Pfadfinderaktion zurück, und auf dem Sofa saß ein großer Mann mit silbernem Haar und scharfgeschnittenen Gesichtszügen. Mir schien, als hätte ich ihn zuvor schon einmal gesehen, aber ich erinnerte mich nicht, wo. Er stand auf, drückte mir die Hand und bemühte sich zu lächeln, und Mutter sagte, ›darf ich dir David vorstellen, er wird mit uns zusammen wohnen‹, und da sah ich den Koffer, einen neuen Lederkoffer, so was Geschniegeltes mit blitzenden, vergoldeten Schließen, der mitten im Wohnzimmer stand. Oren sagt immer, daß er in diesem Koffer die schalen

Standardwitze vom Palmach mit sich herumschleppte, die er ab und zu losließ, um sich bei uns beliebt zu machen. Wir bemühten uns immer, ihn mit Vorsicht zu umgehen, wie irgendein verdächtiges Objekt, bei dem man nie wissen kann, wann es explodiert. Er war viele Jahre lang in der Armee, in irgendeiner wichtigen Funktion, und in der ersten Zeit langweilte er uns beim Essen immer mit Heldengeschichten aus dem Unabhängigkeitskrieg und von Mosche Dayan, den er wie einen Gott verehrte. In den letzten Jahren hat er sich auf seinen Teller konzentriert, und Mutter tänzelte um ihn herum und paßte auf, daß er aß. Obwohl sie nach Großvaters Tod die Leitung des Reisebüros übernommen hat, findet sie trotzdem Zeit, für ihn zu kochen, sie bäckt die Kuchen, die er am liebsten mag, macht sich für ihn schön, lebt in permanenter Anstrengung, ihm zu beweisen, daß er ein gutes Geschäft gemacht hat, als er seine Frau und seine Zwillinge, Sohn und Tochter, die schon kurz vor der Einberufung standen, verließ. Sie erzählte nichts von ihm, und wenn wir fragten, wich sie aus, aber Tante Techiya hat mir alles erzählt. Ich erinnere mich, daß sie gesagt hat, ›ihr sollt David achten und euch ihm gegenüber gut benehmen, Carmelinka hat genug gelitten und hat es verdient, ein wenig Freude zu haben, es ist nicht so einfach, mit einer Frau zu leben, die drei kleine Affen aufzieht, die er ungefähr so nötig hat wie ein Loch im Kopf‹. Du müßtest sehen, wie er zur Tür rennt, wenn er ihre Schritte auf der Treppe hört. Gut, es ist ja jeder, der sie kennt, in sie verliebt, sie ist derart bezaubernd, immer wunderbar gepflegt und gekleidet wie diese strahlenden Filmstars aus den vierziger Jahren mit den schmalen Hüften, den spitzen Brüsten und den langen Beinen, deren Fotos sie als Kind sammelte, ich habe sie auf den letzten Seiten ihres Poesiealbums eingeklebt gefunden, Vivian Lee und Rita Hayworth, Grace Kelly und Lana Turner, und wie er ihr über den Kopf streicht und sie Mädelchen nennt, und wie sie Händchen halten vorm Fernseher, wie zwei Gymnasiasten, zum Totlachen.«

»Die Liebe macht uns alle zu Gymnasiasten«, sagte er, »ich bin sicher nicht viel jünger als deine Eltern, wie könnte ich mir ein Urteil erlauben, es schaut doch jeder auf das Stück Zeit, das ihm bleibt, rechnet sich das Ende aus, zählt seine Bröckchen. In unserem Unglück angesichts des Todes sind wir doch alle wie kleine Kinder in der Krabbelgruppe, die einen Streichler über ihren Kopf brauchen; vielleicht wird ja der Mensch an dem Streicheln und dem Trost gemessen, den er sich aussucht, und an der Art und Weise, die er sich wählt, um sich nicht nur vom Tod, sondern auch von der blödsinnigen Unbestimmtheit des Lebens abzulenken. Der Junge vom Room-Service tröstet sich in den Armen des Zimmermädchens, Reagan tröstete sich damit, die Welt zu regieren, Niels Bohr hat sich mit den Quantentheorien getröstet, und ich tröste mich mit dir, und dein Vater findet Geschmack an seinem Leben bei der Behandlung Mittelloser in einer aufstrebenden Kleinstadt, und deine Mutter – wenn sie die Reichen vom Carmel auf Auslandsreisen verschickt, und bei ihrem David, und letzten Endes ist alles nur eine Seifenblase, die, wenn man Glück hat, siebzig, achtzig Jahre lang schwebt, was doch gar nichts ist, und dann«, er brachte eine imaginäre Blase zwischen Daumen und Mittelfinger zum Platzen, »ist nichts mehr, und alle Löcher des Körpers füllen sich mit Erde und Würmern. Wer sind wir also, daß wir richten wollten?«

Der letzte Tag vor dem Rückflug nach Israel war der elfte November, ihr Geburtstag. Am Morgen weckte er sie mit Küssen und Orchideen, die er weiß der Teufel woher hatte, und streute sie über die Decke, und sie schlang ihre Beine um seine Hüften und zog ihn zu sich hinunter, und als sie aufstand, um sich zu waschen, entdeckte sie ein paar zerdrückte Blütenblätter, die rosaviolett an ihrem Gesäß klebten.

Nach dem Frühstück fuhren sie mit der Metro zur Station Porte de Clignancourt, zum Flohmarkt, der nur an Samstagen geöffnet war, und sie schlenderte müßig hinter ihm her, während er, ein schwerfälliger, aber begeisterter Jäger nach Schönheit, in den Bildern, die zu Haufen aufgetürmt waren, herumstöberte.

»Gelegentlich macht man hier Funde«, sagte er schnaufend, während er sich auf ein Knie niederließ, um in den Skizzen in einer Holzkiste zu blättern, die auf dem Boden stand, »ich habe schon von jemand gehört, der hier eine kleine Skizze von Picasso fand, zwar nicht signiert – aber ganz sicher Picasso, stell dir das vor.«

»Ich bestelle einen Matisse«, lachte sie, »und es ist mir egal, ob er signiert ist.«

»Lach nur, lach nur«, brummte er, völlig konzentriert, »ich werde dir gleich zeigen, was ich hier für dich finde.« Er erhob sich, rot, ein siegreiches Lächeln in den Augen, und zeigte ihr eine zarte Skizze, nur ein paar Striche, ein Knabenkopf mit einem Lorbeerkranz gekrönt: »Schau dir das an; kein Matisse, aber ich finde das unheimlich schön.«

»Cocteau«, begeisterte sie sich, »eine Skizze von Jean Cocteau von neunundvierzig, sie ist wundervoll.«

Er betrat den Laden, und sie beobachtete ihn, wie er mit dem Verkäufer feilschte, mit kindlichen, umständlichen Handbewegungen, die sie immer lächeln ließen, und nach ein paar Minuten kam er zurück, gab ihr die Skizze, in dünnes, braunes Papier eingepackt, und sagte, »alles Gute zum Geburtstag, Kochanka« und küßte sie auf den Mund, und sie sagte, »bist du wahnsinnig geworden, das hat dich bestimmt ein paar Tausender gekostet«, aber er lachte nur, legte seinen Arm um ihre Hüften, und sie sagte sich, er ist glücklich, mir zu geben, sogar glücklicher als ich, die es nimmt.

Sie schlenderten weiter, und er entdeckte enttäuscht, daß sie hier und dort weitere Skizzen von Cocteau verkauften.

»Mir ist das wirklich egal, wenn wir nach Israel zurückkommen« – morgen, das ist schon morgen, verdammte Scheiße –,

»werde ich sie rahmen lassen und über meinen Schreibtisch hängen.«

Und da hängst du noch, vor meinem Gesicht – wirst du zu dem Knaben sagen, wenn du über euer Paris schreiben wirst, über euren Flohmarkt, über den schönsten Geburtstag, den sie je hatte – trotz all der Wohnungen, in denen ich seitdem gelebt habe, und all der Schreibtische. Moment mal, ich müßte eigentlich ein Foto von dort haben, da, in diesem windigen Café, draußen vor dem Antiquitätenladen, wir haben Panachée getrunken, ein leichtes Bier mit Limonade, das einem in Sekundenschnelle zu Kopf steigt und einen schwindlig macht, und du hast mich in einer Komposition zusammen mit zwei Madonnenstatuen in Lebensgröße fotografiert, ihre Hände über der Brust gefaltet und ihre leidenden Blicke nach oben gewandt, als bäten sie darum, von dem Schwarzweißfernseher, der auf dem Schrank steht, erlöst zu werden. Ich habe die Baskenmütze auf, die ich vorher an einem der Stände gekauft habe, das Gesicht in die Hände gestützt, die Finger spannen die Augen zu schrägen Schlitzen, und das Lächeln, wieviel Traurigkeit sich da hineinmischt, welche Müdigkeit, ein ungemein weicher Ausdruck, vielleicht weil das Gesicht zweigeteilt ist, die linke Hälfte in der Sonne, die rechte im Schatten, und vielleicht, weil du mir dort gegenüber warst, zurücktratest und mich hinter der Kamera angelacht hast, »hör auf, mir Marlene-Dietrich-Augen vorzumachen, du bist auch so schön genug«.

Ja, ich war schön an jenem Nachmittag durch die Linse der Kamera, durch die Augen deiner Liebe. Ich war schön und wußte es nicht, vielleicht begann ich es erst zu ahnen.

Am letzten Abend aßen sie in einem luxuriösen Restaurant Brie de Vochirar, neben dem Jardin du Luxembourg, unweit des Hotels.

»Ich würde gerne noch mindestens zwei Wochen hierbleiben«, seufzte sie, während sie die Ränder der Stoffserviette über ihren Knien zerknautschte. »Und du?« ihr Hals wurde eng.

»Das war die schönste Reise meines Lebens«, sagte er ruhig, seine Finger bewegten sich in schnellen Kreisen über den Rand des Weinglases, »aber ich freue mich, nach Hause zu kommen.«

Sie weinte still, dann laut, ohne auf die anderen Gäste zu achten, die sie mit Blicken durchbohrten, schneuzte sich die Nase in die Stoffserviette und kippte den Bordeaux hinunter, als sei er Wasser, und Yigal winkte dem Ober und bestellte noch eine Flasche.

»Was glotzt ihr so, habt ihr noch nie im Leben eine schöne Frau weinen sehen?« sagte er auf hebräisch zu dem betagten Paar am Nebentisch, und dann beugte er sich zu ihr hinüber und flüsterte, »ich bin kurz davor, einen epileptischen Anfall zu inszenieren, damit sie kapieren, daß du wegen deinem kranken Vater so bist, der dir die ganze Zeit in aller Öffentlichkeit Schande bereitet.«

Sie lachte gegen ihren Willen, »komm, laß uns hier rausgehen«.

Aber später, in ihrem Zimmer – in dem sich in den letzten Tagen bunte Plastiktüten aus Spielzeugläden angehäuft hatten, eine große rote Lego-Tüte, und ein langes Skateboard, das an der Wand lehnte, in weißes Nylon verpackt –, überkam sie eine neue Tränenflut, und er bettete ihren Kopf an seine Brust, streichelte ihren hastig atmenden Rücken: »Du willst doch gar nicht wirklich so einen alten Knacker wie mich«, sagte er ruhig, »jetzt kommt es dir so vor, als wolltest du, aber dein Appetit ist viel größer als das.«

»Wie kannst du das wissen«; sie hob ihr rotgeflecktes Gesicht zu ihm empor – wenn ich weine, sieht mein Gesicht wie der Rorschachtest eines Verrückten aus, wirst du ihm einmal zu einer anderen Zeit, an einem anderen Ort sagen, denn es werden noch viele Tränen zwischen euch fließen, und er wird darauf sagen, wenn du weinst, steht er mir augenblicklich vor lauter Mitleid.

»Ein bißchen kenne ich dich«, sagte er jetzt, »es ist nicht wegen mir. Diese Tränen haben schon lange Zeit bei dir im Bauch gewartet.«

Und er fuhr fort, ihren Körper zu wiegen, das Weinen, ab und zu schlug sie ohnmächtig mit der Faust aufs Bett, und er drückte sie an sich, und mit einem Mal beschleunigte ihr Herz den Takt seiner Schläge zu einem rasenden Galopp.

»Dein Herz schlägt wie verrückt«, erschrak er.

»Das ist so, wenn ich mich zu sehr aufrege oder wenn ich betrunken bin, und jetzt ist es beides.« Sie löste sich von seinem Körper und deckte sich zu, wandte ihm den Rücken zu – wie in der ersten Nacht in Rom, vor so langer Zeit –, wartete auf das Geräusch des Feuerzeugs auf dem Nachttisch, aber es blieb still. Umarme mich jetzt bloß – bat sie innerlich, lautlos –, und er preßte seine Brust an ihren Rücken, legte seine Hand auf ihren Bauch und flüsterte, hüte deine Seele.

»Einmal gab man Helen Keller eine Reibe«, scherzte er auf dem Rückflug nach Israel, bemüht, sie zu erheitern, »und sie fuhr mit der Hand darüber und sagte, wer hat diesen Mist geschrieben.«

Rivi lachte: »Helen Keller war meine Kindheitsheldin, zusammen mit Anne Frank, Jo von den *Little Women*, Madame Curie und Golda Meir.«

»Meine waren Anna Magnani und Rosa Luxemburg«, sagte er, »über Anna habe ich onaniert, und Rosa wollte ich heiraten. Ich habe einmal daran gedacht, eine Geschichte über sie zu schreiben, die mit dem Satz beginnen würde, ›Die rote Rosa war meine erste Liebe‹, aber ich hatte keine Fortsetzung. Sie hinkte und war häßlich, aber die Männer waren schrecklich verliebt in sie.«

Sie lächelte über die Art, wie er das *o* eher wie ein *u* aussprach, sie konnte das neu eingewanderte Kibbuzkind, das er einmal gewesen war, dahinter versteckt hören.

»Sie fielen ihr wie die Motten zu Füßen. Sicher hätte ich auch überhaupt keine Chance bei ihr gehabt, sie war in die Revolution verliebt.«

»Ich werde auch nie heiraten«, verkündete sie, »ich werde mein Leben dem Schreiben, Reisen in alle Welt und dem Sammeln von Liebhabern widmen.«

»Du wirst aus Angst heiraten, wie alle«, provozierte er sie, »und du wirst ein kleines Haus mit einem kleinen Mann und zwei wohlerzogenen Kindern und einer Putzfrau haben, vielleicht auch einen Hund, und manchmal wirst du Geschichten über Reisen und Liebhaber schreiben. Weißt du«, sagte er nachdenklich, »es gibt ein schönes Gedicht von Benjamin Galai, der sagt, ›nur hundert Schritte vor jedem offenen Meer‹, nur hundert Schritte, Kochanka.«

»Und du?« fragte sie verärgert.

»Ich kann dir nur Lessing zitieren: Nicht jeder, der über Fesseln spottet, befreit sich auch aus ihnen.«

Alles auf diesem Flug ärgerte sie; die zwei kreischenden Kinder, die in den Zwischengängen herumtobten, das lärmende Hebräisch, ihre Nachbarin zur Linken, die sie immer wieder zum Aufstehen zwang, wenn sie aufs Klo ging, das schlecht schmekkende Mittagessen, und er, er vor allem, seine gute Laune, seine Zitate und Witze, seine flüchtigen Küsse auf ihren Hals.

Das Flugzeug landete um fünf. Genau um fünf Uhr nachmittags. Nicht eine Minute Verspätung, zürnte sie innerlich, als sie in der kurzen Schlange vor der Paßkontrolle standen. Yigal steckte zwei lange Stangen Marlboro ein, die er im Duty-free gekauft hatte, eine in jede Tasche seines Ledermantels. Noch lag seine Hand auf ihrer Schulter, noch lächelte er ihr zu, aber er war schon unruhig und abwesend, im nächsten Moment würden die Koffer dasein, die sich unaufhaltsam auf sie zubewegten, und dann würde er, wie sie es geplant hatten, vor ihr hinausgehen, zu seiner Frau und seinem Sohn, die hinter dem Eisengeländer auf ihn warteten. Und schon war sein schwarzer Koffer da, er legte ihn auf den Wagen, die rote Lego-Tüte und das Skateboard in der weißen Nylonhülle darauf, und er küßte sie, ernst, vielleicht war er besorgt, und sagte, »ich rufe dich in ein paar Tagen an, Kleines, ruh dich aus«, und schon entfernte sich sein Rücken, die Zigarettenstangen, rot-weiß-schwarz, wippten auf beiden Seiten. Und sie wartete. Um ganz sicher zu gehen, wartete sie lange, fast eine halbe Stunde, erst dann ging sie hinaus, blickte sich besorgt um und lenkte ihren Gepäckwagen zum Taxistand.

»Von wo kommst du zurück, aus Frankreich?« fragte sie der Fahrer, mit Betonung auf der letzten Silbe von Frankreich, »glaub mir, es ist gut, daß du in den letzten Tagen nicht hier warst. Was für ein Chamsin, seit Jahren haben wir so was nicht mehr gehabt, auf der ganzen Welt ist Winter, und hier haben wir Chamsinhitze, ein verrücktes Land, sag ich dir.«

Sie lächelte ihm höflich über den Spiegel zu, und er schaltete das Radio ein. *Wirtschaft in Kürze.*

»Rauchst du?« Er bot ihr über seine Schulter hinweg eine Schachtel Zigaretten an.

»Nein, danke.«

»Vielleicht ein Bonbon?« Rascheln in der Blechdose.

»Gut.« Sie wählte ein gelbes Bonbon und blickte hinaus, sehr müde, und etwas an ihrer Körperhaltung, vielleicht ihre über der Brust verschränkten Arme, gab ihr das Gefühl, erwachsen zu sein, eine Frau, die allein aus dem Ausland zurückkehrt.

Und da war auch schon Tel Aviv, die Balfourstraße, die Schule, die Diagnosestation für Brustkrebs, wo sie einmal zu einer Untersuchung hingegangen war, und hier die Yochanan-Hasandlar-Straße, und der Fahrer half ihr mit dem Koffer: »Vielen Dank, meine Dame, alles Gute.«

Außer Atem kletterte sie in den ersten Stock hinauf, wühlte in ihrer Handtasche nach dem Schlüssel, sperrte die Türe auf,

auf der man immer noch ein paar blaßschwarze Buchstaben der »Einbahnstraße der Traurigkeit« ausmachen konnte, die sich weder mit Wasser noch mit Terpentin hatten wegreiben lassen, und ihr Zimmer, unverändert, überladen mit alten Möbeln aus verschiedenen Perioden ihres Lebens; das Doppelbett mit dem abblätternden Rahmen aus Holzimitat und die gelb-orange geblümte Matratze, die ihr Roni, ihr erster Freund, hinterlassen hatte, als er sich aufmachte, um sich im Fernen Osten herumzutreiben, der große Schreibtisch mit den verkratzten, speckigen Beinen und der Glasplatte, unter der die Fotos ihrer Mutter, Großmutter und Brüder lagen, um die Löcher zu verbergen, die die Holzwürmer hineingefräst hatten, und ein Bild von Virginia Woolf, das sie sich auf der Reise vor ihrer Einberufung in London gekauft hatte, denn sie mochte die edle Form ihres Gesichts und ihren Blick, verträumt, klug und spöttisch, und das Foto mit Noa, als sie beim nationalen Arbeitseinsatz im Kibbuz Grapefruits pflückten; verwaschene Khakimützen beschatten ihre Gesichter, Grashalme zwischen den Lippen, und Noas Zopf wie ein Schlangenknäuel schwer auf ihrer Schulter. Auf dem Tisch stehen die grünliche Hermes und ein kleiner Fernseher, den ihr Yigal vor nicht allzu langer Zeit mitgebracht hat, als ihm auffiel, daß sie keinen hatte, und in der Mitte des Raumes die beige Sitzgruppe im Stil der fünfziger Jahre, die sie aus der Wohnung ihres Großvaters mitnahm, nachdem er gestorben war, und der Blumentopf mit seinen Blättern wie große Hände, in dem Yigal, wenn sie nicht aufpaßte, Zigaretten auszudrücken pflegte, als wollte er Beweise für seine Existenz bei ihr hinterlassen, und der braune Kleiderschrank, die Bücherregale, der Lesesessel, wie eine ausladende Frau in langem, dunklem Kleid, nur die weit auseinanderstehenden Knöchel und die dünnen Ärmchen ragten daraus hervor, man konnte bequem im Schneidersitz darin sitzen, und darüber das Schwarzweißplakat eines alten Bergman-Films, *Wie in einem Spiegel.*

Sie stieß die schwere Schiebetür auf und trat auf den Balkon hinaus, versuchte wieder, die verblichene hellblaue Sonnenblende zu öffnen, und scheiterte wieder an der verrosteten Schiene. Durch die Schlitze fielen Streifen vom benachbarten Haus und dem Hof ein; die Schubkarre, deren Boden mit Algen und Regenwasser bedeckt war, stand neben dem Gasbehälter und den Wasseruhren. Ringsherum stapelten sich Orangenkartons mit angeschlagenen Ecken, Eisenrohre, ein umgestürztes Waschbekken, dessen rosafarbene Unterseite abblätterte, eine alte Zeitungsseite hatte sich um den nackten Zweig eines dürren Bäumchens gewickelt, zerdrückte Plastikflaschen, eine runde Strohmatte, die Ränder schwarz vor Nässe, baumelte jenseits des Geländers des rückwärtigen Balkons gegenüber, darüber eine Wäscheleine, an der wie Spatzen einzelne Wäscheklammern kopfüber hingen. Säcke mit Kies und Baustellenschutt lehnten am Stamm einer Palme, deren trockene, braungraue Wedel ermattet den Himmel kehrten. Sie ging ins Zimmer zurück und begann, den Koffer auszupacken.

Von nun an würde dies ihr Liebesnest sein.

3

Nur hundert Schritte vor jedem offenen Meer

Am nächsten Morgen rief sie ihre Mutter an, um sie zu beruhigen, daß sie wohlbehalten zurückgekehrt und es phantastisch gewesen sei. Ihre Mutter beharrte darauf zu erfahren, wer der mysteriöse Bekannte war, mit dem sie verreist war und für den sie ebenfalls ein ermäßigtes Flugticket geholt hatte, und Rivi sagte, »er heißt Yigal, und er ist okay, ich muß jetzt los, Küsse an alle, bye«, und sie sah sie vor sich in ihrem hohen Direktorensessel, wie sie den Hörer aus der blassen Hand legte, deren Fingernägel im Farbton des Lederbezugs lackiert waren, und sich eine Zigarette anzündete. Dann ging Rivi auf die Straße, die Scheinkin hinunter, die ihr jetzt grau und bar jeglichen Zaubers erschien, und folgte der Allenby-Straße bis zur Ben-Yehuda. Er hatte das Schaufenster neu dekoriert – sie bemerkte es von weitem und freute sich, denn seit sie den Laden zum ersten Mal betreten hatte, waren die Bücher im Fenster nicht mehr ausgewechselt worden.

»Schau mal« – nahm sie Golden an der Tür mit einem begeisterten Kuß in Empfang, deutete auf die fettigen Handabdrücke außen auf der Glasscheibe –, »das ist das Zeichen, daß der Laden wieder lebt, hier sind in der Nacht Leute gestanden und haben Bücher angeschaut.« Mit umständlichem Eifer drängte er sie zum Hereinkommen, »nu, hast du etwas Schönes gesehen, das Théâtre de Soleil von Mnouchkine ist jetzt in Paris, habe ich gehört, setz dich, setz dich, ich hole einen Kaffee, und du erzählst mir alles, Nescafé oder türkisch?« Plötzlich bemerkte sie auf einem der unteren Regale ein paar Bücher aus der Reihe »Patrick Kim«, halb bekleidete Frauen räkelten sich auf den Einbänden. Sie sagte keinen Ton, aber Golden gewahrte ihren Blick und entschuldigte sich: »Man hat nach Patrick Kim verlangt, also habe ich ihn hingestellt, wenn es das ist, was man kauft; Miriam drängt so sehr, was kann ich machen, am Anfang wußte ich nicht, wer diese Patricks sind, ich dachte, es hinge mit den Robotriks zusammen, auch das ist was Neues, irgendeine Serie für Kinder aus dem Fernsehen, ich verstehe ja nichts davon, Nes oder türkisch?«

»Milchkaffee, wenn es geht«, bat sie, und er verließ den Laden, ließ sie aus irgendeinem Grunde beschämt zurück.

Bis er zurückkam, hatten zwei Leute den Laden betreten; eine dicke Frau in einem sonnenblumengemusterten Kleid fragte, wo der Autobus nach Ramat Gan sei, und ein zerfledderter Religionsstudent mit schwarzem Hut und niedergeschlagenen Augen hinter der Brille bat um eine Spende für eine Yeschiva-Religionsschule in Bnei Brak. Sie wußte, daß im Laufe des Tages eine Prozession von Leuten im Laden vorbeikommen würde, die wissen wollten, wo die nächste Post, die Nationalbank, eine Apotheke war; und alle möglichen Bettler und Hausierer würden Golden Kopftücher aus Rumänien anbieten, Fleischermesser, gebrauchte Bücher, Puppen fürs Auto; und er würde Dinge kaufen, für die er keine Verwendung hätte – »macht nichts, Geschenke für die Enkel«, würde er sagen und gezwungen sein, ein ums andere Mal zu wiederholen, »tut mir leid, wir haben keine Schulbücher« und ebenso, »wir führen keine Kochbücher«, und gegen Mittag würden die Stammkunden hereinkommen, die seit vierzig Jahren bei ihm die Zeitung holten – ganz besonders gefiel ihr ein prachtvoller Greis mit gepunkteter Fliege und einem Stock mit Goldknauf – und Golden würde mit jedem ein bißchen in seiner Sprache plaudern, vor Ladenschluß ein paar Minuten dem Zusammenzählen des Kasseninhalts widmen, die verschwindende Summe in ein Heft mit dickem Einband eintragen und zum Mittagessen mit Miriam nach Hause gehen, und danach würde er ungeduldig warten, bis es vier Uhr war, um wieder aufzumachen, denn am Nachmittag würde sicher jemand von seinen Freunden kommen; die alte Manja Olenskaja, die in den letzten Jahren nur selten an der Habimah auftrat, hauptsächlich an Schaupielschulen unterrichtete, und man erzählte sich, sie schlüge ihre Schüler und habe einmal sogar einen gezwungen, die Zigarette zu verschlucken, die er während einer Probe zu rauchen gewagt hatte, und Rivi hatte ihr Vergnügen daran, sie über ihren Geliebten Wladimir reden zu hören, den sie in ihrer fröhlichen Moskauer Jugendzeit gekannt hatte, bevor er im Alter von siebenunddreißig Selbstmord beging – »mein Poät, er war schön wie Apollo im gelben Hemd, und die schmutzigen Wörter, die er mir immer zuflüsterte, süßer als Marmelade, ich war gerade zweiundzwanzig und hatte noch keinen Kratzer im Herzen« – und Amnon von der Musikakademie würde wahrscheinlich vorbeikommen, und Ephraim Schorr, der Geiger von der Philharmonie, ein alter Freund Goldens, und Ruchale Singer, Schauspielerin am Jiddischen Theater, mit Ofer, ihrem zurückgebliebenen fünfzehnjährigen Sohn, der ohne Unterlaß Atomholocaust Atomholocaust krähte, gurgelnd vor Lachen, und der einmal, als er Rivi auf der Straße sah, den Reißverschluß seiner Hose geöffnet und vor ihr sein langes, dünnes Glied herausgezogen hatte, aber vielleicht würde auch irgendein neuer und dennoch herzergreifend vertrauter Junge hereinkommen, der die Bucheinbände mit seinen glühenden braunen Augen versengen würde, und da kam Golden zurück, trug das kleine Tablett und fragte, »war jemand da?«, und Rivi antwortete, »niemand«.

Sie erzählte ihm ein bißchen von den Museen, die sie besucht hatte, hielt sich zurück, um nicht preiszugeben, mit wem sie verreist war, gab ihm das Programm, das sie für ihn aufgehoben hatte, und beschrieb ihm die Kostüme von Peachums als Krüppel verkleideter Bettler und von Mackie Messer – Handschuhe aus Ziegenleder, schwarzweiße Lackschuhe, einen Stock mit Elfenbeingriff und eine blasse fischgrätartige Narbe auf der Wange, und Golden wurde mitgerissen, erzählte von den Aufführungen, die er in jenem Sommer gesehen hatte, als er »mit ihm« nach London gefahren war – »und am letzten Abend sahen wir Hedda Gabler mit Maggie Smith, was für eine Schauspielerin, im ersten Akt trägt sie das gebrochen weiße Kleid einer jungen Braut im Herbst, und sie geht im Park des Landgutes auf einem rötlichen Laubteppich spazieren, nur in Europa kann man so etwas sehen, und die Blätter schweben ganz langsam auf ihr Haar herab, das fast dieselbe Farbe hat, auf ihr prachtvolles Kleid, und sie dreht sich um sich selbst, lacht und versucht, sie mit den Händen zu erhaschen, und dann, als sie Løvborgs Manuskript verbrennt, trägt sie ein Kleid, rot wie Feuer, wie Eifersucht, und am Schluß steht sie am Kopf der Treppe in einem Kleid schwarz wie ihre Pistolen und ihre Seele.«

Fünf Tage nach ihrer Rückkehr begann der Winter. Von ihrem Bett aus konnte sie den Himmel sehen, ein Flickwerk aus Tausenden feuchten, zerknüllten Papiertaschentüchern, wie die Decke eines Grippekranken. Der Morgen sickerte durchs Fenster mit Teppichklopfgeräuschen, dem Weinen eines Kindes, das nicht in den Kindergarten gehen wollte, mit der nörgelnden Stimme der Nachbarin, dem Geruch gerösteter Auberginen, den »Alte Kleider, Lumpen, Eisen«-Rufen des arabischen Jungen. Bald würde es regnen, dachte sie, zusammengerollt, freu dich über die schwarzen Reitstiefel mit den Silbersporen aus der Via Veneto, über den aquariumgrünen Regenschirm mit dem Holzgriff und über das schwarz-rot karierte Sherlock-Holmes-Cape, das sie im Forum des Halles in Paris gekauft hatte.

An der Tür hörte sie das Klopfen, wie in den Tagen vor der Reise, zwei eins zwei, und sie beeilte sich aufzustehen, in ein Laken gehüllt, und aus Gewohnheit spähte sie in das lächelnde Gesicht, verzerrt durch den Türspion wie eine Teufelsfratze. Sie umarmten sich, Rivi rieb ihre Wange an seinem Bart, zog ihn zum Bett, zu ihrer schlafdünstenden Nacktheit, und er streichelte mit bebenden Händen ihr Gesicht, küßte ihre Stirn, ihre Lider, ihre Wangen und ihren Nasenrücken, während seine ungeduldigen Finger an den Hemdknöpfen und der Schnalle des Gürtels nestelten, den sie ihm auf dem Ledermarkt von Florenz gekauft hatte. Aber als sie ihre Beine um ihn schlang, um ihn in sich aufzunehmen, spürte sie, wie er zusammenfiel und sich zurückzog, und er löste sich von ihr, setzte sich auf und sagte: »Ich weiß nicht, was mit mir los ist, ich hatte zuviel Sehnsucht nach dir.«

Sie schlang ihre Arme um seinen Hals und schlug vor, hinunterzugehen und Kaffee zu trinken, und sie traten in den Regen hinaus, der inzwischen eingesetzt hatte, Millionen hauchzarter kristallener Saiten, die die schweren Wolken stützten. Sie gab ihm den Regenschirm und hängte sich an seinen Arm im Ledermantel, und er vergrub seine Nase in ihrem feuchten Haar und sagte, »was für ein lebendiger und dunkler Geruch nach Wald«. Sie gingen die Scheinkin-Straße in Richtung Allenby hinunter, ihre Stiefel klopften vereint im Takt, und Yigal summte irgendein blödsinniges Jampti-dimpti-dam vor sich hin, um sie zum Lachen zu bringen, und lachte mit ihr, bis sie das alte Café an der Ecke der Hamelech-George-Straße erreichten.

Sie betraten das Café, sie schüttelte den Regenschirm ab, spritzte achtlos um sich und lachte. Dann setzten sie sich an den grünen Kunststofftisch an der Wand, die den gelblichen Ton einer Cremeschnittenfüllung hatte. Herbstlich milchiges Licht, Gemurmel in weichen Sprachen, Puderduft, Zeitungsgeraschel, eine Fliege kreiste über dem Apfelkuchen auf der Theke, das Summen der Kaffeemühle. Die ältere Bedienung trat auf sie zu, der Elastikstrumpf eng am dicken Knöchel anliegend, eine Halbschürze vor den Bauch gebunden, an der sie ihre geschwollenen Finger abtrocknete, blutrote abgekaute Fingernägel, der einzige goldene Ring schnitt in ihr Fleisch ein, »was darf's für Sie sein, bitteschön?«

Er fragte Rivi nach den letzten Tagen, und sie erzählte. Sie fragte ihn nichts, und er erzählte nichts, streichelte nur ihre Hand und sagte immer wieder, »ich habe mich mehr nach dir gesehnt als möglich«. Dann kam der hinkende Nachum herein, der junge Mädchen auf der Straße aufhielt oder im Café an ihre Tische kam, und stotterte, »Entschuldigung, ich l-le-se d-d-die Z-zu-kunft im G-g-gesicht«, die meisten kannten ihn schon und ignorierten ihn, oder sie forderten ihn zum Hinsetzen auf, um sich auf seine Kosten lustig zu machen, aber manchmal gelang es ihm, ein ahnungsloses Opfer einzufangen, und auch sie hatte sich einmal von ihm verführen lassen, als sie gerade erst nach Tel Aviv gekommen war, und er hatte ihr in die Augen geblickt und ihr genaues Geburtsdatum erraten. Jetzt kam er auf ihren Tisch zu, zog seinen Fuß nach, warf einen Blick auf sie, seine gelähmte Gesichtshälfte wurde durch sein Zwinkern noch mehr entstellt, als er speichelsprühend zu Yigal sagte, »d-d-du b-b-bist ein großer B-b-bastard, d-d-du«, und mit dem Finger vor seiner Nase herumwackelte.

»Setz dich, Nachum, trink einen Kaffee«, Yigal zog einen Stuhl vom benachbarten Tisch heran, ignorierte ihre verdrießlich gerunzelten Augenbrauen. Nachum schlürfte still seinen Kaffee, hob ab und zu seine blaßwäßrigen Augen zu ihnen empor, und sie dachte bei sich, er liest es uns am Gesicht ab, wann wir uns trennen und wann jeder von uns stirbt. Und dann legte er sein bärtiges Kinn in die Mulde seiner Faust, betrachtete sie eine Weile und sagte, »d-d-deine M-m-mutter ist sehr k-k-krank«, und sie lachte erschrocken und sagte, »wieso denn, sie ist völlig gesund«, doch Nachum schloß bedauernd seine Augen und flüsterte, »b-b-bald«.

Welche Verschwendung haben wir damals mit unserer Zeit betrieben – würde sie denken, während sie versuchen wird, ihrer

Liebe Lebenswind einzuhauchen, wie einem Segelboot –, als hätten wir alle freie Zeit der Welt, Flüsse, Meere und Berge, Wüsten und Sterne, Galaxien von Zeit. Denn nach zwei Wochen, während derer sein Körper sich ein ums andere Mal von ihr zurückzog, seine Stimmung äußerst deprimiert wurde und er immer wieder sagte, »nun ja, Kochanka, am Ende wirst du mich rauswerfen«, sie ihn jedoch lachend an ihre Florentiner Nächte, an Rom und Paris erinnerte, »keine Sorge, du wirst mich schon noch stoßen wie ein Bulle«, und er sagte, »weißt du, ich hätte nicht gedacht, daß wir nach Paris weitermachen, ich dachte nicht, daß du willst«, und sie sagte, »ich will«, und er sagte, »ich muß mich daran gewöhnen«, und sie wußte, daß er nicht sie damit meinte, sondern sich selbst, und dann lagen sie umschlungen da, seine Finger tasteten über ihr Gesicht, ihre Brüste und ihren Bauch, bis sie flüsterte, »ich kann nicht mehr, komm jetzt«, seinen Kopf zwischen ihren Oberschenkeln umklammerte und sein Haar bis zum Verebben des letzten Erschauern festhielt, und er sein feuchtes, rotes Gesicht zu ihr emporhob, sich Haarfäden von der Zunge pickte und lächelte und sie seinen Kopf mit beiden Armen umschlang und ihren Saft von seinen Lippen und seinem Bart leckte, und als er schließlich endlich wieder in sie eindrang, war er glücklich wie ein Junge, überschüttete ihr Gesicht und ihren ganzen Körper mit Küssen und lachte, »ich fühle mich wie Napoleon und Alexander der Große, Hannibal, Dschingis-Khan und Rambo zusammen« – nach jenen ersten zwei Wochen kamen lange Tage, in denen ihnen die Lust zur Gewohnheit wurde, denn sie sahen sich fast täglich, und manchmal fuhren sie aus der Stadt hinaus; zu den Kirchen Jerusalems, zur Kelterei von Zichron Yakov, zu den Ausgrabungen in Beit Schean und an die Küste von Cäsarea; Yigal begeisterte sich, grub an ein paar Stellen, um römische Münzen zu finden, aber er brachte nur grünliche Glasscherben zum Vorschein, und er begann, ihr einen Vortrag über die phönizische Glasarbeit zu halten, und als sie ihm glaubte und die

Bruchstücke mitnehmen wollte, lachte er, »was ist los mit dir, siehst du nicht, daß es bloß Scherben von einer Weinflasche sind«, und es gab lange, entspannte Stunden am Nachmittag im Café Tamar, und am Abend gingen sie oft ins Kino, vor allem in Komödien, er mochte keine traurigen Filme und kaufte Popcorn, das er »amerikanischen Mais« nannte – wie in seiner Kindheit, als er aus dem Kibbuz davonlief, um sich in Haifa Filme anzusehen –, und den ganzen Film über streichelte er ihren Nacken und lachte zu laut, und an den Abenden, an denen sie im ungarischen Palatschinkenhaus arbeitete, kam er sie abholen, und sie gingen etwas trinken – die Rote Bar hatte zugemacht, doch sie fanden neue Orte – und eines Nachts, vor Pessach, entdeckte sie auf dem Rücksitz seines Autos einen zusammengeklappten Picknicktisch mit zwei Stühlen und einen gelben, in Nylon verpackten Sonnenschirm.

»Ein Geschenk zum Fest vom Betriebsrat des Technikums«, lachte er, »komme ich dir wie einer vor, der am Samstag mit der Familie zum Picknick im Schoß der Natur hinausfährt?« Und sie stellten den Tisch und die Stühle auf eine Verkehrsinsel Ecke Diezengoff-/Hamelech-George-Straße, an dem benachbarten Kiosk, der die ganze Nacht geöffnet hatte, kauften sie Dosenbier und Schweizer Schokolade und setzten sich dort hin, an den Straßenrand, unter den gelben Sonnenschirm, während der Verkehr auf beiden Seiten strömte.

Einmal, als sie ihm von Tante Techiya erzählte, bat sie ihn, sie nach Ramat Gan zu bringen, und sie fuhren gegen zwei Uhr morgens hin, öffneten vorsichtig das Tor und betraten den dunklen Garten, und Rivi zog ihn aufgeregt an der Hand von Baum zu Baum, und er sagte amüsiert, »sehr angenehm, Mango, sehr angenehm, Pecan«, doch sie brachte ihn zum Schweigen und deutete auf die Strelitzien, die ihre Hälse in der Dunkelheit reckten.

Freitagnachmittags tranken sie Wodka auf der Strandpromenade, kehrten zurück, zogen sich aus und schliefen miteinander, und danach streichelte er sie im verblassenden, zur Neige gehenden Licht – »Still, still, der Abend geht vorbei, die Erde gibt ihr Gesicht dem Segen des Himmels preis, und der Kühle atmende Wind wird den Zauber streuen, der den Blätterfall grau werden läßt, still, still auf meine Liebe« –, vom Nacken zu den Schultern, zum Rücken, von Vergnügen durchrieselt, ihr Kopf in seiner Schultermulde, Geruch nach Wodka und Schweiß, ihre Hand lag auf seiner Brust, ihr Becken schwer auf seinem, und seine Hände entlockten ihrer Haut Kindheitsbilder; der gelbe Kiefernstaub auf dem Balkon im Chamsin; der Felshügel, den sie bei ihren Pfadfinderaktionen erklommen, die Hände griffen in Salbeisträucher; zwei fünfzehnjährige Mädchen liegen am Wasserrand, das rieselnd unter ihren Lenden kitzelt, ihre Finger zeichnen achtlos die Landkarten ihrer Zukunft auf die harsche Sandfläche, und in ihren Mündern kühle, salzige Muscheln; ein Café im Hotelgarten auf dem Carmel, ihre Mutter mit Hochfrisur und rosa Lippenstift, sie in einem feierlichen, blau-weißen Kleid, Eiskaffee in hohen Gläsern, auf wen auf wen auf wen warten wir, und sie weigert sich, die Augen zu öffnen, nur um zu entdecken, daß es bereits dunkel ist und er sich schon von ihrem Körper lösen muß, sich am Bettrand aufsetzt mit dem Rükken zu ihr, so scheint er ihr immer älter, sitzend mit hängendem Bauch, und schon zieht er die Uhr an, die er zuvor abgenommen und auf den Schreibtisch gelegt hat, das Zeichen, daß ihre Zeit abgelaufen ist, tastet nach seinen Kleidern, zieht sich an und nimmt mit einer Sturzflut von Küssen auf ihren Kopf Abschied.

Woher hattest du all diese freie Zeit für mich – würde sie sich über etwas wundern, das ihr damals selbstverständlich erschien –, als hättest du uns unendliche Zeit gepachtet, und niemals gabst du mir das Gefühl, du hättest Angst, man würde uns zusammen sehen, immer Hand in Hand auf der Straße, immer mein Gesicht über den Café-Tisch hinweg streichelnd, mich im Kino umarmend, dein Gesicht in meinem Haar vergraben, um den Geruch einzuatmen.

Eines Abends kam er vor Ende ihrer Schicht ins Palatschinken-Haus, setzte sich an einen der Tische, trank einen Kaffee, rauchte und wartete, und sie stürzte auf ihn zu, schlang ihre Arme um ihn und vergrub ihr Gesicht in seinem schönen Haar – voll und dunkel, nur zwei, drei Silberfäden, ihr zuliebe wusch er es immer sorgfältig –, und es war ihr völlig egal, daß Josef und Simcha sowie zwei oder drei letzte Kunden sie anstarrten; so glücklich war sie, daß er gekommen war, so stolz war sie auf ihn.

Am nächsten Tag, als sie zur Arbeit kam, empfing sie Zahavit mit einem halb mißtrauischen, halb mitleidigen Blick – »das ist also dein Senilo«, sie bemühte sich nicht, ihre Enttäuschung zu verbergen, »nach dem, was du über ihn erzählt hast, habe ich gedacht, er ist mindestens ein Paul Newman. Sein Gesicht ist in Ordnung, ich sage ja nichts, ein Professorenbart, blaue Augen, aber der Körper, Gott bewahre, klein, mit Bauch, Brüste wie eine Frau, ich verstehe nicht, wie du mit so einem Wrack ins Bett gehen kannst.«

Ja, auch für mich sah er zu Anfang, in den Monaten vor der Reise, so aus, was soll ich ihr sagen, daß das überhaupt nicht wichtig ist, daß ich nicht mit seinem Körper schlafe, auch nicht mit meinem Körper, sondern daß wir wie zwei gespannte Saiten sind, die einander mit größtmöglicher Aufmerksamkeit lauschen, im äußersten Zittern erbeben, wie soll ich von seinem Gesicht über mir erzählen, von dem unendlichen Erbarmen, der unterdrückten Gewalttätigkeit, mit Weißglut gestählte Nadeln lauern in den Pupillen, um mein Flattern einzufangen, den Augenblick des Abhebens, er flüstert mir zu, komm, komm, und ich öffne mich so weit wie nur irgend möglich, reiße die Augen auf und gebe ihm alles, behalte nichts für mich, schreie es in ihn hinein, bis fast das Echo zu hören ist, und erst dann schließt er fest seine Augen, lauter winzige Fältchen, legt den Kopf in die Mulde zwischen Schulter und Hals, und ich umarme ihn mit der ganzen Zärtlichkeit, von der ich nie wußte, daß ich sie in mir habe, aber manchmal greife ich mit beiden Händen in sein Haar und zerre mit aller Kraft daran – rauf mit dir, du Hurensohn, laß mich dein Gesicht sehen, ich will dich sehen, wie du vergehst, dich auflöst.

»Schwer zu erklären«, lächelte sie Zahavit an und zuckte die Achseln, »ein bißchen schwer zu erklären, nichts zu machen.«

Und erst sehr viel später, wenn sie darüber schreiben würde – denn was sonst könnte sie mit all dem anfangen, als zu versuchen, die Sandkörner, die ihr zwischen den Fingern zerrinnen, zusammenzufügen – und sich selbst befehlen würde, vorsichtig zu sein, nicht zu straucheln, genau zu sein, da wird sie darüber nachgrübeln – eigentlich auch der Körper, denn ich habe dich zur Gänze gestreichelt, jedes Stückchen Haut, jedes Muttermal, jedes weiße Haar, mit meinen Fingern habe ich dich gestreichelt und mit meinen Wangen, mit meinen Brüsten und meinem Haar, mit meinem erhitzten Mund und meiner Zunge, und du hast die Bettpfosten ergriffen, lustvoll gemartert, gewinselt wie ein Tier, bis zur Häutung, bis die Nervenenden freilagen, bis zum Herzstück des Fleisches.

Eines Tages, am Ende des Winters, erzählte er ihr, daß seine Frau zu einer Tagung nach Oxford fahre, und lud sie ein, ihn in seinem Haus zu besuchen, von dem Rivi wußte, daß es in einem der reichen, nördlichen Viertel der Stadt lag – »woher hast du das ganze Geld, das du an mich verschwendest«, hatte sie ihn einmal gefragt, »ein Dozent am Technikum sollte eigentlich nicht so reich sein«, und er hatte gelacht, »Entschädigungen von den Nazis, die ich klug investiert habe«. Seit sie zurückgekehrt waren, hatte sie sich verboten, sich den Anblick seines Hauses samt ihm vorzustellen, und deshalb zögerte sie einen Augenblick, aber am Ende willigte sie ein, und um neun Uhr abends war sie vor seinem Haus in einer ruhigen Straße unweit des Yarkons, doch sie läutete nicht, sondern blieb stehen, spähte durch das kleine Fenster am Eingang und sah ihn auf einem Holzstuhl sitzen, der aussah, als stammte er aus einer Kirche, und mit geschlossenen Augen dem Concerto *Elvira Madigan* von Mozart lauschen, im angenehmen Licht des orangefarbenen, gläsernen Lampenschirms, der von einer Nymphe aus Kupfer getragen wurde. Seine Haare waren naß vom Duschen und zurückgekämmt, sein Gesicht konzentriert und weich, seine jungenhaft nackten Fußsohlen auf dem Teppich und der Bauch eingezogen – so ist er also mit ihr und dem Kind zusammen in ihrem schönen Haus –, und sie wandte sich schon zum Gehen, ihre Hand jedoch hatte sich nach der Klingel ausgestreckt.

Er erhob sich und machte ihr auf, küßte sie auf den Mund und sagte, »gut, daß du gekommen bist«, und sie fragte ungeduldig, »kann ich das Haus sehen«, und bemerkte, daß die Möbel, abgesehen von den beiden antiken Stühlen, bescheiden und sogar etwas abgenutzt waren. Er zeigte ihr die große, vollgestopfte Bibliothek und die Bildersammlung, die nur zum Teil an den Wänden hing, der Rest der Bilder war in zwei großen Kisten unter dem Treppenaufgang zum ersten Stockwerk gelagert, und er zog aus der einen eine gerahmte Tuscheskizze von Chana Orloff hervor – eine lange, kahle Frau, die mit verschränkten Händen dasaß – und sagte, »wenn sie dir gefällt, gehört sie dir«, und Rivi sagte, »natürlich, sie ist wundervoll«, und dachte, sie würde sie neben die Skizze des Knabenkopfes von Cocteau hängen. Dann gingen sie in den ersten Stock hinauf, und sie sah Itamar in seinem Bett schlafen, sein Haargestrüpp lugte unter der Decke hervor, und sie war froh zu entdecken, daß ihr Schlafzimmer spartanisch und kahl war, ohne Teppiche oder Bilder, an der Wand über dem Bett breiteten sich feuchte Flecken aus, und der Putz bröckelte, und obwohl er ihr mehrmals gesagt hatte, daß er und Galia schon seit langem nicht mehr miteinander schliefen, hauptsächlich weil sie ganz und gar in ihrer Arbeit aufging und in dem Buch, das sie über den Märtyrerkult im Mittelalter schrieb, und wenn er versuchte, mit ihr zu schlafen, spürte er, daß sie sich quälte, und er wollte ihr nicht zur Last fallen – obwohl sie das wußte, sah sie in der abblätternden Wand so etwas wie einen Beweis. Sie gingen hinunter, durchquerten die Küche, Magnete in Form von bunten Früchten am Kühlschrank, und unter der magnetischen Wassermelone ein Zettel in kindlicher Handschrift: »Papa, vergiß nicht, mir Robotriks zu kaufen.« Am Ende der Küche befand sich eine Tür, die zu einem weiteren Zimmer führte. Gerüche nach Holz und Tischlerleim schlugen ihr entgegen, sie sah einen großen Arbeitstisch, alte Stuhlteile lagen in Haufen herum, an der Wand lehnten einige Kreuze, aus denen verbogene Nägel herausragten, ihnen gegenüber standen Kinder, in natürlicher Größe aus rostigem Draht angefertigt; Drahtstücke der Rumpf, Hände und Füße wie auf Kinderzeichnungen; ein Drahtstück die Kontur des Kopfes, zwei Drahtknoten die Augen, der Mund ein gerundeter Draht aufgerissen zum Schrei, Eisendornen die Zähne. Es waren sieben, von unterschiedlicher Größe, dünn und kahl, mit aufgerissenen Mündern, und ein großer Drahtjunge hielt die Hand eines kahlen Drahtmädchens in einem roten Lumpenrock, in deren anderer Hand eine Drahtpuppe mit zwei kleinen Drahtzöpfen hing. »An denen arbeitete ich jetzt die letzte Woche«, sagte er, »ich finde sie nicht schlecht.«

»Sie sind wirklich gut«, hörte sie sich selbst aus irgendeinem Grunde flüstern, »du mußt was damit machen.«

»Vielleicht mache ich eine Pyramide aus ihnen, wie bei der Eröffnung der Maccabiade«, lachte er und legte den Arm um ihre Schultern, »komm, laß uns einen Wein trinken.«

»In der letzten Zeit bereue ich, daß ich nicht ernsthaft damit weitergemacht habe«, dachte er laut vor sich hin, während er sich bemühte, die Weinflasche zwischen seinen Knien zu entkorken, »wir sind zum Überleben erzogen worden, und vor allem, um die polnische Mama zufriedenzustellen«, lachte er.

»Deine Generation ist viel freier, Dinge auszuprobieren, sich zu irren, manchmal beneide ich dich richtig.«

Sie wollte ein Kinderbild von ihm sehen, und er ging in den ersten Stock, kehrte mit einem in Auflösung befindlichen Fotoalbum mit grünlich verblichenem Stoffeinband zurück. Sein erstes Foto war vom Kibbuz, im Alter von sieben, zusammen mit einigen anderen Kindern. Sie erkannte ihn sofort; er war der kleinste von allen, ein magerer, ernster Junge mit kurzen Hosen, geschorenem Haar und seinem hellen Blick, der gleichzeitig schutzsuchend und aggressiv wirkte. Auf der nächsten Seite gab es ein Bild von ihm in Sabbatkleidern mit seiner Mutter, einer dicken, nicht schönen Frau, die ihn mit gekränktem Gesichtsausdruck an sich gedrückt hielt. Dann kamen ein paar Jugendbilder am Strand in Tel Aviv, auf denen er sich bereits ähnlich sah; sein Körper ein wenig schwer in der Badehose, das Haar lang bis auf die Schultern, sein Gesicht noch ohne Bart, und sie war erstaunt, das fliehende Kinn, die bereits stark ausgeprägte Nase zu sehen, die Teufel tanzten in seinen Pupillen, und er hielt ein Mädchen im Arm.

»Das ist Bruria aus Natanya, sie war meine erste Freundin«, erklärte er, »aber sie ließ mich nicht, die Mädchen damals hauchten lieber ihre Seele aus, bevor sie sich hingaben«, lächelte er, »wie du.« Dann gab es drei Bilder aus der Militärzeit, »da siehst du aus wie Schweik«, lachte sie beim Anblick seiner schlampigen Uniform, die ihm etwas zu groß geraten war.

Auf den letzten Seiten waren Paßbilder von Mädchen eingeklebt, eine davon besonders hübsch, »das ist Miri«, lächelte er, »ich habe sie am Technikum kennengelernt, sie war ein paar Jahre älter als ich und verheiratet. Sie war begabt wie der Teufel und sexy wie Brigitte Bardot. Sie raubte mir den Verstand. Am Ende ließ sie sich scheiden, und dann stellte ich fest, daß sie die ganze Zeit, parallel zu mir, auch eine Affäre mit einem unserer Dozenten gehabt hatte, und einige Zeit danach heiratete sie ihn.«

»Du hast sicher auch was mit deinen Studentinnen gehabt, als du Dozent wurdest«, stichelte sie.

»Was für Studentinnen?« lachte er, »weißt du denn nicht, daß Frauen hierzulande keine Mathematik studieren? Ich habe vielleicht zwei Studentinnen im Jahr, und sie interessieren sich nur für imaginäre Zahlen.«

»Soviel hast du ohne mich schon gelebt«, sagte sie plötzlich traurig, als sie das Album schloß, doch dann lächelte sie, »aber am besten gefällst du mir jetzt.«

»Hör auf«, er tat ihre Worte mit einer Handbewegung ab, »mein Gesicht sieht aus wie ein im Regen vergessener Geburtstagskuchen, um mit den Worten des Dichters zu sprechen, und der Körper ... oi, Kochanka, ich bin verrückt nach dir«, er umarmte sie plötzlich, drückte ihren Kopf an seine Brust.

»Weißt du«, überlegte sie laut, »zwischen unseren Treffen lerne ich, arbeite ich und sitze an meinen Sachen, ich denke überhaupt nicht an dich, empfinde keine Sehnsucht, stelle mir auch nicht vor, was du jetzt gerade machst, als ob du kein eigenes Leben, Arbeit, Haus, Freunde und Familie hättest, als ob du irgendein Wunder wärst, das von nirgendwoher auftaucht und nach irgendwohin zurückkehrt und nur existiert, wenn du mit mir zusammen bist. Deshalb wollte ich nicht zu dir kommen, aber jetzt bin ich froh, daß ich hier bin.«

»Und ich denke die ganze Zeit an dich«, sagte er still, »wenn ich in der Früh aufwache, sehe ich dein Gesicht, das mich anlächelt, und das gibt mir Kraft, den Tag zu überstehen, und auf den langen Fahrten nach Haifa höre ich Simon and Garfunkel, die du mir gegeben hast, und ich sehe dich die Universitätswege mit deinem lustigen Gang entlanggehen, die langen Schritte und der seitwärts geneigte Kopf, und bin eifersüchtig auf den Tölpel, neben dem du während der Vorlesung sitzt, der dein Haar riechen kann, und den Dozenten, dem du mit ernstem Blick zuhörst. Einmal, mitten in meiner Vorlesung, habe ich an dich gedacht, und vor lauter Verlangen schämte ich mich, vor der Klasse zu stehen, also drehte ich mich zur Tafel um und schrieb die längste Formel auf, die ich überhaupt kenne.« Er warf ihr einen Blick zu, die Teufel in den Pupillen, und sie lachte.

Danach sahen sie sich auf Video *Annie Hall* von Woody Allen an; er saß längs auf dem Sofa, und sie lag ausgestreckt zwischen seinen Beinen, ihr Kopf ruhte auf seinem Bauch, seine Finger wühlten in ihrem Haar, und sein zu lautes Lachen vermischte sich mit ihrem. Sie spürte sein Glied gegen ihren Nacken pochen, aber sie wußte, daß sie sich in diesem Haus, dessen Fremdheit ihr spottete, zurückhalten mußten.

Spät in der Nacht warteten sie draußen auf ein Taxi, das er für sie bestellt hatte. Geruch nach gemähtem Gras und Rosen stieg aus den umliegenden Gärten auf. In einer unvermittelten Aufwallung vergrub sie ihr Gesicht an seiner Schulter.

»Weißt du«, sagte er leise, »Schlonski schrieb einmal an seine junge Geliebte, ›wie habe ich mich davor gefürchtet, daß ich dir zum Schuldschein eines nicht eingelösten Traumes werde‹. Eines Tages wirst du entdecken, daß ich nicht der Mann bin, den du dir erträumt hast.«

Und eines Tages zu Anfang des Sommers, am Nachmittag, ein Anruf von David, und sie hört seine angespannte Stimme und ihr wird schwach, aber überrascht ist sie nicht, als hätte das Wissen die ganzen Jahre über in ihr gewartet, und sie sagt ruhig, »ich komme«.

Sie wird sich an die Bettlerin am Zentralen Busbahnhof erinnern, der sie mit plötzlicher Heftigkeit einen großen Geldschein in die Hand drückte, und wie ihr die Frau einen ungläubigen, fast feindseligen Blick zuwarf. Sie wird sich an die abgrundtiefe, feierliche Furcht auf dem Weg hinauf nach Jerusalem erinnern und an den fast schmerzhaft frischen Wind auf dem Berg. Sie wird sich an den Gang durch die langen, neonerleuchteten Korridore zur Augenabteilung erinnern, die Abteilung, das Zimmer, und da ist sie, sie liegt nicht einmal, sie sitzt auf dem Bettrand und lächelt sie an, und alles ist doch wie immer, bis auf den weißen Verband, der bedeckt, was einmal ein hinreißendes Pfauenauge war, und Rivi umarmt sie, und sie lehnt den Kopf an ihre Schulter und weint, »warum hat er es dir gesagt, ich wollte nicht, daß du es erfährst«, und Rivi streichelt ihr Haar und sagt, »ist schon gut, Mama, ihr mußtet doch«, und ihre Mutter erzählt, daß sie schon seit längerem ein Blitzen im linken Auge spürte, es jedoch zu ignorieren vorzog in der Hoffnung, die Irritation würde von selbst vorbeigehen. »Monatelang habe ich es verschleppt, wenn ich den Verdacht gehabt hätte, daß es etwas Ernstes ist, wäre ich sofort zum Arzt gerannt, aber wer hat schon Zeit, du weißt ja, das ist die härteste Zeit jetzt im Büro, mit den ganzen Gruppenreisen« – und erst gestern hatte sie endlich beschlossen, zur Augenärztin zu gehen, die sie durch eines ihrer Instrumente betrachtete, erblaßte und sie sofort hierher schickte, und eine Stunde später war sie schon im Operationssaal. Sie schneuzte sich die Nase in ein Papiertaschentuch und sagte: »Weißt du, vor ein paar Monaten habe ich geträumt, daß Großmutter Batscheva bei mir im Büro auftaucht, mit ihrem Stock und der schwarzen Sonnenbrille, und sie sagt irgendwie ganz traurig, Carmelinka, dir wird passieren, was mir passiert ist, und ich habe nicht verstanden, was sie meint, jetzt verstehe ich, nur daß es bei ihr das rechte Auge war, oi, mein Auge«, klagte sie, »sie haben gesagt, ich darf nicht weinen.«

Dann trat David ein, umarmte ihre Mutter und danach sie, sie entsann sich nicht, daß er sie je zuvor umarmt hätte, und sagte – bemüht, seine nivellierte, autoritäre, sichere, feste Stimme zu bewahren: »Dr. Chermoni sagt, es besteht die überwiegende Chance, daß die Geschwulst nur lokal ist, ohne Wucherungen, und daß kein Anlaß für irgendeine zusätzliche Behandlung vorliegt«, und er lieferte ihr eine ausgedehnte Erklärung über diese Krebsart, das Melanom, das auf der Haut auftrat und in seltenen Fällen an den Augen, und wenn es rechtzeitig erkannt würde, gäbe es gute Chancen für eine vollständige Heilung, und er fuhr mit der detaillierten Beschreibung der Operation fort, benützte wissenschaftliche Ausdrücke, die in seinem Mund wie ausgeborgt klangen, als fände er Trost und Beruhigung in definierten Bezeichnungen und statistischen Daten, und ihre Mutter legte sich aufs Bett, den Arm über der Stirn, über den Verband abgewinkelt, so wie sie immer zu schlafen pflegte, und Rivi überlegte – wovor du, ohne es zu wissen, deine Augen all die Nächte verteidigt hast, dem ist es schließlich doch gelungen, seinen perfiden Fingernagel einzukrallen. Sie küßte sie auf die Wange und sagte, »ruh dich aus, ich komme morgen«, und David, der sie auf den Gang hinaus begleitete, schüttelte den Kopf und sagte, »wie oft habe ich sie gebeten, am Strand eine Sonnenbrille aufzusetzen, aber sie beharrte darauf, der Rahmen würde ihr häßliche weiße Streifen um die Augen machen, sie wollte im ganzen Gesicht gleichmäßig gebräunt sein, wofür hatte sie das nötig«, und Rivi, die ihm, und mehr noch sich selbst Mut machen wollte, sagte, »man kann auch mit einem Auge bis hundertzwanzig leben, Mosche Dayan zum Beispiel und Colombo.«

Als sie herauskam, war es bereits dunkel, die Luft hatte sich bereits abgekühlt, und sie schwankte, ob sie ihren Vater anrufen, es ihm erzählen und ihn bitten sollte, bei ihm übernachten zu können, damit sie am nächsten Tag in aller Früh ins Krankenhaus zurückkehren konnte, das könnte eine Gelegenheit zum Reden, zum Fragen sein, aber sie hatte das Bedürfnis, ihren Kopf in Yigals Schoß zu legen und zu weinen, auch wenn allem Anschein nach kein Grund dazu bestand, das Krebsgeschwür hatten sie schließlich entfernt, und alles würde wieder so werden wie vorher, und so stieg sie in den Bus zum Zentralen Busbahnhof, setzte sich nach hinten, hinter eine ausgelassene Gesellschaft von Medizinstudenten.

»Die Angst hat sie die ganzen Jahre begleitet, seit Großmutter Rivka an Brustkrebs gestorben ist.« Sie saßen in ihrem Zimmer und tranken Wodka, und sie, die wegen der Unregelmäßigkeit ihrer Herzkranzgefäße nie im Leben geraucht hatte, nahm eine Zigarette von ihm, »ich erinnere mich an einen Nachmittag, ich war vielleicht zehn, als ich in ihr Zimmer kam und sie im Slip auf dem Bett sitzen sah, sie drückte ihre linke Brust, bis sie fast blaulila wurde, mit einem verschlossenen, erschreckten Gesicht, das ich nicht kannte, und sie sagte mit belegter und gepreßter Stimme, geh raus und mach die Tür zu, und spät in der Nacht hörte ich sie zu Vater sagen, meinen Krebs habe ich schon, und sie lachte und lachte, und dann wurde es auf einmal still, vielleicht ließ sie zu, daß er sie untersuchte, und er sagte, Blödsinn, da ist nichts, du bildest dir was ein, doch sie lachte weiter und sagte, meine Mutter hat es im Alter von zweiundfünfzig gepackt, ich bin gespannt, wann es mich erwischt, und Vater sagte, das muß nicht passieren, und das ist sicher keine Ausrede dafür, sich zu benehmen wie – und er sagte irgendein Wort, das ich nicht hören konnte. Sie hatte also recht, wie sich herausstellt, sie hat in Wirklichkeit nur einen Aufschub erhalten, dreizehn gnädige Jahre, die er sie warten und sich vor ihm fürchten ließ, bis er plötzlich an einer ganz anderen Stelle über sie herfiel, am Auge, weshalb ausgerechnet am Auge, vielleicht weil sie so blond ist, und diese sonnengleiche Schönheit ist sowohl ihre große Kraft als auch ihr schwacher Punkt, und jetzt ist sie für immer zerstört, denn sogar wenn es möglich wäre, ein künstliches Auge in ganz genau so einem Türkisgrün zu bekommen, wird sie nie wieder so wie früher aussehen, und ihr Blick, der mich mein Leben lang verfolgt hat, forschend, prüfend, durchdringend wie Röntgenstrahlen, auch er wird nicht mehr derselbe sein, und weshalb bestehe ich darauf, nach Bedeutungen zu suchen, wo es keine gibt, als ob das meine Aufgabe wäre, immer Ordnung im Durcheinander zu schaffen« – sie drückte die Zigarette im Blumentopf aus, er schenkte ihr noch einen Wodka ein – »weißt du, etwa seit der Zeit, als mein Vater das Haus verließ, betastete ich immer meine Brust, die zu wachsen anfing, sie war klumpig und tat weh, und ich wußte, das ist es, bei mir ist es ganz sicher, und jeder Film, den ich sah, war der letzte, jeder Besuch bei Tante Techiya, jedes Fest und jeder Geburtstag, Tag für Tag trauerte ich um mich selbst, und als ich vierzehn war, wußte ich, daß er mich schon seit zwei Jahren von innen her auffraß und daß mir nicht mehr viel Zeit blieb, und eines Morgens klopfte ich an die Türe der Schulschwester, trat ein und fing an zu weinen, und der Schwester gelang es nur mit Mühe, aus mir herauszukriegen, was los war, und ich erzählte ihr flüsternd und stotternd, ›auch meine Großmutter ist an Brustkrebs gestorben‹, doch die Schwester tastete mich nicht einmal ab, sondern sagte nur, ›ich bin sicher, daß es nichts ist, vielleicht ein bißchen Wachstumsschmerzen, bitte deine Mutter, daß sie dir einen BH kauft, das ist keine Schande, die meisten Mädchen haben schon einen‹, und sie gab mir Valium und ein Glas Wasser und schickte mich in die Klasse zurück. Am nächsten Tag ging ich nicht in die Schule, ich stahl das rote Büchlein aus der Handtasche meiner Mutter und ging ins allgemeine Ortskrankenhaus, ging zum Frauenarzt hinein und sagte mit lauter, klarer Stimme, ›ich habe schon seit zwei Jahren Brustkrebs und werde sterben‹, und Dr. Elisar betrachtete mich einen Augenblick ernst, bat mich, die Bluse abzulegen, tastete geduldig rundherum alles ab, er hatte lange, angenehme Finger, und dann sagte er, ›zieh dich an, du hast keinen Grund zur Sorge, du bist völlig gesund‹, doch ich blieb stur, ›aber die Knoten‹, und er löste die Krawatte, öffnete den obersten Hemdknopf und legte meine Hand auf seine Brust, er verströmte eine Art bitteren, kühlen Geruch nach After Shave und Medikamenten, und er sagte, ›fühl mal, spürst du die Knoten, das ist Fett, es ist nichts, du bist ein nettes und gesundes Mädchen, und du wirst ein langes Leben haben‹. Ich verließ das Krankenhaus, draußen war blauer Himmel und die schräge Sonne eines herrlichen Wintermorgens, ich kletterte auf den Hügel über der Straße, legte mich auf einen breiten, flachen Felsen, auf dem wir manchmal bei unseren Pfadfinderausflügen saßen, öffnete die Bluse der Schultracht, ließ den Wind meine Haut streicheln und die Brustwarzen aufrichten und atmete tief durch den Mund, um den Geruch nach Gras, Erde und Luft zu inhalieren, ich pflückte Sauerampfer, zerkaute Stengel und malte mir mit den Blättern angenehme Kreise auf den Bauch, und dann hörte ich plötzlich Geklingel und Gemecker, sah eine Ziegenherde mit einem barfüßigen drusischen Jungen im Galabija-Umhang, der mich stummen Blicks zwischen den Büschen hindurch anstarrte, und ich setzte mich auf dem Felsen auf, so wie ich war, mit der offenen Bluse, und sah ihn an, und er kam hinter den Büschen hervor, setzte sich mir gegenüber und schaute und schaute, lange Zeit saßen wir so, bis er plötzlich aufstand, sich umdrehte und ging, seine Herde mit Stockschlägen und kehligen Lauten antrieb, weshalb erzähle ich dir das alles eigentlich, ach ja, wegen des Aufschubs des Urteils«, lachte sie, »ich bin gespannt, wann ich an der Reihe bin und wo es mich befällt. Wo ist mein schwacher Punkt, mein größter Stolz, im Kopf, in der Gebärmutter, im Herz? Gibt es so etwas überhaupt, Herzkrebs?«

Drei Tage darauf waren die Untersuchungen abgeschlossen, und ihre Mutter wurde aus dem Krankenhaus entlassen. Rivi bat Simcha um Sonderurlaub und fuhr übers Wochenende nach Haifa. Yigal setzte sie auf seinem Weg zum Technikum im Zentrum ab, und sie vereinbarten, daß er sie am Sonntagmittag abholen würde. Sie würden in dem Fischlokal in Bat Galim essen gehen, plante sie, oder in ein Restaurant im Wald auf dem Carmel, wo sie manchmal Wild anboten, und danach würde sie für ihn einen Rundgang durch die Plätze ihrer Kindheit veranstalten, die wiederzusehen sie selbst ein Bedürfnis spürte; sie würden zu dem Haus in Achusa fahren, in dem sie bis zum Alter von sechs aufgewachsen war; bevor die benachbarten Häuser gebaut worden waren, war es von Feldern umgeben, und Tante

Techiya setzte sie immer auf ihre Schultern, stiefelte langbeinig mit ihr zum Ziegenhügel und lehrte sie die Farben nach den Schattierungen der Veilchen, des Kreuzkrauts und der Anemonen. Sie wußte nicht, ob sie sich selbst als Zweijährige daran erinnerte oder ob sie die Geschichte so oft gehört hatte, bis die Bilder in ihr lebendig geworden waren. Danach würde sie ihm die Synagoge zeigen, die sie an Feiertagen mit ihrem Vater besucht hatte – sie erinnerte sich, daß er den Rollstuhl Großvater Jacobs vor sich herschob, der darauf bestand, sich beim Sukkotfest am Umzug mit den Thorarollen zu beteiligen, und sie entschlüpfte Großmutter Pnina in der Frauenabteilung, ging hinunter, drückte sich zwischen den schwarzen Hosenbeinsäulen mit dem Geruch nach Mottenpulver durch, stellte sich vor Großvater Jacob auf, starrte ihn mit ihrem durchdringendsten, hypnotischsten Blick an und befahl ihm innerlich, jetzt steh auf und geh, wie sie es tausendmal in ihren Träumen getan hatte, in denen es funktionierte und Großvater tatsächlich plötzlich durch die Kraft ihrer Augen aufstand, durch die Macht ihres schieren Willens, und völlig normal ging, mit seinen Prothesen, die er nur an Samstagen und Feiertagen anschnallte, »damit sich Gott nicht an seine Irrtümer erinnert und es bereut, weshalb soll man ihm das Fest verderben«, und auch am ersten Mai legte er sie an, rollte an der Spitze des Umzugs mit und schwenkte die rote Fahne bis zum Gewerkschaftshaus in der Pionierstraße – aber in ihren Träumen verwandelten sich die Prothesen in echte Beine, und sie wußte, nur in der Synagoge konnte ein solches Wunder geschehen; aber es passierte gar nichts, und sie kehrte immer mit Brechreiz im Hals nach Hause zurück, wegen des roten, zu süßen Zuckergusses des glasierten Apfels, in ihren Händen lauter Goldstaubkörnchen, die von der Fahne heruntergebröselt waren.

Neben der Synagoge war ihr Kindergarten, und sie würde ihm die rote eiserne Kletterleiter zeigen, wo sie einmal eines der Kinder gebeten hatte, sie mit aller Kraft zu schwingen, damit sie das Gefühl hätte, als flöge sie durch die Luft, und sie hatte ihre Augen geschlossen und die Arme ausgebreitet, den Wind im Gesicht, doch plötzlich verlor sie das Gleichgewicht, fiel hinunter und brach sich den Arm. Dann würden sie ins Zentrum fahren, zur Volksschule, zur Mittelschule, die Kellerstraße mit der Bücherei Ruth passieren, wobei man auf dem Weg dorthin an dem schattigen Kiefernpark neben dem Rothschildhaus vorbeikam, dem Manya-Schochat-Park, den die Kinder Maniak-Park nannten, in dessen Zentrum sich ein Wasserbecken mit orangen Fischen und Seerosen befand, über das sie immer als Mutprobe sprang, fest an ihre Brust gedrückt die Bücher, die den strengen violetten Stempelaufdruck trugen: »Dieses Buch ist Eigentum der Stadt Haifa und kann nicht gekauft werden«, die auf keinen Fall naß werden durften. Sie wußte nicht, ob sie noch existierte, die Bibliothek ihrer Kindheit; die hohen Decken, die bemalten Bodenfliesen, die dunklen Holzregale, das Wispern der umgeblätterten Seiten und das nahezu hörbare Rascheln des Staubs, der durch die bogenförmigen Fenster im Licht des Nachmittags sickerte, und der Geruch der Kiefernwipfel, der riesige Holzkasten, der auf Eisenbeinen stand und sich über die gesamte Länge der Halle erstreckte, unterteilt in Fächer, die Bücher enthielten, deren Einbände alle gleich aussahen, Packpapier mit winzigen Pepitakaros wie der Rock der Schuluniform, und nur die Titel, die mit schwarzer Tusche auf den verblichenen roten Stoffstreifen geschrieben standen, unterschieden sich voneinander.

Die Bibliothekarin hinter der Holztheke hatte leuchtend blaue Augen, und obwohl sie wußte, daß sie Deborah hieß, nannte sie sie bei sich Ruth, denn sie war schließlich die Königin der Ruth-Bibliothek; ihre Wangen dunkler Karton, ihr Haar zu einer straffen Bananenfrisur zusammengefaßt, blickte sie einen wie eine strenge Richterin hinter ihrer schmalen Silberbrille an, von der eine Kette um ihren faltigen Hals herabhing, der Winter wie Sommer von einem Rollkragen umschlossen war, wohl damit er nicht völlig zerbröselte. Sie würde ihm von dem Buch mit dem grünen Pepitaeinband erzählen, über die schöne neunjährige Gabriela, die eines Tages im Sommerlager ohnmächtig wurde, und bei den Untersuchungen entdeckten sie, daß sie Leukämie hatte, und ihre Mutter schrieb das Buch an ihrem Krankenhausbett, wie ein Tagebuch, wie einen langen Brief an ihre geliebte Tochter. »Das ist nichts für dein Alter«, hatte Bibliothekarin Ruth entschieden, und sie war gezwungen gewesen, das Buch im unteren Regal, zwischen den Wörterbüchern zu verstecken und es in Fortsetzungen auf dem Boden sitzend zu lesen, Tag für Tag half sie Gabriela und ihrer Mutter im Kampf gegen die schreckliche Krankheit, denn sie war sicher, sie würden am Ende siegen, und auch in der Schule dachte sie weiter an sie, an Gabriela mit den blonden Haaren und dem engelhaften Namen, Gabriela, ihre Altersgenossin, ihre Zwillingsschwester. Nach einer Woche konnte Gabriela bereits nicht mehr sprechen und ihre Notdurft nicht mehr verrichten, ihre Mutter wechselte ihr die Windeln, und da wußte sie schon, alles war verloren, und sie floh aus der Bibliothek, ohne Bücher mitzunehmen, setzte sich auf die Bank am Wasserbecken und betrachtete die orangefarbenen Fische, die mit ihren transparenten Flossen einherschwebten, die langen Schwänze um ihre Körper gleiten ließen, und erst als es dunkel und kalt geworden war, ging sie nach Hause – ihre Mutter stand in der Küche, schnitt Gemüse für den Salat klein und sagte, »wieso kommst du denn so spät, ich habe mir schon Sorgen um dich gemacht«, und Rivi erwiderte, »ich bin erst um zehn losgefahren, ich hatte eine Mitfahrgelegenheit mit einem Freund«, küßte sie vorsichtig auf die Wange unterhalb des Verbands und fragte, »was macht das Auge«, und ihre Mutter sagte trocken, »da gibt es kein Auge«, und dann, während sie mit rhythmischen Schlägen mit der Messerklinge eine Gurke auf dem Holzbrett hackte, sagte sie, »aber abgesehen davon ist offenbar alles in Ordnung, sie haben keine weiteren Krebszellen entdeckt, ich bin sauber«, sah zu ihr hoch und lächelte ihr wunderbares Lächeln, das Rivi so gerne auf den Kindheitsfotos ihrer Mutter wiederfand, auf den Bildern aus ihrer Militärzeit, in ihrem Hochzeitsalbum; prinzessinnenhaft wie das der Filmstars aus den vierziger Jahren, aufreizend mit jugendlicher Schüchternheit, und einer Art verborgenem Schatten um die Mundwinkel. Aber jetzt, neben der Spüle in der Küche, schien ihr Lächeln alle Grenzen zu sprengen, nackt in seinem vollerblühten Glanz, als wüßte es etwas, das sie, ihre Mutter, noch nicht wußte, und Rivi hielt den Atem an, und ihr Herz zog sich vor Mitleid zusammen.

Am Nachmittag bat ihre Mutter sie, ihr ein Medikament aus der Kassenapotheke zu besorgen, und sie stieg die sommerliche, kiefernbeschattete Straße hinauf, nach deren Geruch sie sich in Tel Aviv immer sehnte – nicht weit von Goldens Laden hatte sie einen Hof entdeckt, in dem einige Kiefern wuchsen, und manchmal schlüpfte sie hinein, stand unter den Baumkronen und atmete tief ein – sie wußte, sie würde Chava sehen, die Leiterin der Kassenapotheke, die Davids Frau gewesen war, bis er ihre Mutter kennengelernt und sein Zuhause verlassen hatte, er ließ sie und die Zwillinge im Stich, die gerade die Schule beendet hatten und kurz vor der Einberufung standen, die nun auch schon Familie hatten; Rivi sah sie manchmal, schwer und unansehnlich in ihren dunklen Kleidern, die in der Apotheke der weiße Apothekerkittel bedeckte; mit ihrem kurzen Haar, rostfarben und weiß gefleckt, und ihrem verschlossenen Gesicht – wie ein seines gesamten Inventars beraubtes Haus, dessen Türe zugeschlagen worden war, dachte sie bei sich, wenn sie auf die andere Straßenseite wechselte, um ihr nicht begegnen zu müssen – und nur, wenn jemand krank war, ihre Mutter oder einer ihrer Brüder, war sie gezwungen, ihr Auge in Auge vor der altersgelben Theke aus Holzimitat gegenüberzustehen und ihr das Rezept zu reichen, das Chava hastig durch ihre Brille überflog, und dann legte sie ohne Kommentar, ohne einen Schweißtropfen im Gesicht, das Medikament vor sie hin, und auch jetzt, als sie das Rezept überflog, auf dem deutlich der Name ihrer Mutter, Carmela Schenhar, geschrieben stand, befiel Rivi plötzlich die alte Furcht von damals; und was, wenn sie ihr statt des Antibiotikums zur Vermeidung einer Infektion des Auges, das sie im Krankenhaus verschrieben hatten, etwas anderes geben würde, Zyanid zum Beispiel? Ihre Mutter hatte Angst vor ihr, obwohl sie nie darüber sprach, und versuchte, die kassenärztlichen Dienste soweit wie möglich nicht in Anspruch zu nehmen, damit sie ihr nicht per Zufall auf dem Gang begegnete. Nein, nicht wegen Arbeitsüberlastung im Büro hatte sie den Besuch bei der Augenärztin monatelang aufgeschoben.

Chava stellte ein braunes Glasfläschchen auf die Theke, eine Tube Salbe, ein Verbandspäckchen, eine Rolle hellblaues Pflaster und sagte mit hohler Stimme, »das Antibiotikum ist dreimal täglich vor dem Essen einzunehmen, die Salbe vor dem Schlafen aufzutragen«, und Rivi fragte sich, ob sie von der Operation wußte, versuchte angestrengt, ihrem Gesicht irgendein Gefühl abzulesen, Mitleid oder Schadenfreude, aber die Apothekerin hatte sich bereits abgewandt, sagte, »der Nächste bitte«, und Rivi packte die Medikament in ihre Tasche und ging.

Als sie zurückkam, war Noam zu Hause, er trug das himmelblaue Hemd der Schuluniform. Sie tranken Kaffee in der Küche, und er erzählte von seiner Gruppe, vier, fünf Siebtkläßler, die in der Nacht anarchistische Inschriften auf die Mauern der Schulgebäude in der Stadt sprühten. Sie lachte mit ihm und sagte sich mit Bedauern, daß sie immer so weit weg von ihnen, ihren beiden Brüdern gewesen war, eingeschlossen in ihrem Zimmer, und sie, die zusammen in einem Zimmer aufwuchsen, brauchten sie anscheinend überhaupt nicht, und jetzt, wo Oren beim Militär war, in der Offiziersausbildung, und Noam in einem Jahr die Schule beendete, spürte sie, daß sie die Phase ihres Heranwachsens versäumt hatte, und sie beschloß, sie zu sich nach Tel Aviv einzuladen.

»Wie geht es Benjamin Keinan?« erkundigte sie sich nach ihrem Literaturlehrer.

»Wie immer«, Noam grinste, »redet mit uns über Politik und Sex, bringt die Mädchen zum Lachen und beleidigt die Jungen. Diese Woche hat sich jemand beim Direktor über ihn beschwert. Keinan hat ihm den Aufsatz mit der Bemerkung zurückgegeben: ›Es scheint, daß dein Aufsatz aus der beschränkten Sichtweise einer männlichen Jungfrau geschrieben wurde.‹« Rivi lachte, erinnerte sich mit Sehnsucht an den riesenhaften Mann mit Ansatz zur Glatze, der ein Autodidakt war, ein heiter spottender Trunkenbold und charmesprühender Provokateur, dem sie hundertmal pro Jahr kündigen wollten, dem letztendlich jedoch alles verziehen wurde. Sie erinnerte sich, wie er ihnen mit seiner tönenden Stimme Gedichte vorlas, jedes Wort auskostete, sein freier Arm fegte mit weitausholenden Bewegungen durch die Luft und ging geistesabwesend in die Höhe, um die langen weißen Haarsträhnen, die er auf der einen Kopfseite wachsen ließ, um seine Glatze damit zu überdecken, und die immer wieder auf sein Ohr abrutschten, zurechtzurücken, und sein sinnesfrohes Gesicht leuchtete.

Ja, etwas an Yigal erinnerte sie an ihn, und vielleicht war das kein Zufall, überlegte sie, schließlich hatte auch Keinan, dessen Namen früher anders lautete, die Kriegszeit als Kind bei einer christlichen Familie in irgendeinem Dorf in Österreich überstanden, war mit der Jugendimmigration ins Land gekommen und hatte im Kibbuz geheiratet. All die Jahre seit Ende ihrer Schulzeit war sie immer bemüht gewesen, mit ihm in Verbindung zu bleiben, und wenn sie nach Haifa kam, besuchte sie ihn manchmal auf einen Sprung, und sie wußte immer noch nicht, ob er ahnte, wie sehr sie während der ganzen siebten und achten Klasse in ihn verliebt gewesen war. Jetzt erinnerte sie sich an ihr letztes Telefongespräch vor einigen Wochen; Keinan hatte sie nach ihrem Studium und dem Schreiben gefragt, sie erzählte ihm, daß sie aufgehört hatte, Gedichte zu schreiben, und er sagte, »sehr gut, du bist auf dem Weg, Prosa zu schreiben; ich schlage vor, du fängst mit Kurzgeschichten an«, und sie lächelte in sich hinein, sie kannte seine Art, wie er versuchte, das Leben seiner Schüler auch nach ihrem Schulabschluß zu lenken.

Noam hatte aus der Videothek irgendeine alte Komödie von Billy Wilder ausgeliehen, die sie sich zu dritt ansahen, und sie war froh, ihre Mutter so von ganzem Herzen lachen zu sehen – auch wenn die Krankheit sie dann überwältigen würde, wenn sie lange Tage auf dem Sofa liegen wird und sie darauf achten müssen, keine Filme auszuleihen, in denen Krankheit oder Tod vorkommten – auch dann, aufgedunsen von den Medikamenten, bar jeder Hoffnung, würde es den Filmen gelingen, ihr Lachsalven aus vollem Halse zu entlocken, manchmal bis sie husten mußte, bis ihr die Tränen kamen. Und dann trat David aus dem Schlafzimmer und sagte, er wolle fernsehen, sich die Abendnachrichten ansehen, und sie mußten den Film abschalten. Seitdem er zu ihnen gezogen war, verdarb er ihre gemeinsamen Freuden, mischte sich in ihre Gespräche ein, als ob er ihre Mutter für sich allein beanspruchte, und Rivi verzog das Gesicht und zog sich in ihr altes Zimmer zurück; ein Teil ihrer Kinderbücher stand noch immer in den Regalen, alte Hefte und Schulbücher, und auf dem Boden die Matratze, auf der sie mit überkochendem Herzen, im Schneidersitz, den Rücken an der Wand und das Sechstagekrieg-Album als Unterlage auf den Knien, ihre Gedichte geschrieben hatte, und das so wohlvertraute Stück Himmel im Fenster, zwischen dem Kiefernwipfel und dem Nachbarhaus, das sich mit dem Wechsel der Stunden und Jahreszeiten veränderte.

Sie machte die unterste Schublade im Wandschrank auf, in der sie alle Familienalben aufbewahrte – als wäre sie mit den Erinnerungen betraut, selbsternannt, denn es schien, daß niemand außer ihr Interesse daran hatte –, und holte das Album mit den Kindheitsbildern ihrer Mutter heraus, blähbäuchig mit rötlich geriffeltem Ledereinband und den gezahnten Schwarzweißfotos, deren Ecken von schwarzen Dreiecken eingefaßt waren, und blätterte; da war sie, ein lächelndes Baby in kurzem Kleid und einem großen Band in ihren Löckchen, die auf dem Foto wie eine Wolke von Zuckerwatte aussahen; und hier, im Hof des Hauses von Tante Techiya, sie umarmt Held, den schwarzen Wolfshund Onkel Mosches, der in kurzen Khakihosen dahintersteht und eine Orange schält; und am Strand mit Großmutter Rivka und Großvater Emanuel, alle drei im ganzteiligen, gestreiften Badeanzug, wie in Stummfilmen; und hier, ein Bild vom Purimfest 1950, mit dreizehn, als Cupido kostümiert; ein extrem kurzes weißes Kleidchen mit einem großen, auf die Brust gestickten Herzen – auf dem Foto sah es schwarz aus, aber sie hatte immer, auch ohne zu fragen, gewußt, daß es rot war – und Sandalen, deren Schnürsenkel bis zu den Knien hinauf gebunden sind, sie kniet mit geschlossenen Augen auf einem Bein und zielt mit gespanntem Bogen auf ein unsichtbares Opfer. Und hier sind die Bilder von den Pfadfinderaktionen und den Arbeitscamps; sie liebte es, sie jedesmal aufs neue aus der Traube von Jungen und Mädchen herauszufinden, in kurzen, pludrigen Hosen, die mit einem Gummi um die schmalen Lenden zusammengezogen waren, hohen Arbeitsschuhen, den Rücken nach vorn gebeugt, die Hände lachend ausgestreckt, und plötzlich überlegte sie, wie seltsam es doch war, daß sie nie ein Fotoalbum aus der Kindheit ihres Vaters gesehen hatte, auch nicht bei Großvater Jacob und Großmutter Pnina, außer einem Paßbild, klein und verschwommen, ein ernster, bebrillter Junge zwischen vierzehn Schulabgängern der Alliance, das gerahmt über dem schwarzen Sessel hing, neben dem verschlossenen Bücherschrank in einer Vitrine, und sie stellte sich auf den Sessel und betrachtete das Bild des Direktors, das größte, eine Glatze spiegelblank wie ein Kinderpopo, ein Schnurrbart wie Charlie Chaplin und ein gewichtiger Blick, und daneben das Bild seines Stellvertreters, ein bißchen kleiner, der haargenau wie Louis de Funès aussah, und unter den beiden die Reihe der Lehrerbilder, mittelgroß, in ihre Fliegen eingeschnürt, dann die Bilder der Schülerinnen und Schüler, zwei Reihen winziger Fotos, und darunter, mit weißer Gravur, der Familienname und der erste Buchstabe des Vornamens, »J. Hirsch«, und sie vergnügte sich damit, den alten Namen ihres Vaters zu lesen, bevor ihre Mutter ihn überzeugt hatte, ihn gegen Schenhar einzutauschen.

Ja, seine frühesten Bilder waren die aus aus dem Hochzeitsalbum, und sie holte es aus der Schublade, in dem grauen Plastikeinband, und blätterte, ihr Herz zog sich bei ihrem Anblick zusammen, so jung, nur zwei, drei Jahre älter als sie jetzt, und trotzdem konnte sie sie nur auf die Art sehen, wie sie sie immer gesehen hatte, durch die Augen des Kindes; da ist ihre Mutter in dem Brautstuhl, der von einem Laken bedeckt ist, in einem einfachen weißen Kleid, das ihre Knie und Beine in den spitzen weißen Schuhen freigibt, lange Handschuhe bis zu den Ellbogen, ein Strauß Nelken und der Brautschleier auf ihren blonden Locken mit einem Kranz getrockneter Blumen befestigt, ohne jeden Schmuck, Kette oder Ohrringe, nahezu ohne Schminke, und trotzdem sieht sie so botticellihaft engelsgleich aus, ein kleines geheimnisvolles Lächeln, und Ruth und Warda, Mutters Freundinnen seit dem Alter von vier oder fünf Jahren, seitdem sie zusammen in der Panoramastraße aufgewachsen waren, stehen an ihrer Seite, beide, wie es üblich ist, in dunklen Kleidern, um nicht mit dem Brautkleid zu konkurrieren; Warda, klein, dünn und blond, war damals bereits verheiratet, während Ruth, groß und dick und schwarzgelockt, Mutter mit Tränen des Glücks und des Neids unter den Brautbaldachin geleitete und erst sechs oder sieben Jahre später ihren um vieles älteren Mann kennenlernen und ihren einzigen Sohn zur Welt bringen würde, Warda dagegen zwei Töchter bekommen und ihr Mann im Jom-Kippur-Krieg fallen würde.

Und hier war ein Bild von Vater mit seinen Freunden, alles angehende Fachärzte in der Abteilung für Innere Medizin im Krankenhaus, lauter so brave Hänschen mit dunklen Anzügen,

Krawatten und Seitenscheitel, die Gesichter in die Kamera schneiden und versuchen, sich lausbubenhaft zu geben, einer hält zwei wie Hörner aufragende Finger über die Kippa ihres Vaters, der im Zentrum steht, elegant, wie sie ihn nie sah, denn er zog es immer vor, in kurzen oder langen Khakihosen, einem alten Pullover und Sandalen herumzulaufen, und ihre Mutter würde in seine Richtung die Bemerkung fallen lassen, »was für ein Schlamper, man kann nirgends mit dir hingehen«, und zwischen den Zähnen, »wenn sich ein Arzt wie ein Lumpensammler anzieht, ist es kein Wunder, daß ihm die Patienten davonlaufen«, aber auf den Fotos stand ihm der Anzug sehr gut, zu dem er eine hell gepunktete Krawatte mit einer goldenen Anstecknadel trug, und aus seiner Brusttasche lugte sogar ein dreieckiges weißes Einstecktuch heraus, sein Gesicht war glatt, sein Lächeln strahlend mit dem unschuldigen Glück eines jungen Mannes, der sich sicher ist, daß nichts schiefgehen kann, und tatsächlich, so sehr sie sich auch bemühte, es gelang ihr nicht, auf den Bildern irgendein Zeichen, einen Hinweis darauf zu finden, was in Zukunft passieren würde, nicht auf den Hochzeitsfotos; Tante Techiya hält die Schleppe des Brautschleiers hoch, anstelle von Großmutter Rivka, die nicht mehr da ist, und gibt Mutter aus dem Glas Wein zu trinken, und Großmutter Pnina hält ihre Hand und lächelt ihr sattes Lächeln, und man kann nicht ahnen, daß diese beiden Familien, die sich jetzt untereinander verheiraten, vielleicht überhaupt nicht zueinander passen, und hier ist der Ring und das Glas, und der Kuß – als ich klein war, habe ich nie gesehen, daß sie sich küßten, aber ich habe sie Walzer tanzen sehen, auf der ersten Hochzeit von Ami, Tante Techiyas Sohn – und hier, am Tisch, sehen sie einander an und lächeln, als hätten sie irgendein Geheimnis, und Vater führt ihre Hand zum Hochzeitskuchen.

Hier das Foto mit der ganzen Familie; Großmutter Pnina und Großvater Jacob im Rollstuhl, mit Prothesen, seine neuen schwarzen Schuhe glänzen wie seine Wangen, es sieht aus, als würde er im nächsten Moment aufstehen und vor lauter Freude zu springen anfangen, und Großvater Emanuel, elegant wie immer in dreiteiligem Anzug und Krawatte, nur sein Lächeln und seine weichen Augen geben die Tatsache preis, daß er erst vor kurzem Witwer geworden ist, von seiner Frau zur Waise gemacht, wie Ruth zu sagen pflegte, weil Großmutter Rivka, die zwei Jahre älter war als Großvater, ihn schrankenlos verwöhnt hatte und er in allem von ihr abhängig war und wie ein kleines Kind an ihr hing; und hier ist Techiya, den schwarzen Zopf um ihren Kopf gewickelt, und sie legt ihn an Onkel Mosches starke Schulter, vielleicht fühlen sie sich an ihre Hochzeit vor über zwanzig Jahren erinnert, mit den zwei Bettlern, dem Hund und dem stotternden Rabbi, ihre drei erwachsenen Kinder, Nurit, Ami und Uri, der fünfzehn Jahre später bei einem Verkehrsunfall ums Leben kommen sollte, stehen vor ihnen; und hier sind Vaters beiden Schwestern, ihre Ehemänner und die kleinen Kinder, wie die Verbindung mit ihnen allen seit der Scheidung abgerissen ist, und auf dem Tisch ein langer Brotkuchen und Flaschen mit süßem Carmelwein, Malzbier und Orangensaft, ja, Techiya hatte ihr doch unlängst erzählt, daß die Hochzeit, die in einem der kleinen Hotels auf dem Carmel stattfand, das schon längst geschlossen wurde, sehr bescheiden war, hauptsächlich deshalb, weil noch kaum drei Monate vergangen waren, seit Großmutter Rivka gestorben war, aber auch, weil die Braut schon schwanger war, was unter dem enganliegenden Kleid noch nicht zu sehen ist, und Rivi erinnerte sich, daß sie damals überrascht war und sich auch über sich selbst wunderte, daß sie diese einfache Rechnung nie vorher angestellt hatte, sie hatten an Lag Ba'omer, zwischen Pessach und Sukkot, Ende Mai geheiratet, und sie wurde Ende November geboren, und plötzlich durchzuckte sie schüttelfrostartig der Gedanke, daß ihre Mutter ja immer viele Verehrer gehabt hatte, und vielleicht war in Vaters Herzen der Verdacht aufgekeimt, daß ich überhaupt nicht von ihm bin, und das war der Grund für alles.

Sie holte das Album mit ihren Kinderfotos aus der Schublade und blätterte etwas panisch darin, suchte nach Anzeichen, aber nein, die Fotos aus ihrer Kindheit glichen genau denen ihrer Mutter als Kind; als nackte Zweijährige, nur eine Mütze auf den dunklen Locken, mit Vater und Mutter am Strand in Bat Galim, die Träger des Badeanzugs ihrer Mutter sind heruntergestreift, um die Schultern zu bräunen. Und hier reitet sie auf Onkel Mosches Schultern, und der Hund, Kuschi, steht auf seinen Hinterläufen und stützt die Vorderpfoten gegen seinen nackten Bauch. Unter das Bild schrieb ihre Mutter: »Ramat Gan, 6. Juni 1967, nach dem Krieg.« Und das Bild von ihnen dreien zusammen auf Tante Techiyas Balkon; Vater schwenkt sie hoch in die Luft, er lacht, und Mutter lächelt ihr glücklichstes Lächeln. Ja, wie sehr sie es liebt, dort hinzugehen, im selben Moment wird sie wieder zum Kind, sofort schleudert sie die hochhackigen Sandalen in irgendein Eck und läuft barfuß im Gras herum, pflückt für sie beide eine Mango, und sie setzen sich mit nackten Füßen auf die Treppe zum Küchenbalkon, ihre Mutter teilt die Frucht in Viertel, und sie essen, der Saft rinnt ihnen übers Kinn, und am Schluß gibt sie ihr den Kern zum Lutschen. Immer, erinnerte sie sich, wenn sie sie nach Ramat Gan brachten, auf dem Weg zum Flughafen, sagte ihre Mutter lachend zu ihrem Vater, »vergiß Paris, vergiß New York, komm, wir bleiben da und verbringen die Ferien hier«.

Und da sind sie nun, zu Hause, Mutter sitzt im Sessel, sie ist schwanger, mit heiterem, gelassenem Gesicht, und auf dem Sofa sitzt Vater, in kurzen Hosen und Pullover, und Großvater Emanuel, wie gewöhnlich mit Anzug und Krawatte, und sie dazwischen, so klein, mit Löckchen und Grübchen in den Apfelbakken, auf dem Tisch die Zeitung *Davar*, ein Schachbrett und Kaffeetassen, die allesamt schon zerbrochen sind, doch sie entsann sich ihrer genau, große Porzellantassen mit dem Bild eines Kiefernastes und einem Tannenzapfen, und dahinter, im Hintergrund, der Petroleumofen und das alte Radio mit dem grünen Auge, das den »Gänseblümchen-Marsch« erklingen ließ, und Vater und Großvater debattierten über Politik, schrien sich an, »Gunnar Jarring«, »Freiheit«, »Pinchas Sapir«, »Abba Khouschi«, »die Partei« und andere Worte, die sie nicht verstand und die in ihr eine unbestimmte Furcht hervorriefen, denn wie sollte es ihr jemals gelingen, alles zu lernen, was man zum Erwachsensein wissen mußte, das Ganze klang derart kompliziert und im Prinzip langweilig, und wenn sie ermüdeten, spielten sie Schach, und sie sah zu, und wenn Großvater gegangen war, spielte sie mit ihrem Vater, und manchmal ließ er sie gewinnen und sagte, »bald kannst du gegen Bobby Fischer spielen«. Einmal, als sie ungefähr fünf war, fiel ihr ein, warf sie ihr weißes Pferd hinunter, vielleicht war es auch der Turm, und sie bückte sich, um es aufzuheben, und unter dem Tisch war etwas Schwarzes, das wie das Teppichmuster aussah, aber plötzlich begann es, sich auf sie zuzubewegen, und sie stand auf und sagte ruhig, »Papa, da geht was unterm Tisch«, und ihr Vater beugte sich hinunter und sagte, »geh zur Seite, das ist ein Skorpion«, und schlug mit seiner Sandale nach ihm, hielt sie an den gekreuzten Riemen und schlug wieder und wieder auf ihn ein, mit haßverzerrtem Mund, und der zerquetschte Skorpion krümmte sich einen Augenblick und rührte sich nicht mehr, und sie rannte stolzen Herzens in die Küche und schrie: »Mama, Papa hat für mich einen Skorpion umgebracht.«

Am nächsten Tag kam Oren von der Armee, und ihre Mutter stand den ganzen Tag in der Küche und mühte sich mit dem Abendessen, und obwohl sie wiederholt in sie drang, sich auszuruhen, beharrte ihre Mutter darauf, alles selbst zu machen und den Tisch mit dem festlichen Rosenthal-Service zu decken, und Rivi dachte sich, als ob sie irgend etwas zu beweisen versucht, sich selbst und noch jemandem, der weder Namen noch Gesicht hat, nur einen sadonischen Finger und ein satanisches Lächeln, ja, das ist ihr Fest.

Um halb acht Uhr abends war alles fertig, und sie rief David und Noam, weckte Oren auf, der kam und sich barfuß, mit kurzen Hosen, roten Augen und Stoppelbart an den Tisch setzte, und sie betrachtete ihn und Noam und dachte, wie sehr sie ihrer Mutter ähneln, beide so schlank und blond wie Skandinavier, und sie fielen über das Essen her, das vorzüglich war, und sagten kaum etwas, als erwarte keiner mehr, daß sich hier irgendeine Unterhaltung entwickeln würde, nur hin und wieder fühlte sich jemand verpflichtet zu sagen, »die Pastete schmeckt grandios« oder »das Huhn ist hervorragend«, und ihre Mutter lächelte über ihren Teller gebeugt, als drücke die Last des weißen Verbands ihren Kopf nach unten, und David fragte Oren: »Na, was habt ihr diese Woche gemacht, KabeGe?« Mutter fragte, was das sei, und Oren murmelte, Kampfeinsatz in bebautem Gelände, und sie sehnte sich auf einmal nach Großvater Emanuel, der vor zwei Jahren noch am Leben gewesen war und am Sabbatabend mit ihnen beim Essen saß, gewaschen und festlich in seinem strahlend weißen Hemd, mit Jackett und Krawatte; ihr lustiger Großvater, wie er sich immer die Hände über dem Teller rieb und sagte, »absolut nicht schlecht«, wenn er im Sinn hatte, das Essen von ganzem Herzen zu rühmen, denn wenn ihm etwas nicht schmeckte, verzog er den Mund und sagte, »Scheißdreck« – und der hartnäckige Brösel, der ihm dauernd am unteren Mundwinkel hing, ein Reis- oder Maiskorn oder eine Nudel, der Krümel tanzte leicht auf und ab, fiel jedoch nicht hinunter, hing im Nichts, und ihr Blick wurde von diesem Stückchen, das auf wundersame Weise haften blieb, obwohl Großvater weiterhin energisch redete und Teller um Teller aß, magisch angezogen, und sie trat Oren und Noam ans Bein, die sich mit aller Gewalt anstrengten, nicht zu lachen, bis sie sich nach dem Kompott nicht mehr beherrschen konnten und einer von ihnen dreien sagte, »Großvater, du hast da einen Krümel«, und alle, auch ihre Mutter, brachen in Gelächter aus, sogar David kräuselte seine Lippen zu einer Art Lächeln, und

Großvater betastete mit seiner Zunge die eine Mundseite und fand nichts, und sie halfen ihm, »nicht da, Großvater, mehr rechts«, bis er das Stückchen Maiskorn oder Nudel erwischte, das wie ein weißer Wurm auf seiner Zungenspitze hing, und seufzte: »Jaja, es gleicht ein Mensch einer Nudel.«

Danach wechselten sie ins Wohnzimmer über, zum Kaffeetrinken und dem Kuchen, und Großvaters Blick fiel auf Orens nackte Fußsohlen, und er sagte zornig, »was bist du für ein Rotzlöffel, geh und kauf dir ein Paar vernünftige Pantoffele, man könnte meinen, du wärst in einer Armeleutfamilie groß geworden«, und sie lächelte in sich hinein, denn sie hörte sein mit Jiddisch und Arabisch gewürztes Hebräisch so gerne, Arabisch hatte er in seiner Kindheit gelernt, als er während des Ersten Weltkriegs mit seinen Eltern nach Ägypten floh – es erinnerte sie an Tante Techiyas Hebräisch, auch wenn es noch ein bißchen anders war. Wie Tante Techiya ging auch er häufig auf Reisen und kehrte mit einem Sack voller Lichtbilder zurück und malträtierte sie ganze Abende lang damit, ihm zuzusehen, wie er in den Alpen über den Schnee glitt, auf einem Elefanten in Bombay ritt, Samba in Brasilien tanzte, und Noam und Oren lachten immer, »es wird gerade ein Rucksacktrip nach Tibet organisiert, Großvater, möchtest du mitfahren?« Aber Großvater Emanuel, der mit den Gruppen zu reisen pflegte, die sein Reisebüro zusammenstellte, sagte verärgert, »diese nichtsnutzigen Beatniks, die in den Osten fahren, um Haschisch zu rauchen, die können noch viel von mir lernen, Ignoranten und Bauern«, doch seine blauen Augen lächelten, denn unter seiner vorgeblichen Reizbarkeit verbarg sich ein weiches Herz, und Rivi wußte, daß es ihm nie gelungen war, sich über Großmutter Rivkas Tod hinwegzutrösten, und wenn er auch im Laufe der Jahre Interessentinnen und Freundinnen hatte, die größtenteils nur die Gelegenheit ausnutzen wollten, gratis ins Ausland zu reisen, wobei ihn zwei oder drei davon jedoch wirklich liebten und ihr Leben mit ihm teilen wollten – so heiratete er trotzdem nicht wieder, sondern lebte die ganzen Jahre allein in seiner Wohnung, unter der ihren, wusch und kochte für sich selbst und bemühte sich, ihnen nicht zur Last zu fallen, und nur das Abendessen am Sabbat, am Freitagabend, nahm er mit ihnen zusammen ein; und sie liebte es, am Samstag in der Früh zu ihm hinunterzugehen und sich stundenlang Geschichten über ihre Großmutter anzuhören, die zwar immer unter ihnen weilte, ihre Tochter und ihre Enkel aus dem großen gerahmten Bild heraus beaufsichtigte, das auf der Anrichte stand, und zweimal im Jahr, an ihrem Todestag und an Jom Kippur, flackerte die Flamme der Seelenkerze in ihren grauen Augen, die Rivi vorkamen, als seien sie lebendig, über die ihre Mutter jedoch nie sprach, auf ihre neugierigen Fragen nur kärglich, mit gereizter Ungeduld antwortete; und Rivi begriff, daß die Erinnerungen für ihre Mutter nicht tröstlich waren, in ihr nur alte Ärgernisse und Ängste wachriefen, und sie richtete ihre Fragen an Großvater Emanuel, der gerne über seine verstorbene Frau sprach, die er mit Leib und Seele verehrt hatte, und ihr auf ihre Bitte hin immer wieder von ihrer ersten Begegnung im Hafen von Triest im Sommer '31 erzählte: »Es war im August, eine Höllenhitze, und ich in dem weißen Anzug, den ich mir in London gekauft hatte, es war schließlich meine erste Reise, und ich wollte als Gentleman nach Haifa zurückkehren, ein Mann von Welt, und ich schleppe mit Mühe die Koffer, schwitze wie ein Pferd, huste, und mit einem Mal sehe ich plötzlich eine Hand, die sich nach meinem Koffer ausstreckt, ihn mir wegreißt, mir stockt der Atem, so was, die Italiener waren doch schon immer dreiste Banditen gewesen, und ich schaue hoch und sehe eine junge Frau vor mir, ein grüner Pilzhut, darunter ein blonder Zopf, breiter Nacken und ein voller Körper, so wie es sein muß, und so, mit ihrem Koffer in der einen Hand und meinem in der anderen, erklimmt sie geschickt die Schiffsrampe, auf bleistiftdünnen Absätzen, und ihre Unterschenkel erinnern mich an die Statuen von Michelangelo, die ich ein paar Tage vorher in Florenz gesehen hatte, und als wir an Deck angelangt sind, stellt sie den Koffer ab, dreht sich zu mir um und richtet ihren grauen, intensiven Blick auf mich, und ich trockne mir die verschwitzte Hand an der Anzughose ab, streckte sie ihr hin und stottere, ich danke Ihnen sehr, mein Name ist Emanuel Lipkin, und ich leide unter Asthma, und meine Ohren brannten wie zwei Leuchtkugeln. Und da lächelte sie und sagt, ihr Name sei Rivka, und erzählte, daß sie aus Tel Aviv stamme und von einem dreijährigen Studium in Berlin zurückkehre, und wir standen so ans Geländer gelehnt da und betrachteten die Stadt Triest, die sich entfernte, am Horizont verschwand, und auf einmal verspürte ich einen schrecklichen Brechreiz, schwankte wie angetrunken, hielt mich an ihr fest und erbrach das Frühstück über ihr Kleid, und sie faßte mich unter den Armen, half mir, mich aufs Geländer zu stützen, trocknete mir mit einem Taschentuch die Stirn und sagte zu mir, ich solle tief durchatmen, und ich erbrach mich weiter ins Meer, gleich noch das Abendessen vom Tag davor und danach meine Magensäfte, was soll ich dir sagen, meine ganzen Eingeweide drehten sich mir im Inneren um, fast hätte ich dort auch noch meine Seele ausgespien. Und deine Großmutter hat immer gesagt, daß sie schon damals wußte, daß sie mich unser ganzes Leben lang würde halten, mir die Stirn trocknen und die Koffer von uns beiden schleppen müssen, aber am letzten Tag der Reise, als ich ihr einen Heiratsantrag machte, sagte sie, ich werde dich heiraten, unter der Bedingung, daß wir in Tel Aviv wohnen. Sie liebte Tel Aviv, und Tel Aviv liebte sie, und sie hatte auch einen großen Dickschädel, aber als wir den Carmel sahen, deutete ich hinauf und sagte zu ihr, siehst du, dort, auf diesem Rücken, werde ich dir ein Haus bauen, der ganze Berg wird dir gehören und die ganze Bucht, wie ein grünes Kleid mit himmelblauem Umhang, verziert mit dem größten und schönsten goldenen Schmuckstück im ganzen Nahen Osten, die Bahai-Kuppel, und deine Großmutter bekam einen ganz verzauberten Blick, sie umarmte mich und sagte, ich bin einverstanden, nur weil du mir das so wunderschön gesagt hast. Und im Laufe von drei Jahren habe ich dieses Haus gebaut, während der ganzen Zeit wohnten wir am Paris-Platz bei meinen Eltern, und zwei Wochen, nachdem der Bau fertiggestellt war und wir auf den Carmel gezogen waren – wurde deine Mutter geboren, und Rivka sagte, laß sie uns Carmela nennen. Sie liebte Haifa sehr, deine Großmutter, aber sie sehnte sich ihr ganzes Leben nach den Cafés von Tel Aviv, nach dem Yarkon und dem Strand, und siehst du, etwas von ihrer Sehnsucht ist dir ins Blut übergegangen, wenn du aus der Armee entlassen wirst, hast du vor, in Tel Aviv zu leben und zu studieren, und das ist, als ob du nach Hause zurückkehrst.«

Ihre Großmutter, das wußte Rivi, arbeitete ihr Leben lang als Lehrerin an der Leo-Beck-Schule und war Mutters Lehrerin in der Volksschule; »sie zwang mich, sie in der Klasse ›Frau Lehrerin‹ zu nennen, so wie alle«, erzählte ihre Mutter ihr einmal, und Tränen der Erniedrigung des kleinen Mädchens stahlen sich in ihre Stimme, »wir sind zusammen in die Schule gegangen, bis wir zum Tor kamen, nannte ich sie ›Mutter‹, und von dem Moment an, in dem wir den Hof betraten, war sie ›Frau Lehrerin‹. Und wehe mir, wenn ich keine gute Note bekam oder wenn ich die Antwort auf irgendeine Frage nicht wußte, nicht nur bei ihr, auch bei den anderen Lehrern. Ich hatte Glück, daß der Unabhängigkeitskrieg anfing und wir nach Amerika fuhren.«

Im Unabhängigkeitskrieg packte Großvater Emanuel eine entsetzliche Angst, und irgendwie gelang es ihm, seine Familie nach New York in Sicherheit zu bringen, wo sie bis Kriegsende blieben und noch ein Jahr länger, um ganz sicher zu gehen, und als sie zurückkehrten, bestand Mama darauf, in eine andere Schule zu gehen.

Rivi ahnte, daß ihr Großvater in ihr ein Spiegelbild der Großmutter sah, sie deswegen so sehr liebte und sich bei ihr, wie zuvor bei ihrer Großmutter, über all seine Wehwehchen und Krankheiten, die echten wie die eingebildeten, beklagte; Großmutter Rivka, die ihr ganzes Leben lang gesund und kräftig gewesen war, hatte ihn gepflegt, bis sie plötzlich krank wurde und starb, und er überlebte sie noch um fast dreißig Jahre, bis ihre Mutter ihn eines Morgens, drei Tage nach seinem achtzigsten Geburtstag, auf dem Fußboden neben seinem Bett liegend fand, sein Gesicht in schrecklichem Zorn erstarrt und mit geballten Fäusten.

Jetzt, am Tisch, dachte sie darüber nach, wie alles allmählich zerbröckelte, vorher, noch vor ihrer Geburt, Großmutter Rivka, danach Onkel Mosche und Großvater Jacob, zuerst die Beine und dann er selbst, und Vater, und Großmutter Pnina, die in irgendein Altenheim von der Wohlfahrt gesteckt worden war und bereits niemanden mehr erkannte, und Noa, die eines Tages auf und davon fuhr, und vor zwei Jahren Großvater Emanuel, und jetzt Mama und diese Geschichte mit dem Auge, ja, man müßte das irgendwie aufhalten, einfrieren, damit es wenigstens so bliebe wie jetzt.

Als sie mit dem Kompott, dem Kaffee und dem Kuchen fertig waren und sie das schöne Geschirr abgeräumt und vorsichtig abgewaschen hatte, zog sie sich in ihr Zimmer zurück, riß Seiten aus einem alten Rechenheft und schrieb in panischer Hast, mit hämmerndem Herzen und brennenden Wangen, verstreute, lebendige Erinnerungsfetzen auf.

Am Sonntag mittag kam Yigal, um sie wie vereinbart abzuholen, und entschuldigte sich, er könne nicht mit ihr in der Stadt spazierengehen, denn sein Sohn sei krank; »wir machen deine Runde bei anderer Gelegenheit«, versuchte er sie zu trösten. Sie starrte den ganzen Weg nach Tel Aviv aus dem Fenster und schwieg, als ob sie gewußt hätte, daß sie diese kleine Reise zu den Plätzen, an denen ihr Leben noch unversehrt gewesen war, nie mehr machen sollte.

Einen Monat vor seinem Geburtstag begann sie, sich in den Antiquitätenläden und Antiquariaten entlang der Ben-Yehuda-Straße herumzutreiben. Sie stellte sich vor, sie befände sich am Place des Vosges in Paris, begutachte Aschenbecher und Lampen im Art-nouveau-Stil, kleine Tierplastiken aus Bronze, die man als Papierbeschwerer verwenden konnte, Brieföffner, deren Griffe Gravurarbeiten des Bezalel-Kunstinstituts darstellten, Papierhalter in Form von Handtellern, flache Zigarettenschachteln aus russischem Silber, Schuhlöffel mit Löwenkopfstielen, Kneifer, Buchstützen, Füllfederhalter, Stempel.

Sie wühlte in alten Radierungen von Palästina, blätterte in einem Reisebuch aus den zwanziger Jahren mit Graphiken von Lilien und in einem Gedichtband von Zalman Schneur, illustriert von Hermann Struck im Berlin-Verlag, und breitete vergilbte Nahostkarten aus, die nach Tabak rochen. In einem der Läden zwischen der Frischmann- und der Mendele-Straße verfing sich ihr Blick schließlich an einer Bronzeplastik in der Größe ihres Handtellers; eine nackte Frau, die im Schoß eines Satyrs liegt, der Trauben über ihren Mund hält. Sie wußte sofort, das war es, allein schon wegen des bärtigen Gesichts des Satyrs, wegen seiner starken Nase, die sich sinnlich zu den Nasenflügeln hin verbreiterte. Aber die Plastik, von der der Verkäufer schwor, sie sei echt original Art nouveau, Anfang der zwanziger Jahre, war sehr teuer, in etwa ihr halber Monatslohn einschließlich Trinkgeldern, und sie war sich nicht sicher, ob es nicht eine Fälschung war.

Am nächsten Tag bat sie Golden, mit ihr mitzukommen, um die Figur anzuschauen und ihr einen Rat zu geben, und er sperrte den Laden zu und hängte das Pappkartonschild an die Türe: »Komme gleich«. Um diese Zeit kommt sowieso niemand, dachte sie, aber sagte nichts. Sie gingen die Ben-Yehuda hinunter, und Rivi achtete streng darauf, auf der anderen Straßenseite des Cafés Mersand zu gehen, denn sie nahm in dem großen Glasfenster die Spiegelung eines schwarzen Taxis und einen lockigen Jungen wahr, der im Laufschritt hinüberrannte, als sei das entsetzliche Bild im Glas eingefangen, und sie fürchtete, auch Golden würde es sehen.

Der Verkäufer erkannte sie schon von weitem und legte beide Hände an die aufgeblasenen Wangen, als hätte er Zahnweh. »Ich hab's dir gestern gesagt, du sollst ihn gleich kaufen«, klagte er, »bei so einer Gelegenheit darf man nicht warten«, und er nannte den Namen einer bekannten Dame der Gesellschaft, die die Plastik gerade vor zwei Stunden gekauft hatte.

Golden, auch wenn er nicht wußte, für wen die Plastik bestimmt war, denn sie hatte sich das ganze Jahr beherrscht und ihm nichts erzählt – wenn er es gewußt hätte, hätte er Yigal sicher jedesmal, wenn er kam, um ein Buch zu kaufen, die konspirativen Blicke eines britischen Geheimagenten zugeworfen, und wenn seine Frau in den Laden gekommen wäre, hätte ihm das Wissen in flammendem Purpurrot im Gesicht gestanden und er hätte gezittert und gestottert in tiefster Verlegenheit und vor Angst, das Geheimnis könne unfreiwillig seinem Mund entschlüpfen, wie Prinz Myschkin, als er die chinesische Vase zerbrochen hatte –, Golden nahm sich ihren Kummer trotzdem wärmstens zu Herzen; er schüttelte den Kopf, und sein Gesicht hinter der dicken Brille war bekümmert, als wäre ein echtes Unglück geschehen, obwohl sich Rivi bereits erholt hatte und eine chinesische Teedose musterte, verkupfert, mit vier erotischen Motiven, eins auf jeder Seite, hinter Glas. Sie öffnete den konischen Deckel, und das scharfe Aroma der Teeblätter, die sie einst beinhaltet hatte, stach ihr in die Nase. Auch nachdem sie gezahlt, den Laden mit dem in braunes Papier eingewickelten Päckchen verlassen hatte, weigerte sich Golden, sich trösten zu lassen, warf ihr einen traurigen Blick zu und sagte, »was ich dir wünsche, weißt du«, und sie dachte, weshalb hat er soviel Mitleid mit mir, und erlaubte ihm, sie in das kleine Café in der Bograschov einzuladen – drei Tische drinnen und vier auf dem Bürgersteig.

»Hier habe ich einmal Chana Rovina und Alexander Penn gesehen«, fiel ihm ein; »es war in der Nacht, sie standen da und stritten sich unter der Laterne an der Ecke Pinsker, ich war sehr jung damals, vielleicht sechzehn, aber ich erinnere mich genau; er war ein großer, gutaussehender Mann mit schwarzen Stiefeln und schwarzem, langem Umhang wie eine Robe, und sie kam gerade vom Auftritt, ihre herrlichen Augen waren noch geschminkt, und ihre ganze Auseinandersetzung, die fuchtelnden Hände und der russische Akzent, schien mir wie ein riesiges Drama, Blitz und Donner, Zusammenstoß zweier Naturgewalten, und einige Monate später brachte sie eine Tochter zur Welt, und man sagte, daß sie nicht willens war preiszugeben, wer der Vater war, aber ich wußte es«, er lächelte und seine Brillengläser funkelten, als wären seit damals nicht bald fünfzig Jahre vergangen, »ach Rovina, Rovina, ich ließ keine einzige Vorstellung von ihr aus. Ich erinnere mich an sie zum Schluß, in der Rolle der Tante Lisa, wie sie die Bühne betritt, mit einem langen Spitzenkleid und breitkrempigem Hut, Handschuhen und weißem Sonnenschirm, das Gesicht weiß geschminkt, nur die Augen geschwärzt, eine schöne und zornige Braut mit achtzig, das ist schließlich ihre Rache an den Männern, die ihr Neffe schickt, um sie zu ermorden, um das Haus zu erben, sie heiratet einen nach dem anderen und läßt sie in ihrem Garten arbeiten; der erste Ehemann war Klatzkin, scheint mir, der zweite Schmulik Segal, und der dritte war der junge Pollack. Rovina selbst war schon über achtzig, aber irgendeine Macht lag in ihren Augen, in ihrer Stimme, was für ein Spiel«, Golden verstummte, und seine Augen wanderten, als folgten sie einem hochgewachsenen Mann in Stiefeln und schwarzer Robe und einer alten Frau mit aufrechtem Rücken, Spitzenkleid und Sonnenschirm, die langsam die Straße zum Meer hinunterschritten.

Gegen Abend, in einem Café auf der Strandpromenade, überreichte sie Yigal das Geschenk. Er öffnete unter großem Zeremoniell die Verpackung und drehte die Dose herum, um die Bilder zu betrachten.

»Das ist wunderschön«, lächelte er.

»Magst du es? Du kannst es für Bleistifte benützen«, sie beschloß, ihm nichts von der Plastik zu erzählen, die für immer verloren war.

»Ich werde alles mögen, was du mir gibst, Kleines. Ich dachte, du würdest mir eine Glaskugel mit Schnee und Tannenbäumen und einem Haus mit rotem Dach kaufen, so etwas wie Rosebud in *Citizen Kane*.«

»Weshalb sollte ich dir so was kaufen?« wunderte sie sich.

Er antwortete nicht. »Schau, was ich von meinem Sohn bekommen habe«, sagte er und zog aus seiner hinteren Tasche eine braune Brieftasche, »ein halbes Jahr hat er Taschengeld gespart.«

Sie hielt die Brieftasche unter ihre Nase und schnupperte an dem Leder. Aus einem Fach lugte Galias Foto, und in einem anderen erkannte sie die Ecke der gelben Serviette aus jenem Café in Florenz, Sabbatini oder Zabbatini, auf die sie für ihn ein kleines Gedicht gekritzelt hatte.

»Was hast du von deiner Mutter bekommen?« Nach Galia fragte sie nicht.

Er lachte, hustete. »Meine Mutter hat mir einen ihrer simulierten Herzanfälle beschert. Rief mitten in der Nacht an, und als ich kam, um sie zu beruhigen, begann sie mich anzuschreien, alte Zeitungen und leere Joghurtbecher nach mir zu schmeißen, sie wirft ja nichts weg. Manchmal fühlt sie sich nicht gut, und manchmal hört sie Einbrecher oder Hitler die Dachrinne heraufklettern, aber wenn ich ankomme, schreit sie, ich würde versuchen, sie umzubringen, und daß ich nach ihrem Tod keinen Groschen von ihr zu sehen bekäme. Eine verrückte, bösartige Alte. Manchmal sehe ich sie an und sage mir, aus dem Leib dieser Frau bist du hervorgegangen, und ich bin beschämt«, er rupfte mit zwei Fingern an seinem Bart und kaute daran.

»Warum ist sie so böse auf dich?« fragte sie betroffen.

»Ich habe sie verlassen, ich habe sie verraten, ich habe geheiratet. Portnois Mutter ist eine Florence Nightingale neben ihr.«

Sie zahlten, sie bestand darauf, ihn einzuladen, und gingen auf die Promenade hinaus. Leute saßen in langer Reihe auf den weißen Plastikstühlen und blickten zur Sonne, die in der klebrigen Luft zwischen Wolkenschlieren schmolz wie eine überreife Dattelpflaume.

»Vergoldende Sonne ruht am Horizont / wie ein geliebter Kopf zur Linken ihres Geliebten«, zitierte er, seine Finger in ihrem Haar.

»Alexander Penn?« riet sie.

»Schlonski«, lächelte er.

Sie legte sich seinen Arm um ihre Hüften und schlang ihren Arm um seine, hakte den Daumen in die Schlaufe seiner Jeans.

Der Strand leerte sich von Badegästen, und an der Rettungsbude wurde ein großes Schild mit warnenden roten Buchstaben aufgehängt: »Keine Rettung«.

»Keine Rettung«, rief sie aus, »das ist aus der Bibel, oder?«

»Aus den Psalmen. ›Verwirf mich nicht in meinem Alter, verlaß mich nicht, wenn ich schwach werde, denn meine Feinde reden über mich, und die auf mich lauern, beraten sich miteinander und sprechen: Gott hat ihn verlassen, jagt ihm nach und ergreift ihn, denn da ist keine Rettung.‹ Hier, schau dir die an«, er wies mit seinem Kinn auf eine alte Frau und einen alten Mann, die andersherum dasaßen, ihre Gesichter der lärmenden Straße zugewandt, mit dem Rücken zum Sonnenuntergang.

»Nach sechzig Jahren zusammen entdeckt man die wahre Romantik«, lachte sie.

Die beiden erhoben sich und gingen mit schnellen, kleinen Schritten davon. Der Alte blieb neben einer schwarzen Harley Davidson von gewaltigen Dimensionen, die auf dem Bürgersteig geparkt war, stehen und begaffte sie mit hängender Kinnlade. Seine Frau zog ihn am Ärmel.

»Er ist im Ersten Weltkrieg schon auf einem Motorrad gefahren«, sagte Yigal, und sie rechnete fieberhaft nach, wenn er achtzig sein wird, werde ich sechsundfünfzigeinhalb sein.

»Weißt du«, eröffnete sie ihm plötzlich freudig, »heute beträgt dein Alter genau das Doppelte von meinem. Du bist siebenundvierzig und ich dreiundzwanzigeinhalb.«

Sie würde sich nicht daran erinnern, was er antwortete, sicher erzählte er irgendeinen Witz über alte Sünder oder Unzucht, sie wird sich nur erinnern, daß er später im Bett, vorsichtig, fast ohne sie zu berühren, die Wölbung ihrer Hüfte streichelte und sagte, »manchmal fühle ich mich wie irgend so ein Räuber, ich raube dich für mich selbst, die Schönheit, die Glut und die Jugend, beflecke, entweihe, weißt du, manchmal schäme ich mich so.«

Der Sommer regierte noch in voller Stärke; stieg vom Asphalt der Bürgersteige auf, klebte die Kleider an die Haut, trieb den Fahrern das Blut zu Kopf, ließ die Milch vorzeitig sauer werden, brachte die Gedanken zum Verdunsten, goß ihre umgekehrten Körper wie japanische Ringkämpfer zusammen; ihr Gesicht gegen seine Lenden, ihre Brüste in seiner Magensenke, seine Zunge paddelte lustvoll zwischen ihren Oberschenkeln, seine Arme umschlossen fest ihr Gesäß, seine Finger bohrten sich hinein wie in eine Orange, und hin und wieder pusteten sie sich gegenseitig Luft zu, um die Brust, die Scham, den Bauch und das Gesicht zu kühlen, lächelten einander mit den Augen an. Aber als sie die dämmernde Scheinkin-Straße Richtung Café Tamar schlenderten, stob ein eiliger Wind vom Meer an ihnen vorbei, und neben dem Obst- und Gemüseladen sprang sie ein überraschender Geruch nach Guajaven an.

»Warum ich dich liebe, weiß ich«, versuchte sie das Geheimnis der Beziehung zwischen ihnen zu erläutern, »jeder Psychologiestudent im ersten Jahr würde dir sagen, daß du der Vater bist, den ich nicht hatte; wie irgendein geschiedener Vater kommst du zu mir, lädst mich in Restaurants ein, ins Kino, kaufst mir Bücher, fährst mit mir ins Ausland, redest wie ein Mensch mit mir, hältst mir lästige Vorträge, und dann kehrst du sozusagen zu der neuen Familie zurück. Aber weshalb *du* so an mir klebst, das verstehe ich noch nicht so ganz.«

»Die Theorie deines Studenten ist so gut wie jede andere Theorie«, sagte er, sie saßen bereits an ihrem Stammplatz im hinteren Teil des Cafés, neben dem Tisch eines alten Journalisten von der Zeitung *Davar*, der unermüdlich seine Pfeife anzündete, »meinst du, nur Kafka und du hätten einen *Brief an den Vater*? Jeder hat seinen Brief an den Vater oder die Mutter, bestimmt wird mir auch mein Sohn eines Tages die Rechnung präsentieren«, er grinste, »Psychologie ist gut für Faulpelze, die ihr Versagen und Unglücklichsein auf die Eltern schieben, anstatt ihr Leben selbst zu gestalten, und sie ist hauptsächlich für die Psychologen gut, die Aasgeier« – er kniff die Augen im Rauch der Zigarette zusammen –, »und vielleicht liebst du mich aus dem gleichen Grund, aus dem Madame Chauchat ihren älteren Mann liebte, erinnerst du dich, daß Hans Castorp sie fragt, und sie sagt zu ihm: ›Wie kann man jemanden nicht lieben, der einen so sehr liebt.‹«

»Warum dann du so sehr, und mich ganz und gar?« Sie lächelte kindlich herausfordernd, zögernd.

»Ich weiß es nicht wirklich«, seufzte er, »ich denke viel darüber nach. Du bist schließlich grauenhaft überheblich, egoistisch, kapriziös und bösartig, aber es gibt etwas an dir, das die Seele anspricht, abgesehen davon, daß du ein Prachtfick bist«, er lächelte, die Teufel in seinen Pupillen, »was ändert das warum schon, Kleines, Tatsache ist, bevor ich dich kannte, hatte ich das Gefühl, daß ich für zwei Seelen verantwortlich bin, und jetzt habe ich drei, und ich habe keine Erklärung dafür, du bist meine fixe Idee.«

Die wenigen Male, die er sie nicht zu Hause antraf, hinterließ er ihr Nachrichten im Briefkasten, die er auf den abgerissenen Fetzen eines alten Umschlags oder die Rückseite seines Scheckbuchs kritzelte:

Othellos Neid wird dich beneiden
meine Nacht flutet im Hauch des Weins
und die Hand würgt deine Kehle
und bringt das Weinen Kains zum Schweigen.
(Der greise Schlonski)

Wo warst du, wen hast du gesprochen, wen angelächelt,
an wen gedacht,
bist du gegangen, zurückgekommen, bist du fertig,
hast du gelacht,
hast du geschnarcht, hast du geschlafen,
hast du geschissen, hast du geweint,
was hattest du an, welche Schuhe, hast du gegessen,
getrunken, gehört, gelesen, geträumt,
bis morgen – stell nichts an!
Von deinem verliebten Narr.

Wieviel Lachen es zwischen uns gab – ohne Scham würde sie sich danach sehnen –, wie damals, als sie auf der Ben-Yehuda gingen und sich eine üppige Polin im offenen Morgenmantel und mit Lockenwicklern im Haar auf das Balkongeländer im ersten Stock eines Hauses stützte und sie mit gespielter Eifersucht schrie, »was schaust du auf ihre Brüste, schau meine an«, und einfach so, auf offener Straße, das Hemd abstreifte, oder das eine Mal, als sie in seinem Auto fuhren – wo sind wir damals hingefahren, egal, wir fuhren so viel zusammen in dem weißen Alpha Romeo herum, und immer warf ich einen Blick in den Aschenbecher, in dem euer beider Zigarettenstummel durcheinander lagen, deine, die stark zerdrückten, und ihre, mit den roten Spuren, und wie gerne hätte ich etwas von mir im Auto zurückgelassen, einen Schal oder einen Ohrring, der wie zufällig hinuntergefallen wäre, ein kleines Andenken, das alles hätte auffliegen lassen, und wie sehr habe ich mich beherrscht –, und er, wie es seiner Gewohnheit entsprach, versprühte seine Weisheit für sie, sie wird sich nicht mehr daran erinnern, was er gesagt hat, und sie verdrehte mit gespielter Verzweiflung die Augen und seufzte, »wie berechenbar du bist«, und da stoppte er das Auto mitten auf der Straße, stieg aus, ließ die Hosen herunter und wandte ihr seinen nackten Hintern zu, ohne das Gehupe und Gefluche der Fahrer hinter ihnen zu beachten, »Psycho«, »Verrückter«, »geh doch ins Irrenhaus«, und als er wieder ins Auto einstieg und den Sicherheitsgurt schloß, konnte man sehen, daß er regelrecht platzte vor Stolz, wie irgendein Prinz, der einen Drachen getötet hatte.

Aber an jenem Freitag, zu Ende des Sommers, gelang es ihm tatsächlich, sie zu überraschen; im Zimmer wurde es dunkel, ihre Haut war schon durchwirkt mit Zärtlichkeiten, er löste sich von ihr und war kurz vorm Gehen, da kehrte er auf einmal um, wie Colombo, der immer zurückkommt, um das Wichtigste überhaupt zu fragen oder zu sagen, und sagte, »ich habe ganz vergessen, kann man mit dir für Sonntag früh um sechs am Kulturpalast ein Treffen ausmachen? Bring Kleider für ungefähr eine Woche mit«, und dann bückte er sich, verschloß ihrem überraschten Gestotter mit einem Kuß den Mund und ging, und sie hörte sein Gelächter die Treppe hinunterrollen.

4

Tod auf dem Nil

Wie ich mich nach so vielen Jahren noch daran erinnere, wird sie sich wundern; nein, ich erinnere mich nicht, nur die Empfindungen haben sich in mich eingegraben, wie sich etwas eingräbt, wenn wir noch sehr jung sind, wenn Leben und Seele noch eins sind. Den Rest habe ich vergessen, ich phantasiere, lüge vorsätzlich, stehle von allem, was mir in die Hand fällt, kämpfe mit Geistern.

Auf dem Platz vor dem Kulturpalast warf man ihnen säuerlich spitze Blicke zu. Man hätte sich vielleicht täuschen und sie für Vater und Tochter halten können, aber sie ließ ihren Rucksack neben dem rotweißen Reisebus fallen und stürzte sich mit einer wilden Umarmung auf ihn, die keinen Raum für Zweifel ließ.

Die großen Ferien waren zu Ende, die Saison der Herbstferienreisen hatte noch nicht begonnen, und der Großteil der Reiseteilnehmer waren Rentner, die Zeit hatten, und Moschavniks, Leute aus Landwirtschaftssiedlungen, die sich eine Woche zwischen den Saisonarbeiten gestohlen hatten. Das erfuhr sie aus dem Eröffnungsgespräch, das der bärtige Reiseleiter Eli abhielt, bevor sie losfuhren; er setzte alle, etwa dreißig Leute, im Kreis auf den Asphalt des Parkplatzes, und nachdem er in kurzen, militärischen Sätzen die Reiseroute geschildert und einige Sicherheitsinstruktionen bekanntgegeben hatte, bat er jeden einzelnen, seinen Namen, Wohnort und Beruf zu nennen. Es waren mindestens sechs Landwirte mit ihren Frauen aus den Moschavs Tel Adaschim, Dakla, Sede Nizan dabei, und als

Yigal an die Reihe kam, sagte er ernsthaft, wobei er ihr aus dem Augenwinkel einen Blick zuwarf, »Yigal Liebermann, Moschav Abort.«

Rivi verbarg ihr Gesicht zwischen den Knien, und ihre Schultern bebten vor Lachen. Um sie herum wurde Getuschel laut. »Entschuldigung, aus welchem Ort bist du, wir haben es nicht verstanden«, fragte eine Frau, und Yigal wiederholte, »Moschav Abort«, erstickt vor Lachen, das er nicht mehr zurückhalten konnte, und dann nahm er sich zusammen und sagte, »aus Tel Aviv«.

Aber die kindische Veräppelung, die dazu gedacht war, sie zu erheitern und vielleicht sich selbst die peinliche Situation der Vorstellung, diese Art öffentlichen Eingeständnisses zu erleichtern, wurde ihnen während der ganzen Woche weder vergessen noch vergeben, und man boykottierte sie, doch sie waren froh darüber, denn sie hatten von Anfang an vorgehabt, die organisierte Tour nur für die Reisearrangements und die Übernachtung zu nutzen, und es stellte sich schnell heraus, daß sie auch keine Führung brauchten, denn Yigal war ein Experte in ägyptischer Geschichte und Archäologie, in den verzweigten Dynastien der Könige und Pharaonengötter, in Kunst, Architektur und Mythologie, viel mehr als Eli, der Reiseleiter, und so trafen sie mit der Gruppe bei den Sehenswürdigkeiten ein und besichtigten sie alleine.

Eines der Paare erregte ihre Aufmerksamkeit; sie waren aus Jerusalem, sagten sie. Sie hatten unterschiedliche Nachnamen. Der Mann wirkte wie um die vierzig, hochgewachsen und sonnenverbrannt ähnelte er mit seinem glatten Gesicht Cary Grant. Die Frau war fünfunddreißig oder sechsunddreißig, hatte braunes glattes Haar und ein hellhäutiges Gesicht, ihre klaren, hellblauen Augen waren dicht umkränzt von schwarzen Wimpern und ihre Lippen traubenfarben violett. Beide waren gut gekleidet. Die Frau hatte einen Fundus an Hüten, die sie häufig wechselte – breitrandige Strohhüte, einen sandfarbenen Safarihut und einen Filzhut in Altrosa. Die Hüte wirkten modisch, dennoch hätte man sie auch in die Bilder eines zeitlosen Films einpassen können, *Tod auf dem Nil* zum Beispiel, und beide sahen sehr verliebt aus und hörten nicht auf, sich während der ganzen langen Fahrt nach Kairo zu küssen und zu lachen. Rivi fragte sich, ob auch sie ein heimliches Paar waren, und beschloß, daß sie es wohl bis vor kurzem gewesen waren, jetzt von ihren früheren Partnern geschieden oder getrennt waren und eine Art Flitterwochen feierten, zum ersten Mal in aller Öffentlichkeit.

Am Abend, nach einer zwölfstündigen Fahrt, kamen sie in Kairo an, im Hilton Ramses. Wie immer, wenn sie ein Hotelzimmer betrat, untersuchte sie das Badezimmer, stellte das Reinigungmittel für ihre Kontaktlinsen auf den Marmor, schnüffelte an den Shampoo- und Schaumbadfläschchen und rief ihm ihre Entdeckungen zu, »es gibt hier glatte weiße Handtücher und einen Haartrockner, und es gibt sogar ein kleines Radio in der Wand«.

Dann kehrte sie ins Zimmer zurück, öffnete stürmisch alle Schränke und Kommodenfächer und beugte sich schließlich über die Bar, »Gin und Tonic«, verkündete sie, »Wodka, Orangensaft, Cola, Wein und Bier, und da ist der Champagner«, sagte sie fröhlich und öffnete die Flasche, zog langsam am Korken, der heraussprang und kühlen, dichten Dunst nach sich zog, und sie schenkte die hohen Weingläser voll, die sie auf dem Regal gefunden hatte, und Yigal, schräg überm Bett auf der Seite liegend, den Kopf in die Hand gestützt, betrachtete sie lächelnd und sagte, »komm her, du verdorbenes kleines Mädchen«. Er hatte ihr einmal gesagt, daß er nur für sie Luxushotels wähle, denn er selbst könne sich sogar in einer Jugendherberge wohlfühlen. »Als Sozialist, Zögling vom Schmutz-Kibbuz«, stichelte sie manchmal, »scheint es dir nicht unmoralisch, daß du in einer Villa wohnst, einen Alpha Romeo fährst und eine junge Geliebte auf Vergnügungsreisen einlädst?« Aber wenn er versuchte, ihr ernsthaft zu antworten, sich ausgedehnt über den Kibbuz als ideale Utopie, die gescheitert war, verbreitete und, wie es seine Art war, mit Zitaten um sich warf, bemerkte er sehr schnell, daß ihr Blick glasig wurde, und sagte: »Was schwätzt er da?«

Jetzt setzte sie sich zu ihm aufs Bett, drückte ihm das Glas in die Hand und sagte, »einer, der es sich leisten kann, den Garten und das Auto mit Champagner zu besprengen, auf den machen diese Dinge natürlich keinen Eindruck. Auf Rosa Luxemburg«, sie erhob feierlich das Glas. Er nahm es ihr aus der Hand, warf sie aufs Bett, über ihr hechelnd wie ein Hund, und schleckte ihr Gesicht, ihre Ohren und ihren Hals mit seiner Zunge ab, bis sie vor Lachen erstickte.

Nachdem sie miteinander geschlafen hatten, kniete sie auf allen vieren auf dem Bett und blickte rückwärts über ihre Schulter auf ihre Blöße, die ihr aus dem Spiegel über der Kommode entgegensah. »Hör mal«, sagte sie verwundert, halb zu ihm, halb zu sich selbst, »von hinten sehe ich wirklich wie eine Frau aus.« Nackt auf dem Rücken liegend, seinen Kopf an die Kopfstütze gelehnt, eine brennende Zigarette zwischen den Fingern, brach er in krampfhaftes Gelächter aus, »was hast du denn gedacht, wie du aussiehst? Wie ein Mutterschaf?« Er bemerkte ihre peinliche Verlegenheit und sagte, »du hast einen herrlichen Hintern, wie der einer Schwarzen, und eine kleine süße Feige zwischen den Beinen, und du siehst aus wie die Venus von Urbino, aber noch viel schöner«.

Am Morgen fuhren sie mit einem lokalen Touristenbus zu den Pyramiden von Giseh; wie aufgeregt er beim Anblick der antiken Welt war, die ihn in seiner Jugend, als er alle Enzyklopädien, Geographie- und Reisebücher verschlungen hatte, die er in der Kibbuzbücherei fand, so fasziniert hatte, und jetzt, fünfunddreißig Jahre später, boten sich ihm die Pyramiden, Heiligtümer und Riesenstatuen dar, waren viel gewaltiger, genialer und furchteinflößender, als er in seiner Phantasie je hätte ahnen können. Keuchend erstiegen sie den Gipfel der Cheopspyramide, der höchsten von allen, und betraten die dämmrige Königsgrabkammer. Sie fotografierte ihn im Sarg, der aus rotem Granit gehauen war, nur sein Gesicht spähte wie das eines rotwangigen Teufels heraus, wild und ausgelassen, sein Haar wirr in der Stirn – immer, wenn sie das Bild betrachten wird, wird sie bei seinem Anblick lächeln –, dann streckte er ihr seine Arme entgegen und lachte, »hol mich aus dem Grab raus«. Sie zog an seinen Händen, und er stand auf, küßte sie auf den Mund und sagte, »ich liebe dich unendlich«.

Wie hätten wir wissen können, daß schon in dem Augenblick, da wir aus der Grabkammer hinaustreten würden, wie ein Negativ, das dem Licht ausgesetzt wird – die Augen beschattet von unseren Handtellern, die staubigen Füße nach den Stufen tastend, die Berührung deiner Hand auf meiner Schulter, einfach und vertraut, selbstverständlich wie der Moment, nach dem sich zu sehnen noch keine Notwendigkeit bestand –, daß schon da, langsam und versteckt, der Abstieg beginnen würde.

Zu Füßen der Pyramide blieben sie stehen, um sich die Erläuterungen ihres Reiseleiters Eli anzuhören, der von einem einheimischen Führer unterstützt wurde, dessen bärtiges, braunes Gesicht einer fetten Katze ähnelte. »Hunderttausend Sklaven bauten Cheops' Pyramide im Laufe von dreißig Jahren, aus zweieinhalb Millionen Kreideziegeln mit einem Gewicht von sechs Millionen Tonnen«, trug der ägyptische Führer stolz vor, »Napoleon hat einmal gesagt, die Anzahl der Steine genüge, um eine drei Meter hohe Mauer um ganz Frankreich herum zu bauen.«

»Er hat auch gesagt«, flüsterte ihr Yigal ins Ohr, »wenn man das, was diese Sklaven geschissen haben, einsammeln würde, könnte man daraus eine Kette machen, die den ganzen Erdball umringt.«

Die Frau, die neben ihnen stand, eine alte deutsche Jüdin aus Nahariya, warf ihnen mit verkniffenen Lippen einen Blick zu und stellte sich neben das Jerusalemer Paar, das aufmerksam zuhörte und trotz der schweren Hitze duftig frisch wirkte; der

Mann hatte ein rosa Polohemd an mit einem winzigen Krokodil auf der Brust, die Frau trug einen breitkrempigen violetten Strohhut. Ihr Blick blieb an ihren verschlungenen Händen hängen; seine große, dunkle und ihre weiße, mollige, gepflegte Hand. Ein zarter Lichtstrahl brach sich auf ihrem schweren Goldring.

Yigal legte seine Hand auf ihre Schulter, und sie entfernten sich von der Gruppe und gingen, um sich das aus Holz gefertigte Sonnenfloß anzusehen, das die Mumie des Königs den Nil hinuntertrug, denn der König der Götter, Sonnengott Ra, kam in der Nacht, um ihn ins Königreich des Osiris, dem Gott der Toten, zu bringen, damit er über ihn richte, und wenn der Pharao die Prüfung bestand, erlangte er Unsterblichkeit.

Auf einmal bemerkten sie Dutzende von jungen Männern mit entblößter Brust, glänzend braun, die Bronzehelme und Goldlanzen trugen. Die rätselhafte Truppe rückte im Gleichschritt in ihre Richtung vor, und ihr folgten sieben geschmückte Elefanten und Pferde, vor Wagen geschirrt, die mit violetten Samtbaldachinen bespannt waren, und an den Seitenwänden klapperten langhalsige Krüge.

Der ägyptische Führer erklärte, daß hier am nächsten Abend die Oper *Aida* mit Plácido Domingo aufgeführt würde, und sie bedauerte es, daß sie das nicht sehen konnten. Begeistert fotografierte sie die Probe, und dann das majestätische Gesicht der Sphinx, mit stumpfer Nase und Bart, doch auf einmal hörte sie auf und sagte zu Yigal, »was fotografiere ich wie eine Blöde, sie wird schließlich noch Tausende von Jahren hiersein, nachdem ich und meine Bilder längst zu Staub zerfallen sind«.

Am nächsten Tag besuchten sie das Ägyptische Museum und schlenderten abseits der Gruppe herum. Hin und wieder gewahrte sie den violetten Strohhut, der durch die Räume schwebte. Es fiel ihr schwer, seinen fieberhaften Erklärungen zu folgen, während er das Aufleuchten in ihrem Gesicht belauerte, ihre Ausrufe des Entzückens, als wollte er durch sie noch einmal das

Staunen seiner Kindheit wiederholen; »kaum zu glauben, was diese Pharaonen in die zukünftige Welt mitgenommen haben, kaum zu glauben«, murmelte er im Raum mit den Goldschätzen Tut-ench-Amuns immer wieder vor sich hin und seufzte, »bei meiner nächsten Wiedergeburt werde ich Archäologe«.

»Agatha Christies Mann war Archäologe«, fiel ihr ein, die Augen voll des Goldes.

»Ich weiß«, lachte er, »sie sagte einmal, je älter sie wird, desto mehr liebt er sie, denn sie wird zunehmend einer Mumie ähnlicher.«

Ihr Blick verweilte lange auf den Mumien, bemüht, menschliches Haar zwischen den Spalten der Stoffbahnen zu erkennen, als glaubte auch sie, daß einem einbalsamierten und Tausende Jahre konservierten Körper noch eine Art Leben innewohne. Abgesehen von den Mumien jedoch würde sie sich an kein einziges Detail mehr des Museumsbesuches erinnern können, und wenn sie darüber schreiben will, wird sie gezwungen sein, den Katalog zu Hilfe zu nehmen, den ihr Yigal im Andenkenladen am Ausgang kaufte; sie wird auf einen Stuhl steigen und ihn aus dem Regal ziehen, den Staub von seinem braunen Hochglanzeinband wischen und in den Abbildungen blättern; ein Sarkophag in Form eines Menschen, die Farbe wie Basalt; Papyrus mit Hieroglyphenschrift, eine Anubis-Statue in Gestalt eines schlanken, schwarzen Hundes; der wohlgeformte Kopf mit den wulstigen Lippen des Pharao Echnaton; und der Kopf der Königin Hatschepsut, an der sich ihre Phantasie entzündete, weil sie die erste Königin war, die sich selbst zum Pharao ausrief, Männerkleidung trug und in Ägypten wie ein König herrschte; und plötzlich würde aus den Buchseiten ein vergessener, fleckiger Geldschein, eine ägyptische Lira, herausflattern. Er würde langsam herunterschweben, sich um die eigene Achse drehen und zu ihren Füßen landen, und sie würde sich bücken und ihn mit vorsichtigen Fingern aufheben, wie einen Schmetterling oder eine getrocknete Blume – eine Ansicht des Abu-Simbel-

Tempels auf einer Seite und irgendeine Moschee auf der anderen –, und weshalb versetzt ihr von allen Bildern und Erinnerungen ausgerechnet dieser stumme Zeuge einen solchen Stich ins Herz?

Am Nachmittag warteten sie in der Lobby auf den Ausflug zur antiken Synagoge und zum Chan al-Chalili. Das Jerusalemer Paar traf mit leichter Verpätung ein; im Gleichschritt kamen sie die Marmortreppe herunter, ihre Wangen rotblühend von der Sonne. Die Frau trug ein langes weißes Kleid und elegante, hochhackige Sandalen, und das Violett des Strohhuts vom Morgen war von einem Sonnenblumengelb abgelöst worden. Der Mann hatte sein Krokodilhemd mit einem blauen Seidenhemd vertauscht, dazu eine helle, bequeme Baumwollhose.

»Da kommen deine Grants in Abendgarderobe zur Besichtigung von Kairos Kanalisation«, spottete Yigal, der auch die vornehmsten Restaurants in Paris in Jeans betreten hatte. Sie wußte immer noch nicht, warum sie nicht imstande war, ihren Blick von ihnen zu lösen, und weshalb sie daran festhielt, hinter ihnen durch die Gassen zu laufen, während der Erklärungen neben ihnen zu stehen, tief ihr Parfüm einzuatmen und ihre leisen Unterhaltungen mitzuhören – »dieser Teppich würde furchtbar gut in unser Schlafzimmer passen«, sagte die Grantin, und Rivi fiel ihr verwöhnt lispelndes *s* auf. »Laß, schade ums Mitschleppen, in der Altstadt gibt es schönere Teppiche«, sagte er mit einer Stimme, die nicht weniger ebenmäßig als sein Gesicht war. Die Grantin flüsterte ihm etwas ins Ohr – es gelang ihr nur, die gelispelten S-Laute und das verschämte Kichern zu hören –, worauf er von ganzem Herzen lachte und den Teppich kaufte.

Yigal kaufte für seinen Sohn ein Damaszener Schwert mit muschelbesetztem Griff, und ihr kaufte er ein Goldmedaillon in Gestalt der Göttin Isis. »Isis hat das Puzzle erfunden«, scherzte er, während seine Finger in ihrem Nacken mit dem Verschluß der Kette kämpften, »sie war die Schwester und die Frau des Osiris, und sie hatten noch einen Bruder, Seth, ein außerordentlicher Bandit, er zerriß Osiris in vierzehn Stücke und verstreute sie in ganz Ägypten, aber Isis fand die Teile und setzte sie zusammen, das erste Puzzle der Geschichte, und erweckte ihn wieder zum Leben, und dann machten sie ein Kind, Horus, der kam allerdings mit dem Gesicht eines Falken heraus, so ist das bei Verwandtenehen, und Horus tötete Seth am Ende. Eine gute Geschichte, nicht? Die Drehbuchautoren von *Dallas* sind erbärmliche Plagiatoren.«

Sie gingen weiter durch die Gassen, drängelten sich zwischen Kindern in farblosen Galabijas und staubigen Sandalen hindurch, die graue Finger nach ihnen ausstreckten und um Bakschisch bettelten, passierten den Schreiber in seiner Mauernische, der auf einer alten Schreibmaschine Bitten und Beschwerden für die analphabetischen Fellachen und die Frauen schrieb, die sich schwarz um ihn scharten wie die Fliegen um das schwärende Auge eines Pferdes, und dann gelangten sie zu einem kleinen Café, ein paar Strohschemel im Schatten der Mauer, tranken jasminparfümierte Limonade, aßen honigtriefende Mandelkuchen und beobachteten die Alten, die an den blubbernden Wasserpfeifen sogen und ihre Anwesenheit schweigend, gleichmütig zur Kenntnis nahmen, nur ihre dürren, tabakbraunen Finger zählten die Bernsteinperlen.

»Mein Großvater hat hier als Kind im Ersten Weltkrieg gelebt«, bemerkte sie, »bestimmt hat er sich auch auf diesen Märkten herumgetrieben. Es scheint, als hätte sich seit damals nichts verändert, als wäre die Zeit hier einbalsamiert und selbst zu einer Mumie geworden. Diesen Augenblick zum Beispiel würde ich gerne für mich einbalsamieren.«

Der schnurrbärtige Kellner stellte den Kaffee in winzigen Täßchen vor sie hin, und seine Lippen verzogen sich zu einem hintersinnigen Lächeln, als hätte er in die Kellertiefen ihrer Seelen hineingeblickt.

»Erinnerst du dich, daß Tante Augusta zu Henri sagte, daß Reisen den Gang der Zeit verlangsamen und das Leben verlängern, denn was entscheidend ist, ist nicht ihre tatsächliche Dauer, sondern die Erinnerungen?« verlieh sie ihren Gedanken Ausdruck. »Dann sind die sechs Tage, die uns hier bleiben, eigentlich viel mehr.«

Von weitem gewahrte sie die riesige Sonnenblume der Grantin, die auf einem Meer von Köpfen trieb.

Und noch ein Augenblick, nach dem sie sich fast schmerzhaft sehnen würde; der Nachtzug von Kairo nach Luxor, der von seiner Größe her und in seiner antiquierten Pracht in ihren Augen dem Orient-Expreß glich; holzvertäfelte Wände und Kupferlampen mit rauchgrünen Glasschirmen.

Sie saßen in der Bar, tranken Wodka und lauschten den Koloraturen Um Khulthoums, die sehr bald von lärmender Popmusik abgelöst wurde. Einige Paare begannen in den Durchgängen zwischen den Tischen zu tanzen. Sie beobachtete die Grants, die sich in irritierender Übereinstimmung bewegten, sein Arm um ihre Hüfte, ihr Kopf ruhte an seiner Brust und ihre mollige Hand auf seinem Rücken.

»Sie haben sich bestimmt in einem Zirkel für Tänze aus den sechziger Jahren kennengelernt«, spottete Yigal. Dann erfaßte sein Blick ihre Augen, die plötzlich feucht geworden waren, und er ergriff ihre Hand und fragte: »Würdest du mit mir tanzen?«

Sie erhoben sich, schwankend wegen des Zugs und vom Wodka, und begannen, ihre Körper einander gegenüber im Takt hin und her zu wiegen, nur ihre Blicke berührten sich, und ihr Herz geriet beim Anblick seiner ungelenken, kindlichen Bewegungen völlig aus den Fugen. Obwohl sie nicht gerne tanzte und ihr auf den wenigen Festen, zu denen sie eingeladen wurde, die tanzenden Mädchen, die ihre Körper in künstlichen, gezierten Bewegungen verrenkten, langweilig erschienen – schwang sie jetzt ihre Arme über den Kopf, ihr Haar wirbelte, peitschte über ihr Gesicht, ihre Schultern und ihren Rücken, und ihr Gesicht leuchtete im dunklen Waggonfenster.

Er beugte sich zu ihr, schwitzend und schwer atmend, »ich bin lächerlich, schämst du dich für mich?«, und sie umarmte ihn mit aller Kraft. Langsam und aneinandergepreßt fuhren sie in ihren Bewegungen fort, hörten nicht mehr auf die Musik, und ihre Herzen trommelten in wilder Freude miteinander.

In der Nacht, in dem kleinen, gemütlichen Abteil, eng zusammengedrängt im unteren Geschoß der Etagenbetten, ihre Wange zu seiner Linken, seine Finger zeichneten Arabesken der Lust auf ihren Rücken, seufzte er plötzlich und sagte, »wollte Gott, ich könnte mir ein Jahr Ferien von dem Ganzen nehmen, ein Wohnmobil kaufen und mit dir durch die Welt gondeln, gut essen und trinken, jede Nacht so mit dir schlafen, und am Morgen stehen wir langsam auf, am Fenster ist irgendein Wald zu sehen, gehen am See spazieren, legen uns ins Gras, schließen die Augen in der Sonne, nur ein Jahr, danach bin ich bereit zurückzukehren und würde nichts mehr für mich verlangen. Ich stelle keinen Anspruch an mein Leben, außer daß sie die Klammer um den Hals manchmal lockern«, er grinste, »daß man mich ein bißchen leben läßt.«

»Wir können reisen«, sie schmiegte ihre Wange in seinen Handteller, ihr Herz beschleunigte seine Schläge, »es wäre so, als würdest du auf Fortbildungsreise gehen, für ein Sabbatjahr, niemand würde es wissen, und wir hätten ein weißes Wohnmobil, so ein schönes, mit allem Drum und Dran, und wir würden all die faszinierenden Orte aus den Büchern ansteuern, deren Namen allein dir schon das Wasser im Mund zusammenlaufen läßt, Combrai, Sankt Petersburg, San Michele.«

»Macondo«, lachte er.

»Wir werden ins Finnland Gösta Berlings fahren, ins Spanien Hemingways, ins Dublin von Joyce.«

»Zum Jefferson Faulkners.«

»Ins Venedig Thomas Manns.«

»Nach Marguerites Indochina.«

»Ins Moskau des Teufels.«

»Nach Seebühl am Bühlsee und Torburg.«

»Hör auf, Witze zu machen.«

»Schluß mit dem Unsinn, Isisle, komm, laß uns schlafen.«

Un-sinn Un-sinn Un-sinn wiederholte das Rattern des Zuges, und die Grantin beugte sich mit weißer Nonnenhaube über sie, ihre aufgeworfenen Lippen dunkelviolett, als hätte sie alle Heidelbeeren im Wald verschlungen, und sie öffneten sich ganz dicht vor ihrem Gesicht zu einem seltsamen Lächeln, als wollten sie sie küssen.

Im grauen Licht der Morgendämmerung, das durch die Vorhangspalten sickerte, bemerkte sie, daß seine Augen auf das obere Bett starrten und seine Hand auf die Brust gepreßt war. »Was ist los?« fragte sie erschrocken.

»Ich hatte einen grauenhaften Alptraum«, seine Stimme war dumpf, seine Pupillen hingen wie festgenagelt am Bettgestell, »dieser Zug verwandelte sich irgendwie in ein Schiff, das zwischen monströsen Wogen schlingerte, und mein Sohn wurde von Deck ins Wasser gerissen, er schrie nach mir, und ich warf ihm einen Rettungsring zu, eine Art aufgeblasenen orangenen Plastikreifen mit Entenkopf, wie er einen hatte, als er klein war, und ich rufe ihm zu, pack die Ente, halt durch, pack die Ente, aber die Wellen trieben diese Ente die ganze Zeit weiter ab, Donald Duck mit einem blöden Grinsen, und ich weiß, auch wenn er den Reifen erwischt, sind die Wellen zu hoch, und er kann sich nicht retten, und wenn ich ihm nachspringe, ertrinken wir beide, und ich stehe bloß auf dem Deck und schreie wie ein Idiot, pack die Ente«, er brach erstickt ab, »wenn wir in Luxor ankommen, muß ich irgendeinen Weg finden, nach Hause zu telefonieren.«

Ja, du wurdest in Stücke gerissen in jener Nacht, und ich konnte sie nicht kitten. Ich versuchte dir zu sagen, es gebe keinen Grund zur Sorge, nur unsere Unterhaltung in der Nacht habe zu deiner Panik geführt, aber deine Augen verfinsterten sich und wandten sich von mir ab, und ich wußte, es hatte keinen Sinn, es war besser, dich dir selbst zu überlassen. Und unser weißes Wohnmobil sauste dahin über Stock und Stein, ohne uns.

Es blieb noch eine Stunde bis Luxor. Die Tische im Barwaggon waren mit blütenweißen Tischtüchern gedeckt, und die Ober in grünen Jacketts schenkten Kaffee ein. Ein paar Touristen saßen an den Tischen. Die Grants waren nirgends zu sehen, und sie sagte sich, daß sie nach der ganzen Tanzerei bestimmt noch schliefen und es vielleicht vorzogen, ihr Frühstück allein in ihrem Abteil einzunehmen. Jetzt fiel ihr auf, daß das Holzfurnier der Waggonwände an einigen Stellen abblätterte und die Schirme der erloschenen Deckenleuchter staubig und verrußt waren.

»Ich bin mit Tauen und Stricken an ihn gefesselt«, Yigal rieb sich die roten Augen über der Kaffeetasse, »er ist ein wunderbarer Junge, neugierig, er ist imstande, sich stundenlang Geschichten aus der Bibel und der Mythologie anzuhören, die ich ihm schmackhaft mache. In die Schule geht er nicht so gerne, ich zwinge ihn nicht. Was versäumt er dort schon, nur Stumpfheit, Ignoranz und Engstirnigkeit, wenn es nicht ein Schulpflichtgesetz gäbe, würde ich ihm alles selbst beibringen. Manchmal gehen wir am Vormittag ans Meer oder ins Museum oder in die Nachmittagsvorstellung«, er lächelte, »ein reiner Gewinn für uns beide.«

Dünne Finger stachen in ihr Herz. Der Kaffee war bitter.

»Und weißt du was, in neun Jahren werde ich das Feuer, das Messer und das Holz zur Opferung nehmen und werde ihn zum Autobus begleiten, der ihn ins Basislager bringen wird. Kein Tag vergeht, an dem ich nicht daran denke und mir kalt der Schweiß ausbricht. Wenn ihm etwas zustößt, ist mein Leben gelaufen, nichts mehr hätte einen Sinn.«

Sie nahm seine Hände. Sie waren kalt und schwer.

An der alten staubigen Bahnstation, die wie einer Postkarte aus Mandatszeiten oder einem Film von James Ivory entnommen schien – massige Bauersfrauen in langen dunklen Gewändern und weißen Tüchern um ihr Haar lagerten wie mit Watte ausgestopfte Puppen am Fuße der Mauer; Sudanesen, dürr wie verbrannte Bäume; Bündel, Fliegen, Geruch nach Zigarettenrauch und Urin –, fand Yigal ein Telegrafenamt, aber die Leitungen waren gestört. Der freundliche Sekretär versuchte es lange Zeit, aber es gelang ihm nicht, nach Tel Aviv durchzukommen. Eli, der Reiseleiter, forderte sie mit Nachdruck auf, in den Bus einzusteigen, der zur Abfahrt ins Hotel bereitstand, da schließlich die ganze Gruppe nur noch auf sie wartete.

Yigal antwortete mit einem ärgerlichen »Moment noch«, gab am Ende jedoch nach, und sie stiegen in den unklimatisierten Bus, ignorierten die vorwurfsvollen Blicke.

Erst in ihrem Zimmer im Hotel Winter Palace gelang es ihm, mit seinem Sohn zu sprechen.

»Alles in Ordnung«, sagte er erleichtert, »er ist heute daheim geblieben, hat *Huckleberry Finn* gelesen, er hat mich gebeten, ihm eine Briefmarke mit dem Bild der Kleopatra mitzubringen.«

Er lächelte ihr zu, aber der Schatten, wie eine Zusammenballung von Regenwolken überm Meer, wich nicht aus seinen Augen.

Wo die Dinge gesagt wurden, daran würde sie sich nicht erinnern, sich plötzlich jedoch freuen, daß sie sich selbst jede Kulisse, die sie wollte, aussuchen konnte; diese Unterhaltung hätte im Tempel von Luxor stattfinden können, auf dessen Riesensäulen Namen europäischer Touristen aus dem vergangenen Jahrhundert eingeritzt waren, oder in dem Café im Hotelgarten, die betörenden Blüten der Bougainvillea wie Schmetterlingstrauben im leichten Wind über ihnen, vielleicht auch im Bett, vor oder nach der Liebe, denn hatte sie nicht geweint, als sie zu ihm sagte: »Ich muß zu schreiben anfangen, ich muß, ich sterbe, wenn ich nicht schreibe, aber ich habe keine Zeit, mit den ganzen Vorlesungen und der verfluchten Arbeit, ich brauche Zeit, nicht Minuten und Stunden, sondern Muße für die Seele, verstehst du?«

»Dann hör auf zu studieren«, er strich eine Haarsträhne aus ihrer Stirn, »kündige die Arbeit, ich leihe dir, soviel du willst, stiel dir die Zeit, niemand wird sie dir zum Geschenk machen, nur hundert Schritte, du erinnerst dich?«

»Weißt du, seit der Krankheit meiner Mutter kommt es mir so vor, als ob das Tor immer weiter zufällt und ich irgendwie verpflichtet bin, einen Fuß und eine Schulter dazwischen zu klemmen, um es zu schaffen, noch ein paar Bilder aufzunehmen, bevor es ganz zugesperrt wird.«

»Aber du fotografierst nicht«, lachte er, »du zeichnest, und was noch viel schöner bei dir ist – du bist dir sicher, daß das Bild eine Fotografie ist, nein, du bist sicher, daß es die Wirklichkeit selbst ist.«

Unser einziges gemeinsames Foto wurde in Ägypten aufgenommen.

Wäre doch, einen fremden Menschen zu bitten, uns zusammen zu fotografieren, einem Bekenntnis vor ihm gleichgekommen, und wir brauchten keine Zeugen, um zu existieren, wir bedurften noch nicht einmal unserer Erinnerungen, zudem birgt das Bild eines Liebespaares bereits ein Ende in sich; der Betrachter weiß – diese beiden werden sich früher oder später trennen oder einer von ihnen wird sterben.

Deshalb ist dieses Foto, auf der Veranda des Hotels Katarakt mit seiner kolonialen Pracht, Mauern wie Zimt unter dem Korkhimmel Assuans, vielleicht der Anfang vom Ende. Sie bestand darauf, daß sie sich zusammen fotografieren ließen, und er willigte ein, denn er wollte nicht streiten. Wen bat sie, auf den kleinen Knopf zu drücken – »hier, da rechts, es ist ganz einfach« –, ja, den schnurrbärtigen Kellner mit dem senffarbenen

Uniformjackett, der in der Hitze zwischen den Strohstühlen umherlief, Tabletts mit blauen Gläsern kühl erfrischender Limonade trug. Die Kamera bedeckte den Großteil seines Gesichts, nur sein Schnurrbart war darunter zu sehen, und im Moment des Auslösens verzog sich sein Gesicht zu einem breiten Lächeln – entzündetes Zahnfleisch und nikotingelbe Zähne –, als würde er fotografiert.

Nachdem er die Kamera zurückgegeben hatte, drückte ihm Yigal einen Geldschein in die Hand, und er lächelte wieder und warf ihr einen verschlagenen Blick zu; »Frau Agatha Christie hat hier *Tod auf dem Nil* geschrieben«, flüsterte er in hartem Englisch, »wenn ihr wollt, nehme ich euch mit und zeige euch ihr Zimmer, come, come bleese«, zog er an ihrer Hand.

»Danke, nicht nötig«, sagte Yigal ungeduldig, drückte ihm einen weiteren Schein in die Hand, und er verbeugte sich und ging.

Fast erzürnt siehst du aus, als distanziertest du dich von diesem ganzen überflüssigen Auftritt – würde das Foto einmal in die Hände von jemandem fallen, der es nicht sehen sollte, wäre nachvollziehbar, daß dein Herz nicht dabei ist. Ich neige meinen Kopf dir zu, mit weichem Gesicht. Ich habe ein weißes T-Shirt an, da, sogar die Kette mit dem Isis-Anhänger ist zu sehen. Dein Arm ist hinter meinem Rücken verborgen. Ich erinnere mich nicht, ob du mich umarmt hieltest oder ob du deinen Arm auf das steinerne Geländer gestützt hattest. Hinter uns – das kühle Blau des Nils und das Grün der Palmen. Das ist die Landschaft, die Agatha Christie von ihrem Fenster aus sah, als sie die Fäden ihres Kriminalromans spann. Und je mehr ich dein Gesicht betrachte, desto sicherer weiß ich, daß im Augenblick deiner einzigen Fotografie mit mir all deine Gedanken bei der waren, die das Bild auf gar keinen Fall, niemals würde sehen dürfen.

Aus dem Fenster des Autobusses sah sie Pferde und Kamele und dunkelhäutige Jungen, die darauf warteten, sie ein Stück des Wüstenwegs zu den Gräbern der Vornehmsten mitzunehmen, wie es der Reisegesellschaft im Prospekt verprochen wurde; »ein Ritt auf arabischen Rassepferden in der zauberhaften Sahara-Wüste zu den Grabmälern der Vornehmsten, deren Wände mit den begeisterndsten Malereien Ägyptens bedeckt sind«.

Ihr Pferd war sehr mager, und sein bräunliches Fell war an einigen Stellen kahl. Sie zwängte ihre Fußsohle in den Steigbügel und saß mit einem Schwung im Sattel. Sie war noch nie auf einem Pferd geritten, und nun galoppierte ihr Herz vor Aufregung. Aber der Junge in der grauen Galabija weigerte sich, ihr die Zügel in die Hand zu geben; langsam zog er das Tier hinter sich her, das gehorsam und lustlos die kurze Strecke zwischen der Straße und den Gräbern zurücklegte.

Yigal bemerkte ihre Enttäuschung. »Ich habe dich von einem solchen Winkel aus fotografiert, daß es aussieht, als würdest du wirklich reiten, und den Droschkenkutscher habe ich aus dem Bild draußen gelassen«, tröstete er sie.

Obwohl er sich bemühte, Konflikte zu vermeiden, gelang es ihm nicht, sich zurückzuhalten, als Eli, der Reiseleiter, auf eine Grabwand wies und erklärte, die alten Ägypter hätten den Körper von der Vorderseite und die Beine von der Seite gemalt, denn sie seien primitiv wie Kinder gewesen und hätten nicht anders zeichnen können. »Was redest du da für einen Quatsch«, unterbrach er ihn mit einer Grobheit, die sie überraschte, »jede Kunststudentin lernt im ersten Semester, daß die Ägypter einen Kodex von fixen, starren Regeln hatten, und die Künstler übten im Laufe langer Jahre, wie man jedes Ding in der ihm eigenen Gestalt malt, denn jedes Detail hatte religiöse und magische Bedeutung, und dieser Kodex herrschte dreitausend Jahre lang, außer in der Regierungszeit des Pharaos Echnaton, der den Glauben an einen einzigen Gott einführte, an die Sonne, Ra-Aton, und auch die Regeln der Malerei veränderte, und aus seiner Epoche sind genügend realistische Bilder mit vollkommenen Proportionen erhalten, um deine lächerliche Behauptung zu widerlegen.« Sein Gesicht war stark gerötet, und sie legte ihre Hand auf seinen Arm, um ihn zu beruhigen. »Ich verstehe nicht, wie man einem Dilettanten wie dir diese Reiseleitung geben konnte«, schrie er in einem Ausbruch unbeherrschter Wut, ignorierte das befremdete Getuschel, das Kichern, das die Grantin an Grants Schulter unterdrückte. Sie zog ihn an der Hand hinaus.

Draußen lehnte er sich gegen die Grabmauer und atmete schwer. Für einen Augenblick befürchtete sie, er sei kurz davor, einen Herzinfarkt zu bekommen. Wo gab es hier überhaupt ein Krankenhaus, mitten in der Wüste?

»Ich weiß nicht, was mit mir los ist«, sagte er betreten, »woher kommt diese ganze Aggressivität und Bösartigkeit, ich war doch immer ein kleiner Pole, der sich vor seinem eigenen Schatten fürchtet. Wie Oscar Wilde einmal sagte«, lachte er plötzlich, »je weicher das Glied, desto härter das Herz.«

Sie umarmte ihn: »Ich liebe dich, auch wenn du ein böser alter Mann wirst, wie deine Mutter.«

Er zwinkerte und küßte sie auf die Wange, und die dräuende Schattenwand in seinen Augen wurde überlagert.

Und hier war das Bild mit den vier riesigen Ramsesfiguren des Abu-Simbel-Tempels, die ihre Sandgesichter der untergehenden Sonne darboten.

Um Zeit zu sparen, hatte Reiseleiter Eli beschlossen, die dreihundert Kilometer von Assuan aus zu fliegen. Einige der Reisenden, die sich fürchteten, in das alte Flugzeug einzusteigen, blieben am Flughafen zurück.

»Die vier Ramses wachen über den Eingang zum Heiligtum und betrachten die Wüste mit einem Blick, der über die Zeit hinausreicht«, verkünstelte sich Eli und erzählte von dem komplizierten Unternehmen, die Tempel zu versetzen, zweihundertachtzig Kilometer weit, um sie vor der Überflutung durch den Nasser-Stausee zu retten.

Auf dem Rückflug war plötzlich eine befremdliche Detonation zu hören, und das Flugzeug schlingerte heftig. Über ihnen blinkte das rote Licht mit dem Zeichen für den Sicherheitsgurt auf. »Warum sagt der Pilot nichts zu uns?« hörte man die aufgeschreckte Stimme der Grantin, die hinter ihnen saß. Es schien, als beginne das Flugzeug an Höhe zu verlieren.

»Wir werden zusammen auf dem Nil sterben«, versuchte Yigal zu scherzen. Und sie wußte, er dachte an Itamar und an Galia, und für einen Augenblick schien es ihr, daß seine Befürchtung, seine Frau würde bei der Untersuchung, die nach dem Unglück durchgeführt würde, entdecken, daß er mit ihr gereist war, größer war als die Angst vorm Sterben.

»Vielleicht sitzt Agatha oben, neben dem Hinrichtungsbeauftragten, und hilft ihm, alle möglichen unnatürlichen Tode zu planen«, lachte sie, während ihr Herz hastig pochte und ihr Kopf leicht und schwindlig war. Sie musterte die Reisenden, die Lippen, auf denen herumgebissen wurde, die Fingergelenke, die sich auf den Armlehnen weiß verfärbten, und ihr fielen die Zurückgebliebenen am Flughafen ein. Das Flugzeug sackte noch mehr ab, und seine Tragflächen neigten sich wie die Flügel eines betrunkenen Vogels. Einer der Moschavniks, ein Rotschopf mit grobschlächtigem Körper, rief mit Baßstimme: »Captain, can you tell us what's going on?«

»Es macht ihm einfach Spaß, böse Scherze mit Israelis zu treiben, bestimmt ist sein Bruder im Sechstagekrieg geblieben oder so was«, versuchte der Grant zu beruhigen.

Nachdem einige Minuten vergangen waren, richtete sich das Flugzeug auf und bald darauf landeten sie. Als das Geratter der Räder auf der Rollbahn zu hören war, lösten sich die Hände von den Sitzlehnen und schlugen verkrampft ineinander, wie die Hände von Toten, die wiederauferstanden waren.

Und da war das Bild des nubischen Jungen, der ihr Motorboot steuerte, was im Prospekt als »Vergnügungsbootfahrt auf dem

Nil, in begeisternder Palmenlandschaft der Wüstenstätte« beschrieben wurde. Dünn und aufrecht stand er am Bug, mit bloßen Füßen, sein Gesicht schön wie das eines schwarzen Königs, den Blick in die Ferne gerichtet, eine weiße Galabija auf der nackten Haut, deren Schöße im Wind flatterten.

Ja, es wehte ein starker Wind, denn der violette Strohhut der Grantin wurde ihr plötzlich vom Kopf gerissen und flog davon, und beide rannten herum und reckten die Arme beim Versuch, ihn zu erhaschen, der Grant stand an der Bordwand und beugte seinen Körper hinaus, bis er mit den Händen ruderte und fast gefallen wäre, aber der Hut setzte seinen wilden Tanz mit dem Wind fort, die beiden violetten Bänder gerieten in Konflikt miteinander, verstrickten sich, und dann sackte er ab und segelte über dem Wasser, trudelte der Strömung nach wie eine große, seltsame Lotusblüte. Der Grant drehte sich zu dem nubischen Jungen um und rief, er solle das Boot wenden und umkehren, aber der Junge, das Brausen des Motors und des Windes in seinen Ohrmuscheln, hörte nichts und steuerte das Boot, aufrecht und stumm, weiter den Fluß hinab.

»Spring, hast du keinen Mut zum Springen?« sagte Yigal lachend zu ihm gewandt, mit zu lauter Stimme, aber der Grant hatte sich schon wieder auf seinen Platz gesetzt und legte geruhsam seinen Arm um die Schultern seiner Liebsten, die artig lispelnd sagte, »ich habe viele Hüte, es ist wirklich nicht so wichtig«, und Rivi sagte sich, behalte das Bild des schwebenden, violetten Hutes in Erinnerung.

Und in der Nacht entschlüpfte sie seinem schlafenden Körper, und barfuß, wie ein Geist mit einem weißen Handtuchüberwurf hastete sie auf den Gang und stellte sich vor die Tür der Grants, um auf das Kichern, das Murmeln, die Seufzer zu lauern, auf den unterdrückten Schrei, als bisse die weißhäutige Frau sich in ihr molliges Fingergelenk, das von dem schweren Ring gewürgt wurde.

Ja, wie ein Hercule Poirot oder eine Miss Marple verfolgte ich sie, zwanghaft getrieben zu spionieren, zu belauschen, teilzunehmen vom winzigsten Lächeln und Flüstern bis zum flüchtigsten Duft, sie zum massiven Zeugnis, zum Beweis zu machen, und du an meiner Seite, besorgt, spottend, widerlegend, umarmend, mit zu lautem Lachen, hast dich geweigert, die Rolle des Angeklagten zu spielen.

Und sechs oder sieben Jahre später, wenn sie an einem Herbstmorgen in der Diezengoff-Straße spazierengeht, den Kinderwagen mit ihrer Tochter vor sich herschiebt, wird sie sie plötzlich sehen, wie sie ihr entgegenkommen, und ein Ausruf des Erstaunens wird beinahe ihrem Mund entschlüpfen – da sind ja die Grants –, an ihren echten Namen wird sie sich nicht mehr erinnern, aber ihre Gesichter, die sich nicht im geringsten verändert haben, als wäre seitdem nicht ein ganzes Leben vergangen, Trennung und Tod, Heirat und Geburt, werden sie in den Sog einer machtvollen Zeitmaschine hineinziehen, zurück zu jener Woche in Ägypten, zu dieser eigensinnigen Eifersucht, und sie wird vor sich hinmurmeln – da, sie sind noch zusammen, da schau –, und den ganzen Tag über würde sie wie in Trauer sein.

Auch in der letzten Nacht in Kairo entzogen sie sich der Gruppe, die in einen der Nachtclubs fuhr, um sich zu vergnügen. Auf Empfehlung des Empfangsangestellten beschlossen sie, mit dem Taxi zum Schiff Pharao zu fahren, zu einer nächtlichen Bootsfahrt und einem Abendessen auf dem Nil. Sie stiegen in das schwarze Taxi, und der junge Fahrer, fast noch ein Kind, warf einen Blick auf den kleinen Plan, den ihnen der Angestellte aufgemalt hatte, und nickte mit dem Kopf. Sie verschränkte ihre Hand mit der Yigals und lehnte ihren Kopf an seine Schulter.

Nach einiger Zeit nahmen sie wahr, daß sie durch enge dunkle Gassen fuhren und der Nil nirgends zu sehen war. »To Kournisch il-Nil, near the American embassy, you understand?« Yigal bemühte sich, energisch zu klingen, und der

Junge nickte mit dem Kopf und sah sie nicht an. »Eigentlich hasse ich es, Tourist zu sein«, flüsterte er, »diese Fremdheit, Hilflosigkeit, Abhängigkeit, schau, wie er uns im Kreis herumfährt, man kann seinem Nacken ansehen, daß er innerlich vor Lachen platzt.«

Der Fahrer schaltete das Radio an und drückte auf die Knöpfe der Sender; schmierige Koloraturen wechselten zur gutturalen Stimme eines Ansagers, die von Popmusik abgelöst wurde. Seine Augen spähten im Spiegel nach ihnen wie eine Messerklinge im Dunkeln.

»Okay the music?« fragte er spöttisch, und Yigal beeilte sich zu sagen, »okay okay, bring us to the ship, we are late«.

Der Fahrer antwortete nicht, sondern setzte fort, was eine ziellose Irrfahrt zu sein schien; zweimal umrundeten sie das Gebäude der amerikanischen Botschaft, aber das Schiff – das sie sich festlich, mit bunten Lichtern geschmückt vorstellte – sahen sie nicht. »Vielleicht ist das der Rhythmus des Orients, alle sind hier gelassen, nichts drängt sie, sie haben es nirgendwohin eilig«, versuchte sie sich zu trösten.

Sie fuhren weiter an der Kournisch il-Nil entlang, und an der österreichischen Botschaft wendete der Fahrer, fuhr zurück und entfernte sich wieder vom Nil. Sie erinnerte sich, wie sie das Pub Feeling in Rom gesucht hatten, im Regen, und es schien so lange her zu sein. Plötzlich, wie eine Fata Morgana, tauchte vor ihnen ihr Hotel, das Ramses auf. »Wie ist das möglich«, sagte sie bestürzt. Sie warf einen Blick auf ihre Uhr. Halb zehn. Fast eine Stunde waren sie so umhergeirrt. Die Abfahrt hatten sie schon versäumt.

Ja, sann sie müde, eine Liebe wie die unsere, die nirgendwo hingehen kann, muß sich im Kreis herumdrehen.

Nahe beim Hotel beugte sie sich zum Fahrer vor und sagte mit Nachdruck, »stop here please«.

Yigal drückte ihm geistesabwesend ein paar Scheine in die Hand. Der Junge verzerrte wütend sein Gesicht und wurde unverschämt, »more money, tip«, und Yigal reichte ihm einen weiteren Schein.

Schweigend lehnte sie an der Aufzugswand und blickte in den Spiegel; der bärtige ältere Mann legte seine Hand auf die Schulter des Mädchens mit dem müden Gesicht, seiner Geliebten, und sagte, »wir können in einem der Restaurants im Hotel essen, wenn du willst«. Und das Mädchen mit dem müden Gesicht zuckte die Achseln, und in ihre Augen stiegen Tränen. Was ändert das schon, denn morgen werden wir wieder in unsere getrennten Zuhause, unsere getrennten Betten zurückkehren.

Als sie das Zimmer betraten, warf sie ihn auf den Teppich, ihre Fäuste schlugen auf seine Brust ein. »Du liebst mich nicht«, weinte sie, »oder du bist ein erbärmlicher Feigling, der nicht bereit ist, sich selbst in die Augen zu schauen, und ich weiß nicht, was schlimmer ist.«

Er hielt ihre Handgelenke mit seinen Fingern fest, richtete einen ernsten Blick auf sie, sein Gesicht voller Erbarmen, »ich liebe dich, wie ich noch nie einen Menschen geliebt habe, wie ich nie gedacht hätte, daß ich es je könnte, du hast mich ins Leben zurückgebracht, hörst du«, er schüttelte ihre Hände, »aber ich habe einen Sohn, und mein Sohn wird mit seinem Vater aufwachsen, und ich habe eine Frau, die schon seit Jahren mit mir zusammen kämpft, Tag für Tag, den fordernden, kleinlichen und manchmal verachtenswerten Existenzkampf, und zwischen uns herrschen die Kameradschaft und die Verantwortung alter Kampfgenossen, verstehst du«, er nahm ihr Gesicht zwischen seine Hände, und seine Augen wurden grau wie Eisen, »aber ich verspreche, ich werde immer für dich Zeit haben, wenn du mich brauchst, immer, wenn du mich willst, bis zu dem Moment, in dem du mir sagen wirst, ich soll gehen.«

Vielleicht hätte ich uns an einen anderen Ort versetzen sollen, wird sie überlegen, nicht ins gleißende Wüstenlicht, sondern unter einen bleigrauen Himmel, zu kahlen Bäumen im Schnee, Dörfern mit geduckten Dächern und Bahngleisen, eine der Reisen, die Mutter in ihren letzten Jahren für die Kinder der alten Kundschaft organisierte. Großvater hatte sie seinerzeit auf Kosten des deutschen Staates in die Erholungsheime geschickt, und nun wollten die Kinder mit ihren greisen Eltern zur Vergangenheit zurückkehren, auch die Enkel nahmen sie mit, ganze Familien, und nach ihrer Rückkehr kamen sie vorbei, um sich zu bedanken; es hat uns so gut gefallen, Frau Schenhar, wir haben so geweint.

Ja, eine solche Tour hätte ich für uns erfinden können, man hätte die bunten Strohhüte der Grantin ja bloß mit einer russischen Ohrenpelzkappe vertauschen müssen, und wenn sie ihr der Wind vom Kopf bläst, würde der Grant ihr im Schnee hinterherjagen, und sie würden sich mit weißen, mürben Bällen bewerfen und jauchzen wie die Kinder.

Bei dem Besuch in Auschwitz würden sie Hand in Hand dastehen und mit feierlichem Gesichtsausdruck den Erklärungen lauschen; zweiundvierzig Quadratkilometer, vier Millionen zweihunderttausend Menschen, fünf Krematorien, und wenn man alles Haar zu einem einzigen langen Zopf flechten und die achthunderttausend Paar Schuhe und die Rasierpinsel, die Kleiderbürsten und die Zahnbürsten, die Zahnprothesen, Goldzähne, Knöpfe, Koffer, Regenschirme, Mäntel, Hüte und Gebetsschals, die Kinderkleider und Brillenberge aneinanderlegen würde, könnte man damit wie nichts den ganzen Erdball umrahmen, sogar zweimal. Die Grantin schluchzt in ein rosa Papiertaschentuch, und wir entfernen uns von der Gruppe und gehen ins Lagerarchiv. Du findest Großväter und Großmütter und Onkel, deren Schattengestalten dich deine ganze Kindheit hindurch verfolgt haben, und ich entdecke die Eltern und Geschwister von Großmutter und Großvater Hirsch, und plötzlich hätten wir hier eine große Familie, von seiten des Bräutigams und der Braut.

Draußen ist es sehr kalt, schneidender Wind, und du umklammerst mit bloßer Hand den Stacheldraht, der dir ins Fleisch schneidet, und murmelst, »hier hätte ich im Alter von fünf enden können, woher hatte die alte Verrückte nur den Verstand, rechtzeitig zu fliehen«, und ich überlege, daß du jetzt vielleicht keine Stacheldrahtkinder mehr machen mußt, sondern weißt, daß es inzwischen legitim ist, andere Dinge zu gestalten.

Und am Abend, im Krakauer Nachtclub, betrinken wir uns mit Wybrowa-Wodka und tanzen mit brennenden Wangen, und du flüsterst, »ich bin lächerlich, schämst du dich für mich?«, und ich umarme dich mit aller Kraft, und nachher, im bescheidenen Hotelzimmer, schlafen wir miteinander.

Und an einem Tag werden wir uns von der Gruppe trennen und den Zug nach Lublin besteigen. Wir fahren wahrscheinlich an Dörfern, Wäldern, tiefhängendem Rauchhimmel und Lastkarren vorbei, reden belangloses Zeug, halten Händchen, und vielleicht besuchen wir unterwegs das alte Städtchen Zamosc, wo Rosa Luxemburg, deine erste Liebe, geboren wurde. Und wir erreichen die Lubliner Bahnstation und fahren mit einem klapprigen Fiat-Polski-Taxi ins Stadtzentrum, um das Haus zu suchen, in dem du geboren wurdest, und eine Frau mit breitem Gesicht, Kopftuch und Einkaufskorb bringt uns zur Straße, und du sagst zu ihr, Dschenkuje, Bardzo, und küßt ihr die Hand, und sie errötet und lacht, das runde Lachen Großmutter Pninas, wenn sie im Treppenhaus Uhrmacher Süss begegnete.

Und wir stehen vor dem niedrigen, gelblichen Haus, klopfen an die Türe, die von einer blonden jungen Frau mit einem Baby auf dem Arm geöffnet wird, und du murmelst radebrechend in Polnisch und Jiddisch, »ich habe hier einmal gewohnt, dürfen wir hereinkommen«, und du wanderst aufgewühlt und durcheinander durch die zwei kleinen Räume; ein abblätternder Tisch, ein altes Fernsehgerät, Wäschehaufen auf dem ungemachten Bett, Geruch nach kochender Suppe und Urin, und ein etwa vierjähriger Junge versteckt sich hinter den Beinen seiner Mutter und wirft uns furchtsame Blicke zu. Und du murmelst, vielen Dank, wir gehen hinaus, in den Stadtpark, in dem du wahrscheinlich mit deiner Mutter spazierengegangen bist, im Kinderwagen, in einer Zeit vor dem Beginn der Erinnerung, deine blauen Augen staunend zum Himmel gewandt, der durch die Baumwipfel hindurch wandert, und zum Silberspiel der Pappelblätter, und wir setzen uns auf eine Bank und sehen zwei Jungen zu, die mit langen Zweigen fechten, und einem Grüppchen Mädchen, die Seil springen, die blonden Zöpfe mit den bunten Schleifen hüpfen auf ihren Schultern, und wir küssen uns lange – der Kuß ein Verband auf der Wunde.

Dann werden wir plötzlich sehr hungrig und gehen in ein Restaurant, klein und gemütlich wie das von Zucker, essen eingelegten Fisch in Rahm und Borschtsch, gefüllte Kohlrouladen und Kompott, dein Gesicht rötet sich vor Behagen und der heißen Mahlzeit, du streichst eine imaginäre Haarsträhne aus meiner Stirn und sagst, Kochanka, ich liebe dich unendlich. Und ich rufe die ältere Bedienung, die eine fleckige Halbschürze um ihre gewaltigen Hüften gebunden hat, und bitte sie, uns zu fotografieren, »nur hier drücken, es ist ganz einfach«, und ihre rotgefärbten Lippen verziehen sich zu einem Lächeln, das zwei Goldzähne freigibt, als fotografiere man sie, und das wäre unser einziges gemeinsames Bild.

Und dann machen wir uns auf die Suche nach dem Gymnasium, in dem dein Vater in den dreißiger Jahren unterrichtet hat, bevor er sich freiwillig zur Roten Armee meldete, und wir gelangen zu einem riesigen Gebäude aus roten Ziegeln. An der rückwärtigen Mauerseite, zwischen einer Vielfalt von Graffiti, hebt sich vielleicht mit schwarzer Schrift eine Skinhead-Parole ab und darunter ein Hakenkreuz, und du sagst, wie kommt es nur, daß sich nichts geändert hat. Wir betreten das Zimmer des Direktors, ein junger, freundlicher Mann mit Schnurrbart, und er sagt, daß aus jener Zeit keine Aufzeichnungen zurückgeblieben sind, auch keine Bilder, denn das Schulhaus wurde im Krieg zerstört und erst in den fünfziger Jahren wieder neu aufgebaut, aber ein greiser Lehrer, der vor Jahren schon in Pension ging, wohnt nicht weit von dort, und er würde sich sicher an etwas erinnern.

Und wir sitzen im Zimmer des eingeschrumpften Lehrers, ein vogelartiges Gesicht und ein bleistiftspitzes Gedächtnis, und er erzählt uns von dem Gymnasium vor fünzig Jahren und von dem jüdischen Lehrer Liebermann, der sein guter Freund war und wegging, um in den Reihen der Roten Armee zu kämpfen, »und danach wurde er verwundet, heiratete eine russische Krankenschwester, die ihn gepflegt hat, und bekam Kinder und Enkel, vor nicht allzu langer Zeit erst habe ich einen Brief von ihm erhalten, da, ich finde ihn gleich«, und er steht auf und tappt in Hausschuhen zum Schreibtisch, schreibt die Adresse auf ein Stück Papier und sagt, »dann bist du also wirklich sein Sohn, unglaublich, all die Jahre war er überzeugt, daß die Nazis euch ermordet haben.«

Und du lehnst dich an die Hauswand und atmest schwer, deine Hand auf dem Herzen, und ich mache mir Sorgen, wo gibt es hier überhaupt ein Krankenhaus in dieser fremden Stadt, und du sagst, ich bin nicht sicher, daß ich ihn jetzt treffen will, nach einem ganzen Leben, aber anders geht es wohl kaum.

Und wir fahren in eine Kleinstadt oder ein kleines Dorf an der russischen Grenze, da, ich schaue auf die Karte und suche eine Stadt für uns aus, deren Namen schön klingt, Wolkowysk zum Beispiel. Der Taxifahrer tut sich schwer, die Straße zu finden, und irrt im Kreis herum, und du umklammerst meine Hand, lächelst mir aus der Blässe deines Gesichts zu und sagst, »ich fühle mich wie eine rührselige Überschrift auf der letzten Seite der Zeitung«. Und wir gelangen zu einem Haus, das von Apfelbäumen umgeben ist, und dazwischen kommt ein riesenhafter Greis mit wildem langem Haar und einem gewaltigen

Tolstoi-Bart zum Vorschein. Er stützt sich auf einen langen, starken Ast, in Arbeitshosen, die in schwarzen Gummistiefeln stecken, vielleicht sitzt er auch in einem rohrgeflochtenen Rollstuhl, und du gehst zu ihm hin und sagst, »ich bin dain sun Yigal, mit maine Gelibte«, und er umarmt dich, klopft dir auf den Rücken, und unter seinen buschigen Augenbrauen flammen die blauen Augen, und Teufel tanzen in seinen Pupillen.

Und die ganze Nacht sitzt ihr einander gegenüber, unfähig, ein Wort zu sagen, nur der Wodka tröpfelt euch über die Wangen, und die Seele schluchzt ohne Scham. Ja – würde sich der Gedanke in ihrem Herzen festsetzen und sie nicht mehr loslassen –, wenn ich uns auf diese Reise zum Ausgangspunkt mitgenommen hätte, mit einer anderen Kulisse und einem anderen Licht, vielleicht wäre die Fortsetzung anders geworden, und vielleicht auch das Ende.

5

Erwarte nie Erbarmen von jenen, die auf deines warten

Eine junge Frau begegnet einem verheirateten Mann, der doppelt so alt ist wie sie. Am Anfang liebt sie ihn nicht. Dann liebt sie ihn zu sehr. Sie reisen, sie kehren zurück, sie trennen sich. Sie kann ihn nicht vergessen. Eine banale Geschichte, wird sie denken. Aber ich habe keine andere außer ihr.

Weshalb schreibe ich nicht über die Gegenwart? Aber wie denn, wenn die Vergangenheit sie wie ein erfahrener Cowboy mit Lassos der Sehnsucht an sich fesselt und die zweiundzwanzigjährige Phantasiefigur ihr die Arme um den Hals legt?

Und eigentlich schrieb sie nie über die Gegenwart, auch nicht, als sie aus Ägypten zurückkehrten. Eines morgens – ein grauer, feuchter Himmel und ein Geruch wie nach verbranntem Holz in der Luft – ging sie auf die Handwerkerstraße, passierte die Polsterei »Albert-der-Bulgare-verwandelt-jedes-Fauteuil-in-einen-Königsthron«, die Werkstatt »Verantwortungsvolle-Messer-Taschenmesser-und-Rasiermesserschleiferei«, ging am Friseursalon »Jacob-moderne-Frisuren-aus-Paris« vorbei, wo sich Yigal die Haare schneiden ließ, seit er vierzehn war, und suchte sich in einem Schreibwarengeschäft ein dickes Heft mit blauem Einband aus. Danach ging sie die Yizchak-Nafcha-Straße hinauf und betrat den winzigen Schreibstiftladen Herrn Cohens – den Yigal »Dr. Pen« nannte, denn auf der ganzen Welt gab es keinen Füllfederhalter, den er nicht kurieren konnte – und Herr Cohen, klein, mit Glatze, setzte seine Groucho-Marx-Brille auf, ließ sie ein paar Stifte ausprobieren, prüfte die

Schrift und wählte für sie einen Füller, der angenehm zum Schreiben und nicht zu teuer war.

Dann setzte sie sich ins Café Tamar, an den hintersten Tisch nahe dem Fenster, schlug das Heft auf, legte ihre Arme und ihr Kinn darauf, ihre Nase am Papier.

Lebhafte Farben tauchten auf, wie unter Hypnose, und ließen Szenen aus ihrer Kindheit aufsteigen, eine Vielfalt an Geräuschen, Geschmacksempfindungen und Gerüchen, als ob sie all die Jahre wie Parfümessenzen, konzentriert und durchdringend, in ihr gespeichert gewesen wären, in winzigen Flakons, die sie jetzt öffnete und von denen sie sich überfluten ließ, schwindelerregend, bis ihr Herz stockte. Aber sofort fing sie sie wieder ein, sperrte sie in Wörter, die genauso mühelos aus ihr heraussprudelten, als wären sie die ganze Zeit dort gewesen, man mußte sie nur nehmen und ordnen, und das Heft vor ihr füllte sich mit engen, gewundenen Zeilen, Ausstreichungen und Pfeilen darüber und darunter, ihr Körper dampfte in ihren Kleidern, ihr Gesicht glühte – wie Tante Techiya, wenn sie die Wäsche machte, mit Feuer, Wasser und Kohle, seufzend vor Anstrengung und schweißgebadet, das Gesicht rußgeschwärzt –, und sie hatte keinen Zweifel daran, ohne es erst jemandem zeigen zu müssen, daß die Worte gut und richtig waren, hin und wieder hob sie ihren Blick, schnaufte tief und ließ die vertraute Umgebung des Cafés – die grünen Kunststofftische, die Schachspieler, die drei Greisinnen an dem Ecktisch –, die Glut beruhigen, in der sie sich verloren hatte, und dann stand sie entschlossen auf und ging leichtfüßig die Scheinkin- zur Yochanan-Hasandlar-Straße hinunter, es war das Gefühl, das ihren Kindheitsträumen vom Fliegen am nächsten kam, und sie sagte sich, ich bin jetzt so glücklich wie noch nie, und noch konnte sie nicht wissen, daß sie niemals wieder diesen Rausch empfinden würde, weder bei den Geschichten, die sie noch schreiben würde, noch bei der Liebe, und auch nicht, wenn sie Mutter werden würde.

Zu Hause setzte sie sich hin, um die Teile, die sie am Morgen geschrieben hatte, auf der Maschine abzutippen, und nun, als die Wörter, von ihrer Handschrift losgelöst, vor ihr lagen und wie aus sich selbst heraus lebten, las sie sie noch einmal und korrigierte, und jede Nacht erwachte sie, gepackt von der Furcht, was, wenn dieses Wunder morgen verschwinden würde. Aber das Wunder wiederholte sich Tag für Tag während des ganzen Monats der Abwesenheit Yigals, der ihr einige Tage nach ihrer Rückkehr aus Ägypten mitgeteilt hatte, er würde mit Galia und Itamar, dem er schon seit langem versprochen habe, nach Disneyland zu fahren, eine Reise nach Amerika machen, und als sie ihn bestürzt und mit einem Gefühl des Betrogenseins fragte, ob diese Reise dazu dienen sollte, seine Schuldgefühle wegen ihrer Ägyptenreise zu beschwichtigen, kaute er an seinem Bart und sagte, »nein, das war schon seit ein paar Monaten geplant«.

»Weshalb hast du mir dann nichts erzählt? Sieben Tage lang waren wir Tag und Nacht zusammen, und du hast nichts gesagt«, und es war, als kleideten sich all der Schmerz und die Eifersucht in diese eine Frage, weshalb hast du mir nichts erzählt, und er umarmte sie mit Gewalt, drückte ihre geballten Fäuste an seine Brust und sagte, »ich wollte unsere Reise nicht kaputtmachen, es tut mir so leid«, küßte wieder und wieder ihr nasses, rotfleckiges Gesicht, als versuchte er, ihren Schmerz in sich aufzunehmen, »und außerdem hast du dir ein bißchen Ruhe von mir verdient«, er versuchte, heiter zu klingen, »du wirst Zeit zum Schreiben haben«.

Und als sie an jenem Herbstmorgen im Café Tamar saß, bemühte sie sich, das Bild von familiärem Glück vor dem Hintergrund Disneylands, der Niagarafälle und der Freiheitsstatue aus ihren Gedanken zu streichen und nur seine Gestalt zu bewahren, sein Lächeln und seine sprudelnden Augen, wie ein guter Geist, der die ganze Zeit um sie herum weilte, und schon wartete sie ungeduldig auf seine Rückkehr.

Als er Ende Oktober zurückkam, war die Geschichte noch nicht fertig; dennoch, als er am Nachmittag zu ihr kam, fragte sie ihn nicht, wie die Reise war, ließ ihn nicht einmal seine Sehnsucht nach ihr stillen, sondern zerrte ihn nach draußen und sagte, »komm, wir setzen uns irgendwo hin, ich muß dir etwas vorlesen«. Sie gingen in das Café an der Ecke Allenby-/Hamelech-George-Straße, in dem sie seit fast einem Jahr nicht mehr gewesen waren. Aber nichts hatte sich verändert, als wäre die Zeit zwischen den gelben Wänden erstarrt, und die dicke Bedienung mit der Elastikbinde um den linken Knöchel näherte sich ihnen und fragte, »was darf's für Sie sein, bitte schön«, daß bloß der hinkende Nachum nicht hereinkommt, dachte sie plötzlich erschrocken, aber diesmal störte sie niemand, und sie begann vorzulesen und spürte, daß ihre Stimme sich mit dem Atem der Sätze hob und senkte, der Rhythmus ihres Herzen sich beschleunigte und ihr Gesicht sehr heiß wurde.

Er stützte seine Ellbogen in dem bordeauxroten Pullover auf den Kunststofftisch, die Daumen unterm Kinn, die Finger mit den sorgfältig geschnittenen Nägeln fest auf die geschlossenen Augenlider gedrückt, und die Geschichte entspann sich um ihn, weiter und immer weiter, auch nachdem das Kuchenschaufenster dunkel wurde und die Neonlampe flimmernd anging.

Als sie geendet hatte, hob sie ihr Gesicht zu ihm empor und sah, daß sich seine Augen gerötet hatten. »Was soll ich dir sagen, Rivilein, was soll ich sagen«, sagte er, nahm ihr Gesicht in seine Hände, küßte und küßte sie, schob ihr Haar beiseite und fuhr vorsichtig mit den Fingerspitzen über ihre Stirn. Es war schon dunkel, und er hätte zu Hause sein müssen, aber sie konnten sich nicht trennen. Als sei dieser Abend eine Rarität, irgendeine Offenbarung, wie der Anfang einer neuen Epoche. Sie setzten sich auf eine Bank im Meir-Park, und er führte ihre Hand an seine Lippen.

»Deine Geschichte sprengt alle Grenzen, wie du«, sagte er, »Alterman hätte das die ›Anmut des Fehlerhaften‹ genannt.«

»Das ist dein Verdienst«, lachte sie aufgewühlt, »du gibst mir mich selbst, wie es niemand zuvor getan hat, du bist meine Muse.«

Ja, dachte sie bei sich, und im nächsten Moment wirst du aufstehen und sagen, daß du endlich nach Hause mußt.

»Komm, wir gehen, ich muß heim.«

»Ich bleibe noch ein bißchen hier«, sagte sie, und er küßte sie und ging zu seinem Zuhause, zu ihr und dem Kind, und sie wußte, er konnte sich nicht anders verhalten, und wußte auch, wäre er anders, als er war, könnte sie ihn nicht lieben.

Eines Morgens fand sie sich in dem Auditorium wieder, in dem die Vorlesung von Dr. Galia Liebermann stattfand, *Die Geschichte des Christentums von seiner Entstehung bis zur Renaissance.* Der Saal war voll, und sie setzte sich in die Nähe des Pults, in die zweite Reihe, wo sie sich im Kino hinzusetzen pflegte, wenn sie sich der Illusion hingeben wollte, der Film würde ganz allein für sie gezeigt, doch jetzt spürte sie, daß ihr Herz wild in der Brust zappelte und ihr Mund staubtrocken war, und dennoch richtete sie ihre Augen auf die Frau, die durch die Türe im rückwärtigen Bereich des Podiums hereinkam, zum Mikrophon trat, mit den Fingern dagegen klopfte und leise, mit gedämpfter Stimme fragte: »Hören mich alle?« Rivi stellte überrascht fest, daß sie älter war, als sie es sich vorgestellt hatte, und Julie Christie weniger ähnelte als auf dem Foto, als wäre das Bild etwas verblaßt, vielleicht weil ihr Gesicht bar jeder Schminke war, aber trotzdem hatte sie hübsche Lachfalten um die Winkel ihrer grünen Augen, ihr volles Haar in dunklem Honigton war nachlässig auf dem Kopf zusammengefaßt, und die feine, gerade Nase, die Lippen, die den Höhepunkt ihrer Reife überschritten hatten und an den Rändern bereits unmerkliche Kerben aufwiesen, die dünnen, tatkräftigen Finger, die zwei Goldringe, ein Ehering und noch ein anderer, ihre Kleidung bestand aus einer eierschalefarbenen Seidenbluse, einem langen beigen Rock und chinesischen Stoffschuhen, ihre rauchheisere Stimme trug von Wand zu Wand, und außer ihr herrschte Stille.

Rivi durchbohrte sie mit ihrem Blick, als versuchte sie, irgendein Geheimnis zu entschlüsseln, denn es war klar, daß es nicht mehr zu ignorieren war; von dieser Frau kam er zu ihr, und zu ihr kehrte er zurück, und man mußte aufpassen, daß das nicht zum Prinzip würde. Auch sie ließ nun, während des Redens, hin und wieder ihren Blick auf Rivis Gesicht verweilen, als sei sie durch ihre Fremdheit in der Klasse oder durch ihre Blicke gestört, und Rivi versuchte, dem dahinströmenden Vortrag zu folgen – der Mythos des toten und wiederauferstehenden Gottes, Osiris, Tamuz, Dionysos wurde von Titanen in Stücke gerissen und daraus von neuem geboren, die Zeremonie der Taufe als Akt des Todes mit Jesus dem Messias und die erneute Geburt – und plötzlich war sie von Neid erfüllt, von einem ungeheuren Wissensdurst, schon entglitt ihr der rote Faden zwischen den Worten, und sie versuchte, sich an Namen festzuhalten, die einander wie Pferde im Kreis jagten; Petrus, Paulus, die Apokalypse des heiligen Johannes, Markus, Konstantin, Claude Lévi-Strauss, und wieder versuchte sie, in Gedanken diese Frau, die ihr gefiel, mit dem Mann zusammenzubringen, der immer mehr Raum in ihr einnahm, je offensichtlicher seine Schwäche ihr wurde, und sie stellte sie sich Seite an Seite schlafend in dem spartanischen Schlafzimmer vor – ihr Kopf auf seinem Arm, ihr Rücken an seinen Körper gedrängt, oder vielleicht jeder in seine Decke vergraben, in die Höhle seiner Träume, Rücken an Rücken, und zwischen ihnen die gegenseitige Achtung und die langjährige Verbundenheit, und sie. Und sie trinken den Morgenkaffee in den Strohsesseln im Garten, er erzählt ihr etwas, und sie lacht, kein Zweifel, daß er auch sie zum Lachen bringt, und vielleicht streckt er seine Hand aus, um eine Haarsträhne aus ihrer Stirn zu streichen.

Aber was ist zwischen ihnen, wo ist die Verzweiflung und der Verzicht, wo die Liebe, und warum sagt er immer wieder zu ihr, Rivi, sie habe sein Leben gerettet, und weshalb existiert in ihr das definitive Wissen, daß die Beziehung zwischen den beiden zu verflochten ist, um sich auftrennen zu lassen, und daß er, mit einer Art fanatischen Treue um ihrer selbst willen, sie nicht verlassen kann. Niemals.

Als die Vorlesung zu Ende war, stieg sie die steinernen Stufen zum Podium hinauf – einmal hatte sie geträumt, sie würde ihr Büro in der Universität betreten, an dem sie auf ihrem Weg zur Vorlesung über französische Literatur vorbeikam, und ihr Blick fiel auf das Metallschild über der Türe, »Dr. Galia Liebermann«, und im Traum öffnete sie die Tür und trat ein, setzte sich ihr gegenüber auf den Stuhl, blickte sie an und schwieg, schwieg nur und wartete – aber jetzt war es wirklich, gegen ihren Willen drängte sie es aufs Podium, der Teufel ritt sie, sie mußte sie etwas fragen, mußte, und da richtete sie überrascht den grünen Blick auf sie und sagte, »ja, bitte«, aber sie hatte noch keine Frage, spürte, daß ihr Gesicht loderte, und stotterte, »ich habe das nicht verstanden, das ganze Thema des absoluten Mysteriums der Heiligen Dreifaltigkeit, wie Sie erklärt haben, und die Wiederauferstehung«, die Wörter purzelten unkontrolliert aus ihrem Mund, nein, das waren nicht die richtigen Worte, »das heißt, wie ist das mit der persönlichen Erlösung verbunden, die das Christentum anbietet, und der Gnade und dem Mitleid und dem ganzen ...«, und die Dozentin verlor bereits die Geduld, vielleicht hatte sie es eilig, nach Hause zu kommen, um mit ihm und dem Kind zu Mittag zu essen, und sie betrachtete sie einen Augenblick mit einer Spur Spott und mehr als einer Spür Mißtrauen, und sagte nachdrücklich, »wir werden den Begriff der Erlösung in der nächsten Stunde ausführlich behandeln«, nahm ihre schöne Ledertasche und schritt in Richtung der Türe im rückwärtigen Bereich des Podiums – aber ich werde in der nächsten Stunde nicht da sein, ich bin für diese Vorlesung überhaupt nicht eingeschrieben, erklär es mir jetzt – sie hätte sie gerne an der Schulter gepackt und nicht losgelassen, bis sie alles verstehen würde, aber sie wandte sich ab, stieg in den Saal hinunter, der sich bereits geleert hatte, und ging hinaus.

Gedemütigt floh sie auf den Gang, stieß unabsichtlich mit jemandem zusammen, und der Junge drehte sich um und sagte, »hey, schau doch, wo du hintrittst«, und sie sah, daß es Schai war, den sie seit fast einem Jahr nicht mehr getroffen hatte, und plötzlich freute sie sich, ebenso wie er, er küßte sie auf die Wange und sagte mit hoher Stimme, »wo hast du gesteckt, du sieht wunderbar aus«, und schlug vor, in die Cafeteria hinunterzugehen, und sie hörte sich sagen, »ich hab's jetzt eilig, aber ich kann mich heute abend mit dir treffen, wenn du willst«, und sie verabredeten sich um neun bei ihm in der Wohnung.

Als sie sich auf das Treffen vorbereitete, sich sorgfältig parfümierte und einen schönen Slip anzog, dachte sie, ich werde heute abend mit ihm schlafen, und noch konnte sie sich nicht eingestehen, daß sie wegen Yigals Amerikareise zu Schai ging – weil er zu ihrem einzigen und absoluten Maßstab für alles geworden war, aber vor allem, weil sie ihn mehr, viel mehr liebte, als erlaubt war.

Sie kämpfte mit sich, ob sie ihre Geschichte mitnehmen und Schai ein paar Seiten vorlesen sollte, und entschied sich dagegen, aber als sie bereits draußen war, kehrte sie plötzlich um und steckte die Seiten in ihre Tasche.

Schai öffnete ihr in kurzen Hosen und Gummischlappen, sein Haar naß vom Duschen, drückte sie an seine nackte, haarlose Brust, sie küßten sich, und sie erinnerte sich mit Staunen, wie groß er war; wenn sie und Yigal sich küßten, waren ihre Gesichter auf gleicher Höhe. Dann saßen sie in seinem ordentlichen Gästezimmer auf dem schwarzen Polstersofa und tranken Wein, Schai legte eine Platte von Billie Holiday auf und sagte, »ich habe dich vor ein paar Monaten in einem Alpha Romeo mit irgendeinem älteren Mann vorbeifahren sehen, wer war das, dein Vater?« Und Rivi hörte sich selbst sagen, »nein, ich habe ihn über eine Anzeige in der Zeitung kennengelernt, ›großzügiger Gönner sucht Studentin‹, er zahlt mir die Studiengebühren und die Miete und dafür blase ich ihm zweimal pro Woche einen«.

Schai lachte, »du hast dich verändert, weißt du, ich glaube, ich fange an, mich in dich zu verlieben«. Der Wein stieß ihr sauer auf. Dennoch konnte sie sich nicht beherrschen und sagte, »ich habe eine Geschichte geschrieben, möchtest du, daß ich dir etwas vorlese?« Und Schai sagte leicht entgeistert, »sicher, sicher, aber vielleicht nachher?« Er näherte sich ihr und begann sie zu küssen, seine Hand tastete nach ihren Brüsten. Sie reagierte entschlossen, streifte ihr T-Shirt ab, öffnete den Gürtel und den Knopf der Jeans, legte sich auf den Rücken, ließ seine Finger unter den Stoff des Slips vordringen, wobei sie die ganze Zeit wußte, daß es nicht Lust war, die sie lenkte. Er zog ungeduldig an ihren Hosen und flüsterte, »ich will, daß du mich lutschst«, und sie kam seinem Wunsch nach, umschmeichelte mit der Hand seine Hoden und brachte ihn dazu, vor Lust zu stöhnen, und dann setzte sie sich auf ihn, führte mit der Hand sein Glied ein und bewegte sich auf und ab, doch als er anfing, ihre Brustwarzen zu lecken, versteifte sie sich vor Ablehnung und zog an seinen Haaren, um seinen Kopf von ihr zu lösen, preßte ihn gewaltsam auf die Matratze, und sie machten weiter, bis sie fast gemeinsam kamen, mit Lauten, die sich für sie dümmlich und künstlich ausnahmen, wie die Imitation eines scheußlichen Films, und sie stand von ihm auf und ging sich duschen.

Auf dem Rückweg von der Dusche kam sie am Eingang vorbei, wo sie ihre Tasche hingelegt hatte, und sie holte die Geschichte heraus, obwohl sie keine Lust hatte, ihm etwas vorzulesen, aber sie dachte, so müßten sie nichts reden, und sie hatte es ihm ja auch versprochen, aber als sie zum Sofa zurückkam, sah sie, daß er eingeschlafen war, den Arm über die Stirn gelegt, mit offenem Mund und gleichmäßigen Atemzügen, und sie zog sich schnell an und machte, daß sie wegkam, sie wußte, sie würde nicht wiederkommen.

Am Freitagmittag saßen sie im Pub Trumpeldor und tranken Wodka. In dem Pub, das in den letzten Wochen zu ihrem Stammlokal geworden war, spielte ein Jazzorchester. Yigal zündete sich eine Zigarette an, blickte sie konzentriert, mit zusammengekniffenen Augen an und fragte, was los sei. Sie hatte nicht vorgehabt, es ihm zu erzählen, aber er hatte es von selbst gespürt, an ihrem zerstreuten Blick oder dem Tonfall ihrer Stimme.

»Ich habe mit jemandem geschlafen«, es hatte keinen Sinn, es zu verheimlichen.

»Das habe ich mir gedacht«, sagte er ruhig.

»Ich mußte, damit ich weiter mit dir zusammensein kann, verstehst du?«

»Nein«, sagte er wütend, »weißt du, seitdem ich mit dir zusammen bin, seit über einem Jahr schon, habe ich mit keiner anderen Frau geschlafen.«

»Auch nicht mit Galia?« fragte sie erstaunt. »Ihr wart doch schließlich zusammen in den USA.«

»Auch nicht mit Galia.«

Sie fragte sich, ob er es versucht hatte und wieder zurückgestoßen worden war. Warum bestrafte sie ihn, seine schöne, kluge Frau.

»Nun gut, ich bin schließlich ein freier Mensch, oder nicht?« sagte sie mit plötzlicher Ungeduld.

Er lachte zu laut, schneuzte sich in eine Serviette – »ich kenne nicht viele Menschen, die wirklich frei sind«, sagte er, »weißt du, Schlonski hat einmal geschrieben, ›sei eins – wenn du kannst. Sei zu zweit – wenn es gut für den anderen ist. Aber erwarte nie Erbarmen von jenen, die auf deines warten.‹«

Sie überlegte einen Augenblick. Manchmal erschienen ihr die Dinge, die er zu ihr sagte, wie die Rätsel einer Sphinx, aber sie hatte das Gefühl, daß sie in kommenden Zeiten zu ihr zurückkehren würden, wie Samen, die Jahre brauchen, um Blüten hervorzubringen, wie Tanta Techiyas Strelitzien – »das ist hart, vor allem der mittlere Teil, es klingt für mich irgendwie frömmelnd.«

»Nur ein Bestreben. Das ist doch, was zählt, das Bestreben«, sagte er, »auf alle Fälle, ich erwarte keines.« Sie redeten nicht mehr weiter darüber, aber später, im Bett, spürte sie eine zusätzliche Nuance in ihrer Lust, und je schwerer seine Augen wurden, sich in die ihren bohrten, seine Lippen sich aufeinanderpreßten, seine Stöße wie mit scharfen Schwertern, desto weicher wurden ihre Küsse und ihre Hände, und sie spreizte ihre Beine noch weiter für ihn, ja, so muß es sein – eine tiefe innere Freude durchflutete sie – ja, so, ja. Und bevor er ging, stellte sie die Frage, die sie ihm so oft stellte, aus der sicheren Gewißheit der Antwort heraus: »Liebst du mich?«

»Ich sterbe vor Liebe.«

Im Winter versank sie im Schreiben einer neuen Geschichte, Morgen für Morgen, im warmen Café Tamar, dessen orangefarbenen Deckenlampen in ihren granatenförmigen Gehäusen jetzt auch am Tag brannten. In den Nächten wachte sie erregt auf, kritzelte Traumfetzen und Ideenembryos auf grünliche Zettel, die sich in einer Schuhschachtel zu Füßen ihres Bettes ansammelten.

Manchmal fuhr sie in die Universitätsbibliothek; sie hatte noch zwei Seminararbeiten abzugeben, in Literatur und Kunstgeschichte, um den BA abzuschließen, und obwohl sie darin eine sinnlose Vergeudung ihrer Schreibzeit sah, wollte sie ihre Mutter zufriedenstellen, die bei jedem Gespräch mit ihr murrte, »wenigstens deinen BA könntest du endlich fertigmachen«, und obwohl sie an ihre Arbeit im Reisebüro zurückgekehrt war und alle Untersuchungen zeigten, daß sie zur Gänze genesen war, und sie sich auch an das künstliche Auge, das sie trug, zu gewöhnen begann, versuchte Rivi, auf sie mehr Rücksicht als sonst zu nehmen.

Auch Yigal – der wieder langes Haar hatte, das er mit einem bunten Gummi zu einem Pferdeschwanz zusammenfaßte – drängte sie, die Arbeiten zu Ende zu bringen, half ihr mit Büchern, die er ihr lieh oder kaufte, und mit Ideen, die er aufwarf, türmte vor ihren Augen Riesenschlösser schillernder Theorien auf und bevölkerte sie mit Göttern und Königen, mit Heiligen und Denkern und mit hervorragenden Künstlern aus allen Epochen; Praxiteles und Brunelleschi, Tintoretto und Caravaggio, Brueghel und Hieronymus Bosch, Goya und Velázquez, Gropius und Le Corbusier, Seurat und Cézanne, Giacometti und Mondrian, Kirchner und Kokoschka, de Kooning, Jackson Pollock und Andy Warhol, seine Worte überschlugen sich, seine Augen blitzten, seine Hände entwarfen Gemälde in der Luft, bis sie ermattet sagte, »du begeisterst dich mehr als ich, du Dieb du, laß mir doch auch was zum Entdecken, woher weißt du überhaupt so viel«. Und er lachte, »was meinst du wohl, woher, in der Zeit, in der die Kameraden Fußball gespielt und sich mit Mädchen beschäftigt haben, bin ich daheim gesessen und habe Bücher gelesen, die Waffe der Kleinen und Häßlichen. Und ich habe gut daran getan, jetzt kann ich bei dir angeben.«

»Main tairer Wunder-Kind«, imitierte sie Manja Olenskaja, schlang ihre Arme um seinen Hals und küßte ihn auf die Stirn.

»Kein Wunder und kein Kind«, sagte er, plötzlich bedrückt. »In der letzten Zeit vergesse ich Dinge, die ich einmal gewußt habe, Namen, Zusammenhänge, Zitate, ich zerbreche mir den Kopf, und es gelingt mir nicht, sie an Land zu ziehen, und mich überfällt die Angst, daß ich zunehmend das Gedächtnis verliere. Vielleicht muß ich das Technikum verlassen und mich hinsetzen, um ein Buch zu schreiben, sonst zerbröselt alles, was ich im Laufe der Jahre gesammelt und entdeckt habe, nicht in der Mathematik, in der Kunst zu Staub. Dieses blödsinnige Bedürfnis, eine Erinnerung an sich zu hinterlassen, denn was ändert das schon, aber der Trieb, der Trieb«, er ballte seine Hand zur Faust, »und nicht einmal dazu habe ich die Kraft.«

Wenn sie von ihren nächtlichen Trinkgelagen zurückkamen, gegen zwei oder drei Uhr morgens, war sie zu müde und zu schwer, um mit ihm zu schlafen, streckte sich in ihren Kleidern auf dem Bett aus, und er streifte ihr die Schuhe ab, deckte sie zu und streichelte ihr Haar, bis sie einschlief, und dann erst stand er auf und ging. Es war eine Art Abkommen zwischen ihnen, obwohl sie nie darüber gesprochen hatten. Manchmal fiel es ihr schwer einzuschlafen, dann berührte er mit der Fingerspitze irgendeinen wundersamen Punkt im Zentrum ihrer Stirn, und augenblicklich senkte sich der Schlummer auf sie herab.

Manchmal schlief auch er ein, und es gab Male, da erwachte sie um vier oder fünf Uhr morgens und schüttelte ihn entsetzt, denn sie wußte, wie wichtig es ihm war, zu Hause zu sein, wenn sein Sohn aufwachte, ihm das Frühstück zu machen und ihn in die Schule zu bringen, am Mittag holte er ihn ab, und sie aßen außerhalb, und nachmittags half er ihm bei den Hausaufgaben und fuhr ihn zur Jugendgruppe oder zu Freunden – dann hatte er frei für sie, und sie saßen im Tamar – und auch am Abend machte er das Essen, und erst wenn Itamar, um neun oder zehn, im Bett lag, ging er weg.

»Galia arbeitet hart, sie ist die meiste Zeit in der Universität«, antwortete er auf ihre nicht gestellte Frage, »sie hat keinen Kopf für den häuslichen Kram, mit den ganzen Vorlesungen, die sie vorbereiten muß, und den Prüfungen, und vor allem schreibt sie ihr Buch über die Märtyrer. Wenn dieses Buch herauskommt, wird es die historische Betrachtung des Christentums revolutionieren, nicht nur hierzulande, sondern in der gesamten akademischen Welt«, begeisterte er sich.

Seine Begeisterung reizte sie, und noch mehr ärgerte sie, was ihr wie eine Selbstaufopferung erschien – das Aufgeben seiner

Bestrebungen, seiner Talente, seiner heimlichen Wünsche für diese Frau, die alles zu besitzen schien, was man sich erträumen konnte – aber etwas fehlte, sann sie, etwas fehlt da, das ist sicher, aber was?

»Was macht Galia an den ganzen Abenden, wo du bei mir bist?« hatte sie ihn einmal gefragt, und er hatte gesagt, »sie arbeitet zu Hause weiter, oder sie entspannt sich vor dem Fernseher«.

»Vielleicht hat sie auch einen Liebhaber«, sagte sie provozierend.

»Ich glaube nicht«, sagte er nachdenklich, »das interessiert sie nicht. Ihre Arbeit interessiert sie mehr als alles andere.«

Sie verstand es immer noch nicht. Viele Jahre sollten vergehen, bis sie das Geheimnis des Bundes zwischen ihm und seiner Frau verstehen würde, daß sie sich nicht trennten, sondern zusammenblieben, weil das die einzige Sicherheit war, daß es ein Bund war, der lange Zeit vor seiner Heirat geboren wurde, noch bevor er Galia kennenlernte; eine ernste, hübsche Studentin auf einem Tel Aviver Fest, auf irgendeinem Dach, Anfang der siebziger Jahre, und in dem Augenblick, als er sie sah – erzählte er ihr einmal, als sie wissen wollte, wie sie sich kennengelernt hatten –, sie stützte ihre Ellbogen auf das Geländer und rauchte mit dem Rücken zu den Tanzenden, in diesem Augenblick wußte er, sie würde es sein, und er ging zu ihr hin und sagte schlicht, »ich bin Yigal, komm, laß uns zusammenleben«, und sie wandte ihm ihr Gesicht zu und lächelte. Aber der Bund war lange zuvor im Keim in ihm angelegt worden, vielleicht schon in den Orangenhainen des Kibbuz, ein siebenjähriger Junge in Sabbatkleidern tritt mit Tränen in den Augen gegen den gekalkten Stamm, den Puderduft seiner Mutter auf den Wangen, und er weiß bereits, wenn auch nicht mit Worten, daß es beim nächsten Mal für immer sein wird, denn er wird nicht zulassen, daß man ihn noch einmal so verläßt.

An einem verregneten Nachmittag Ende Februar ging sie die Frischmann-Straße in Richtung Meer und bog in die Ben-Yehuda ein. Ein peitschender, verletzender Wind mißhandelte ihren grünen Regenschirm, stülpte ihn um, drosch auf ihn ein, bis eine seiner Eisenstreben brach. Bunte Blechfische schossen über die überflutete Straße, spritzten einen Schwall Dreckwasser auf ihre Schuhe und ihre Jeans.

Sie öffnete die blaue Türe und trat ein, der zerrupfte Regenschirm baumelte von ihrer Hand herunter, ihr Haar war schwer, und ihr Gesicht tropfte vor Nässe. Neben dem länglichen Heizspiralofen saßen Ephraim aus der Philharmonie und Manja Olenskaja, mit roter Wollbommelmütze und passendem Schal, zwei exakte Rougekreise auf ihre Wangen gemalt. Golden schoß von dem Strohhocker hoch, nahm das geblümte Handtuch am Waschbecken vom Haken und reichte es ihr.

»Setz dich, setz dich«, er deutete auf seinen Schemel und hastete in Richtung Türe, »was trinkst du, Milchkaffee, oder vielleicht ein Glas Tee?«

»Du gehst jetzt nirgendwohin«, sie zog am Ärmel seines Wolljacketts, »ich habe zu Hause schon was getrunken«, log sie.

Golden beugte sich ihr und blieb, willigte jedoch unter keinen Umständen ein, sich zu setzen. Einen Stuhl und zwei Hokker gab es im Laden; wenn zwei Gäste eintrafen, setzte er sich auf einen der Hocker, und wenn ein dritter Gast kam – stand er, den Rücken an die Holztheke gelehnt. Weitere Gäste waren gezwungen zu stehen oder auf dem bemalten Fußboden zu sitzen und sich an die Regale zu lehnen.

»Ich glaube, du irrst dich«, erregte sich Golden, setzte die Diskussion fort, die vor ihrem Eintreten begonnen hatte, »ich erinnere mich sehr gut, Orna Porat war Shen Te und Miriam Bernstein war Frau Yang.«

»Pepo hätte Miriam keine solche Rolle gegeben«, tat Manja seine Worte mit einer Handbewegung ab, »ich erinnere mich, daß Rosa Frau Yang war. Das war vierundfünfzig, ein Jahr bevor sie starb.«

»Verdreh mir nicht den Kopf mit Daten«, sagte Golden, »das war, nachdem Melmquist an der Habimah den *Peer Gynt* aufgeführt hat.«

»Peer Gynt war zweiundfünfzig, wir reden von vierundfünfzig«, klagte die greise Schauspielerin, breitete die Hände aus, verzog ihr Gesicht in gespielter Verzweiflung und blickte abwechselnd zu Ephraim und Rivi.

Sie fragte flüsternd, worum der Streit ginge, und Ephraim erklärte amüsiert, daß sie seit einer Stunde das Ensemble der Aufführung *Der Gute Mensch von Sezuan* in den Kammerspielen aus den fünfziger Jahren zusammenstellten. »Rosa starb fünfundfünfzig«, sagte Manja, »ich erinnere mich, denn ich war bei der Beerdigung, es war im Winter und es hat gegossen, so wie jetzt, und nachher mußten wir uns überlegen, was wir mit all den Katzen bei ihr in der Wohnung machen sollten, es gab dort ungefähr sechzig Katzen, es wimmelte überall von ihnen, in ihrem Bett und in der Badewanne, sie hatte sie für sie ausgepolstert, und im Radiokasten waren die Kleinen, die Katzenjungen, sie hatte das Radio herausgenommen und den Kasten stehenlassen, und sie fütterte sie mit Brei und Geflügel. Es stank dort wie die Hölle, ihr könnt euch das nicht vorstellen, und als wir hereinkamen, jaulten alle im Chor, vielleicht vor Hunger, vielleicht vor Trauer, wer weiß«, sie verstummte kurz in Erinnerungspose, »die Arme, ihr deutscher Ehemann hat ihr das Herz gebrochen, sie dachte, er sei im Krieg gefallen, aber plötzlich erfuhr sie, daß er wie ein Fürst in Brasilien lebte und auch noch eine junge Frau geheiratet hatte. Das hat sie umgebracht.«

»Jetzt ist es mir eingefallen«, begeisterte sich Golden, »Rosa spielte die Frau Shin, und nach ihrem Tod bekam Rachel Markus die Rolle.«

»Noch so eine Arme«, schüttelte Manja den Kopf. »Alterman hat das gesagt, und Alterman hat jenes gesagt. Ich verstehe nicht, was für eine Art von Ehe das ist, in der man den Mann nicht bei seinem Vornamen nennen kann. Wie geht das Lied, das sie singt, Shen Te, erinnerst du dich?«

Golden pfiff ein paar Takte. »Meinst du das?«

»Genau das ist es«, sagte Manja entzückt, schloß die Augen und sang mit ihrer weichen, sämigen Stimme:

Ich will mit dem gehen, den ich liebe.
Ich will nicht ausrechnen, was es kostet.
Ich will nicht nachdenken, ob es gut ist.
Ich will nicht wissen, ob er mich liebt.
Ich will mit ihm gehen, den ich liebe.

»Bravo«, klatschte Golden, und Ephraim schloß sich ihm zerstreut an. »Nu, und wie geht das Lied mit den Elefanten, erinnerst du dich?«

Er pfiff die ersten Takte, und sie begannen, in anmutiger Disharmonie zu singen, seine angestrengte, brüchige Stimme und ihre tiefe Stimme, ganz Herz:

Sieben Elefanten hatte Herr Dschin
Und da war dann noch der achte.
Sieben waren wild, und der achte war zahm
Und der achte war's, der sie bewachte.

Die Tür ging auf, und ein Junge kam herein, den Rivi nicht kannte, groß und gebeugt, mit einem durchweichten Militärmantel und aufgeplatzten, bordeauxroten Turnschuhen. Sein langes schwarzes Haar war zu einem kleinen Zopf geflochten. Manja erhob sich von ihrem Platz und faßte ihn am Ärmel, ihr Kopf reichte ihm bis zu seiner Brust.

»Das ist Yuval Naor«, verkündete sie, »mein Schüler, begabt wie der Teufel. Er ist erst zweiundzwanzig und hat schon drei Theaterstücke geschrieben.«

Golden drückte ihm aufgeregt die Hand, »sehr erfreut, sehr erfreut, bitte, setz dich«, er blickte hinter sich, erinnerte sich daran, daß alle Stühle besetzt waren, und kicherte verlegen.

»Danke«, sagte Yuval Naor. Er zog seinen Mantel aus, setzte sich neben sie auf den Boden, zog seine langen Beine an die Brust und legte die Arme in dem grauen Pullover um seine spitzen Knie. »Ich bin Rivi«, sagte sie und versuchte für sich, den Farbton seiner Augen zu bestimmen; blau-weiß mit einem schwarzen Ring darum. Wie die Augen eines belgischen Wolfshundes.

Golden, dessen Gesicht und Hals über der enggebundenen Paisley-Krawatte derart glühten, daß sie fürchtete, er würde vor Blutstau noch platzen, und dessen Stimme heiser bis zum Flüstern wurde, fragte ihn nach seinem Werk, und Yuval erzählte von dem Theaterstück, das er kürzlich an die Festivalkommission von Akko geschickt hatte. Ganz beiläufig erzählte er es, als wäre es ihm egal, ob das Stück genommen würde oder nicht, und Rivi fragte sich, ob er aus Bescheidenheit so redete, oder im Gegenteil, aus übermäßiger Arroganz, vielleicht fürchtete er auch den Mißerfolg, oder er hatte sich seine Richter vielleicht schon erwählt und wußte, daß das Festival nicht alles war, und sie versuchte zu erraten, was Yigal von ihm halten würde, und wurde auf sich selbst böse, weil sie sich angewöhnt hatte, die Menschen durch seine Augen zu betrachten, und Ephraim, der die ganze Zeit in irgendein Buch geschaut hatte und der Unterhaltung nur wenig gefolgt war, stand auf, nahm seinen Geigenkasten und sagte, während er mit den Fingern durch seine weiße Mähne kämmte, »ich gehe, meine Gattin hat uns Karten für die erste Vorstellung besorgt, hat jemand schon *Hannah und ihre Schwestern* von Woody Allen gesehen?«

»Sacharin-Kitsch«, sagte Yuval, und Rivi – die vor ein paar Tagen allein in die Nachmittagsvorstellung gegangen war, denn Yigal hatte den Film am Wochenende mit Galia gesehen, und obwohl er vorschlug, sie zu begleiten und sagte, er würde den

Film gerne ein weiteres Mal sehen, konnte sie das Gefühl nicht loswerden, er habe sie betrogen, denn es war doch ›ihr‹ Woody Allen, und als sie im Kino Möwe saß, in der vierten Reihe, ganz nahe an der Leinwand, vermischte sich ihre Erwartung mit der Yigals am Sabbatabend, denn zweifellos hatte er es auch erkannt: hier der verliebte Mann, schwerfällig, verwirrt, erregt von der Jugend, der sich vor dem Alter fürchtet, und dort die junge Schwester seiner Frau, die ewige Schülerin, die begierige Jägerin von Lehrer-Geliebten, und sogar der Buchladen, die Gedichte von Cummings und die nächtlichen Telefonate – bitte, antworte, damit ich nicht ihre Stimme hören und auflegen muß –, und als der Film geendet hatte, ging sie in den winterlich stechenden Abend hinaus, atmete den Geruch des Meeres ein, und ihr Herz war leicht und geläutert, als hätte sie geweint – Rivi sagte nichts.

Ephraim zog sich schwarze Lederhandschuhe an, die er aus der langen Manteltasche zog, setzte sich eine russische Pelzmütze auf, spannte den Regenschirm auf, als zöge er gegen den Wind in den Krieg, und Manja Olenskaja fuhr fort, ihren Schüler zu preisen: »Das ist kein Theaterstück, das ist Poesie, was er schreibt, reines Gold, der israelische Tennessee Williams«, und Yuval kräuselte seine schmalen Lippen zu einem Lächeln, das wie mit Bleistift gezeichnet war.

Als Ruchale Singer und ihr Sohn Ofer eintraten, der den Arm vor sich ausstreckte und ihn, Daumen und Zeigefinger abgespreizt, ein Auge geschlossen, auf die Anwesenden richtete und tak-tak-tak ertönen ließ, wie das Rattern einer Maschinenpistole, stand Rivi auf, der seine Gegenwart, besonders seit jenem Vorfall auf der Straße, Unbehagen bis zum Brechreiz verursachte, und sagte, »ich muß gehen, auf Wiedersehen alle miteinander«, und warf einen Blick auf Yuval, der sie von unten bis oben musterte und abschließend bemerkte, »see you«.

Einige Tage darauf traf sie Yuval wieder in dem Laden, diesmal war er dort allein mit Golden, der sich zu ihm hinüberbeugte und ihm eifrig etwas erklärte. Als er Rivi gewahrte, beeilte er sich, für sie seinen Stuhl freizumachen, und sie hatte plötzlich das Gefühl, daß sie störte, aber sie setzte sich trotzdem, um mit ihnen einen Kaffee zu trinken, den Golden hastig von der gegenüberliegenden Straßenseite holte. Der Regen hatte aufgehört, der Himmel war zu erstaunlichem Winterblau aufgerissen. Sie unterhielten sich über Verdis Opern, und Rivi erzählte, wie sie *Aida* mit Plácido Domingo vor dem Hintergrund der ägyptischen Pyramiden versäumt hatte.

»Vergangenes Jahr habe ich die *Aida* mit Pavarotti gehört, in der Metropolitan«, sagte Yuval gleichgültig, »ich stehe nicht auf Opern. Meine Eltern haben mich hingezerrt.«

»Uch, ich kann ihn nicht ertragen«, sagte Golden, »wie er immer die Hände hebt und am Ende jeder Arie schnauft, damit das Publikum sieht, wie schwer er arbeitet.«

Yuval lachte mit schief verzogenem Mund.

»Ist dein Theaterstück zum Festival von Akko angenommen worden?« fragte sie ihn.

»Ich habe noch keine Antwort bekommen«, sagte er, und seine belgischen Hundeaugen beschnüffelten sie vom Hals bis zu den Knien.

»Hast du vielleicht ein Exemplar dabei«, fragte sie. Sie war schon seit langem neugierig darauf, schreibenden Altersgenossen zu begegnen.

»Ich habe eins, aus Versehen«, grinste er und zog ein paar Seiten aus einer Plastiktüte.

Sie versank in der Lektüre, noch während Yuval und Golden sich unterhielten. Es war ein Stück für zwei, ein junger Mann und eine junge Frau, und es spielte in ihrer Küche; sie bereiteten ein festliches Abendessen für ihre Eltern vor, und unterdessen bewarfen sie sich gegenseitig mit scharfen Sätzen voller gemeiner Anzüglichkeiten, erhoben sogar die Hand gegeneinander und fickten auch zweimal, einmal auf dem Eßtisch und einmal neben dem Waschbecken, im Stehen.

Es dunkelte bereits, als sie zu Fuß in Richtung ihrer Wohnung gingen. Sie versuchte, ihm ihre Meinung zu sagen, ohne ihn zu verletzen, »es fehlt da irgendeine Art Gnade, irgendein Trost, wie ein Lichtstreifen am Rande der Wolken, verstehst du?«

Yuval erklärte, er sei von Kafka und Peter Greenaway beeinflußt – »auch bei ihnen gibt es keine Gnade, keine Hoffnung, keinen Gott«.

»Kafka ermöglicht es dem Leser zumindest, seine Gestalten zu bemitleiden«, kleidete sie ihre Gedanken in Worte, »ohne an das Recht des Menschen auf ein wenig Gnade zu glauben, hat es keinen Sinn, ein Theaterstück zu schreiben, oder alles andere.«

»Was hilft mir Gnade, wenn die Welt ein Scheißhaufen ist und morgen früh eine Atombombe fällt und uns alle umbringt«, grinste Yuval, und sie fühlte sich an Ofer, Ruchale Singers Sohn, erinnert.

In dieser Nacht schliefen sie zusammen, und von da an trafen sie sich ab und zu. Sie erzählte Yigal nichts, und er fragte sie nicht, aber eines Abends, als sie ihm gesagt hatte, daß sie ihn nicht sehen konnte, wußte sie, auch ohne aus dem Fenster zu sehen, daß er sie unten in seinem Wagen belauerte, im Regen, bei Donner und Blitzen, die wie Riesenkameras aufflammten, und gegen Morgen – Yuval schlief, auch im Schlaf ließ sein Gesicht eine Art Widerwillen erkennen – spähte sie nach dem Alpha Romeo, auf den der Regen herabströmte und strömte, und sie unterschied das Aufglimmen der Zigarette und wußte, er blickte hinauf und sah ihre nackte Silhouette.

Was wußte ich damals von seiner Eifersucht – würde sie grübeln, während sie sich den Weg durch das Dickicht ihrer Geschichte vorantastet –, ein Mann in seiner Lebensmitte, in der Erntezeit seiner Kräfte, verliert seine Fassung, verzehrt seine

Seele nach ihr. »Es war völlig geistesgestört«, wird er eines Abends in Granada am Ufer des Flusses zu ihr sagen, im Sommer, als alles ihre Trennung prophezeite und nur sie sich mit Scheuklappen vor dem Herzen weigern würde, es zu sehen – »ich bin ganze Nächte so im Wagen gesessen, habe eine Zigarette an der anderen angezündet, ein wutentbrannter Jäger von Schatten, Silhouetten, ausgestoßen, vertrieben, das Schwert hat sich hinter meinem Rücken verkehrt, und wenn das Licht ausging, erschien mir das Fenster wie ein höhnisch aufgerissener Mund; dort ist sie jetzt, redet, küßt, lacht, treibt es mit jedem, der vorbeigeht, wie jener aus Kanaan schrieb, ich ertappte mich, wie ich laut schrie, wie verrückt, um drei, ja um vier, »deiner Frevel willen will ich dich nicht schonen«. Und ich stellte mir die Parzellen deines weißen Fleisches vor, die Parzellen meiner Lust, die Parzelle Gottes, und wie ich in deine Brüste beiße, deine Seidenhaut mit den Fingernägeln kämme, deinen Hals umklammere, und ich sagte mir, laß jetzt den Motor an und fahr, fahr nach Hause, aber ich konnte nicht. Ich hörte deinen Schrei im Regen, und ich wußte; wie ein Adler in den Lüften, wie eine Schlange auf dem Fels, wie ein Schiff inmitten des Meeres bahnt sich deine Libido ihren Weg, und von meiner Bahn in dir ist keine Spur zurückgeblieben. Und ich schloß die Augen und sah, wie du in dein fischähnliches Zucken verfällst, dein Gesicht, so schön, das Innere deiner Oberschenkel, sich nur satttrinken dort und weinen, wie der letzte der dreihundert Mann Gideons, die Wasser geleckt haben, und dich danach auf die Knie zwingen, dir den Hintern auspeitschen und dich fikken, bis du die Seele aushauchst.«

Am Abend rief Yuval sie an, »hör mal«, seine Stimme klang aufgebracht, »als ich heute früh von dir weggegangen bin, hat mich irgend so ein Irrer in einem Alpha Romeo verfolgt und mich den ganzen Heimweg zu überfahren versucht, weißt du vielleicht, wer das ist?«

»Ich habe keine Ahnung«, sagte sie und erzählte ihm nicht, daß sie am Nachmittag das Laborergebnis erhalten hatte, daß sie schwanger war.

Wenn sie über jenen Frühling schreiben würde, über die Schwangerschaft, über die Abtreibung, würden ihr die Ereignisse bisweilen vorkommen wie einem der ägyptischen Schwulstfilme entlehnt, die sie Freitag nachmittags immer im Fernsehen brachten, von der Art, wie sie ihre Großmutter mit Nachbar Süss anzuschauen pflegte, aber als sie auf dem Bett saß, ihre Beine an die Brust zog und sie unter den Pullover steckte, ihre Füße in den Wollsocken in die Matratze grub, blickte sie mit feierlichem Ernst in sein Gesicht, als sie sagte, »es ist von dir, ich habe keinen Zweifel«.

»Du spinnst total, das kann nicht sein«, Yigal lief ruhelos und wütend im Zimmer herum, »es ist bestimmt von diesem Typen, deinem Handtuch mit den zerfetzten Turnschuhen. Ich habe einen Bekannten, der ist Gynäkologe, komm, wir gehen zu ihm und beenden die Geschichte.«

»Dieses Kind ist deins«, sagte sie gleichmütig, als stünde sie unter Drogeneinfluß, »und ich werde es zur Welt bringen, großziehen und ernähren, und samstags nehme ich es ans Meer mit, bringe ihm Lesen bei, Fahrradfahren und alles, was es über das Leben wissen muß, und werde nichts von dir verlangen, hörst du, niemals.«

Sein Blick floß über vor Mitgefühl, »du bist selbst noch ein Kind, du mußt dich noch ein bißchen herumtreiben und vor allem schreiben, warte damit, von irgendeinem Schwanz schwanger werden kannst du auch noch in ein paar Jahren.«

In Weißglut fiel sie über ihn her, blind vor Tränen, warf ihn auf die Matratze, setzte sich auf seinen Bauch und schlug mit den Fäusten auf seine Brust ein – »warum verstehst du nicht, daß es deins ist«, weinte sie, »ich fühle es, ich spüre dich in meinem Bauch, glaub mir, bei mir bist du fruchtbar, zusammen sind wir fruchtbar, mit der ganzen Liebe und dem Ficken und allem«, sie verschluckte sich, wischte sich ihre rinnende Nase am Pulloverärmel ab. Der Gedanke, sie sei von Yuval schwanger, wobei im Prinzip auch Schai in Betracht kam, denn sie erinnerte sich nicht, wann sie das letzte Mal ihre Periode gehabt hatte – war lächerlich, erniedrigend, schlicht unmöglich.

Yigal versuchte, sie zu überzeugen, flehte, lockte, sie solle nur mit ihm zu einem Besuch beim Gynäkologen kommen, der sie untersuchen und ihr erklären würde, daß es keinerlei plausible Anzeichen dafür gab, daß sie von ihm schwanger war. Aber nachdem einige Tage vergangen waren und er sah, daß sie bei ihrer Weigerung blieb, explodierte er, fast hätte er die Hand gegen sie erhoben und hielt sich erst im letzten Moment noch zurück, nie hatte sie ihn so erlebt, als wäre er ein anderer Mensch, »wir gehen jetzt zusammen zu Dr. Bar«, drohte er, ein böses Funkeln in seinen Augen, »oder ich gehe für immer«.

Dr. Bar – sein langes Gesicht, die Brille mit Silberfassung, über sie gebeugt – betastete sie mit seinen langen Fingern, die in Gummihandschuhe verpackt waren, gründlich von außen und von innen und mied ihren Blick. Sie konnte Yigals angespannte Gegenwart durch den Wandschirm hindurch spüren. »Neunte Woche«, stellte er kurz und bündig fest. Mit seiner hohen, sonnengebräunten Stirn, in regelmäßigen Abständen von drei Querfalten durchschnitten, von einer silberweißen Welle gerahmt, ähnelte er in ihren Augen einem norwegischen Diplomaten. »Wenn Sie sich angezogen haben, besprechen wir Ihren Fertilitätsplan.«

Was für eine sterile Sprache er hat, grinste sie in sich hinein, während sie ihren zusammengeknüllten Slip vom Teppich aufhob und mit den Beinen hineinfuhr; wie sein Kittel und die Handschuhe, wie diese ganze geschleckte Klinik.

»Wer ist Ihr Partner bei der Schwangerschaft?« fragte er, als sie sich neben Yigal, der sie immer noch nicht ansah, ihm gegenübersetzte.

»Er«, sagte sie kurz, deutete mit ihrem Kinn auf Yigal.

»Das ist unmöglich«, Dr. Bar schüttelte den Kopf, »Yigal leidet an etwas, das man einen absoluten Fertilitätsmangel nennt, das heißt, sein Samen ist schwach und zu gering, die Beweglichkeit minimal.«

»Wie ist die Chance, daß es trotzdem von ihm ist«, fragte sie ungeduldig. Yigal rutschte unbehaglich herum, und sie wußte, er beherrschte sich, keine Zigarette anzuzünden.

»Nahezu null Prozent«, sagte der Doktor, »ich würde sagen, null Komma null eins Prozent.«

Sie blickte abwechselnd ihn und Yigal an. »Ihr habt euch gegen mich verschworen«, sagte sie ruhig. Für einen Moment packte sie der Drang, die Klinik zu zerstören; die Apparaturen zu zerschlagen, die Materialien auszuschütten, den Stuhl mit den Spreizbacken zu zerhacken, mit Zangen und Messern über sie herzufallen. Sie erinnerte sich an einen Film, den sie unlängst mit Yigal gesehen hatte, *Betty Blue*, so hätte Betty an ihrer Stelle gehandelt.

»Ich schlage vor, Sie beraten sich mit Ihrem Partner und entscheiden, ob Sie daran interessiert sind, die Schwangerschaft fortzusetzen«, sagte Dr. Bar und rang sich ein Lächeln ab. Seine kleinen Augen hinter den Brillengläsern huschten wie zwei Quecksilberkugeln eines zerbrochenen Fieberthermometers umher. »Wenn Sie sich für einen Abbruch entscheiden, bin ich bereit, ihn durchzuführen. Aber warten Sie nicht zu lange.«

»Ich habe mich schon entschieden«, sagte sie mit gefrorenem Gesicht. »Ich weiß, daß es sein Kind ist, das ist sein null Komma null eins Prozent, aber er ist kleingläubig und schwach, und trotz seiner Schwäche liebe ich ihn, verstehen Sie, Doktor, ich will nicht, daß er von mir weggeht, von mir aus können wir also gleich für morgen einen Termin ausmachen.«

Als sie aus der Klinik auf eine der schönen Straßen des Villenviertels von Herzeliya hinaustraten, umarmte er sie beinahe heiter und schlug vor, ans Meer zu fahren, um Kaffee zu trinken. Sie weigerte sich. Schweigend blickte sie den ganzen Weg nach Tel Aviv aus dem Fenster. Und wenn es sicher wäre, daß es sein Kind ist – nagte immer wieder die Frage an ihr, die sie nicht zu stellen wagte –, wenn kein Zweifel bestünde, was wäre dann?

Als sie vor ihrem Haus aus dem Auto stieg, konnte sie sich nicht beherrschen zu sticheln, »es würde sich lohnen, daß du klärst, ob Itamar von dir ist, vielleicht ist er überhaupt vom Heiligen Geist«, und Yigal lachte verkrampft und fuhr los.

Am nächsten Morgen, eine Stunde bevor er sie abholen sollte, packte sie in einem plötzlichen Impuls ein paar Kleider und eine Zahnbürste ein. An die Tür – von den schwarzen Buchstaben der »Einbahnstraße der Traurigkeit« war bereits keine Spur mehr zu sehen – klebte sie einen Zettel, »ich muß noch nachdenken, entschuldige«, und stieg in den einundsechziger Bus nach Ramat Gan.

Tante Techiya war nirgends im Hof zu sehen, und alle Türen waren abgesperrt. Ruhelos wanderte sie im Garten umher, der in voller Blüte stand, wie immer um die Pessachzeit. Der Geruch der Zitrusfrüchte wehte ihr ins Gesicht, und die Mispel ließ ihre vor Süße aufplatzenden Früchte reifen – wie war sie flink in die Baumkrone geklettert, und jetzt war sie eine schwangere Frau; als sie so vor sich hin ging, schwer, die Hände auf dem Bauch, hatte sie das Gefühl, als wäre sie schon im achten oder neunten Monat – danach schritt sie den schmalen Betonweg entlang, der das Haus umsäumte; hier war die rostige Eisentreppe zur Dachmansarde, wo Großmutter Batscheva in ihren letzten Jahren gewohnt hatte, mit ihrem Stock, ihren Blindenschriftbüchern und der schwarzen Brille, auf deren Innenseite sie, wie sie sagte, bunte, lebendige Bilder sah, wie im Kino, und sie befühlte Rivis Gesicht mit harten, alten Fingern und sagte mit ihrer brüchigen Stimme; »ich brauche meine Augen gar nicht mehr, Rivkale, ich habe schon alles gesehen, es ist alles hier im Kopf, nur einmal noch hätte ich gerne Augen, um zu sehen, ob du meinem verstorbenem Mädchen ähnlich siehst«, und in den letzten Monaten ihres Lebens sprach sie nicht mehr, lag nur noch im Bett, verschrumpelte und verdörrte wie ein Apfelgehäuse, bis ihr vorkam, daß sie, würde sie sie mit dem Finger berühren, sofort zerfallen würde.

Und da war die verwaiste Hundehütte von Kuschi, Spinnweben wie ein zartes Gitter über der Öffnung, und hier der Peperonistrauch – einmal, als sie neun Jahre alt war, reizten sie die länglichen roten Früchte, sie pflückte eine und biß hinein, ihr Mund brannte, und Tränen schossen ihr in die Augen – und die Schaukel, ein dicker Balken mit einem morschen Seil, das Onkel Mosche um einen starken Ast des Pomelobaums geschlungen hatte, er stieß sie in den Rücken, und sie jauchzte und schrie, fester, höher; und der fleischige Kaktus am Zaun und der schmale Küchenbalkon mit dem Geruch nach Katzenjungen.

Sie erspähte eine einzelne Pampelmuse, goldgelb und reif zwischen den Blättern, und pflückte sie, setzte sich auf die Stufen des Küchenbalkons, schälte die dicke rauhe Schale ab, danach die transparent-weiße Haut der Fruchtschnitze und aß, fleischige Stücke, die ihren Mund mit Saft verklebten, und dann kehrte sie zu dem Wiesenfleck zurück, setzte sich auf einen der Strohstühle auf dem offenen Balkon und beobachtete den Wiedehopf, der im Gras herumhüpfte, sein geckenhafter Kopf bewegte sich ruckartig nach rechts und links. Doch, ich werde das Kind zur Welt bringen und mit ihm hierher kommen, und es wird auf die Bäume klettern, Früchte und Nüsse essen, die alten Bücher lesen, und Tante Techiya wird uns Püree mit Sauerrahm, feingeschnittenen Gemüsesalat und eingelegte Auberginen machen, und es wird ganz tiefblaue, klare Augen haben, von denen man sich am liebsten verschlucken lassen würde, und Yigal wird sehen und wissen.

Tante Techiya tauchte auf dem Pfad auf, trug zwei dicke Plastikkörbe, gelb und hellblau, in denen sich Konservenbüchsen befanden, die nach Erde und frischen grünen Hahnenkamm-setzlingen rochen.

»Ah, Äffchen«, sagte sie überrascht, »warum hast du nicht angerufen, daß du kommst, ich habe nichts zum Mittagessen vorbereitet, ich war den ganzen Vormittag in der Baumschule.«

»Das macht nichts«, sagte Rivi und küßte sie auf die Wange, »ich bin nicht hungrig. Ich habe eine Pampelmuse gegessen«, sie nahm ihr einen Korb aus der Hand. Tanta Techiya musterte sie und sagte sofort: »Bist du sicher, daß du das tragen solltest?«

Rivi gab keine Antwort. Ihr Gesicht brannte. »Kann ich ein, zwei Tage bei dir bleiben?«

»Was für eine Frage«, sagte Tante Techiya, »ich verwöhne dich ein bißchen, und du rufst deinen Schlaumeier an und sagst ihm, er soll dich abholen. Das Rabbinat ist in der David-Ha-melech-Allee und nicht weit davon das Krankenhaus, ihr könnt euch unterwegs entscheiden, in welches Gebäude ihr hineingeht.«

»Woher bist du nur so klug«, Rivi legte ihr den Arm um die Schultern.

»Was soll das heißen, woher«, lachte Tante Techiya, »glaubst du, ich habe nicht mit einem Bauch geheiratet? Und auch bei mir hat man das zuallererst an den Augen gesehen. Der Rabbi hat gestottert, und die zwei Schlawiner, die wir von der Straße aufgelesen hatten, um den Brautbaldachin zu halten, haben nicht aufgehört zu lachen. Alle haben es gesehen. Aber mir machte es nichts aus. Weiß es deine Mutter?«

»Nein«, sagte sie finster.

»Sehr gut, es ist unnötig, sie momentan aufzuregen«, sie betraten das dämmrige Wohnzimmer durch die Drahtgittertüre, die hinter ihnen mit einem Knall zufiel; ein Geruch nach Sauberkeit und alten Büchern, und die entfernte Erinnerung irgendeiner zusätzlichen Duftnote, wie der Geruch eines Klaviers, wenn man seinen Deckel öffnet und den Filzbelag von den Tasten nimmt – obwohl das Klavier, auf dem Rivi in ihrer

Kindheit geklimpert hatte, wobei sie mit geschlossenen Augen auf dem schwarzen Holzdrehstuhl kreiselte und sich einbildete, sie erfände Melodien, vor ein paar Jahren mitgenommen worden war, als Tante Techiyas Enkelinnen begannen, Klavierspielen zu lernen. »Carmelinka war immer empfindlich, so verwöhnt, und jetzt der Kummer mit dem Auge … man kann nie wissen, was der Joker des Schicksals für uns bereithält. Schau, als mein Uri von mir ging, war er noch keine vierzig« – ihre obere Lippe zitterte, und die Ränder ihrer Nasenflügel röteten sich, wie immer, wenn sie von ihrem Sohn sprach –, »nu, Schluß damit, komm, ich mache dir etwas zum Essen.«

Im Nu tauchten auf dem Küchentisch ein Teller Auberginen mit Tomatensoße, Püree, Spinatpastete und eingemachtes Kompott auf, und Rivi verschlang alles mit gewaltigem Appetit.

»Du erinnerst mich an meine Schwester, als sie mit deiner Mutter schwanger war«, Tante Techiya fuhr fort, mit verblüffender Geschwindigkeit, als tauchten sie wie von selbst auf, Schüsseln und Teller vor sie hinzustellen, Kekse, Marmelade, Nüsse und Mispeln, »Rivka kriegte neun Monate lang den Mund nicht zu, entweder sie aß, oder sie übergab sich. Wir wurden wahnsinnig mit ihr. Und je dicker sie wurde, desto hübscher wurde sie. Schon vorher war sie nicht gerade eine, nach der man sich nicht umdrehte, sie sah aus wie ein Filmststar mit ihren grauen Augen und blonden Löckchen, aber am Ende der Schwangerschaft liefen ihr die Männer einfach auf der Straße nach, was heißt laufen, ganze Karawanen zog sie hinter sich her, sie wedelte mit den Händen, um sie zu verscheuchen, wie die Fliegen. Wir wußten, aus diesem gewaltigen Bauch würde etwas Besonderes herauskommen, und tatsächlich, ich kann mich nicht erinnern, je im Leben ein reizenderes Baby als deine Mutter gesehen zu haben, und später dann, im Gymnasium, beim Militär und in der Universität, wie viele Verehrer sie hatte, ihrer Mutter erzählte sie überhaupt nichts, nur zu mir kam sie immer mit ihren ganzen Geschichten, was soll ich dir sagen«, seufzte sie, »deine Mutter war nie eine große Leuchte mit Männern. Sie hatte ja geplant, ihren Freund vom Gymnasium zu heiraten, ich erinnere mich nicht mehr an seinen Namen, ein hübscher Junge, aber dann fiel er im Sinaikrieg, oi, wie sie geweint hat um ihn und um sich selber, das Herz hat es mir abgedrückt. Ich erinnere mich, daß ich zu ihr sagte, ›Carmelinka, jeder hat seinen eigenen Toten, den er sein ganzes Leben lang mitschleppen muß, schwer wie ein Kartoffelsack, aber man hat keine Wahl, man muß weiterleben‹, und damals wußte ich noch gar nicht, daß es nicht ein Sack, sondern viele waren, und je älter man wird, desto mehr Säcke kommen noch dazu, bis du keine Kraft mehr zum Schleppen hast und nur noch auf den Moment wartest, in dem du selber zum Sack wirst«, ihre Oberlippe zitterte, und Rivi legte ihre Hand auf ihren braunen, faltigen Arm, »ja, nach diesem einen hatte sie noch einige Kandidaten, und am Ende, ein paar Monate, nachdem Rivka gestorben war, heiratete sie deinen seltsamen Vater. Ich erinnere mich, wie sie kam, um ihn mir vorzustellen, auch sie hatte schon einen kleinen Bauch, und er nahm sich sofort irgendein Buch und legte sich aufs Sofa, und sie sagte zu mir, so am Rande, ›das war's, ich bin schon alt, gleich sechsundzwanzig, mein Hals fängt an, Falten zu bekommen, und ich will nicht zu Hause bleiben und das ganze Leben lang meinen Vater pflegen, und Yehuda ist in Ordnung, er hat einen guten Beruf, und er liebt mich, also heirate ich, und das war's‹. Nachher, beim Essen, sah ich, wie seine Augen an ihr hingen, und mein Mosche flüsterte ihr ins Ohr, ›er ist verrückt nach dir‹, und sie lächelte. Dein Vater sagte sehr wenig und aß mit unberufenem Appetit, sie dagegen aß wie ein Spatz und schwatzte wie ein Spatz, und nachdem sie gegangen waren, sagte ich zu Mosche, ›das ist schon in Ordnung, sie ergänzen sich gegenseitig‹, aber mir war nicht wohl dabei. Man sagt ja, daß bei einer guten Ehe der Mann die Frau eine Spur mehr lieben muß, aber hier war klar, daß er für sie ein ganzes Meer, einen Ozean hatte, und bei ihr war es mit Mühe ein Waschbecken oder ein kleiner Zuber voll, und tatsächlich, ein paar Jahre danach, als sie schon drei Kinder hatte, lernte sie diesen Gockel kennen, und dann verlor sie völlig den Verstand.«

»Du bringst etwas durcheinander«, sagte Rivi, bedauernd, entdecken zu müssen, daß Tante Techiyas Gedächtnis bereits nicht mehr ganz klar war, »sie lernte David zwei oder drei Jahre, nachdem sie und Vater sich hatten scheiden lassen, kennen.«

»Wieso denn«, entrüstete sich die Tante, »ich entsinne mich noch sehr gut. Sie kam eines Tages zu mir und sagte, ich habe mich auf was eingelassen, ich habe mich in jemanden verliebt, er ist auch verheiratet, und was werden sie in der Familie sagen, wenn ich beschließen sollte, mich scheiden zu lassen, und was wird mit den Kindern, über alles hat sie mit mir geredet.«

So war das also, dachte sie, aber wie hat sie es die ganzen Jahre vor mir verheimlicht, wie kann es sein, daß ich nichts geahnt habe, und plötzlich tauchte ein scharfes Bild vor ihr auf; ihr Vater geht an jenem Wintermorgen aus dem Haus, den staubigen Koffer in seiner Hand.

Am Abend saßen sie beide auf dem großen Balkon und spielten Rommé.

»Zwei Schekel für jedes Spiel«, verkündete Tante Techiya, und beim Anblick Rivis überraschten Gesichts sagte sie, »ich spiele nur um Geld, umsonst spielen ist Zeitverschwendung, und leg die Joker raus, ich brauche keinen Gefallen von denen.«

Die Bäume färbten sich blau im scheidenden Licht und wurden dann langsam schwarz, die Luft war durchtränkt von Grasgeruch und Blumenduft. Nur das Knarzen des Rasensprinklers und das Zappeln der Falter, die sich gegen das summende Neonlicht warfen, waren zu hören, das Knirschen von Tante Techiyas Zähnen, wenn sie den Kartenfächer zwischen ihren langen Fingern, Erdränder unter den Nägeln, beäugte, die schlürfenden Schluckgeräusche beim Teetrinken und hin und wieder das Knattern der Karten, die von Hand zu Hand gingen und entschlossen auf den Tisch gelegt wurden.

Nach ein paar Spielen sagte Rivi, sie sei müde und wolle schlafen gehen.

»Du schuldest mir zehn Schekel«, sagte Tante Techiya und ging mit ihr in Nurits Schlafzimmer, um das Bett mit den gestärkten Laken zu überziehen, die nach Wäscheblau und Kindheit rochen.

Sie schlief schnell ein, getragen von den Duftwogen der Lilienbeete und der Wicken an der Fassade, und erwachte am frühen Morgen – die Augen des grünen Fensterladens wurden schon fahl –, lag mit offenen Augen da und versuchte, ihren Traum zu rekonstruieren; sie hatte einen Sohn geboren, der Ruchale Singers Ofer aufs Haar glich, und er hatte rote Allstar-Schuhe an wie Yuval. Sie erinnerte sich, daß sie im Traum zu sich sagte, ja, das ist Ofers Baby, denn er hat mir ja einmal seinen Penis auf der Straße gezeigt. Und dann fiel ihr ein, daß der Geburtshelfer Ephraim von der Philharmonie gewesen war; sie lag mit gespreizten Beinen auf dem Gynäkologenstuhl, und er stand über ihr mit seiner weißen, wehenden Mähne und dirigierte die Geburt mit dem Violinbogen. In einem anderen Teil – sie erinnerte sich nicht, wie er mit dem vorangegangenen Traum zusammenhing – mußte sie eine Seminararbeit abgeben, aber als sie versuchte, die Arbeit auf der Hermes ihres Vaters zu tippen, entdeckte sie, daß die meisten Buchstabentasten ausfielen wie aus dem Mund eines Greises, Entsetzen erfüllte sie, denn sie mußte die Arbeit bei Dr. Galia Liebermann, seiner Frau, einreichen. Sie fuhr aus dem Bett hoch, und noch bevor sie aufs Klo ging, tappte sie in die Diele, barfuß, in T-Shirt und Slip, hob den schweren Hörer des schwarzen Telefonapparates ab, ein altes Modell, und wählte. Mit zwei Fingern spannte sie ihre Augen, noch ohne Kontaktlinsen, zu Schlitzen, um die Kuckucksuhr besser zu sehen: halb sieben Uhr in der Früh. Sie wählte trotzdem weiter – antworte, bitte, bitte – ihre nackten

Oberschenkel überzogen sich mit Gänsehaut, »hallo, hallo«, die belegte weibliche Stimme, aus dem Schlaf gerissen. Wenn sie wüßte.

Rivi legte den Hörer auf, und ihre Augen brannten. Durch die Gittertüre gewahrte sie Tante Techiya, die schon im Gras kniete und Unkraut jätete. Sie ging aufs Klo und Zähne putzen, musterte einen Moment ihr Gesicht im Spiegel, trocknete sich mit dem harten, tröstlichen Handtuch ab. Danach ging sie wieder ans Telefon – er hat das Klingeln vorher sicher gehört, und jetzt wartet er, um abzunehmen –, sie legte sich zurecht, was sie zu ihm sagen würde, kurz und energisch, vielleicht stände sie neben ihm, hörte zu; »ich habe beschlossen, es zu tun, komm mich abholen«. Das Haus kannte er, sie waren ja einmal hierher gefahren, in der Nacht.

»Hallo«, erklang seine rauhe Stimme, hastig, flüsternd, verunsichert, »hallo«, und Rivi schluckte mit wild klopfendem Herzen ihren Speichel hinunter und legte auf.

Sie zog sich an und packte ihre Tasche, rief am Taxistand an, bestellte sich ein Taxi nach Herzeliya und ging hinaus, um sich von Tanta Techiya zu verabschieden, die den Kopf hob und sie über die Brille hinweg ansah, »was soll das, geht man so weg, ohne Kaffee, ohne Frühstück«, und sie stand auf, klopfte sich die Hände ab, um die Erde abzuschütteln, und begleitete Rivi zum Tor. Das Taxi wartete schon, und Tante Techiya umarmte sie mit aller Kraft, küßte sie auf die Stirn, und die Ränder ihrer Nasenflügel röteten sich.

Irgendwie gelangte sie nach Hause, rettete sich aus dem Taxi mit zitternden Knien in ihre Wohnung hinauf, fingerte in ihrer Tasche nach dem Schlüssel, lehnte sich von innen gegen die Türe, sperrte ab und ging aufs Klo, wechselte die Binde, die schwarz von Blut war, und zitternd vor Kälte kroch sie unter die Steppdecke, schloß die Augen und rieb ihre Hände schnell zwischen den Oberschenkeln, um sie aufzuwärmen, wenn nur der Preßlufthammer draußen aufhören würde er macht mir ein Loch in den Kopf wie soll man da schlafen wie kalt es ist ich bekomme sicher Fieber in allen Geschichten und Filmen über Abtreibungen kriegt man immer Fieber was für ein Witz wie ich ihn nachher höflich gefragt habe würden Sie mir bitte sagen ob es ein Junge oder ein Mädchen war und er mich mit einem seltsamen Blick ansah und fragte wozu müssen Sie das wissen und ich sagte bloß so und er sagte es tut mir sehr leid es war eine Pampelmuse ruhen Sie sich aus und in zwei Tagen können Sie schon wieder tanzen gehen und ich knurrte wieso denn tanzen und er lächelte sein norwegisches Diplomatenlächeln was Sie tanzen nicht gerne und ich habe vergessen zu fragen was er mit ihm macht vielleicht wirft er es einfach in irgendeine Plastikhülle eingewickelt in den Abfall und die Arbeiter nehmen es am Morgen mit dem ganzen Müll mit und fahren es auf die Müllhalde und vielleicht ist es besonders schön herausgekommen und er konserviert es in einem Formalintiegel und stiftet es dem Biologielabor irgendeiner Schule und die Kinder die ich einmal haben werde werden dort Unterricht haben und nicht wissen daß sie an ihrem Bruder lernen was für ein Unsinn Mutter was tust du hier Tante Techiya hat es dir erzählt warum hat sie es erzählt sie hat gesagt man darf dich nicht aufregen wegen dem Auge aber jetzt sind deine Augen in Ordnung du sahst wunderschön aus in diesem violetten Anzug als du mich am ersten Schultag zur Schule gebracht hast und in deinen Augen glänzten Tränen wie damals als du mich zum Autobus begleitet hast der mich zur Rekrutenbasis brachte und jetzt hättest du einen Enkel haben können Mama wein nicht leg mir nur die Hand auf die Brust wie du es immer getan hast wenn ich einen Anfall von Pulsrasen hatte keine Sorge ich habe die Binde mit dem Blut in Zeitungspapier eingewickelt wie du es mir beigebracht hast als ich es zum ersten Mal bekommen habe und du die Binden im Abfalleimer im Bad entdeckt hast und mit der trockenen Stimme die du manchmal hast sagtest das riecht wickele es in

Zeitungspapier vielleicht wenn ich es dir erzählt hätte hättest du mich umarmt und gesagt Glückwunsch erinnerst du dich daß wir einmal in irgendeinen Film gegangen sind wo die Heldin schwanger wird und sich selbst einen Metallkleiderbügel im Bad hineinstößt und deswegen keine Kinder mehr bekommen kann das passierte in Paris im Zweiten Weltkrieg Yigal hat einmal gesagt daß wenn der Zweite Weltkrieg nicht gewesen wäre das Kino ihn hätte erfinden müssen allein schon weil sich das schwarze Hakenkreuz auf dem rotweißen Hintergrund so schrecklich schön fotografieren läßt ich habe dir von Yigal erzählt er ist mit seiner Mutter im Schnee von Rußland geflohen und es war ihm kalt und Blut floß an ihm herab nein er blutete nicht aber ihm war schrecklich kalt und er suchte seinen Vater fand ihn aber nicht dann aß er Schokolade wie bist du hier hereingekommen ich habe doch die Türe abgesperrt das ist vielleicht komisch woher kommt dieses rote Sweatshirt mit dem Mickymaus-Gesicht plötzlich weiß ich wem du ein bißchen ähnlich siehst diesem Schauspieler von Bergman Erland Josephson mit welcher Leichtigkeit du auf das Kind verzichtet hast das ich für uns gemacht habe wie konntest du nur ich wollte doch nichts von dir außer daß du uns manchmal besuchen kommst und wir barfuß am Strand spazierengehen und seine kleinen Händchen halten die vom Zitronenstieleis kleben und wir ihn eins-zwei-drei-hopp in die Luft wirbeln und er hätte vor Vergnügen und Angst gelacht und mit roten Backen geschnauft nochmal nochmal fliegen und nachher würdest du ihm einen Luftballon mit dem Gesicht von Mickymaus oder von Kermit dem Frosch kaufen und eine Haarsträhne aus seiner Stirn streichen und warum kann ich nicht aufhören dich zu lieben ich bin häßlich wenn ich weine ich weiß also lüg nicht das erfrischt das feuchte Handtuch das du mir auf die Stirn gelegt hast es tut mir so weh im Bauch das ganze Blut läuft aus mir heraus wenn ich jetzt schlafen könnte und keine kleinen nackten Beine in kurzen Hosen sehen und blaue lachende Augen und nichts träumen …

Als sie erwachte, war sein mitfühlendes Gesicht über ihr, »schon besser«, fragte er besorgt, Mickymaus lächelte von seinem Bauch herunter, und sie lächelte ihn unter Tränen an und glättete mit den Fingern seine zerzausten Augenbrauen. Dann setzte sie sich im Bett auf und sah ihm zu, wie er aus einem Plastikbehälter die Leckerbissen herausholte, die er ihr aus Zuckers Restaurant mitgebracht hatte, und sie auf Tellern anrichtete; Hühnersuppe mit Kreplech, gehackte Leber, gefüllte Kischkes, und er stellte alles auf ein Tablett neben sie, mit einer Stoffserviette und einer Nelke im Einmachglas.

»Du mußt etwas essen, Kleines, gestern hast du auch nichts angerührt«, flehte er und legte ihr seine Hand auf die Stirn, um zu prüfen, ob das Fieber gesunken war.

»Ich habe im Schlaf geredet«, beunruhigte sie sich plötzlich.

»Vielleicht hast du etwas gemurmelt«, er kehrte ihr den Rükken zu, »ich habe nichts gehört.«

Während der folgenden Tage war er fast die ganze Zeit an ihrer Seite, nur in der Nacht kehrte er zum Schlafen nach Hause zurück; er war um sie besorgt, wusch sie in der Wanne, brachte ihr Hygienebinden und Papiertaschentücher aus der Apotheke, ging ans Telefon, »wer ist dort? Ja, ich bin ihr persönlicher Sekretär.« Er überhäufte sie mit Liebkosungen, Scherzen und Mahlzeiten aus Restaurants, benahm sich närrisch, um sie in gute Laune zu versetzen, und manchmal grinste er, wie über sich selbst, »schau dir den Idioten an, schau dir den Dummkopf an«.

»Letztendlich möchtest du bloß, daß ich schnell wieder zu gebrauchen bin«, zog sie ihn auf, »keine Bange, blasen kann ich schon. Hast du Lust?«

»Dschenkuje, bardzo«, sagte er und schenkte ihr Orangensaft ein, den er frisch gepreßt hatte, »trink, du hast viel Blut, Schweiß und Tränen verloren.«

Sie erzählte ihm nichts von ihrem Traum, der den Zweifel in ihr gesät und den Gedanken an das Kind unmöglich gemacht hatte, und sie erzählte nichts von der Abtreibung. Sie sagte nur, wie um ihn zu treffen, »letzten Endes ist alles wegen dir passiert, weißt du«.

»Ich weiß, daß du so denkst«, sagte er ruhig, »deshalb bin ich hier. Obwohl, ich wäre sicher auf jeden Fall hier«, und sein Blick umfing sie in einem fort.

Am Mittwoch wurde die Blutung schwächer, und auch die Tränen versiegten. Ihrer Mutter, die aus irgendeiner hellseherischen Beunruhigung heraus anrief, sagte sie, sie habe eine schwere Grippe erwischt, »aber komm nicht, Mama, es ist wirklich nicht nötig, Freunde pflegen mich wunderbar«.

Yigal kam mittags. Sie öffnete ihm, schon in ihrer Jeans, die in der Woche vor der Abtreibung nicht mehr zuging, und er umarmte sie mit einer Hand, die zweite hinter seinem Rücken versteckt, und küßte sie auf den Mund.

»Zo jest Kochanka, was macht die Stimmung? Du siehst viel besser aus. In den letzten Tagen hat dein Gesicht wie der mißlungene Versuch eines Frankenstein ausgesehen.«

Sie kniff ihn in die Backe. Die Teufel tanzten wieder in seinen Pupillen. Was versteckt er dort hinter dem Rücken?

»Schau«, lächelte er wie Gott persönlich, »du hast mir nicht erlaubt, dir diese verfluchte Abtreibung zu schenken, woher du das Geld dafür hast, das weiß Gott, Bar ist ein echter Räuber, seine Freunde nennen ihn ›Goldfinger‹. Vielleicht hast du trotz allem beschlossen, es deinem Handtuch zu erzählen? Gut, das ist deine Sache. Auf jeden Fall wollte ich dir etwas Kleines kaufen. Ich hoffe, du freust dich.«

Er zog hinter seinem Rücken einen flachen rechteckigen Gegenstand hervor, eingewickelt in Paisley-gemustertes Papier mit hellblauer Schleife.

Sie klopfte gegen das Päckchen, schüttelte es an ihrem Ohr und lächelte. »Wohin«, fragte sie, und neue Freude begann in ihr zu pochen.

»Wohin du willst«, lächelte er, die Teufel tobten, waren außer Rand und Band.

Sie überlegte einen Moment. Vielleicht nach Spanien? Ja, das Spanien des Flamencos und der Corridas, der Sangria und der langen Siestas, das Spanien García Lorcas, Hemingways und Picassos.

»Mach es auf.«

Sie öffnete es. In dem blauen Plastikumschlag des Reisebüros befanden sich zwei Flugscheine der Business class, für den ersten Juli, Barcelona.

Die Tränen kamen wieder und ließen ihre Schultern zucken.

»Was ist denn los mit dir«, erschrak er.

»Nichts, Hormonverirrungen, laß mich.«

Erst nach ihrer Trennung würde er ihr erzählen, wie schwer es dieses Mal für ihn gewesen war, die dreiwöchige Alleinreise zu rechtfertigen, denn seine Frau plante, sich ihm mit Itamar anzuschließen. »Ich mußte«, erklärte er, mehr sich selbst als ihr, »ich sah, wie du mir entglitten bist, in deine eigenen Welten, zu neuen Liebhabern, zu deiner kranken Mutter, zum Schreiben. Diese Reise war der letzte Versuch, dich in deinem Flug aufzuhalten.«

»Aber ich hing doch nie mehr an dir als in der Zeit vor der Reise nach Spanien«, wird sie zu ihm sagen. »Die Liebhaber waren wegen dir, und das Schreiben war dank dir, ich war sicher, daß ich ohne dich nicht mehr schreiben könnte, und ich fürchtete schon, ohne dich nicht mehr leben zu können, aber ich hatte dein Versprechen von früher, aus der letzten Nacht in Kairo, daß du immer für mich da wärest, wenn ich dich brauchte, immer, wenn ich dich wollte, und darauf habe ich mich verlassen. Ich verließ mich zu sehr darauf.«

Zwei Tage vor der Reise sagte er ihr, daß Galia und Itamar ihn zum Flughafen begleiten wollten, »bestell dir ein Taxi, und wir treffen uns oben, an den Gates, es macht dir doch nichts aus, oder?«

»Es macht mir etwas aus, und wie«, Tränen stürzten aus ihren Augen. Sie hatte gelernt, sich damit abzufinden, daß sie alleine mit dem Taxi fahren mußte, wenn sie nach Israel zurückkamen, aber es erschien ihr, als machte ihnen diese getrennte Fahrt zum Flughafen von vornherein die ganze Reise kaputt.

»Du hast etwas Gutes angefangen«, sagte sie, »weshalb kannst du es nicht bis zum Ende durchhalten, damit es so ist, wie es sein muß, damit unsere drei gemeinsamen Wochen perfekt sind.«

»Ich habe keine Wahl, ich kann schlecht zu ihnen sagen, sie sollen nicht kommen«, sagte er, und ihr kam vor, als hörte sie einen Unterton von Ungeduld in seiner Stimme.

In rachsüchtigem Stolz rief sie überstürzt Yuval an. Von dem Tag an, an dem sie erfahren hatte, daß sie schwanger war, hatte sie die Verbindung zu ihm abgebrochen, und auch jetzt – er war überrascht, ihre Stimme zu hören – erzählte sie ihm nichts von der Schwangerschaft und der Abtreibung, sondern sagte nur, »ich fahre für drei Wochen nach Spanien, ja, allein, vielleicht hast du Lust, den Abend davor zu kommen, um auf Wiedersehen zu sagen, du kannst bei mir schlafen, und in der Früh begleitest du mich zum Flughafen.«

»In Ordnung«, sagte Yuval seufzend, und als er ankam – sie war mitten im Kofferpacken – sagte er ihr, er habe sich das Auto seines Vaters ausgeliehen, damit sie nicht mit dem Taxi fahren müßten.

Als sie mit dem Packen fertig war, tranken sie Kaffee, und Yuval erzählte ihr von dem neuen Theaterstück, das er schrieb, über eine Gruppenvergewaltigung, als deren Folge das Mädchen schwanger wird. Rivi unterdrückte das Lachen, das ihr bitter im Hals steckte, und fragte, ob er es schon jemandem zu lesen gegeben hätte, vielleicht Golden, aber Yuval sagte, »diese alte Nervensäge, ich ertrage ihn nicht, ich habe aufgehört, da hinzugehen, sein Laden stinkt wie eine Leiche«.

Im selben Moment spürte sie, daß sie auf keinen Fall mit ihm schlafen konnte, aber Yuval drängte sich an sie, warf sie aufs Bett und steckte seine eidechsenartig lange Zunge in ihren Mund.

Entschlossen öffnete sie den Reißverschluß seiner Jeans und zog sein dünnes Glied heraus, goß sich ein wenig von ihrer Körperlotion in die hohle Hand und ließ die mit zielstrebigen Bewegungen auf und ab gleiten, und der Penis zappelte einen Moment überrascht und spritzte los, wie ein Gartenschlauch, von dem sich der Fuß hebt, der das Wasser abgedrosselt hat, und Rivi ging, um sich die Hände zu waschen, und Yuvals Entschuldigungen flatterten ihr bis ins Bad nach, »das war nicht absichtlich, du hast es ja nicht einmal geschafft, dich auszuziehen, tut mir leid«.

»Ist schon gut«, beruhigte sie ihn, »ich bin todmüde und muß morgen um sechs in der Früh aufstehen.« Aber es fiel ihr schwer einzuschlafen. Wie in ihrer Kindheit, in der ersten Nacht der Ferien bei Tante Techiya, lag sie mit offenen Augen da und zählte die Tage, die sie zusammen haben würden: morgen und übermorgen und überübermorgen und überüberübermorgen und den kommenden Sabbat und den Sabbat darauf, und Freude durchflutete sie.

Am nächsten Morgen bei Tagesanbruch, Yuval war in der Dusche, und sie stand in Slip und Hemd in der Küche und schenkte Kaffee ein, hörte sie es an der Türe klingeln und beeilte sich aufzumachen; es war ein völlig normales Klingeln, nicht ihr feststehendes Klopfen, zwei, eins und zwei, und wie hätte sie ahnen können, daß er es war, den schwarzen Koffer in der Hand, die Umhängetasche über der Schulter, und er sah sie mit strahlenden Augen an und sagte, »das Taxi wird in ungefähr zwanzig Minuten unten sein, wir haben noch Zeit für einen Kaffee«.

Die Badezimmertür ging auf, und Yuval kam heraus, klagte nackt und tropfnaß, »du hast vergessen, mir ein Handtuch zu geben«.

Yigals Augen gefroren mit einem Schlag, »ich warte unten auf dich«, sagte er und ging, und sie zog sich schnell an, warf abgerissene Entschuldigungen in Yuvals Richtung, der sagte:

»Moment mal, ich verstehe nicht, soll ich dich jetzt zum Flughafen bringen oder nicht?«

Die kalte Wut beherrschte noch sein Gesicht, als sie ins Taxi stiegen, und so fuhren sie, schweigend, jeder den Blick aus seinem Fenster gerichtet. Sie suchte innerlich nach Worten, denen es gelänge, sein Herz zu erreichen – nur wieder seine sich nach ihr sehnenden Hände fühlen, seine Sommermeeraugen, nur wissen, daß er nicht böse war –, an der Einfahrt zum Flughafen legte sie ihre Hand auf seinen Oberschenkel.

»Rühr mich nicht an«, sagte er ruhig, ohne sie anzuschauen. Trotz der Beleidigung zog sie die Hand nicht weg.

»Ich habe dich gebeten, mich nicht anzurühren«, wiederholte er, ein flehendes Echo in seiner Stimme, als versengte ihre Hand seinen Oberschenkel durch die Jeans hindurch.

Sie warf sich ihm in die Arme, weinend. Er vergrub sein Gesicht in ihrem Haar und sagte: »Was wird aus uns, Kochanka, was wird das Ende sein?«

Der Fahrer half ihnen, die Koffer aus dem Kofferraum zu heben und sie auf den Gepäckwagen zu stellen, und warf ihnen einen belustigten Blick zu.

6

Das Leid des Blinden von Granada

Ein paar Tage vor Granada landeten sie am Flughafen von Barcelona und fuhren mit einem Taxi zum Hotel Colon. Yigal schloß die Augen, müde und angetrunken vom Flug, auf dem sie ihn die ganze Zeit mit ihren Küssen provoziert hatte, ihrer Zunge, die an seinem Ohr leckte, ihrer Hand, die zwischen seine Beine schlüpfte, nach der Ausbuchtung in den Jeans tastete. »Du brauchst ihn doch gar nicht zum Ficken«, sagte er oft zu ihr, »es genügt dir zu wissen, daß er sich wegen dir aufregt, wie ein Hund, wenn Herrchen nach Hause kommt«, und sie lächelte, denn seit jenen zwei Wochen damals nach ihrer Rückkehr von Paris, die er als unglücklich, sie jedoch als höchst vergnüglich in Erinnerung hatte, hatte er sie kein einziges Mal enttäuscht.

Sie schliefen auf der hohen, zu weichen Matratze zwischen den kühlen gestärkten Laken ein, und als sie erwachten, entdeckten sie erstaunt, daß es fast zehn Uhr abends, draußen aber noch hellichter Tag war. »Ich sterbe vor Hunger«, sagte Yigal, und sie zogen sich an, gingen hinaus, die Ramblas entlang, den breiten Boulevard, erfüllt von Leben, mit Blumen, sich küssenden Paaren und Vogelgezwitscher, erreichten die Promenade, wandten sich an einer Kolumbusstatue nach links, den Fisch- und Meeresfrüchtelokalen zu, reihenweise weiße Tische und zusammenklappbare Stoffstühle, setzten sich und bestellten riesigen rosa Hummer, der Wind trieb sein Spiel mit den Tischdecken und fegte, so schien es ihr, die Reste des Zorns aus seinem Gesicht.

Ja, in Barcelona waren wir noch ordnungsgemäße, gehorsame Touristen, die dem Michelin-Führer von Sehenswürdigkeit zu Sehenswürdigkeit folgten, das Victory-Zeichen machten – »komm, wir machen das V am Picasso-Museum«, und sie sahen sich Picassos frühe Werke an, und am nächsten Morgen fuhren sie zum Montjuich, dem Judenberg, und schlenderten durch das Miró-Museum. »Ein großer Künstler«, lachte er, »er hatte nur ein Problem, er lebte zu Picassos Zeiten.«

Am Nachmittag klapperten sie der Reihe nach alle Bauten ab, die Gaudí entworfen hatte, und die »Sagrada Familia«, an der schon seit hundert Jahren nach den Plänen gebaut wurde, die Gaudí zu Ende seines Lebens entworfen hatte, sie wurden in einer Ausstellung im Kellergeschoß präsentiert, und es sah so aus, als würden noch einmal hundert Jahre vergehen, bis das prätentiöse christliche Ungeheuer weiß in der Sonne prangen würde, mit seinem Schwall an Kuppeln, Türmen und koketten Dekorationen, der beste Beweis dafür, daß ein Mensch auch nach seinem Tode überdauern konnte, vielleicht bewies es aber auch nur die spanische Mentalität der Trägheit, die ihnen beiden vollkommen zusagte, das späte Aufstehen am Morgen, die langen Siestas – und es war, als hätten wir gemeinsam beschlossen, wenig zu reden und nicht über uns selbst, denn es gab zwei offene Wunden, die schon beim leisesten Hauch wie Verätzungen brannten. Ja, in Barcelona nahmen wir uns noch sehr in acht.

Das Bild aus Spanien; Schwäne treiben auf einem Teich, beschattet vom Blau und Grün der Gärten Sevillas, die Orangerie spiegelt sich mit ihren Säulen und Kuppeln im Wasser, rote Geranien in einem Tontopf, Frösche aus grüner Keramik und Löwen aus Sandstein spucken Wasserfontänen in den Springbrunnen, ein kniendes Kind füttert weiße Tauben, eine geflieste Bank, bemalt mit den Abenteuern Don Quijotes, und wieder Blumen, Springbrunnen und Innenhöfe, die durch hohe, schmiedeeiserne Gittertore zu sehen sind wie das verbotene Objekt der Begierde durch die gespreizten Finger; saubere Höfe, geziert von grünen Pflanzen, Orangenbäumen in Krügen, Fliesen und Marmorsäulen, Kupfergeräte und Lampen hängen von den Mauern herab, als ruhe dort die Seele des Hauses.

Im blendenden Mittagslicht wanderte die Fotografin von Tor zu Tor, spähte in den Schatten, die Kühle und die schlichte Schönheit, ihr Finger unablässig auf dem Auslöser.

Ja, Bilder der Sehnsucht habe ich in Spanien aufgenommen, nur sehr wenige Bilder von dir, und auch jene nur von weitem, wenn du es nicht gemerkt hast, oder von hinten, wenn du durch die Gassen gingst, immer vor mir.

Und auch du machtest nur wenige Fotos von mir, und auf allen ist mein Gesicht irgendwie verschwommen, als hättest du nicht sorgfältig darauf geachtet, die richtige Entfernung einzustellen, oder als hätte deine Hand gezittert.

Granada, »Spaniens Granatapfel«, erreichten sie mittags, zur Stunde der Siesta. Das Touristenbüro, mit dessen Hilfe sie hofften, ein Hotel zu finden, fanden sie geschlossen. Erschöpft und durstig saßen sie auf der Plaza del Campo, zu Füßen der Kathedrale, in einem der verödeteten Cafés im Schatten eines weißen Sonnenschirms, der die Hitze nicht milderte. Die schreckliche Hitze – wie soll sie sie beschreiben. Sie würde sich an ihre sengende Berührung erinnern, unterjochend wie ein Daumen, der aufs Schlüsselbein drückt, das Atmen erschwert, als hätte alles, Mensch, Pflanze, Tier und leblose Materie, in einem Tausende von Jahren alten Schweigen beschlossen, sich nicht zu rühren, keine überflüssige, heftige oder zu schnelle Bewegung zu machen, das fragile Gleichgewicht nicht zu verletzen, denn die Hitze, in ihrem Zenit, hätte alles mit sich in die Luft jagen und zerstören können.

Daher verschwanden die Einheimischen hinter ihren Fenstern, die mit bunten, langen Strohschattenblenden verhängt waren, die steinernen Löwen spuckten ihre Wasserfontänen mit gleichmäßigem, sachtem Plätschern in die Springbrunnen, die grünen Blätter der kugelförmigen Orangenbäume enthielten sich jeder Regung, die Fliegen lagerten bewußtlos in den Limonadenpfützen auf ihrem Tisch, rieben hin und wieder mit mattem Genuß ihre Vorderbeine aneinander, und der Ober, den sie bitten wollten, den Tisch abzuwischen, ihnen etwas zu trinken zu bringen und dem sie mit den Händen zuwinkten, war nirgends zu sehen, als wäre das Café aufgegeben worden, und als Yigal hineinging, fand er ihn im hinteren Teil, dösend, seine Arme lagen auf dem Tisch, und sein Kopf lag auf seinen Armen, und auch die Getränke servierte er ihnen wie im Schlaf befangen, mit halbgeschlossenen Augen und kleinen, langsamen Schritten mit eingeknickten Knien, und erst als er bei ihnen angekommen war, öffnete er seine Augen ein wenig und stellte die Cola-Flaschen und die Gläser mit fast unhörbarem Knall auf ihren Tisch, was hier, in der lautlosen Luft, die Ohren wie ein Vorwurf traf.

Danach gingen sie wieder zum Touristenbüro zurück, wo man für sie ein Zimmer in einem Hotel fand, an dessen Namen sie sich nicht mehr erinnern wird, sie wird nur noch wissen, daß sie zu Fuß dorthin gingen, mit Mühe die schweren Koffer schleppten, und nachdem sie sich geduscht hatten, beschlossen, wieder hinauszugehen und die Kathedrale zu besichtigen.

Yigal nahm seine Kamera mit, und sie wunderte sich, denn auf den bisherigen Reisen hatten sie nur ihre benutzt, und die Fotos waren bei ihr geblieben.

»Galia hat mich gebeten, daß ich ihr ein paar Jesusfiguren und Ikonen fotografiere, die ihr für ihre Arbeit an dem Buch fehlen«, erklärte er, »wenigstens das kann ich für sie tun.«

Sie ging zornig neben ihm und sagte kein Wort, auch als er sich lange mit der genauen Einstellung der Entfernung und dem Blitzlicht abgab. Aber am nächsten Tag, im Löwenhof in der Alhambra, als er ihr einen Vortrag über den Palast des jüdischen Wezirs Jehoseph aus dem elften Jahrhundert hielt, von dem nur dieser Hof mit dem steinernen Löwenspringbrunnen überdauert hatte, auf dessen Ruinen Sultan Muhammad al-Ahmar den schönsten der Paläste Europas zu bauen begonnen hatte, da überfiel sie der böse Geist, und sie entschlüpfte ihm und seinen sterilen Erklärungen, trügerischer Ersatz, und rannte von Saal zu Saal, ohne sich umzublicken, und erst, als sie das Gefühl hatte, sich weit genug entfernt zu haben und daß keine Chance bestand, daß er sie einholte, blieb sie stehen und näherte sich einer Gruppe Amerikaner, die den Erklärungen eines großen jungen Reiseleiters mit Brille lauschten, in dessen Gesicht sie etwas an Schai erinnerte. Es stellte sich heraus, daß sie im Hamam in Gestalt eines römischen Bades standen.

»Auf dem Balkon gegenüber«, erklärte der Führer in Englisch, »erfreuten die Badegäste Musikanten, die blind waren, damit sie der Blöße der Königin nicht ansichtig werden konnten. Nicht zufällig schrieb De Iqassa, ein ortsansässiger Dichter, ›gib ihm Almosen, Frau, denn du kennst kein Leid wie das Leid des Blinden von Granada‹.«

Gekicher wurde laut, und die Frau, die vor ihr stand, sagte zu ihrer Nachbarin, »ain't it amazing«. Rivi ging mit der Gruppe weiter, bemüht, ihnen nicht durch ihre Fremdheit aufzufallen, zum Wintergarten und zum Park des Generalife, wo man den Palast von außen sehen konnte, und der Führer erklärte, daß sich die Mauern zur Stunde des Sonnenuntergangs intensiv rosa färbten und von diesem Rot stamme der Name des Palasts, Alhambra.

»The sun is not down yet, so you have to believe me«, lächelte er, und wieder wurde Gelächter laut, und dann entließ er sie, um frei in den Gärten herumzuspazieren, der Autobus würde in genau zwanzig Minuten am Tor auf sie warten und sie müßten pünktlich dasein, wegen des Abendessens und der Flamencovorstellung.

Einen Augenblick lang tat es ihr leid, daß sie nicht zu dieser

Reisegruppe gehörte, mit ihrem geregelten, absehbaren und tröstlichen Programm.

Sie schlenderte in den Park, versuchte die Bitterkeit im Hals zu ignorieren, setzte ihren Weg durch die Vegetation fort, die immer wilder wurde, Bäume und Straucharten, die denen in Israel ähnelten, Judenkirsche, Bougainvillea und Bacholeander, und sie wußte, sie entfernte sich weit vom Palast, aber es war ihr egal; ja, ich gehe verloren, soll er sich doch Sorgen um mich machen, die Parkwächter alarmieren, mich zu suchen.

Sie hatte keine Ahnung, wie lange sie sich so die Füße müde lief, ihre Uhr hatte sie im Hotel zurückgelasssen. Sie setzte sich hin, um sich im Schatten eines Baumes auszuruhen, und erinnerte sich an ein Spiel im Freien, das sie einmal im Pfadfinderlager gespielt hatten; sie mußten einzeln zur Basis der gegnerischen Gruppe schleichen, ohne gefangen zu werden. Sie umging das Wadi, versteckte sich hinter einem Busch und wartete lange Zeit, und als sie am Zielort ankam, fand sie ihn menschenleer. Als sie ins Lager zurückkam, entdeckte sie, daß die anderen bereits mit dem Mittagessen fertig waren und das Spiel längst vergessen war, daß sie mit einer ganz anderen Aktivität beschäftigt waren und nicht einmal ihre Abwesenheit bemerkt hatten. Plötzlich packte sie Furcht und Sehnsucht nach ihm, und sie begann, den Weg zum Haupttor zu suchen, aber die Pfade waren leer, und es gab niemanden, den sie hätte fragen können. Der Sonne nach schien ihr, daß es auf acht Uhr zuging, die Stunde der Schließung des Parks. Sie rannte mit zugeschnürtem Hals, ihre Augen suchten die sich rot färbenden Palastmauern, aber der riesige Palast war verschwunden, als hätte es ihn nie gegeben. Plötzlich gewahrte sie die Gestalt eines Mannes, versteckt hinter den Bäumen, und wollte davonlaufen, aber die Angst, in dem Park eingesperrt zu werden, war größer, und sie näherte sich dem Mann, der dastand und die Erde zusammenfegte, in khakifarbener Arbeitskleidung, das Gesicht schwarz von Bartstoppeln und durchfurcht von tiefen Falten, und fragte ihn mit eindringlichen Gesten auf englisch nach dem Weg, und er erklärte es ihr in spanisch, seelenruhig in aller Ausführlichkeit, deutete mit seinen langen, granitfarbenen Fingern, deren Nagelränder wie Tante Techiyas Finger einen Streifen Erde aufwiesen, bis sie es begriffen hatte, und schon sah sie den Palast, und da war das große Tor, der Parkplatz mit den wartenden Autobussen, und auf der Bank neben dem Andenkenladen saß er, die Ellbogen auf den Knien und den Kopf gesenkt, blätterte er unkonzentriert im Michelin-Führer. Sie setzte sich neben ihn, legte ihren Arm um seine Schultern und küßte ihn auf seinen Bart, und er spähte besorgt in ihre Augen, strich eine unsichtbare Haarsträhne aus ihrer Stirn und sagte, »du warst auf einmal verschwunden«, und sie wußte, nicht nur ihr Verschwinden im Palastgarten beunruhigte ihn.

Es kam uns nicht in den Sinn, daß diese Tage in Spanien unsere letzten waren. Du hast es vielleicht in deinem tiefsten Inneren gewußt, es vielleicht sogar beabsichtigt, denn du warst der Lügen, der Schuldgefühle und der Torturen der Eifersucht müde. Nur aus Müdigkeit ist es schließlich möglich, die Quittung des Reisebüros für zwei Flugscheine nach Barcelona so einfach auf dem Küchentisch zu vergessen – nur aus Seelenschwäche und großer Müdigkeit.

Nein, es kam ihnen nicht in den Sinn, aber der Körper ahnte es, immer ist es der Körper, der es zuerst ahnt, als versuchte er in der kurzen Zeit den großen Hunger, der noch kommen würde, zu stillen, und so machten sie es zweimal, dreimal am Tag, manchmal sogar ohne sich auszuziehen, wie im Parador in Málaga, als sie schon an der Zimmertüre standen, um wegzugehen, und er sie plötzlich auf den Teppich warf, über ihr kniete, mit hastiger Gier den Reißverschluß der Jeans aufzog, und sie, aufgereizt, ihren Slip abstreifte und ihn in sich heineinzog, »komm, fick mich, schnell«.

Und als sie in der Nacht in ihr Zimmer zurückkamen, nach

einem schweren Essen, betrunken, und sie sich ins Bett legte und nur noch versinken wollte, hörte sie ihn noch neben sich stöhnen, die Überreste seiner Lust ins Hotelhandtuch entladen.

Und eines Nachts weigerte er sich, von ihr abzulassen; er lag auf ihrem Rücken, sein Glied drang in ihr Gesäß ein, und er flüsterte, »nur einmal, nur um zu wissen, daß du mir nichts vorenthältst«.

Während der ganzen Zeit sehnte sie sich nach jenem einen Augenblick auf dem Turm des Doms von Siena, nach der ersten Berührung der Lippen, frei von Sünde oder Schuld, nur die transparente Haut, wie die Haut von Mandarinenstückchen, die tastende Hitze und das Pochen des Blutes, das lustvolle Saugen und der sengende Atem, das Hämmern des Herzens und das Tosen des Windes, die ganze Zeit der Wind über der Erde.

In der zweiten Nacht in Sevilla weckten sie starke Schmerzen im Unterleib. Sie knipste die Lampe neben dem Bett an und entdeckte braune Blutflecken an ihren Oberschenkeln, und sie stand mühsam auf, tastete sich gekrümmt in ihrer Nacktheit ins Bad vor, hinterließ schwere Tropfen auf dem Teppich, und murmelte vor sich hin, »was für eine Scheiße«.

In den letzten Monaten, seit der Abtreibung, war ihre Periode lang und schwer gewesen, und die Schmerzen, die wie zwei Riesendaumen von beiden Seiten in ihre Gebärmutter drückten, ließen sie ungeduldig und gereizt werden, und sie sagte sich, daß nur nicht deswegen die ganze Reise verdorben ist. Nachdem sie sich abgespült hatte und im Koffer zwischen den schmutzigen Kleidern gewühlt hatte, um die Tamponschachtel zu finden, zwei Pillen gegen die Schmerzen geschluckt hatte, kehrte sie ins Bett zurück. Er schlief auf dem Rücken und schnarchte leicht, seine linke Hand lag auf seiner nackten Brust, nur die Finger berührten sie, und Rivi staunte wieder über diese Hände, die sich in Sekundenschnelle von den Händen eines Kindes in die Krallen eines Raubvogels verwandeln konnten.

Erst da bemerkte sie, daß ihr Bettuch Flecken hatte, und sie kroch unter die Decke und schmiegte sich an ihn, ihr Oberschenkel an seinem, und er, im Schlaf, schlang den Arm um sie und legte seine Schulter gegen ihre Wange.

In der Früh, in der erwachenden Dämmerung, hörte sie seine Stimme, sanft und etwas heiser, wie sie immer vor dem Kaffee war, die ein »Collect Call to Tel Aviv, Israel«, verlangte, »for Missis Galia Liebermann«. Sie öffnete einen Moment die Augen und sah seinen blassen, nackten Rücken. Er saß gebückt auf dem Bettrand, und während er wartete, zündete er sich eine Zigarette an. Der Rauchgeruch ärgerte sie, und sie schloß die Augen und stellte sich schlafend. »Galialein«, hörte sie ihn – der väterlich besorgte Tonfall, genau wie er sie immer anrief, Rivilein, wie geht's dir –, »Galialein, wie geht's dir, wie geht's Itamartschuk«, und sie floh aus dem Bett, sperrte sich im Badezimmer ein und setzte sich auf die Kloschüssel, verstopfte sich die Ohren mit den Fingern und schloß fest die Augen, für einen Moment dachte sie daran, alle Wasserhähne mit großem Gebraus aufzudrehen und etwas zu singen, vielleicht irgendeine Arie aus *Carmen*, grinste sie innerlich, das wäre äußerst passend hier, aber sie beherrschte sich, denn sie konnte nicht singen, und erst recht keine Arien, also saß sie weiter so da, bis sie sein Klopfen hörte: »Was ist los mit dir, Kleines, alles in Ordnung mit dir?« Und sie öffnete die Türe und knurrte ihn an, »nein, ich habe meine Periode bekommen«.

»Ihre Stimme war irgendwie merkwürdig«, sagte er beim Frühstück, »ich hoffe, daß dort alles in Ordnung ist.« – »Sie interessiert mich nicht«, explodierte sie. Er lächelte traurig, »ich hab's vergessen, du hast deine Periode«.

Es war Sonntag, und sie hatten vor, die Kathedrale zu besichtigen, vielleicht würden sie es zur Messe schaffen, und nach dem Mittagessen würden sie zur Arena La Maestranza fahren, um einen Stierkampf zu sehen. »Wie kommt es, daß du die Kamera nicht mitgenommen hast«, stichelte sie unterwegs im Taxi, »es gibt einen Haufen Heilige in der Kathedrale von Sevilla zu fotografieren, sogar mehr als in Granada.«

»Ich weiß«, sagte er ruhig und nahm ihre Hand in seine.

Tiefrot waren die Lippen der Zigeunerin, die am Kathedraleneingang Blumen verkaufte, eine goldbereift klimpernde Hand ausstreckte, ihre Brust berührte und lachte. Die Messe war bereits vorbei, doch neben dem Hauptaltar fand eine Hochzeit statt. In den vorderen Bänken drängten sich festlich gekleidete Gäste, und sie setzten sich in die letzte Bank. Der Priester sprach mit Latein vermischtes Spanisch zu dem Paar, das mit dem Rücken zur Gemeinde stand. Die Braut war in einen Schleier gehüllt, dessen lange Schleppe sechs Mädchen in rosa Kleidern hielten. »Wirklich wie im Film«, sagte sie bewegt, und für einen Augenblick kehrte ihre gute Laune zurück. Das Paar küßte sich mit verschämter Hast, und die Gäste standen geräuschvoll auf, umringten es so, daß es ihr nicht gelang, ihre Gesichter zu sehen.

»Das war's, wir haben sie verheiratet, wir können gehen«, sagte Yigal.

»Einen Moment noch, ich will ihre Gesichter sehen.« Sie drängte sich durch die Gäste, bis es ihr gelang, die Braut zu sehen; dunkelhaarig, sehr jung, vielleicht siebzehn, nicht mehr als achtzehn, ihr kindliches Gesicht war gerötet vor Verwirrung und Glück, vielleicht auch von der großen Hitze und dem Gedränge, und der Bräutigam, auch er sehr jung, erinnerte irgendwie an ein Bild von García Lorca, das Benjamin Keinan einmal in die Klasse mitgebracht hatte, als er ihnen aus der *Romancero gitano* vorlas.

Yigal zog an ihrer Hand – »komm, wir gehen das Grab von diesem Goi anschauen, der Amerika entdeckt hat«. Auf dem Weg, an einem der Seitenaltäre, bemerkte sie, daß eine weitere Zeremonie durchgeführt wurde. Ein dicklicher rosa Säugling lag auf einem roten Samtkissen in den Armen seiner Mutter, zugedeckt mit einer Fransendecke.

»Wie ein Gemälde von Murillo«, murmelte Yigal, und sie erinnerte sich an den Vortrag seiner Frau über die Taufzeremonie – sie hatte es ihm nie erzählt –, auch das Telefongespräch am Morgen fiel ihr wieder ein, und sie wurde traurig und sagte, »komm, wir gehen hier raus, ich muß den Tampon wechseln und sterbe vor Hunger«.

Im Restaurant, an der Ecke eines großen Parks, unter einem weinbelaubten Dach, aßen sie Gazpacho und tranken Sangria, die in einem gläsernen Krug serviert wurde, und zum Nachtisch Melonenscheiben. Es war zu heiß für eine schwere Mahlzeit. Eine große Gruppe traf ein, und die Ober beeilten sich, ein paar Tische zu einem langen Tisch zusammenzustellen, und breiteten weiße Tischtücher aus.

»Schau, das sind die Leute von der Hochzeit, die wir vorher gesehen haben, da ist der Bräutigam und die Braut.«

»Warum verfolgen sie uns überallhin«, versuchte Yigal zu scherzen, »komm, wir gehen im Park spazieren, wir haben Zeit bis zur Corrida, es müßte hier herrliche Keramiken mit Bildern der Abenteuer des Don Quijote geben.«

»Ich will bleiben und die Feier sehen«, eigensinniger Zorn bohrte in ihrem Herzen.

In einer Art flinkem Tanz stellten die Kellner die Speisen auf den Tisch, und drei Musikanten, eine Gitarre und zwei Mandolinen, unterhielten die Speisenden. Die Frauen wedelten sich energisch mit den Fächern in ihren Händen vor dem Gesicht, das Fleisch unter ihren Armen bebte, die Männer ermutigten einander mit lärmenden Rufen und Schulterklopfen. Auf einmal begannen diese drei Troubadure Flamenco zu spielen, und die Gäste erhoben sich zum Tanz.

»Wie kommt es, daß alle die Schritte kennen«, sagte sie verwundert, und Yigal sagte, »was wundert dich das, Flamenco ist für sie wie Wassertrinken, ihr natürliches Element, sie lernen tanzen, bevor sie gehen können«. Der Bräutigam und die Braut erhoben sich von ihren Stühlen in der Mitte des Tisches, die

Braut legte mit einer herzerobernden Bewegung den Schleier mit der langen Schleppe ab, und schwarze Locken fielen ungebärdig über ihre Wangen und Stirn. Ihre sechs Brautjungfern in den rosa Tüllkleidern ordneten sich zu Paaren an, drehten ihre Handflächen über den Köpfen und stampften mit den Füßen, mit einer Geübtheit, die der der Erwachsenen in nichts nachstand. Einer der jungen Männer, vielleicht der Bruder des Bräutigams, versuchte, mit himmelwärts gewandtem Gesicht zu tanzen, eine Weinflasche lag balanciert auf seiner Stirn, und seine Freunde umringten ihn mit aufmunternden Rufen. Und da war auch eine wirklich alte Frau, ihr dunkles, geschnitztes Gesicht gekerbt von schönen Falten, Kastagnetten klapperten in ihren Händen – sie ähnelte ein bißchen Tante Techiya, vielleicht war sie die Großmutter der Braut – irgendwie schienen ihr alle, das junge Paar samt allen Hochzeitsgästen, so nahe und so teuer zu sein, sie konnte sich selbst nicht erklären, weshalb. Erst als die Musiker zu spielen aufhörten, ihr Geld erhielten und weggingen und sich alle ins Innere des Parks begaben, wahrscheinlich, um dort ihr Fest fortzusetzen, und sie sich einbildete, die Schleppe des Schleiers zwischen den Bäumen fächeln zu sehen – erst dann war sie bereit, den Ort zu verlassen, und sie hielten ein Taxi zur Arena an, um sich nicht zu verspäten.

Wenn sie über jenen Tag schreiben und versuchen würde, die Corrida zu schildern, würde es ihr nicht gelingen, die Farben der Toreros und der Reiter heraufzubeschwören, nicht den Kampfverlauf und die Regeln des Zeremoniells, und auch nachdem sie noch einmal García Lorca und Hemingway gelesen, die Skizzen Picassos betrachtet haben wird, würde sie sich nur an vereinzelte Bilder erinnern: stampfende Pferde in einer Wolke von Staub, gelbe Kostüme, schwarze Hüte, wehende rosa Umhänge, ein roter Umhang. Der Stier, in dessen Nacken lange Spieße stecken, bricht in den Hinterbeinen ein, der Matador rennt um die Arena herum und zeigt dem Publikum etwas, wahrscheinlich ein Ohr des Stieres. Sie würde sich noch an die große Hitze erinnern, an das Fächern der Frauen und die schnelle Bewegung des Handgelenks, wie das Knattern von Tausenden Schwingen, und die Männer, die sich Luft zufächelten mit Hilfe ihrer Programme, in denen die Namen der Matadore und der Stiere in der Reihenfolge ihres Auftretens standen – auch sie erhielten ein solches Programm, und sie bedauerte, es nicht aufgehoben zu haben –, vor allem aber wird sie sich, wie hätte sie es vergessen können, an den jungen Mann erinnern, der zu ihrer Linken saß, neunzehn oder zwanzig, dünn und sonnenverbrannt, mit enganliegenden Jeans und einem aufgerissenen weißen Unterhemd, die völlig glatte Brust, ein kleines Goldkreuz, sein Gesicht dunkel und ebenmäßig wie das eines orientalischen Prinzen, der Anflug eines zarten Schnurrbarts über seinen roten Lippen, und der Geruch seines After Shaves, eine frische Brise von Holz und Tabak zwischen den Schweißausdünstungen ringsherum. Er drückte seinen Oberschenkel an den ihren und lächelte – oder es schien ihr nur so, nach diesem ganzen Tag der Eifersucht, des Zorns und den erniedrigenden Bauchschmerzen – und sie legte ihre Hand auf ihren Oberschenkel, so daß sie wie zufällig seinen Handrücken berühren würde, und seine langen, schönen Finger tasteten nach ihren in der Hitze des glühenden Nachmittags, einfach so, in aller Öffentlichkeit, während ihre Augen die ganze Zeit auf den Kampf gerichtet waren, der in der Arena tobte, und Yigal zu ihrer Rechten an seinem Bart kaute und schwieg.

Er schwieg weiter, auch als sie die Arena verlassen hatten, auch als sie Paella mit gelbem Reis und Meeresfrüchten in einem der Restaurants auf der Plaza de Santa Cruz aßen, und am Abend, als sie durch die Gassen des Judenviertels schlenderten, wandte er ihr seinen Rücken zu, achtete sorgfältig darauf, ein paar Schritte vor ihr zu gehen, Mauern mit wildem Jasmin umschlossen sie in mondsüchtigem Glanz, und sie versuchte, ihn mit Zeilen aus García Lorcas Romanze zu besänftigen, die mit

Benjamin Keinans verzaubernder Stimme in ihr widerhallten, aber er weigerte sich, ihr sein Gesicht zuzuwenden, und sie gab es auf und betrachtete den Himmel, der glänzte wie das Hinterteil eines Füllens, in dem der Mond wie ein silberner Dolch steckte.

Und in der Nacht, in ihrem Zimmer, kam er von hinten über sie, bedeutete ihr mit den Händen, sich hinzuknien, und spießte sie gewaltsam auf, in diesem grausamen Schweigen – dein schwerer Atem, deine Hand tastet in der Dunkelheit zum Stuhl, das eiserne Klirren der Schnalle des Gürtels, den wir zusammen auf dem Markt in Florenz gekauft haben, einst, als die Liebe einfach war wie ein Fest, das Zischen von Schlangenleder zerreißt die Luft und meine Haut, Duft nach Jasmin, in Blut gebadet – er vergoß seinen schäumenden Zorn in ihr, seine Bitterkeit, brach über ihrem Rücken zusammen und ächzte, »entschuldige, entschuldige, ich bin ein eifersüchtiger Idiot, der dich mehr begehrt, als erlaubt ist«.

»Das ist mir egal«, flüsterte sie, tastete mit ihren Fingern nach seinem nassen Gesicht, und vielleicht nur in ihrem Herzen flüsterte sie – ich bin bereit, auch deinen Schmerz und deine ohnmächtige Wut aufzunehmen, denn du von allen Menschen hast die Wurzel meiner Seele berührt.

Danach folgten einige ruhige, versöhnliche Tage für sie; sie gingen in den schönen Parks Sevillas spazieren, fotografierten sich gegenseitig vor dem Hintergrund der Burg, und am Abend saßen sie in einem der Cafés am Flußufer und beobachteten die Flamencotänzerinnen in ihren rotschwarzen Kleidern, die mit ihren Füßen in stolzem Trippelschritt von Trauer und Verlangen eine Rhapsodie stampften.

Am nächsten Tag fuhren sie nach Córdoba, aßen im Restaurant El Caballo Rojo – das rote Pferd –, tranken in der Bar Juda Levi, und in der Nacht, in ihrem Hotelzimmer, schwer und müde, sahen sie fern, die Tour de France, bis sie einschliefen –

alle Fernsehgeräte in den Cafés, in den Gaststätten waren auf dieses Fahrradrennen programmiert, dem anscheinend ganz Spanien zusah –, und am nächsten Tag bestiegen sie den Zug nach Madrid.

Yigal lehnte seine Stirn an die Fensterscheibe, halb nachdenklich, halb deprimiert, eine Zigarette in der Hand, und sie streckte sich auf den zwei Sitzen neben ihm aus und lehnte ihren Nacken gegen seinen Oberschenkel.

»Komm, wir spielen, daß du ein Spion des KGB bist und ich eine Agentin des CIA«, schlug sie vor, »und ich mache dich im Zug an und versuche, dir Geheimnisse zu entlocken, und wir machen wilden Sex auf dem Klo.« Er streichelte geistesabwesend ihre Wange und antwortete nicht.

»Dann komm«, sie weigerte sich, ihn in Ruhe zu lassen, »wir spielen, daß du ein erfolgreicher Künstler aus Madrid bist und ich eine Studentin aus Córdoba, und du machst mich im Zug an und weißt nicht, daß ich eigentlich deine Tochter bin aus einem Einmalfick, den du vor fünfundzwanzig Jahren mit einer Marranin hattest, die als Bedienung im Roten Pferd arbeitete.«

»Und wir machen wilden Sex auf dem Klo«, lächelte er.

»Ja, im Stehen, ich stütze mich mit dem Hintern am Waschbecken ab und mit den Beinen auf der Kloschüssel, wie in diesem einen jugoslawischen Film.«

Aber es gab keinen wilden Sex im Klo des Zuges nach Madrid. Er beugte sich hinunter, um sie zu küssen, und säuerlicher, fauliger Geruch wehte aus seinem Mund.

In Madrid, fünf Tage vor dem Rückflug nach Israel, entbrannte der letzte Streit zwischen ihnen.

Nachdem sie ihr Zimmer bezogen hatten, in einem häßlichen Hotel, weit ab vom Stadtzentrum – er hätte uns ein Zimmer im Ritz bestellen können, erboste sie sich innerlich, aber sie beherrschte sich und sagte nichts –, gingen sie hinaus und fuhren mit einem Taxi die schönen breiten Boulevards entlang, stiegen an der Plaza Major aus, setzten sich in ein Café an dem riesigen Platz und tranken zerstoßenes Eis mit Zitronengeschmack, und Rivi preßte das kühle Glas an ihre Wange; die Hitze des Tages war noch nicht gebrochen, obwohl es bereits neun Uhr abends war. Sie klatschten dem Gitarrenspieler mit dem bestickten Bolero Beifall, der zwischen den Cafés umherwanderte, und legten ein paar Pesetas in seinen Hut. Yigal sagte, »ich sterbe vor Hunger, komm, wir bestellen was zu essen«, doch sie sagte, »nicht hier, komm, wir suchen irgendein gutes Restaurant«, ihrem Verlangen treu bleibend, für sie die wunderbarste Kulisse zu finden. Sie wanderten von Lokal zu Lokal. Sie ging hinein, um sich drinnen umzusehen, und er blieb draußen, wartete geduldig, daß sie sich entscheiden würde, aber keines der Restaurants am Platz gefiel ihr, alle schienen ihr durchschnittlich – rosa Tischdecken, kleine Kerzen, Blumen, Kitsch für Touristen –, und sie hatten den Platz bereits zum zweiten Mal umrundet, als Yigal sagte, »du meine Güte, mir tut schon der Kopf weh vor Hunger, komm, wir gehen endlich irgendwo rein«, aber sie blieb stur, spürte, daß sich etwas in ihr gegen ihn auflehnte, »wie kannst du nur so einfach Kompromisse schließen, wie kannst du dich nur mit weniger als dem Perfekten zufriedengeben, als ob wir noch mal Gelegenheit hätten, zusammen hier zu sein«, und er sagte müde, »was ändert das, ich liebe dich auch, wenn ich ein Sandwich esse«.

Sie gingen über den Platz hinaus und spähten in die Kellereingänge – Holztische und gedämpfte Beleuchtung, stellte sie fest und schied sie als Weinkeller aus, und danach durchkämmten sie die Gassen, die vom Platz wegführten, in denen es schon dunkelte, und wieder gelangten sie zu der Stelle, von der aus sie losgegangen waren, zu den Touristenlokalen, und Yigal sagte ungeduldig, »ich gehe hier rein zum Essen, mach, was du willst«, und sie – wieder die unbeherrschte Wut, wieder der böse Geist, der sie von ihm wegtrieb, nur fliehen, sich von seiner

Ungeduld, seiner Gleichgültigkeit entfernen, warum rannte er ihr nicht nach, warum rief er ihren Namen nicht – rannte in die Gassen hinein, blind vor Tränen, lief weiter den Boulevard entlang, schon weit weg von dem Platz, wie sie wußte, setzte sich mit hämmerndem Herzen auf irgendeine Bank und bohrte ihren Blick eigensinnig in die Dunkelheit.

Lange Zeit saß sie so, die Hände unter den Oberschenkeln, in ihrer Kränkung verharrend. Er würde auf sie warten, daran hatte sie keinen Zweifel, er wußte, daß sie sich nicht an die Adresse des Hotels erinnerte, und sogar wenn sie sich erinnern würde, hätte sie kein Geld für ein Taxi, und er würde warten, sogar die ganze Nacht, und sie beschloß, zu bleiben und auf der Bank zu schlafen, und streckte sich auf dem Rücken aus, die Hände unterm Nacken.

Plötzlich sah sie, wie sie näherkamen, zwei Jungen und ein Mädchen in schwarzen Ledermänteln und hohen Stiefeln mit Eisenbeschlägen, bunte Punk-Hahnenkämme standen von ihren kahlen Schädeln hoch. Einer der Jungen hielt eine Bierflasche in der Hand. Sie setzte sich auf, wartete, daß sie vorbeigehen würden, aber sie blieben neben ihr stehen, sprachen Spanisch untereinanander und lachten. Das Mädchen – dünn und groß, längliche, halb geschlossene Augen, eine schmale Nase, ein kleiner Höcker in der Mitte, volle Lippen – setzte sich neben sie und fragte sie auf englisch nach ihrem Namen, und Rivi antwortete »Rebecca«, und das Mädchen sagte, ihr Name sei Gabriella, und dann seufzte sie und sagte, ihr sei heiß, zog den Ledermantel aus und blieb im Rollkragenunterhemd, und Rivi bemerkte den schwarzen Schwan, der auf ihrer hellen, schönen Schulter eintätowiert war. Gabriella wandte ihren Kopf den Jungen zu, die wie zwei Leibwächter über ihnen standen, und sagte, »Elja e Ermosa«, und die Jungen sagten etwas auf spanisch, das sie nicht verstand, und lachten. Für einen Moment wollte sie aufstehen und weglaufen, aber sie wollte nicht, daß sie ihre Angst bemerkten. Der Junge hielt ihr die Bierflasche hin, und sie warf den Kopf in den Nacken und trank alles aus, und eine angenehme Wärme breitete sich in ihrem Gesicht aus. Gabriella rutschte näher, legte ihr den Arm um die Schultern und lächelte sie freundschaftlich an, und Rivi atmete ihren Geruch ein, Kräuterseife gemischt mit Schweiß, der in dem Ledermantel hing. Das fremde Mädchen begann, mit ihren langen Fingern ihr Haar zu streicheln, und sie schloß die Augen und hätte sich fast der Zärtlichkeit und dem Wohlgeruch überlassen – ja, ich gehe mit ihnen, ich schließe mich ihnen an, vielleicht lasse ich mir sogar die Haare so wie sie schneiden –, als sie plötzlich einen Atemhauch auf ihrem Gesicht und warme Lippen auf den ihren fühlte, und die Augen öffnete, und da waren sie, ganz nahe, Gabriellas grüne Augen, beschattet von schweren Lidern, behexend. Sie stieß sie mit Gewalt von sich und stand auf, bevor sie versinken würde, fing mit wackeligen Beinen zu rennen an, und nur ihr wildes Gelächter verfolgte sie und das Gefühl, sie habe etwas vergessen, etwas Wichtiges, auf der Bank. Aber der Plastikgurt mit dem Paß war an ihrem Körper, sie ertastete ihn unter ihrem Hemd, und davon abgesehen war sie doch mit leeren Händen davongelaufen.

Als sie in die Nähe des Platzes gelangte, in kalten Schweiß gebadet, ihr Herz schlug in unregelmäßigem Takt, gewahrte sie eine Menschenansammlung am Eingang eines der Restaurants, das ihrem Blick bis dahin verborgen geblieben war, und sie spähte hinein und sah gerahmte und signierte Fotos an der Wand, von Picasso, Hemingway, Maria Callas, Plácido Domingo und anderen, die sie nicht kannte, berühmten Dichtern, Gitarristen und Stierkämpfern, und drinnen, in einem Raum, dessen niedrige Steindecke wie eine Höhle gewölbt war, saßen die Gäste um Holztische und unterhielten sich gemütlich, und sie sagte sich, das war genau der Ort, den sie den ganzen Abend für sie gesucht hatte. Sie stieg die Stufen zum Platz hinauf, während sie nach ihm Ausschau hielt, sich zu erinnern versuchte, in welches der Lokale er hineingegangen war, und entdeckte verwundert, daß alle noch belebt waren, draußen wie drinnen, obwohl doch eine lange Zeit, vier oder fünf Stunden, vergangen und es sicher bereits ein oder zwei Uhr nachts war. Sie erwartete, ihn zu sehen, wie er vor dem Restaurant auf und ab ging, an seinem Bart nagte, eine Zigarette in der Hand, sie fand ihn jedoch drinnen, an einem der Seitentische, ein Espressotäßchen vor sich, rauchend, grübelnd.

Sie setzte sich ihm gegenüber, warf schnell einen Blick auf seine Uhr und entdeckte höchst überrascht, daß es erst halb zwölf war. Er blickte sie wie aus weiter Ferne an.

»Hat es dir geschmeckt«, fragte sie, die Ellbogen auf dem Tisch, ihr brennendes Gesicht in die Hände gestützt.

»Es ging. Ich hatte Hunger. Hast du dir die Zeit hübsch vertrieben?«

»Herrlich. Ich habe mich mit einer spanischen Punkerin auf einer Bank am Boulevard geküßt.« Er lächelte. Sie wußte, er glaubte ihr nicht. Einen Moment lang war sie sich nicht sicher, ob sie nicht geträumt hatte.

»Hör mal, ich habe ein erstaunliches Lokal nicht weit von hier in der Gran Via entdeckt, da müssen wir hingehen, komm«, sie zog ihn am Arm. Dort, das wußte sie, an diesem schönen Ort, würde alles wieder gut.

»Ich bin satt, aber komm, wir gehen«, sagte er müde, winkte den Kellner herbei, zahlte, und sie gingen hinaus.

Sie waren gezwungen, in der Schlange zu warten. Schließlich führte man sie an einen der Tische, über dem ein Brotkorb schwebte, der mit einem Seil an der Decke befestigt war, und die Bedienung, die sich ihnen im roten Minirock näherte, trug eine lange Pergamentrolle, auf der das Tagesgericht in Spanisch und Englisch geschrieben stand. Rivi las es angestrengt und sagte dann, »wir nehmen die Empfehlung des Hauses«.

Sie tranken Rotwein. Er sagte, »du machst aus diesem Urlaub eine kapriziöse Folterreise, gestern habe ich heimlich zu Hause angerufen, als du im Bad warst, damit du nicht böse wirst, ich bitte dich, spann das Seil nicht über ein für mich erträgliches Maß hinaus«.

»Ich will, daß du mir noch mal sagst, daß wir nie zusammen leben werden.«

»Du weißt, daß ich das Haus nicht verlassen kann.«

»Dann sag es. Ich will hören, daß du das jetzt sagst.«

Die Bedienung kam an ihren Tisch, schob einen Wagen vor sich her, auf dem ein gebratenes Spanferkel mit einem Büschel Grünzeug und einem Zitronenschnitz im Maul lag, und Rivi dachte plötzlich an das Baby, das in der Kathedrale von Sevilla auf dem roten Samtkissen gelegen war.

»Il Cochinillo«, verkündete die Bedienung und begann mit geübter Bewegung, das Ferkel in Stücke zu zerteilen und es auf ihren Teller zu legen. Dann schenkte sie ihnen noch Wein nach.

»Ich warte«, sie sah ihm herausfordernd in die Augen.

»Rivilein«, sein Gesicht war ernst, seine Augen voller Erbarmen, wie immer, wenn er dabei war, sie zu verletzen, »wenn dem Menschen ein zweites Leben vergönnt wäre, würde ich es mit dir verbringen, und es gäbe keinen glücklicheren Mann als mich, aber in meinem einzigen Leben habe ich die Wahl schon getroffen. Ich werde nicht mit dir leben können, niemals.«

Sie lachte und hob das Glas, »auf dein Wohl, auf das Wohl der heiligen Familie«.

Er seufzte und hob sein Glas, »auf dein Wohl, meine Geliebte, auf das Wohl deiner Zukunft, auf dein Glück und deine schönen Augen«.

»Phantastisch. Jetzt komm, laß uns dieses süße Ferkel essen.«

»Ich kann nicht einmal mehr einen Krümel hinunterbringen.«

»Du wirst mit mir essen«, ihr Flüstern traf ihn wie Peitschenhiebe, Tränen schoßen ihr in die Augen, »wenigstens essen kannst du mit mir.«

Er biß sich auf die Unterlippe und griff zur Gabel.

Am nächsten Tag war Sonntag, und sie planten, den Prado zu besuchen, aber als sie gegen ein Uhr mittags am Museum ankamen, entdeckten sie, daß es nur bis zwei Uhr geöffnet hatte, und nachdem das Museum am Montag Ruhetag hatte, beschlossen sie, den Besuch auf Dienstag zu verschieben, ihrem letzten Tag; ihr Flug nach Israel war für Mittwoch früh gebucht.

Er bemerkte ihre Enttäuschung, und obwohl er unter Bauchschmerzen und Schüttelfrost litt und sicher war, daß er Fieber hatte, und mit Freuden in ihr Zimmer im Hotel zurückgekehrt wäre, schlug er vor, im Parque del Retiro spazierenzugehen, in dem die Madrider am Sonntagnachmittag promenierten.

Die schönen, weiten Gärten waren grüner Balsam auf ihrem Herzen. Kinder hockten am Rande des Teichs, ließen bunte Segelboote schwimmen, und sie skizzierte ihm mit Begeisterung die nächste Geschichte, die sie schreiben würde. »Ich würde gerne das, was ich einfange und an mich reiße, nicht nur in Worte verwandeln, sondern in Bilder und Töne, und ich hätte gerne, daß jemand, der meine Geschichten liest, auch das Gefühl hat, als ob eine Hand mit einer kleinen Taschenlampe bei ihm dunkle Ecken erhellt, die Trauer, die Angst und die Sehnsucht, verstehst du?« Sie ergriff seinen Arm, »und wenn ich sechs oder sieben solcher Geschichten habe, schicke ich sie an irgendeinen Verlag, und dann schreibe ich den wilden pornographischen Roman *Reisen mit meinem lieben Onkel*«.

Yigal lachte.

»Wirklich, irgendwann einmal werde ich eine Geschichte über uns schreiben«, sie wurde ernst, »und ich werde meine Seele und deine hineinlegen und uns zusammenmischen, anstelle des Kindes, das wir nie haben werden.«

»Das wichtigste ist, daß du dir deinen Hunger bewahrst, ein satter Schriftsteller ist ein toter Schriftsteller.«

»Du bewahrst meinen Hunger«, spottete sie.

Plötzlich wurde er blaß, seine Stirn überzog sich mit Schweiß. »Ich muß hier irgendein Klo finden.« Sie zeigte ihm ein kleines Häuschen zwischen den Bäumen, das wie eine öffentliche Toilette aussah, aber als sie es erreichten, entdeckten sie, daß es ein kegelförmiges Gartenhaus mit Bänken war, bei dessen Bau man offenbar an die Paare gedacht hatte, die im Park spazierengingen.

Yigal ächzte, »ich kann nicht mehr, meine Gedärme platzen«, und ging hinein.

Rivi stand Wache vor dem Eingang, betete, daß niemand vorüberkäme, vor allem fürchtete sie die Parkwächter. Sie warf einen Blick auf ihn – ein alternder Mann hockt mit heruntergelassenen Hosen da, flüssiger Durchfall schießt aus seinem Gesäß und bespritzt seine Schuhe und Jeans, stöhnend vor Schmerz, mit rotem, verzerrtem Gesicht, der Gestank ist schrecklich – und sie widerstand dem Impuls, sich neben ihn hinzuknien und seinen Kopf an ihre Brust zu ziehen, schließlich leidet er nur wegen mir, aber als er fertig war und herauskam, erwähnte er ihre Schuld mit keinem einzigen Wort, sondern sagte nur, »was für eine Erleichterung«, und sie verließen den Park, hielten ein Taxi auf und fuhren ins Hotel zurück, damit er sich waschen und umziehen konnte.

In der Badewanne, voll mit Wasser und Hotelschaumbad, sein Kopf ruhte mit geschlossenen Augen auf ihrer Brust, begann er auf einmal zu reden, als setzte er ihr Gespräch von gestern abend fort – vielleicht hast du es so lange in dir wiedergekäut, bis du es nicht mehr bei dir behalten konntest, aber warum hast du nicht früher geredet, warum hast du es während der ganzen langen Zeit vor mir verborgen. Vielleicht hast du dir nicht erlaubt, mir das preiszugeben, was euch beiden gehörte, was euch mit Banden von Schuld und Erbarmen zusammenkettete – und sie würde sich noch erinnern, daß sie während der ganzen Zeit, in der er sprach, sein Gesicht nicht sah.

»Nicht nur wegen Itamar kann ich nicht weggehen«, die Wörter versanken wie Steine im Wasser, »sondern auch wegen des anderen Kindes, das Kind, bei dem ich von Anfang an nicht sicher war, ob ich es wollte, aber sie wollte es so sehr, wie konnte ich mich da weigern. Ich war nicht einmal dabei, als sie es ihr einpflanzten. Ich wartete draußen, rauchend, nervös, dachte an den Medizinstudenten, der in diesem Zimmer im Krankenhaus mit den abgegriffenen, erbärmlichen Heftchen onanierte, so wie ich es auch bei all meinen mißglückten Versuchen gemacht habe, bis sie sagten, tut uns leid, mein Herr, Ihr Samen ist zu schwach und zu wenig, anstatt zu sagen, du bist steril, impotent, denn die wahre Impotenz besteht nicht darin, daß er dir nicht steht, sondern wenn das, was da vergossen wird, kein Leben hervorbringen kann. Und ich war wohl nie ein Zuchtbulle, Mangelernährung in der Kindheit, du weißt schon. Auch an Itamar haben wir ein paar gute Jahre hingearbeitet. Und als ich sie nach Hause gebracht hatte, war sie glücklich, denn sie war sicher, diesmal, mit dem Samen des anderen, würde es gelingen, aber ich konnte nicht aufhören, an das Kind zu denken, das mir in nichts ähneln würde, ein lebendes Denkmal meiner Schwäche, aber als wir das positive Ergebnis erhielten, bemühte ich mich, mich zu freuen, wenigstens für sie. Ich zwang mich, ihren Bauch zu berühren, der immer mehr anschwoll, das Ohr daran zu legen, wie ich es in der Schwangerschaft mit Itamar gemacht habe, bis sie sagte, laß, hör auf, dich anzustrengen, vielleicht findest du eine Beziehung zu ihm, wenn es geboren ist. Ich hatte also auch vor deiner Schwangerschaft Gelegenheit, so zu tun, als sei irgendein Embryo meiner, und auch damals glänzte ich weiß Gott nicht dabei«, er lachte, hustete und schneuzte sich mit den Fingern die Nase, »jedenfalls, ich war bei der Geburt bei ihr, sie war sehr schwierig und endete mit einem Kaiserschnitt, und bei der Beschneidung hielt ich ihn in meinen Händen, ein hübsches Baby, blond, und ich dachte, das war's, du bist sein Vater, er hat keinen anderen. Als er zwei Monate alt war, fuhr sie zu einem Kongreß nach New York, und ich blieb mit den beiden zurück, Itamar war damals fünf, und zusammen fütterten wir das Baby, badeten es und legten es schlafen, und in der Früh trat ich an sein Bett und sah, daß es blau war und nicht mehr atmete. Tod im Kindbett nennen die Ärzte das, Fehlschlag der Natur, sagten sie, Schicksal, Statistik, aber ich konnte ihr nicht in die Augen sehen. Nachdem wir ihn begraben hatten, fragte ich sie, ob sie wolle, daß wir uns trennen, ich sagte, du kannst jemanden finden, der dir ein Kind macht, aber sie heftete den fürchterlichsten Blick auf mich, den ich je im Leben gesehen habe, und sagte, ich bleibe, legte sich ins Bett und weinte drei Tage lang, und danach kehrte sie an ihre Arbeit zurück, und wir sprachen nicht mehr darüber. Yotam haben wir ihn genannt. Yotam.« Plötzlich keuchte er hastig und ein gequetschtes Wimmern entfuhr seiner Kehle, ein Weinen, das eingesperrt gewesen war, bis es erstarb und verrostete, brach jetzt aus, roh, gewalttätig und wild, und er bedeckte das Gesicht mit den Händen, biß sich in den Handballen und murmelte, »mein ganzes Leben habe ich mir beigebracht, keinen Menschen zu brauchen, und plötzlich brauche ich dich so sehr, ich werde wahnsinnig«.

Sie umschlang ihn mit aller Kraft und half ihm aufzustehen, legte ihm das Handtuch über die Schultern, er zitterte vor Kälte, geplatzte Äderchen in seinen Augen, und im Bett deckte sie ihn mit allen Decken aus dem Zimmer zu, legte sich auf ihn, rieb seinen Körper mit dem ihren, um ihn zu wärmen, während seine Zähne noch klapperten, seine Brust noch fliegend atmete, bis er einschlief.

Vielleicht gab es das Baby Yotam auch nur in meiner Phantasie, würde sie schreiben, vielleicht habt ihr es eine Zeit lang versucht und am Ende aufgegeben, habt all die Jahre mit eurem einzigen Sohn nebeneinander hergelebt, bis ich euch Schwangerschaft, Geburt und Tod im Kindbett angedichtet habe, denn wie anders war es möglich, daß du nicht zu mir gekommen bist, und warum hast du geweint, denn das Weinen gab es, und den Schüttelfrost und die grauenhaften Bauchkrämpfe.

Auch in den folgenden Tagen, bis zum Morgen des Abflugs,

hielt der Durchfall an, und das Fieber stieg, wie der Höhepunkt einer inneren Entzündung, und obwohl er sie zu überzeugen versuchte, alleine auf Besichtigungstour zu gehen – »fahr wenigstens, um das V über Toledo zu machen, es gibt dort ein paar grandiose El Grecos, die du sehen mußt«, flehte er –, zog sie es vor, bei ihm zu bleiben, und nachdem er die meiste Zeit schlief, schweißüberströmt, stöhnend, gemartert, legte sie sich neben ihn, starrte stundenlang die häßlichen Tapetenblumen an und sinnierte darüber, daß sie so nicht weitermachen konnten, aber aufhören war auch nicht möglich.

Nur einmal ging sie hinaus und fuhr zum Prado, schlenderte lustlos durch die großen Säle, und danach rief sie, irgendeinem Impuls folgend, vom öffentlichen Telefon am Eingang aus ihre Mutter an, doch die Angestellte im Reisebüro sagte, Frau Schenhar sei wegen einer Erkrankung die ganze Woche nicht da, und sie legte auf und rief wieder an, zu Hause, aber daheim hob niemand ab, nur ein durchdringender Ton wie eine böse Vorahnung, sie hängte ein und verließ das Museum, und der Wächter am Einlaß lächelte sie an, einer seiner Zähne fehlte.

7

Man lebt öfter als einmal

Noch bevor sie die Koffer auspackte, rief sie eilends in Haifa an und war nicht überrascht, als Oren mit der Stimme ihres Vaters antwortete, »Mutter ist in Jerusalem, im Hadassa-Krankenhaus. Sie haben Metastasen in der Leber entdeckt«, er bemühte sich, lakonisch zu klingen, »sie kriegt irgendeine experimentelle Behandlung, ich habe Sonderurlaub bekommen, um sie zu besuchen, und jetzt muß ich zur Einheit zurück, wie war's, hast du dich amüsiert?«

»Es ging«, murmelte sie, »seit wann weiß sie das mit den Metastasen?«

»Seit ein paar Wochen. Sie hat uns gebeten, es dir nicht zu erzählen, sie wollte, daß du wegfährst und eine schöne Zeit hast, ohne dir Gedanken zu machen.«

»Und wie geht es ihr?« fragte sie beherrscht.

»Nicht so schlecht«, sagte er kurz, »David ist bei ihr und Noam. Sie sorgt sich vor allem darum, daß ihr die Haare ausfallen, du kennst sie ja.«

»Ja«, Tränen sammelten sich in ihren Augen, »paß auf dich auf, ja?«

»Keine Bange, mein Schwesterchen.«

Und so, wie sie war, ohne sich zu duschen oder umzuziehen, fuhr sie zum Busbahnhof, bestieg den Autobus nach Jerusalem, drückte ihre Stirn an das Fensterglas, und wieder die Landschaft, beleidigend in ihrer Schönheit, Mandel- und Olivenbäume, Hügelkämme in rosa Nachmittagslicht getaucht, und wieder der Wind auf dem Berg, die langen neonerleuchteten

Korridore, und da waren sie, David war auf dem Stuhl eingenickt, sein Kopf auf die Brust gesunken, die Zeitung auf den Knien, Noam saß auf dem Stuhl neben ihr und ließ kein Auge von ihr, hielt ihre Hand, die am Infusionsschlauch hing, zwischen seinen Handflächen, als versuchte er, ihr über seine Hände etwas von seiner Gesundheit und Jugend abzugeben. Sie schlief, nur ihr rechtes Auge war geschlossen, das künstliche Auge stand offen und schien sie direkt anzuschauen, ihr Gesicht war aufgedunsen von den Medikamenten, und ihre Atemzüge klangen schwer. Auf dem kleinen weißen Nachttisch ein orangefarbener Plastikteller mit dem Abendessen und das schwere goldene Armband mit der von zarten Gravuren durchbrochenen Schließe und der feinen Sicherheitskette. Großmutter Rivka, wie sie wußte, hatte es von Großmutter Batscheva erhalten, als sie Mutter zur Welt brachte, und ihre Mutter legte es niemals ab, auch nicht zum Schlafen, aber momentan war ihre Hand zu dick angeschwollen.

Sie legte ihre Hand auf Noams Schulter, und er drehte sich mit roten Augen zu ihr um und erklärte ihr flüsternd das experimentelle Medikament, das sie eine Woche im Monat nehmen mußte und das starke Nebenwirkungen hatte, Schwellungen und Erbrechen.

»Der Arzt hat gesagt, daß diese Behandlung zu fünfunddreißig Prozent Erfolg hat.« Das waren fünfundsechzig Prozent Tod, erstarrte sie innerlich.

»Geh Kaffee trinken oder so was, ich löse dich ab.«

Er war ihr von uns allen immer am nächsten gestanden, dachte sie und ließ sich auf dem warmen Stuhl nieder, nachdem Vater weggegangen war, hatte er bei ihr im Bett geschlafen, drei Jahre lang, bis David kam und seinen Platz einnahm. Sie blickte in das Gesicht, das sich zu einer Maske von Leid und unendlicher Verbitterung verzerrt hatte – »stimmt es, daß meine Mama die schönste von allen Müttern in der Klasse ist« – erinnerte sie sich, Noa auf einem der Klassenabschlußfeste gefragt zu haben, und Noa hatte gesagt, »klar, mein Vater sagt, sie sieht aus wie Grace Kelly, die Fürstin von Monaco«, und ihr Herz platzte damals fast vor Stolz.

Ihre Mutter wachte auf und nahm sie wahr, und Rivi beugte sich über sie und küßte sie vorsichtig auf die Wange, um ihr nicht weh zu tun.

»Da siehst du«, sie lächelte ihr schrecklich wissendes Lächeln, »ich mache euch wieder Ärger. Wie war der Urlaub, es ist jetzt grauenhaft heiß in Spanien, nicht?«

»Ja, es ist heiß.«

»Deinen Yigal da, lad ihn doch mal ein, ich verstehe nicht, warum du ihn versteckst.«

»Ich werde ihn einladen.«

David wachte auf, tiefe violette Ränder unter den Augen, umarmte sie und sagte, »gut, daß du zurück bist«, und sie wußte, er war wirklich froh, sie zu sehen, es erleichterte ihn ein wenig, daß noch jemand gemeinsam mit ihnen diese Sache tragen würde, über die man unmöglich sprechen konnte, obwohl man an nichts anderes dachte. Sie unterhielten sich ein wenig über Spanien, und ihre Mutter und David erwähnten ihre letzte Reise, nach Italien – »vor zwei Monaten erst, und es scheint schon so lange her« –, und dann sprachen sie von Dr. Chermoni, ein überragender Arzt und zudem ein Mensch, und David lieferte ihr eine lange und detaillierte Erklärung über dieses brandneue Medikament, das Interloken, das im Institut für Krebsforschung in Chicago entwickelt worden war, und nur ein paar Dutzend Kranken auf der ganzen Welt war es vergönnt, es zu bekommen, und bei der Mehrheit war bereits eine beträchtliche Besserung eingetreten, und da kam Noam mit Kaffee in Pappbechern zurück und erzählte, daß sie Benjamin Keinan endgültig aus der Schule entlassen hatten, denn die Eltern hatten sich beklagt, daß er Schüler beleidigte und in der Klasse über tausend Dinge redete, besonders über Sex, und unterrichtete, was er wollte, bloß nicht den Stoff für die Reifeprüfung, daß er Noten per Zettelverlosung aus einem Hut verteilte, Schüler zu sich nach Hause einlud, seine Frau scharfe Getränke servierte, und vor allem protestierten sie dagegen, daß er den Schülern seine extremen politischen Ansichten vortrug, alle wußten, daß er Kommunist und früher einmal Mitglied in der linken Mazpen gewesen war, aber in seiner letzten Sozialkundestunde in der 11b hatte er gesagt, seiner Ansicht nach müßte man mit der PLO reden und sie einen Palästinenserstaat in den besetzten Gebieten und Ostjerusalem errichten lassen, und darüber konnte man einfach nicht mehr hinweggehen, und Rivi spürte, wie die Wut in ihr aufstieg und das Bedauern, denn er war doch mit Leib und Seele Lehrer, und was würde er jetzt tun, und sie beschloß, ihn demnächst anzurufen und vielleicht auch auf einen Sprung bei ihm vorbeizuschauen, und David sagte, auch er sei mit aller Entschiedenheit gegen eine Politisierung der Erziehung, die in seinen Augen sogar schlimmer als die Politisierung in der Armee sei, und der Streit entbrannte, wurde absichtlich geschürt, als seien sie froh, ein Thema zum Reden gefunden zu haben, und sie dachte bei sich, zu Hause haben wir uns nie so wie eine Familie bei einer Tasse Kaffee unterhalten.

Sie warf einen Blick auf die Uhr und entdeckte bestürzt, daß erst eine Stunde seit ihrer Ankunft vergangen war, und erinnerte sich daran, daß die Zeit in einem Krankenhaus, anders als draußen, viel langsamer vergeht, und die Schwester kam, um die Infusion auszutauschen, und David scherzte mit ihr, und die Schwester, ein dicklicher Rotschopf mit rundem Hintern, kicherte verlegen und ging, und dann bat ihre Mutter um den Topf, und David und Noam gingen auf den Gang, sie zog den Vorhang zu und half ihr, sich auszuziehen und aufzusetzen, betrachtete verstohlen ihren Bauch und ihre Beine, die von den Medikamenten aufgedunsen waren, und dann reichte sie ihr das Klopapier, nahm den Topf, entleerte ihn im Klo, spülte ihn aus, und sie stellte erfreut fest, daß sie das alles völlig natürlich machte, ohne jedes Gefühl von Ekel, und um neun Uhr abends sagte ihre Mutter, sie sei müde, und Noam sagte, er würde langsam nach Haifa zurückfahren, denn er habe morgen eine Abschlußprüfung in Englisch, auf die er sich noch kaum vorbereiten konnte, und David sagte, er würde bei seiner Cousine in Rechavia schlafen und früh am Morgen ins Krankenhaus zurückkehren, und sie war sich unschlüssig, ob sie nach Hause fahren sollte, immerhin war sie erst vor wenigen Stunden aus dem Ausland eingetroffen, obwohl es schien, als sei bereits eine lange Zeit vergangen, seit sie gelandet waren, Yigal sie geküßt hatte und gegangen war, aus seinen beiden Taschen die langen Marlborostangen wippten und sie noch ein bißchen gewartet hatte, dann hinausgegangen und mit einem Taxi nach Tel Aviv gefahren war.

Plötzlich, in einem spontanen Entschluß, ging sie zum öffentlichen Telefon und wählte mit klopfendem Herzen – das ist das erste Mal, daß ich bei ihm anrufe, seitdem er weggegangen ist – und ihr Vater antwortete, erkannte ihre Stimme sofort und sagte, »ja, Rivi«, als sei er nicht überrascht, und sie sprudelte schnell heraus, »kann ich heute nacht bei dir schlafen? Mutter ist im Hadassa, weißt du.«

»Ich weiß«, seine zögernde, ausweichende Stimme, »ich glaube, es wäre gut, wenn du über Nacht bei ihr bleibst. Carmela ist sehr krank«, flüsterte er heiser, »du mußt jetzt an ihrer Seite sein, und wir haben noch das ganze Leben.«

»Gut, dann Schalom«, sagte sie hastig und hängte ein, und die Tränen rollten, denn wieder verstand sie nicht, weshalb er nicht wollte, daß sie kam, und warum er ihrer Mutter ein Todesurteil ausstellte, als Spezialist für innere Krankheiten mußte er doch wissen, daß es eine Chance gab, daß sie wieder gesund würde, und weshalb brachte sie nicht einmal jetzt die Kraft in sich auf, ihn zu hassen, und wieder hatte sie das lächelnde Gesicht ihrer Mutter vor ihren Augen, lehnte sich neben dem Telefon an die Wand und weinte, bis ihr Innerstes öd und leer war, und dann ging sie auf die Toilette und wusch sich das Gesicht.

»Hast du geweint?« fragte ihre Mutter, als sie ins Zimmer zurückkam.

»Nein.«

Ihre Mutter streckte die Hand aus und berührte mit den Fingerspitzen die Schwellung unter ihren Augen, »du hast schon geweint.«

Rivi antwortete nicht, streichelte nur vorsichtig ihr Haar, das auf dem Kissen zerdrückt lag, und überlegte sich, daß das ihre Gelegenheit sein könnte, miteinander zu reden, ohne David und ohne ihre Brüder, nur sie beide, sie nach dem Leben mit Vater zu fragen, und nach David, und ob es stimmte, daß sie sich wegen ihm hatte scheiden lassen, wie Tante Techiya gesagt hatte, und ihr vielleicht sogar die Wahrheit über Yigal zu erzählen. Aber ihre Mutter könnte noch denken, sie rede so mit ihr, weil sie im Sterben liege, vielleicht war es besser, sie nicht zu erschrecken und nicht anzustrengen.

Ihre Mutter fragte begierig, »hast du dir was Schönes gekauft?«, und sie begann, ihr in allen Einzelheiten die wenigen Kleider zu beschreiben, die sie in Madrid gekauft hatte, bis sie eingeschlafen war, und sie, die nicht einschlafen konnte, saß die ganze Nacht im Stuhl und grübelte darüber nach, daß alle Augenblicke, die vergingen, sich eigentlich irgendwo befinden müßten. Jetzt zum Beispiel saß sie am Küchentisch beim Mittagessen, gerade aus der Schule zurückgekommen. Sie war elf, im blauen Pullover der Schuluniform, ihr Haar zum Pferdeschwanz hochgebunden, eine Brille auf der Nase. Draußen regnete es heftig, und ihre Mutter tischte Gemüsesuppe auf, die herrlich nach Petersilie duftete, mit winzigen gelben Würfeln von Backerbsen. Als sie klein war, noch vor der Scheidung, fuhren sie eines Samstags mit dem blauen 2 CV auf Besuch zu Tante Techiya, und sie betrachtete durchs Fenster die schnell wechselnde Landschaft und sagte sich, genau dieser Augenblick wird nie zurückkehren, dieser Eukalyptus wird nie wieder genauso aussehen, weil da nicht diese Wolke in der Form eines Nilpferdes sein wird und nicht der gleiche Wind an seinen Zweigen rütteln wird, und diese Taube wird nicht auf der Stromleitung sitzen, dieser Augenblick wird nicht zurückkehren und auch dieser Augenblick nicht, alles vergeht so schnell, man muß sich wirklich konzentrieren. Und diese Reise zu Tante Techiya, das wußte sie jetzt, dauert immer noch an, in einer der unseren sehr ähnlichen Welt, in der all die Augenblicke gesammelt werden, die vergangen sind. Sie ist sechs, ein heißer Wind mit dem Geruch nach verbranntem Abfall schlägt ihr ins Gesicht, ihr Vater fährt, seine Augen hinter seiner Brille konzentriert zusammengekniffen, von der Seite sieht es aus, als lächele er. Neben ihm die Mutter, ihr Ellbogen ruht im offenen Fenster, das goldene Armband an ihrem hellen Handgelenk und eine Zigarette zwischen ihren Fingern, und sie fahren und so würden sie ewig fahren.

Gegen Morgen weckte sie die Schwester auf, eine dunkle, dünne Araberin – wie es schien, war sie trotz allem irgendwie auf dem unbequemen Stuhl eingeschlafen, und jetzt schmerzte ihr Körper und war steif –, und wechselte die Infusion aus, gab ihrer Mutter ein Fieberthermometer und ging, und ihre Mutter sagte, »weißt du, im ersten Moment, wenn ich aufwache, erinnere ich mich nicht daran, daß ich krank bin, das ist der beste Augenblick vom ganzen Tag«.

Nach dem Fiebermessen bat ihre Mutter um die Bettpfanne, und Rivi half ihr wieder, sich auszuziehen, und leerte die Pfanne ins Klo, und David kam, sagte »guten Morgen« und versuchte, fröhlich zu klingen, küßte ihre Mutter und fragte, »wie hast du geschlafen, mein Mädchen«, und ihre Mutter sagte, »plötzlich fällt es mir wieder ein, ich habe geträumt, ich sei in der Grundausbildung beim Militär, die Hütte im Lager sah genauso aus wie hier, zwei Reihen von Betten, und meine Eltern kamen, um mich zu besuchen, und brachten mir ein gewaltiges

Paket mit Kuchen und guten Sachen mit, und warme gelbe Socken, das war ein wunderschöner Traum« – sie lächelte, und Rivi spürte, daß ihr das Herz schwer wie ein Sandsack wurde.

Golden bemerkte sie nicht, als sie hereinkam. Er las *Auf der Suche nach der verlorenen Zeit* im französischen Original, das immer unter der Theke lag und in der er Trost fand, wenn er sich in düsterer Stimmung befand.

Er hob seine Augen hinter den dicken Brillengläsern, »ah, Schalom«, sagte er zerstreut, als hätte er vergessen, daß sie im Ausland gewesen und seit über drei Wochen nicht in den Laden gekommen war. Sie überzeugte sich erschreckt davon, daß die Regale teilweise leer waren, die Bücher unordentlich darin herumlagen, schräg aneinanderlehnten, gelbliche Wanddreiecke dahinter sichtbar waren.

»Ja, das war's dann«, flüsterte er, »wie du siehst, das ist das Ende.«

»Wann?« fragte sie mit sinkendem Herzen.

»In zwei Wochen. Wir haben schon angefangen, Bücher an die Agenten zurückzugeben, und was übrigbleibt, verteile ich an Freunde. Miriam möchte, daß wir einen Totalausverkauf machen, aber ich bin nicht dazu imstande, nicht imstande«, seine Stimme erstarb.

Sie erinnerte sich, wie gerne sie sich ausgemalt hatte, daß ihr Buch erscheinen und Golden damit sein Fenster füllen würde, wie er es seinerzeit mit Amos' Buch getan hatte. Das ganze Fenster voll, nur mit ihrem Buch, in dem schönen Einband, auf dem, wie sie bereits beschlossen hatte, ein Bildmotiv von Matisse sein sollte, und die Passanten könnten nicht an dem Laden vorbeigehen, ohne hereinzukommen, um es zu kaufen. Plötzlich schlug ihr Gewissen, daß sie nur an sich dachte.

»Ich weiß nicht«, er bemühte sich, seinen Husten in einem Taschentuch zu ersticken, das er aus der Tasche seines Jacketts zog, »vierzig Jahre lang mache ich jetzt um neun auf und um eins zu und um vier wieder auf, ich kann nichts anderes, Miriam braucht es nicht, daß ich mich daheim herumtreibe, und allein im Kaffeehaus zu sitzen, gefällt mir nicht.«

»Aber du hast die Freunde«, versuchte sie ihn zu trösten.

»Sie kommen in den Laden«, sagte er, wischte sich mit dem vierfach gefalteten Taschentuch den Schweiß von der Stirn, »wohin sollen sie jetzt kommen? Es wird nicht dasselbe sein, nichts wird mehr sein wie vorher. Und daran zu denken, daß er für diesen Laden gestorben ist ...«, seine Lippen zitterten.

Nichts konnte ihn jetzt trösten, das wußte sie. Sie entschied, daß das nicht der passende Augenblick war, um ihm von ihrer Mutter zu erzählen, und begann von Spanien zu reden, und er blickte sie geistesabwesend an.

»Weißt du«, plötzlich leuchtete sein Gesicht auf, »als wir in London waren, hat er mich eines Abends in ein Pub in Covent Garden mitgenommen, bei der Oper, Prince of Wales hieß es, und ich trinke doch nie, sogar auf meiner Hochzeit habe ich nur so getan, als würde ich von dem Wein kosten, aber er hat Bier für uns bestellt, und ich habe eines getrunken, und dann noch eines, und der Kopf drehte sich mir so richtig, wie es sein muß, und wir brachen auf und gingen, irgendwie erreichten wir die Themse, setzten uns auf eine Bank unter einer Brücke, über die alle paar Minuten ein Zug fuhr und sie mit furchtbarem Krach erschütterte, und er begann, laut zu träumen, wenn wir nach Israel zurückkämen, würden wir zusammen ein kleines Theater aufmachen, irgendeinen Keller mieten, ihn mit einer Bühne und Bänken für dreißig bis vierzig Leute ausstatten und dort nur Sachen aufführen, die wir lieben, er wollte mit Dylan Thomas anfangen, fünf oder sechs Schaupieler würden *Under Milk Wood* lesen, und dann ein Liederabend mit Brecht und Weill, und Manja würde Lotte Lenyas Lieder singen, er wollte, daß ich das Theater leite und er die Inszenierungen macht, kannst du dir vorstellen, mit ihm zusammen in unserem eigenen Theater arbeiten, so saßen wir die ganze Nacht, bis sich der Fluß von

Schwarz zu Eisengrau färbte und Züge wieder anfingen, die Brücke zu erschüttern, und es war ein solcher Nebel, daß ich kaum sein Gesicht sehen konnte, und es fing an, ganz dünn zu regnen, was die Engländer drizzle nennen, und wir gingen irgendwo hinein, wo es warm war, und tranken Tee, welchen Geschmack dieser Tee an jenem Morgen hatte, und als wir nach Israel zurückkamen, suchte ich einen Ort für uns, er war zu sehr mit seinem Studium beschäftigt, und ich fand sogar einen großen leeren Lagerraum in der Herzlstraße, ich brachte ihn dorthin und fing an, ihm auszumalen, wo die Bühne sein würde, wo die Sitze, wo die Karten verkauft würden, doch er sagte, laß, das geht nicht, Phantasiegeburt zweier Betrunkener, und ich versuchte, ihn zu überzeugen, den Raum zu nehmen, ich war bereit, alles aus eigener Tasche zu bezahlen, sogar den Laden zu verkaufen, Miriam drängte mich sowieso zuzumachen, aber er sagte, schade um dein Geld, besser, du investierst es in den Laden, er dachte, ich könne ohne den Laden nicht leben, und damals vereinbarte er dieses Treffen mit Miriam, und dann starb er. Wenn wir dieses Lager genommen hätten, ach, wenn wir doch nur damals das Lager genommen hätten«, seine Brillengläser beschlugen sich, und sein Schnurrbart zitterte, »gut, daß wir wenigstens diese eine Nacht hatten, das sage ich mir in Tagen des Kummers, wenigstens hatte ich jene Nacht mit ihm in London, am Fluß.«

Sie wartete schon mit Ungeduld darauf, ihn wiederzusehen – wir werden im Tamar oder in unserem Café an der Hamelech-George-Ecke sitzen, und ich werde ihm von Mutter erzählen, und wir werden uns über den Tisch hinweg an den Händen halten, und der böse Geist, der uns während der ganzen Reise genarrt hat – eigentlich die ganzen letzten Monate –, wird sich verflüchtigen, muß sich verflüchtigen, aber er rief nicht an, und sie beschloß, noch ein paar Tage zu warten, bevor sie bei ihm anrief, normalerweise hörte sie jeden Tag von ihm und mußte nicht dem bedrohlichen Wählton lauschen, der ihren Körper erstarren, ihren Bauch sich zusammenkrampfen ließ und ihr Herz auf zweihundert in der Minute hochjagte, aber jetzt war schon über eine Woche vergangen, seit sie zurückgekommen waren, und nun kam auch der Freitag, ihr fester Tag, und obwohl ihre Mutter aus dem Krankenhaus entlassen wurde und nach Hause kam, beschloß sie, diesen Sabbat nicht nach Haifa zu fahren, sondern wartete den ganzen Vormittag und den ganzen Nachmittag auf ihn, und am Abend war sie bereits so sehr in Sorge – wenn ihm was passiert ist, ein Herzinfarkt, ein Verkehrsunfall, wenn er im Krankenhaus ist, habe sie keine Möglichkeit, das zu erfahren –, daß sie das Telefon zwischen ihre auf dem Bett ausgestreckten Beine klemmte und wählte, und sie hörte Itamars kindliches »Hallo« und legte auf, versuchte es nach einigen Minuten noch einmal, und er antwortete, ängstlich flüsternd – er weiß, daß ich es bin –, und sie legte wieder auf, um ihn nicht in Verlegenheit zu bringen, und die Sorge schlug in Wut um – er ist nicht krank und gar nichts, sie sind dort zusammen, die ganze Familie, sehen fern oder irgendeinen Film auf Video, lachen –, Tränen der Demütigung schossen ihr in die Augen, und sie wischte sie mit dem Bettlaken ab, verschmierte sie zwischen ihren Fingern und dachte dann, er ist mir nicht einfach so abhanden gekommen, sicher ist etwas passiert.

Am Sonntagmorgen rief er an, »wir müssen reden«, und seine Stimme klang ernst.

»Ja«, sagte sie, »komm.«

Sie machte ihm auf, und sie lagen sich in den Armen wie zwei, die ein gemeinsames Unglück getroffen hat.

»Sie hat die Quittung für die Flugscheine gefunden und alles entdeckt, wir haben in dieser Woche die Hölle durchgemacht, ich weiß nicht mehr, was bei mir zu Hause wird, aber wir müssen aufhören, uns zu treffen, das verstehst du, nicht wahr?« Er nahm ihr Gesicht zwischen seine Hände, strich eine unsichtbare

Haarsträhne aus ihrer Stirn, in seinen Augen stand abgrundtiefes Leid.

Nein, ich verstehe es nicht, wollte sie schreien. Du hast doch gesagt, in jener Nacht in Kairo, daß du immer für mich dasein wirst, wenn ich dich brauche, du hast es versprochen – plötzlich hatte sie das Empfinden, das alles sei ihr schon einmal passiert, im Traum, in einem anderen Leben, genau so.

»Meine Mutter ist im Krankenhaus«, ihre Zunge verhedderte sich im Mund, »sie haben Krebsgeschwüre in der Leber entdeckt, sie kriegt Chemotherapie.«

»Ach, mein Armes«, er sank in den Sessel neben dem großen Blumentopf, in dem er immer Zigaretten ausdrückte, »auch für dich wird das jetzt eine grauenhafte Zeit.«

»Erzähl«, schnitt sie sein Mitleid ab.

Er schloß die Augen, preßte Daumen und Zeigefinger gegen seine Lider, »wir haben die ganze Woche nichts getan außer geredet, es ist unglaublich, wieviel Scheiße zwei Menschen, die zusammen leben, im Laufe von fünfzehn Jahren anhäufen können«. Genug, um den ganzen Erdball zu umgeben, erinnerte sie sich, aber sie sagte nichts. »Sie ist in einem schrecklichen Zustand«, er öffnete die Augen, und nun sah sie, daß sie von Schlafmangel gerötet waren, »ich mache mir große Sorgen um sie. Sie hat die ganze Woche nicht zu weinen aufgehört. Einen Tag sagt sie, sie will sich scheiden lassen, am nächsten Tag will sie, daß wir zur Beratung gehen, ich weiß nicht, was wird.«

»Und was willst du?«

»Ich will nur imstande sein, mir selbst ins Gesicht zu sehen, wenn ich mir am Morgen die Zähne putze«, er bemerkte ihr Entsetzen, »daß du mich nicht falsch verstehst, Kleines, ich bereue nichts, du bist das Beste, was mir je im Leben passiert ist, du hast mich davor gerettet, mich im Schlamm zu suhlen, und mir beigebracht, auch mich selbst zu lieben, du hast die ganze Welt für mich zu etwas Wertvollem gemacht, was glaubst du denn«, er brach erstickt ab, »daß ich dich nicht die ganze Nacht im Arm halten und am Morgen mit deinem hübschen Kopf an meiner Schulter aufwachen wollte, daß ich dich nicht an meiner Seite sehen wollte, blühend, schreibend, lachend über meine blöden Witze, mich liebend, ich habe kein größeres Verlangen als das, aber ich habe meiner Frau ein schwer verzeihliches Unrecht zugefügt, und jetzt muß ich dafür büßen.«

Und ich bin dein Sühneopfer, dachte sie sich; als erstes Opfer servierst du ihr meinen Kopf auf einem goldenen Tablett.

»Weißt du«, ein ungewolltes Lachen gluckste in ihrer Kehle, »plötzlich habe ich das Gefühl, unsere Geschichte ist gar nicht die Hauptsache, ich fühle mich plötzlich wie eine Nebenrolle in euerem Drama, wie eine Randepisode im zweiten Akt.«

»In meiner Geschichte bist du keine Episode«, seine klaren Augen waren auf sie gerichtet, »du bist die Liebe meines Lebens. Wer weiß«, überlegte er laut, »vielleicht beschließt Galia am Ende, mich rauszuwerfen, und so wie ich mich kenne, werde ich vor deinem Balkon herumhüpfen und Späße treiben und dir das Treppenhaus mit Blumensträußen und Luftballons füllen, bis du einwilligst, mich wieder zurückzunehmen, und nach ein paar Jahren wirst du sicher anfangen, mich satt zu haben, wirst ein Kind wollen, zu Recht, von mir weggehen und mir das Herz brechen, und wenn du bleibst, dann wirst du nur aus Mitleid bleiben, denn im Laufe der Zeit wirst du mich immer weniger brauchen und ich dich immer mehr, ein pathetischer Alter, der dir zur Belastung bis zum Überdruß wird.«

»Kleingläubiger«, warf sie ihm an den Kopf, »eine Seele von der Größe eines Kirschkerns.«

Er grinste, »bloß nüchtern, weise und ein bißchen erfahren im Leben, und mit dir«.

»Ja«, sie sprach zu ihren Füßen, die Beine zum Schneidersitz auf dem Bett verkreuzt, langsam, um nicht zu weinen, »du tust alles, um deine Familie zu bewahren, und es wird dir gelingen, denn es ist schwierig, dir zu widerstehen, wenn du etwas unbedingt willst, und es wird dir leichtfallen, denn du hast mich satt, meine Ansprüche, die Provokationen, nicht umsonst hast du die verfluchte Quittung am offensichtlichsten Platz im ganzen Haus vergessen, genausogut hättest du sie mit dem Melonenmagnet an den Kühlschrank heften können, und jetzt fängt deine Frau endlich an zu merken, daß du existierst, vielleicht werdet ihr sogar ficken, das habt ihr sicher bereits getan«, sie hob ihren Blick zu ihm empor, er nagte an seinem Bart und stritt es nicht ab, »alles in allem habe ich dein Leben aufgefrischt, ich habe dich von deiner Midlife-crisis kuriert, oder wie man das nennt«, ihre Mundwinkel zitterten, bloß nicht weinen jetzt, »zwei Jahre lang warst du die ganze Zeit hier, Freund und Geliebter, Vater und Mutter, wie kann man das einfach so amputieren, mit einem Schlag, wie kann es sein, daß du nicht mehr hier sein wirst, um mich zu umarmen, wenn ich von den Besuchen im Krankenhaus zurückkomme, wie kann es sein, daß ich dich nicht mehr sehen können soll, nicht mehr mit dir schlafen, mit dir über alles reden, über Unsinn lachen, dir zeigen, was ich geschrieben habe«, eine Tränenwelle schwappte in ihr hoch, schüttelte ihren Körper bis an den Abgrund des Schmerzes, bis zur Atemlosigkeit, »und ich habe meine Seele in deine Hand gegeben, trotz der erbärmlichen Versuche, mich selbst zu bewahren, flattert mein Herz in deinen Händen, so wolltest du es haben«, sie brach erstickt ab, wischte sich die Nase mit dem Handrücken ab, »so etwas macht man nicht, ein junges Mädchen mitten in der Nacht aufzuhalten, sie ganz allmählich an sich zu gewöhnen, ihr beizubringen, dich derartig zu lieben, und dann eines Tages aufzustehen und zu gehen, als sei ich irgendein Phantasiegebilde, das du per Knopfdruck abschalten kannst. Und was soll ich jetzt tun mit der ganzen Liebe, sag mir, was soll ich tun«, sie streckte ihr nasses Gesicht zu ihm hoch.

»Sie wird von selbst erlöschen«, sagte er ruhig. »Du wirst jemanden treffen. Neue Liebe macht die alte vergessen.«

»Weißt du«, grinste sie, »letztlich ist das nicht anders als bei all deinen anderen Eroberungen, nur daß diese Eroberung zwei Jahre gedauert hat und vielleicht das ganze Leben andauern wird, die Eroberung der Eroberungen.«

Er setzte sich aufs Bett und umarmte sie, »es tut mir so leid«, flüsterte er, seine Finger in ihrem Haar, »glaub mir, ohne mich wirst du besser dran sein, glaub mir«.

»Laß mich«, sie stieß ihn weg.

»Wenn du mich wirklich brauchst, wenn du das Gefühl hast, du mußt mit mir reden, ruf an und ich komme«, sagte er, seine Augen Ozeane voll Erbarmens, »aber ich kann mir nicht mehr erlauben, dich zu brauchen, verstehst du, ich werde dir nur aus der Ferne zusehen können, wie du dein Leben meisterst mit diesem Mut, um den ich dich manchmal so sehr beneide«, er biß sich auf die Unterlippe, »ich will dir etwas geben, ich habe dir einen Computer gekauft, ich bringe ihn morgen, wenn es dich nicht stört.«

»Ich will nichts mehr von dir«, sagte sie, »auch das, was du mir gegeben hast, kannst du mitnehmen, die Bilder von Chana Orloff und Cocteau, die Bücher, den Mantel mit den Karos, die Stiefel aus Rom und den grünen Regenschirm, ah, ich vergaß, der ist im Winter kaputtgegangen, du kannst ihn zum Richten bringen, und nimm auch die Kette mit dem Isis-Anhänger mit, die ganzen Kleider und das Opernglas, das wir in Paris gekauft haben, und den Fernseher«, sie trat mit ihrem nackten Fuß gegen das Gerät, »ich werde dir ein Paket zusammenpacken, du kannst morgen kommen und es abholen, wenn du nicht kommst, stifte ich alles dem Soldatenwohlfahrtskomitee.«

Für einen Augenblick lachten sie, sahen einander an und lachten, wie früher, wie immer, doch gleich darauf überflutete sie eine erneute Tränenwelle, und sie sagte, »geh schon, ich kann das nicht mehr ertragen, nu geh«, und er ging.

Kämpfe – sagte sie sich in der Nacht, die ganze Nacht lang –, kämpfe um ihn, wenn du nicht ohne ihn leben kannst, kämpfe, wenn du bereit bist, so mit mit ihm zu leben, nur ihr beide, nur immer du und er und die Schuldgefühle und Ängste vor dem Alter und dem Tod, kämpfe, du hast eine Chance zu gewinnen, doch sie wußte, schon da wußte sie, daß sie nichts tun würde.

Am nächsten Morgen packte sie das Paket nicht zusammen, und als sie in der Früh die Wohnung verließ, fand sie neben der Tür drei große Kartons mit ihrem Namen in seiner gestochenen Handschrift vor, die sie an seine Jungenhände denken ließ, und es versetzte ihr einen Stich; er war hier in der Nacht, ist mit seinem Alpha Romeo vorbeigefahren, hat angehalten, zum Fenster hinaufgeschaut, ob Licht brennt, und zu erraten versucht, ob jemand bei mir ist, vielleicht hat er im Auto eine Zigarette geraucht, und dann hat er die schweren Kartons ausgeladen, sie aufeinandergestapelt, schwitzend, schnaufend, mit hämmerndem Herzen, wollte klopfen, mach auf, laß mich rein, und dann ist er hinuntergegangen, auf der Flucht vor sich selbst mit seinem gefährlichen, mörderischen Fahrstil.

Ich werde ihm das per Boten zurückbringen lassen, beschloß sie und stieß die Kartons hinein, und am Nachmittag machte sie sie auf. Auf ihre nackten Füße flatterte ein weißer Zettel: »For he who lives more lifes than one, more deaths than one must die (Oscar, natürlich).«

Und viele Tage danach – wenn sie diesen Zettel, den letzten, der er ihr schrieb, aus der untersten Schublade ihres Schreibtisches ziehen würde, an dem sie sich Tag für Tag verschanzte und schon anfing, sich selbst im Verdacht zu haben, dieses ganze Schreiben sei nichts anderes als ein Vorwand, das Ganze noch einmal zu durchleben, geläuterter und schärfer –, auch dann würde das Aufbegehren wieder in ihr aufflammen, wie kann es sein, daß das, was für den einen die gesamte Erfahrung ist, für den anderen nur eine Glaskugel mit Tannenbäumen und einem Haus mit rotem Dach ist, die auf der Kommode steht, und hin und wieder dreht er sie um, schüttelt sie, betrachtet die herabschwebenden Schneeflocken und lächelt vor sich hin …

Nein, nichts ist vergessen, und sogar jetzt, genau in diesem Augenblick, erinnerst du dich und wirst dich bis zu deinem letzten Atemzug erinnern. Und bald, wenn auch unsere letzte gemeinsame Reise, die Reise, die ich dir aufgezwungen habe, ihr Ende finden wird – der Schriftzug »Ende« wird nicht auf der Leinwand verblassen; eine Liebe wie die unsere, die sich um sich selbst drehte, sich wie eine Schlinge um sich selbst wand, wie ein Spiegelbild, das ein Spiegelbild zurückwirft, per se Sehnsucht nach sich selbst, kann doch nicht wirklich zu Ende sein, und auch einen Anfang kann sie nicht haben, denn jedes Ende ist ein Anfang, die Geschichte aber muß beendet werden, vielleicht wird dann meine Seele wieder zu mir zurückkehren.

Später würde sie den Computer einschalten – eben jenen, den gegen einen anderen auszutauschen sie sich weigern wird, obwohl er veraltet ist – und schreiben, wie sie damals die Teile aus den Kartons holte und sie auf den Tisch stellte, die alte Hermes in einen der Kartons packte, auf die Leiter kletterte und sie in den Abstellraum schob.

Alles Blut raste vor Sehnsucht alle Eingeweide tobten Sehnsucht das ganze Herz brüllte Sehnsucht der ganze Himmel vibrierte Sehnsucht die ganze Luft war durchtränkt von Sehnsucht alle Straßen dehnten sich vor Sehnsucht alle Autos hupten Sehnsucht alle Zeitungen raschelten Sehnsucht alle Telefone klingelten Sehnsucht alle Masten leiteten Sehnsucht das ganze Meer bäumte sich auf vor Sehnsucht der ganze Sand war schwer vor Sehnsucht alle Vögel kreischten Sehnsucht alle Blätter zitterten vor Sehnsucht alle Gedichte betrogen mit Sehnsucht alle Fenster verdunkelten sich vor Sehnsucht aller Wind peitschte Sehnsucht und sie hatte keinen, nicht einen einzigen Augenblick Ruhe.

Auf einer ihrer ermüdenden, ziellosen Wanderungen, bei der die Augen umherirrten, um einen weißen Alpha Romeo, dunkles Haar und Bart einzufangen, gewahrte sie an der Ecke Diezengoff-/Frischmann-Straße – halb Imbißstand, halb Café – den hinkenden Nachum, der an einem der Kunststofftische saß und Bier trank, seinen verkrüppelten Fuß vor sich auf dem Bürgersteig ausgestreckt. Sie trat auf ihn zu, froh, ihn zu sehen, so wie sie sich über jede Begegnung mit einem Menschen freute, der Yigal kannte, und er erkannte sie sofort, lächelte sie mit seinem schiefen Mund, seinem spöttischen Blick an und sagte, »wie g-g-geht's, s-s-setz d-d-ich«, mit seiner hohen, singenden Stimme und zog den Stuhl neben sich mit einer ungelenken, ritterlichen Geste heran.

»Meine Mutter hat Krebs in der Leber«, sagte sie überstürzt und setzte sich, und Nachum sagte ruhig: »Ja, es b-b-bleibt ihr nicht viel Z-Z-Zeit.«

Sie preßte hart ihre Lippen aufeinander: »Und was wird danach, was wird aus mir?«

»D-d-du wirst in Ordnung s-s-sein«, er rupfte mit seinen dünnen Fingerspitzen und den abgekauten Nägeln an seinem Bart und betrachtete sie mit seinen farblosen Augen, »d-d-u hast viel K-K-Kraft und Lebensappetit, b-b-bald wirst d-d-du jemand k-k-kennenlernen und schwanger w-w-werden und ihn heiraten.«

Sie blickte ihn ungläubig, fast im Schock an.

»Und Yigal«, sie wird sich nicht erinnern, ob ihre Lippen den Namen geformt hatten oder ob Nachum die Frage direkt aus ihrem Herzen erhört hatte.

»Er wird d-d-dir immer b-b-bleiben«, sagte Nachum, »d-d-du brauchst ihn n-n-nicht, um s-s-sein Schnarchen in d-d-der Nacht zu hören und nicht z-z-zum K-K-Kinderkriegen, etwas von ihm b-b-befindet s-s-sich in allem, was d-d-du d-d-denkst und tust, und s-s-so wird es immer s-s-sein.«

»Und er?« fragte sie, oder war es ihr Herz?

»Er wird dich bis zu seinem letzten Tag lieben«, er sah sie mitleidig an, und mit einem Mal stotterte er nicht.

Aufgewühlt stand sie auf, um zu gehen. Hastig wühlte sie in ihrer Tasche, fand irgendeinen Geldschein und gab ihn ihm. »N-n-nicht n-n-nötig«, der spöttische Blick war in seine Augen zurückgekehrt, Schaum stand in seinen Mundwinkeln, »lad mich nur z-z-zum B-b-bier ein.«

Sie bezahlte sein Bier bei der Bedienung und ging, schwankend, als wäre sie diejenige, die es getrunken hätte, ihr Herz eilte ihr voraus – ja, so wird es sein, es kann nicht anders sein, denn so ist es vor Jahren mit den dünnen Fingern einer Halbwüchsigen auf die harte Sandfläche gezeichnet und mit der Schaumspur der Boote ins Wasser geschrieben worden.

Und plötzlich tat es ihr leid, ihn nicht gefragt zu haben, welches Schicksal den Geschichten bevorstand, die sie schrieb, und sie zögerte, ob sie zurückgehen sollte, aber etwas in ihr zwang sie zum Weitergehen, ließ nicht zu, daß sie sich rückwärts wandte.

Von weitem gewahrte sie die ältere, häßliche Frau, auf die sie in der letzten Zeit einige Male gestoßen war und die in ihr immer ein Gefühl vager Bedrückung hervorrief; dünn und bleich, eine große Nase, spitz wie die einer Maus, das Haar grau und schütter, die Kleider dunkel und abgetragen, als hätte sie sie von irgendeiner Frauenwohlfahrtsorganisation erhalten. Sie lief zwischen den parkenden Autos herum, bückte sich, um ihr Gesicht in den Seitenspiegeln zu suchen, und ab und zu hastete sie auf die andere Seite des Bürgersteigs, versuchte, ihr Spiegelbild in den Schaufenstern einzufangen, ihre Augen zerrissen von Grauen. Plötzlich zog sie aus ihrer Tasche einen Lippenstift heraus und fuhr sich damit über den Mund, schmierte dick über die Lippen hinaus, ein lodernder Fleck im Zentrum der mausgrauen Gestalt, und machte weiter, Spiegel für Spiegel, Auto für Auto, rieb ihre Lippen aufeinander wie im Krampf, und Rivi schauderte, sie überquerte die Straße und merkte sich vor, sie einmal in einer Geschichte, die sie schreiben würde, zu verwenden.

Das ist sein letzter Abend im Laden, fiel ihr plötzlich ein, und sie bog in die Gordon-Straße, Richtung Ben-Yehuda ein und beschleunigte ihren Schritt, getrieben von irgendeiner nagenden Beunruhigung. Sie hoffte, das Fenstviereck erleuchtet zu sehen, hoffte, daß Ephraim und Manja und Ruchale Singer bei ihm wären oder wenigstens jemand aus der Familie, obwohl sie keine Lust verspürte, Miriam zu begegnen, die sie mit ihren mißtrauischen Blicken durchbohrte, wenn sie aufeinanderstießen. Aber das Fenster war dunkel, und sie mußte ihre Augen anstrengen, um festzustellen, daß zwei, drei einsame Bücher darin übriggeblieben waren. Sie wandte sich bereits zum Gehen, beruhigte sich damit, daß er sicher früh zugemacht hatte, denn was hatte er hier noch verloren, aber für einen Moment schien ihr, als habe sie irgendeine Bewegung registriert, ein Paar helle Hosen, als stünden sie in der Luft, fast zerriß ein Schrei ihre Kehle, und mit angstvoller Bewegung krampfte sich ihre Hand um die Klinke und öffnete die Türe, und trotz des Halbdunkels gewahrte sie Golden, der auf der vorletzten Stufe der Holzleiter stand und ein Seil um einen Regalträger schlang. Einen Augenblick zögerte sie, ob sie still hinausgehen und die Türe hinter sich schließen sollte, welches Recht hatte sie zu stören, sich einzumischen, aber sie schluckte ihren Speichel hinunter und sagte, »Schalom«, und Golden drehte sich zu ihr um, wie im Schlaf befangen, und sagte, »ah, ja«, und langsam, sehr mühsam, stieg er von der Leiter und sagte, ohne sie anzublicken, mit hohler Stimme, »die Regale kleben an der Wand, nach vierzig Jahren lassen sie sich nicht mehr verrücken, und in aller Früh muß der Trödler kommen und alles mitnehmen, es ist schwierig, im Dunkeln zu arbeiten, sie haben mir den Strom abgesperrt, wie du sehen kannst«. Auch jetzt trug er ein blütenweißes, gebügeltes Hemd, bemerkte sie, nur die Krawatte war etwas gelockert, und sein grauer britischer Schnurrbart schien sich über seinen Mund herabgesenkt zu haben, und sie atmete tief aus und sagte, »ich werde dir helfen«, kletterte auf die Leiter, band das Seil gut fest, stieg hinunter und zog daran, bis das schwere hölzerne Büchergestell ein bißchen von der Wand abrückte, und gemeinsam zerrten sie es auf den Bürgersteig vor den Laden, und dann schoben sie die Theke, die Stühle und Strohhocker hinaus.

Golden sperrte die Türe ab, wie aus Gewohnheit, als hätte er vergessen, daß dies das letzte Mal war, und sie sagte, »ich hoffe, sie stehlen die Sachen hier nicht bis morgen«, und er stieß ein trübes Lachen aus und sagte, »und wenn schon«.

»Komm, wir gehen, ich begleite dich nach Hause.« Plötzlich überwältigte sie das Bedürfnis, ihm von Yigal zu erzählen. Über zwei Jahre schon verheimlichte sie es ihm, doch jetzt machte es keinen Sinn mehr, es zu verbergen, und für sie bestand die Notwendigkeit, alles zu erzählen, sich selbst alles zu erzählen, über den Umweg eines Zuhörers, des Mannes, der die Protagonisten kannte, aber nicht die Handlung, und vielleicht gelänge es ihr, ihn damit von seinem Kummer abzulenken.

Und sie sprach und sprach, und schon näherten sie sich seinem Haus und waren noch nicht einmal bei der Reise nach Italien angelangt, und Golden schlug vor, jetzt sie nach Hause zu begleiten, und sie willigte ein, denn plötzlich war die Lust zu erzählen stärker als die Notwendigkeit, ihn vor sich selbst zu schützen, wobei sie sich nicht einmal sicher war, ob er zuhörte, sein Blick blieb die ganze Zeit auf den Bürgersteig geheftet, aber es war ihr egal, sie erzählte alles, von dem Abend ihrer Begegnung, wie er dann geduldig gewartet hatte, bis sie ihn wollte, bis sie ihn lieben lernte, wie sie eifersüchtig wurde und ihn dazu brachte, in den Nächten vor ihrem Fenster die Fassung zu verlieren, sie erzählte von dem Kind, das sie nicht haben würden, von der grauenhaften andalusischen Hitze, und als sie die Ecke Scheinkin-/Yochanan-Hasandlar-Straße erreichten, erzählte sie gerade von Galia und von ihrer Trennung, mit der sie sich immer noch nicht abgefunden hatte, denn wie kann man sich mit etwas abfinden, wenn man ein Loch im Bauch hat, wenn in einem fort der Schmerz wütet, »und weißt du, nicht bloß ihn suche ich auf der Straße. Manchmal sehe ich in irgendeinem Café das hochgesteckte honigfarbene Haar Julie Christies, mein Herz beginnt wie verrückt zu klopfen, und ich denke mir aus, was ich zu ihr sagen werde, nicht wie damals, in der Universität, als ich ihr gegenüber stand und wie so ein Fragezeichen herumstotterte, jetzt werde ich ihr direkt in die Augen blicken und sagen, weißt du, auch wer sich sein Leben lang bemüht, niemanden zu brauchen, auch der hat manchmal ein bißchen Mitleid, Gnade und Verzeihung verdient, und du sollst wissen, daß er sich selbst mit der Axt ein großes Stück aus der Seele gehackt hat, und er hat es mit ganzem Herzen getan, denn die Stricke, die ihn an dich fesseln, sind sogar stärker als die mächtigste Liebe und das Verlangen, aber wenn ich näher komme, sehe ich, daß es jemand anderes ist, und dann fällt mir ein, daß sie überhaupt keine Zeit hat, im Café zu sitzen. Und einmal habe ich einen blonden Jungen mit einer umgekehrten Baseballkappe auf einem Skateboard gesehen, und ich rief ihm nach, Itamar, aber er drehte sich nicht um, vielleicht habe ich nicht laut genug gerufen, und er hat es nicht gehört, und vor ein paar Tagen bin ich sogar einer alten Frau gefolgt, die dem Bild ähnelte, das er mir einmal gezeigt hat, und ich berührte sie an der Schulter und sagte, ›entschuldigen Sie, haben Sie einen Sohn, der Yigal heißt?‹, und sie starrte mich mit einem seltsamen Blick anklagend an und sagte, ›ich habe einen Sohn, der tot ist‹.« Golden umarmte sie plötzlich fest und sagte, »was soll ich dir sagen, Proust hat gesagt, die wahren Paradiese sind die verlorenen, wer weiß das besser als ich«, und dann wandte er sich ab und ging, mit seinen hängenden Schultern und den hellen Sabbathosen, und sie sagte sich, vielleicht mußte er überhaupt nicht zuhören, vielleicht wußte er es die ganze Zeit.

Zu Beginn des Winters, in einer Atempause zwischen den Behandlungen, rief ihre Mutter sie an und schlug ihr vor, sich mit ihr in Tel Aviv zu treffen.

»Das fällt auf deinen Geburtstag«, erinnerte sich Rivi plötzlich.

»Ja«, sagte ihre Mutter, »ich hätte Lust, daß wir uns einen schönen Tag machen.«

Sie verabredeten sich in einem Café auf der Diezengoff, neben dem ungarischen Palatschinken-Haus, in dem sie schon seit längerem nicht mehr arbeitete. Von weitem erkannte sie die Locken im aschgrauen Farbton – sie waren ihr nicht ausgefallen, trotz der ganzen Behandlungen, sagte sie sich mit heimlichem Stolz. Ihr Blick, hinter der Sonnenbrille, hob sich von der Zeitung. Sie lächelte. Die Berührung der zarten Wange, der altvertraute Duft, eine Mischung aus Körperdüften, Gesichtscreme und Lippenstift und das bittersüße »Diorissimo« – so war der Geruch aller ihrer Kleider, die Rivi, ohne sie zu waschen, lange Monate nach ihrem Tod tragen würde, der mit jedem Mal schwächer und schwächer wurde, und sie würde gezwungen sein, sich immer mehr anzustrengen, um ihn zu riechen, bis er völlig mit ihrem eigenen Körpergeruch verschmelzen und sich verflüchtigen würde –, ihre Mutter musterte den großen Pullover, den sie über ihrer Jeans trug, seufzte und sagte wie immer, »wann wirst du endlich einmal etwas Menschenwürdiges anziehen«.

Sie tranken Kaffee und nahmen sich vor, ein wenig herumzubummeln, die Schaufenster anzuschauen, ihre Mutter hoffte, eine Bluse in einem bestimmten Grünton zu finden, die zu einem Rock passen würde, den sie im Frühling in Italien gekauft hatte, und dann wollten sie in einem Restaurant zu Mittag essen.

Sie gingen die Diezengoff-Straße entlang, und Rivi atmete tief durch, ja, jetzt oder nie – »Tante Techiya hat mir erzählt, daß du David schon lange kanntest, bevor du dich von Vater getrennt hast«, äußerte sie wie beiläufig, »sie hat gesagt, ihr habt euch wegen ihm getrennt.«

»Dieses Kostüm ist gar nicht schlecht«, ihre Mutter heftete den Blick auf ein Schaufenster, das ihre Gestalten widerspiegelte. »Warum glaubst du, daß du alles wissen mußt?«

»Dann hast du ihn also schon vorher gekannt«, sagte sie ruhig, wie zu sich selbst, erwartete ein Ableugnen, die letzte Gelegenheit für ein Dementi.

»Ich muß mir eine neue Sonnenbrille kaufen, eine dunklere, die das Auge versteckt.« Sie hatten bereits die Ben-Gurion-Straße hinter sich gelassen und gingen auf den Diezengoff-Platz zu, vorbei an Buden mit Silberschmuck, allerlei billigen Kitschnadeln und Sonnenbrillen.

»Und wie du für einen Monat nach Europa gefahren bist, als ich fünfzehn war, und gesagt hast, daß du alleine fährst, bist du eigentlich mit ihm gefahren«, fuhr sie hartnäckig fort, wobei sie jenen Sommer mit Noa in Erinnerung hatte, und den Herbst danach, die nächtlichen Telefongespräche, die sie über lange Zeit gehört hatte, mit Schreien, Weinen – »aber du hast schon seit langem versprochen, daß du es mir sagst, ich treffe mich nicht mehr mit dir, bevor du es nicht gesagt hast«.

»Was hättest du von deiner Mutter gedacht, wenn du es gewußt hättest«, sie wählte eine Sonnenbrille von dem Stand und spähte in einen kleinen Spiegel, der am Stamm eines Feigenbaumes hing.

Mama, auch ich habe einen verheirateten Mann geliebt, du erinnerst dich an Yigal – aber statt dessen sagte sie, »die mit dem grünen Rahmen steht dir am besten. Wie lange hast du ihn gekannt, bevor du dich von Vater getrennt hast?«

»Ungefähr zwei Jahre. Vielleicht nehme ich doch die blaue.«

»Nein, die grüne, sie ist auch dunkler, wo hast du ihn kennengelernt?«

Ihre Mutter probierte wieder die grüne Sonnenbrille und näherte ihr Gesicht dem Spiegel – »er kam eines Tages ins Büro, und dann begann er, mich zu umwerben, bist du sicher, daß sie mir steht?«

»Ja, sehr schön, weshalb habt ihr dann eigentlich diese ganzen Jahre über nicht geheiratet?«

»Ich nehme die grüne«, sagte sie zu dem jungen Verkäufer

mit den langen Haaren und den drei Silberringen im linken Ohr.

»Also, warum habt ihr nicht geheiratet?« fragte sie noch einmal.

»David ist noch verheiratet«, sagte sie, ihre Augen hinter der neuen Brille verborgen, »diese ›Sie‹ will ihm keinen Scheidungsbrief geben, so rächt sie sich an mir. Sieht man was?«

»Man sieht überhaupt nichts«, sagte Rivi, »und du brauchst dich nicht zu schämen.«

Sie hatten bereits das Diezengoff-Center erreicht, und ihre Mutter schlug vor, in das große Kleidergeschäft am Eingang zu gehen, vielleicht würde sie dort eine Bluse in passendem Grün zu ihrem Rock finden, und der Laden war voller junger Mädchen, auch die Kleider in jugendlichem Stil, aber sie wühlte gierig in den Seidenblusen, mit der neuen Sonnenbrille im Gesicht, suchte sich ein paar Blusen in verschiedenen Grün- und Türkistönen sowie eine rote aus und ging in die Umkleidekabine, und Rivi wartete draußen mit dem Wissen, so also war es gewesen, jahrelang eine geheime Liebesaffäre, und sie sah sie mit ihrem geistigen Auge vor sich, ihre Mutter und David, zur Mittagszeit, in einem kleinen dämmrigen Zimmer in einem der alten billigen Hotels neben dem Reisebüro, wie sie ins Zimmer hineingingen und herauskamen, mehr als das wagte sie nicht zu sehen, und dann zwängten sie sich an einen Ecktisch im Café, ihre Mutter schrie im Flüsterton auf ihn ein, du hast mir versprochen, daß du sie verläßt, und er verteidigte sich, Geduld, Carmela, gib mir ein bißchen Zeit, und vielleicht fuhren sie mit seinem Auto aus der Stadt hinaus, seine rechte Hand in ihrem Haar, so wie sie es oft gesehen hatte, als die beiden schon zusammenlebten und sie, die Kinder, auf dem Rücksitz mitnahmen.

Und auf wen haben wir damals gewartet, im Hotelgarten, Mutter in ihrem schönsten Kleid, frisch vom Friseur, ihre rosafarbenen Fingernägel trommeln gegen das Eiskaffeeglas, und ich in meinem festlichen blau-weißen Kleid, und ein hochgewachsener älterer Mann nähert sich, zwickt mich in die Backe, setzt sich zu uns, als wäre er zufällig hier vorbeigekommen, wie konnte ich das vergessen, nicht begreifen, ich war doch ihr Alibi, vielleicht wollte sie auch, daß er mich kennenlernte, damit er sagen würde, ihr seht wirklich wie Schwestern aus.

Und plötzlich fiel ihr Daphna aus ihrer Klasse ein, deren Mutter Kosmetikerin war, die eines Tages in der Turnstunde zu ihr sagte, »meine Mutter erlaubt mir nicht mehr, mit dir zu reden, denn die Frauen, die zu ihr kommen, erzählen furchtbar abscheuliche Sachen über deine Mutter«, und von da an bis zur sechsten Klasse boykottierten sie alle Mädchen außer Noa. Und ihr fiel auch noch ein, wie einmal, am achtunddreißigsten Geburtstag ihrer Mutter, ein großer Rosenstrauß ohne Karte zu Hause eintraf. »Vom wem sind die«, fragte sie aufgeregt, und ihre Mutter zuckte die Achseln und sagte, »ich habe keine Ahnung«, doch ihr Vater hob seinen Kopf von der Zeitung und sagte, »die sind sicher von deinem Liebhaber«.

Da kam sie aus der Umkleidekabine mit der Sonnenbrille und der roten Bluse, auch die Wangen gerötet, als ob sie Fieber hätte, und streckte dem großen Spiegel die Zunge heraus, wie ein fröhliches Kind, das sich von einem quälenden Geheimnis befreit hat, hielt der jungen Verkäuferin einen losen Haufen grüner Seidenärmel hin, und die Verkäuferin verzog das Gesicht, als würde ihr plötzlich der Kaugummi im Mund sauer. Du mußt sie entschuldigen, versuchte Rivis Blick ihr zu sagen, sie ist sehr krank, und heute hat sie Geburtstag.

»Diese Farbe paßt überhaupt nicht zu dem Rock, Mama«, sagte sie vorsichtig, »nimm die Brille ab, dann siehst du es.«

»Genau diese Farbe will ich«, ihre Mutter beharrte darauf, die neue Bluse anzulassen, und sie verließen den Laden und gingen zur Kosmetikzeile.

Ihre Mutter wollte ein neues Make-up kaufen und wanderte von einem Parfümeriestand zum nächsten, ließ die Verkäuferinnen Jugend versprechende Cremes auf ihr Gesicht auftragen und ihre Lippen und Wangen bemalen, Parfüms auf ihre Handgelenke und hinter die Ohrläppchen sprühen und ihre Augen schminken – »das linke Auge ist künstlich, nicht? Ich habe es gleich gesehen. Ich werde Sie so schminken, daß man überhaupt keinen Unterschied merkt« – und zog Rivi kichernd am Ärmel, »komm jetzt zu Estée Lauder«, »und jetzt komm zu Dior«, als wären sie fünfzehnjährige Mädchen, als wäre Rivi Ruth, die Sandkastenfreundin, und sie wären gerade zusammen aus dem Gymnasium weggelaufen.

Nach einer Stunde gingen sie hinaus, das Gesicht ihrer Mutter bunt bemalt und übertüncht mit Kosmetikschichten, die sie sich zu entfernen weigerte, in der Hand eine große Plastiktasche mit der Ausbeute ihrer Einkäufe.

»Du riechst wie ein Bordell«, lachte Rivi, darum bemüht, Ruth zu sein, doch ihre Mutter zürnte plötzlich, »werd nicht frech zu deiner Mutter«.

Dann setzten sie sich in ein Restaurant und bestellten Rotwein und Spaghetti al pomodoro. Ihre Mutter aß schnell, über ihren Teller gebeugt, Tomatensoßenflecken auf dem Kinn. Als sie fertig waren, holte Rivi ihr Geschenk heraus. Ihre Mutter machte es langsam und vorsichtig auf, um den Augenblick in die Länge zu ziehen. Ein Leuchten im Gesicht, wie früher, als sie ihr eine Schürze schenkte, die sie im Handarbeitsunterricht genäht hatte, oder eine gefärbte Muschel-Anstecknadel zum Muttertag. Auch jetzt war es eine Anstecknadel. Auf goldgraviertem Grund in der Mitte ein blauer Saphir, umringt von winzigen Diamanten.

»Viktorianisch«, sagte Rivi, »ich habe sie in einem Antiquitätenladen gefunden.«

»Bist du wahnsinnig geworden«, erschrak sie, »sie hat dich sicher ein Heidengeld gekostet.«

»Nicht so schlimm, gib sie mir mal«, Rivi nahm die Nadel und steckte sie ans Revers der braunen Jacke, und mit einem

Mal durchzuckte sie das sichere Wissen: in nicht mehr allzu ferner Zeit wird die Nadel mir gehören.

»Danke«, ihre Mutter blickte ihr in die Augen, es war, als sähe auch das eingesetzte Auge, und sagte wie nebenbei, »du weißt, das ist mein letzter Geburtstag.«

»Unsinn, Mama, was redest du da, der Wein ist dir zu Kopf gestiegen.«

»Ja«, sagte ihre Mutter ruhig, »du weißt es.«

Sie bestellten Kaffee. »Ich habe auch Lust auf Kuchen«, sagte ihre Mutter und lachte plötzlich, »Geburtstagskuchen, was ist, habe ich etwa keinen verdient?«

Sie schwankte lange, welchen Kuchen sie nehmen sollte, bis die Bedienung, die ungeduldig von einem Fuß auf den anderen trat, sagte, »nu, meine Dame, entscheiden Sie sich endlich«, und ihre Mutter deutete überstürzt auf eine mehrschichtige Cremetorte in der Kühltruhe.

Auch den Kuchen verschlang sie hastig, fast ohne zu kauen, und plötzlich sah sie Rivi mit ihrem Röntgenblick an und sagte, »willige nie ein, für einen Mann irgendein Hintereingang zu sein, egal, wie grandios er dir vorkommt, kämpfe um ihn oder verzichte, aber sei bloß nicht damit einverstanden, irgendeine Nebenstraße zu sein«, und Rivi nahm einen Schluck Kaffee und sagte nichts.

Als die Rechnung kam, wollte Rivi zahlen, aber ihre Mutter sagte mit Nachdruck, »meine Tochter in ein Restaurant einladen kann ich noch«.

Als sie das Restaurant verließen, wurde ihre Mutter plötzlich blaß, Schweißtropfen traten ihr auf Stirn und Oberlippe, »das Essen ist mir nicht bekommen, ich muß mich übergeben«, und sie stütze sich mit einer Hand an der Wand ab, der rote Nagellack, das goldene Armband, bückte sich und erbrach sich auf den Bürgersteig, braunrote Spritzer auf den hochhackigen italienischen Lederschuhen und säuerlicher Geruch.

»Ich hätte diesen Kuchen mit der ganzen Creme nicht essen

sollen«, keuchte sie, »in letzter Zeit bekommt mir fettes Essen nicht, seit der Schwangerschaft mit Noam habe ich mich nicht mehr so übergeben.«

Sie richtete sich auf und lehnte mit geschlossenen Augen an der Wand, ihr Gesicht wachsgelb unter der schweren Schminke, und Rivi legte ihr den Arm um die Schultern und schlug vor, in das Restaurant zurückzugehen, »du kannst dir das Gesicht waschen und die Schuhe saubermachen«, und wieder belästigten sie die ungeduldige Bedienung, deren Augenbrauen vor Erstaunen in die Höhe schnellten, als sie fragten, wo hier die Toilette sei, und um ein Glas Wasser baten, und Rivi, die sich zusammennahm, um nicht zu schreien, sagte, »erinnern Sie sich nicht an uns, wir haben vor genau fünf Minuten hier gegessen«.

Dann hielten sie ein Taxi auf, das ihre Mutter zum Zentralen Busbahnhof bringen sollte.

»Wann fängst du wieder mit den Behandlungen an«, fragte sie, obwohl sie es wußte.

»Am kommenden Mittwoch.«

»Ich werde kommen, und schlag dir den Unfug aus dem Kopf, so wirst du nicht gesund«, Rivi streichelte ihren Arm, und plötzlich umarmte sie sie fest, ihr Gesicht im Wolljackett, Duft nach Parfüm.

»Danke, mein Kind, du hast mir einen wunderbaren Geburtstag beschert«, sie strich ihr eine Haarsträhne aus der Stirn, »wenn ich mich besser fühle, vielleicht verreisen wir zusammen, nach London oder Paris, bummeln durch die Läden, David hat keine Geduld für meine ganze Anprobiererei, wärst du einverstanden, einmal mit deiner alten Mutter zu verreisen?«

»Du bist überhaupt nicht alt«, ihr Hals war zugeschnürt, »sicher werden wir verreisen, das wird wunderbar.«

»Und vielleicht gehst du endlich zum Friseur.«

»Ja«, sie bemühte sich zu lächeln, »vielleicht morgen.«

Ihre Mutter stieg in das Taxi. Ihre Hand im braunen Wollärmel, der rote Nagellack, das goldene Armband, die Tür schlug zu. Aschblonde Locken im sich entfernenden Rückfenster.

Die Lichter in den Schaufenstern gingen an. Die Straße vor ihren Augen verzerrte sich, die Lichter der Ampeln und der Autos wurden größer, verschwammen, steinharte bunte Diamanten, als regnete es.

Im Winter trafen wir uns wieder. Wie konnten wir auch anders, wir mußten doch jedes Mal von neuem dringend wissen, daß der andere existierte, einfach um weiterleben zu können. Und obwohl wir uns selten sahen, bloß wenn es bereits gar nicht mehr anders ging, auf eine gestohlene Stunde, eine kurze Tasse Kaffee, und nicht mehr zusammen schliefen – das wird der Preis sein, den wir fast schon gerne zahlen werden, um dafür unsere Liebe bewahren zu können –, war dennoch alles wie am Anfang, der verschlingende Blick, die Knie, die sich unterm Kaffeetisch aneinanderpreßten, und der Zwang, die tiefgehendste, einschneidendste Wahrheit zu sagen, und das Mitleid und das Lachen.

Sie wußte, daß er vor einigen Monaten unbezahlten Urlaub von seiner Arbeit im Technikum genommen und angefangen hatte, ein Buch zu schreiben, das sich mit der Beziehung zwischen Mathematik und Kunst befaßte, von der antiken ägyptischen Kunst bis zur Postmoderne Ende des zwanzigsten Jahrhunderts. »Das ist dein Verdienst«, er strich ihr eine unsichtbare Haarsträhne aus der Stirn, im Winter, nicht mehr im Café Tamar, denn sie waren nun gezwungen, äußerst vorsichtig zu sein, und trafen sich nur in kleinen Cafés im Süden der Stadt, und manchmal, so wie jetzt, fuhren sie weiter weg an den Palmach-Strand, »du hast mir die Kraft gegeben, das zu tun, was ich schon seit langem wollte. Momentan ist das die einzige Zuflucht vor der Hölle daheim, Galia hört nicht auf, sich zu zermartern, mich zu peinigen, mich zu bestrafen, wenn ich das Schreiben nicht hätte, würde ich den Verstand verlieren.«

Der Regen hörte auf, die Küste war menschenleer. Der Himmel klarte zu schmerzhaftem Blau auf, die Konturen der Strohhütten und der umgestürzten Cafétische hoben sich wie gestochen davor ab.

Sie setzten sich an das muschelübersäte Meerufer. Ihre Schuhsohlen fuhren knirschend achtlos über den nassen Sand. Schau, wie die Wellen wieder und wieder an den Strand ausgeworfen und zurück ins Meer hineingezogen werden, als mühte sich jemand ab, ein riesiges Bett zu machen, und es gelänge ihm nicht, das Laken auszubreiten – wollte sie zu ihm sagen und sagte es nicht.

»Ich habe vor ein paar Nächten von dir geträumt«, fiel ihr ein, neben dem Rest der Dinge, die sie zwischen ihren Treffen sammelte, um sie ihm zu erzählen, »ich habe geträumt, du bist tot, und ich treffe mich mit deinem Sohn, der schon erwachsen war, und sage zu ihm, ich habe deinen Vater geliebt, er war der wunderbarste Mann, den ich je im Leben kannte.«

»Das ist eine erfrischende Abwechslung«, lachte er, »in den letzten Monaten höre ich nur, was für ein Stück Dreck ich bin. Was war noch in dem Traum, so wie ich dich kenne, bist du sicher mit meinem Sohn ins Bett gestiegen, oi, wie ich ihn beneide.«

»Du brauchst nicht neidisch zu sein«, lachte sie, »im Traum war ich fünfundsechzig und sah nicht gerade nach wer weiß was aus.«

Nie fragte sie ihn, ob auch er manchmal von ihr träumte, ob er sie vor Augen hatte, wenn er im Bad ins Waschbecken onanierte, oder vielleicht sie in ihrem Bett sah, wenn sie schlief, und nie erzählte sie ihm, daß auch sie es tat.

Sie berichtete ihm von den Jungen, mit denen sie ab und zu ausging, und er, ohne sie zu kennen, faßte jeden von ihnen mit einem treffenden und grausamen Satz zusammen, und sie ärgerte sich und beschuldigte ihn, er sei eifersüchtig und wolle sie immer noch für sich behalten. »Klar wechsele ich sie wie meine

Socken«, sie zerrupfte mit zuckenden Lippen den Rand der Serviette aus dem Café, »du hast mich schließlich dazu verurteilt, mein ganzes Leben mit dem Wissen herumzulaufen, was zwischen Mann und Frau möglich sein könnte.«

Diese ganzen Monate schrieb sie weiterhin, nicht mehr im Café Tamar, denn schließlich hatte sie jetzt einen Computer, und sie sagte ihm, daß sich das Klacken der Tastatur für sie manchmal wie sanfter Regen am Fenster anhörte, meistens aber klang es wie das Klopfen von Großmutter Batschevas Blindenstock, und er sagte mit einer Väterlichkeit, an die sie sich schon vor langer Zeit gewöhnt hatte, um beleidigt zu sein, »mach weiter, darin liegt deine große Stärke, die meteorologische Karte deiner Seelenstürme aufzuzeichnen«.

Und eines Abends – sie wird sich an den seltsamen Himmel erinnern, rötlich übergossene Wattewolken, als hätte jemand den Mülleimer der Frauentoiletten am Busbahnhof ausgeleert oder den Eimer des Blutprobenlabors im allgemeinen Ortskrankenhaus – gingen sie die Promenade von Bat Yam entlang, sein Arm um ihre Hüften, ihr Daumen in der Gürtelschlaufe seiner Jeans.

Sie erzählte ihm, daß man bei den letzten Untersuchungen entdeckt hatte, daß sich die Metastasen ausgebreitet hatten und es keinen Sinn mehr hatte, die Behandlungen fortzusetzen, sondern nur, ihr die verbleibende Zeit so angenehm wie möglich zu gestalten, und sie hatte wieder das Gesicht ihrer Mutter einige Tage zuvor im Krankenhaus vor Augen, als sie es vernahm und dann trocken bemerkte, »gut, ich verstehe, mein Schicksal ist besiegelt«, und sie war dort gesessen, neben dem Bett, den Blick stur auf die gekreuzten Linien der Bodenfliesen geheftet.

»Und ich wußte nicht, was ich sagen sollte, was ich tun sollte, sie berühren, umarmen, ihr die Hand halten, weinen, nicht weinen, völlig schwachsinnig, und so sind wir lange Zeit dagesessen und haben geschwiegen, und ihr Schweigen besagte, ich habe dir dein Leben gegeben, und du, nicht nur, daß du mich nicht vor dem Tod retten kannst, du bist nicht einmal dazu imstande, dafür zu sorgen, daß man mir nicht die ganze Wahrheit sagt, und ich wußte nicht, was ich antworten sollte, ich konnte nichts tun, ich saß bloß da wie ein Klotz«, sie weinte, warf ihre Stirn an seine Schulter.

»Was hättest du tun können«, er umarmte sie mit aller Kraft, versuchte, ihr Herz zu zügeln, das mit zweihundert pro Minute jagte, »der Tod erwischt uns schließlich alle mit runtergelassenen Hosen und den Fingern an den Eiern.«

»Da habe ich beschlossen, heimzufahren und bei ihr zu sein«, sie trocknete sich ihre Nase am Ärmel ab, »einfach dort sein und tun, was nötig ist. Morgen packe ich einen Koffer mit ein paar Kleidern und irgendeinem Heft und fahre.«

8

Das Auge der Sonne

Und so werde ich mich immer an deinen letzten Tag erinnern; am Samstagabend, nachdem du den ganzen Tag ohne einen Funken Kraft im Bett gelegen warst – nicht einmal zum Sofa im Wohnzimmer konntest du noch gehen – und wir abwechselnd neben dir Wache saßen, deine Hand hielten und schwiegen, deinen Geruch einatmeten, der sich im ganzen Zimmer ausgebreitet hatte, ein furchtbarer, säuerlicher Geruch, der für immer in mir bleiben wird, da hast du dich plötzlich aufgesetzt, deine Atemzüge schnell und hart, und gesagt, »ich bekomme keine Luft, bringt mich ins Krankenhaus«.

Wir riefen die Ambulanz, die innerhalb weniger Minuten erschien, ich legte dir deinen blauen, wollenen Morgenmantel um die Schultern, Noam zog die Hausschuhe über deine angeschwollenen Füße und bemühte sich, die Schnallen zu schließen, versuchte es hartnäckig wieder und wieder, obwohl er wußte, daß es ganz offensichtlich nicht ging, und die Pfleger in grüner Kleidung hoben dich auf das Rollbett, stülpten eine Sauerstoffmaske über dein Gesicht, und ich stieg mit dir in den hinteren Teil des Ambulanzwagens ein, ergriff deine Hand, gelb, lose und dünn wie ein Blatt, nur noch ein paar rote Tupfer alten Nagellacks, der sich zwischen Fingernägeln und Haut gehalten hatte, sie setzten die Sirene in Betrieb und fuhren mit immenser Geschwindigkeit, als läge hier jemand mit einem Herzinfarkt, als könnte man noch etwas von ihm retten und jede Sekunde zählte, und du, deren ganzer Körper vom Rütteln schmerzte, hast geflüstert, »sag ihm, er soll nicht so schnell fahren«, und ich beugte mich vor und sagte, »meine Mutter möchte, daß Sie nicht so schnell fahren«, aber er hörte es nicht wegen des markerschütternden Heulens der Sirene, und ich sagte noch einmal, fast schrie ich, »meine Mutter möchte, daß Sie langsamer fahren, ihr tut alles weh, und sie hat Angst«, doch er sagte, »was wollen Sie, das ist ein Notfall, ich mache nur meine Arbeit«, und ich biß mir auf die Lippen und hielt deine beiden Hände ganz fest, und du hast mich mit einer Kraft, die du plötzlich irgendwie in dir fandest, umklammert und gefleht, »glaubst du, daß ich nochmal nach Hause zurückkomme«, und sofort, ohne zu zögern, sagte ich, »ja, sicher, was meinst du denn«.

Wir kamen im Krankenhaus an, und sie rollten dich ins Aufnahmezimmer, und die Ärzte begannen, um dich herumzurennen, bestanden darauf, dich in die Vene zu stechen, Untersuchungen mit dir anzustellen und Röntgenbilder zu machen, obwohl wir baten, man solle dir nur eine Sauerstoffmaske geben, irgendeine Spritze, damit die Schmerzen aufhörten, und dich in Ruhe lassen, vielleicht würde es dir gelingen, ein bißchen zu schlafen, aber die Ärztin, deren Namen ich vergessen habe, sagte unwillig, »so lauten unsere Bestimmungen, tut mir leid«, ich konnte nichts machen, und ich nahm das goldene Armband, das sie für die Röntgenaufnahme von deiner Hand entfernt hatte, und floh nach draußen, damit sie nicht sehen würde, wie sehr ich weinte, vor allem aber, damit du es nicht siehst.

Ich ging auf die Toilette, setzte mich auf die Kloschüssel und konnte nicht aufhören zu keuchen und zu weinen, ich schloß die Faust um das Armband, bis sich die Kettenglieder in mein Fleisch bohrten, und dann ging ich hinaus, wusch mir das Gesicht, versuchte mit Gewalt, die roten Flecken wegzureiben, und als ich zurückkam, lagst du schon in einem der Betten, durchsichtige Sauerstoffschläuche in deinen Nasenlöchern, und die Ärzte sahen sich die Röntgenaufnahmen an und flüsterten mit bedenklichen Gesichtern, sagten, was wir die ganze Zeit gewußt hatten, daß sich der Krebs bereits in der gesamten Bauchhöhle und den Lungen ausgebreitet und auch das Gehirn erreicht hatte, daß man nichts tun konnte, außer die Schmerzen zu lindern, und daß dir nicht mehr viel Zeit bliebe, vielleicht ein paar Tage, vielleicht nur ein paar Stunden, und ich ging zu dir, und du hast mich mit deinem Lächeln angelächelt, das sich bis zum letzten Augenblick nicht veränderte, hast einen zarten, durchscheinenden Finger ausgestreckt, mich unter den Augen berührt und vorwurfsvoll gesagt, »du hast geweint«. Und dann löschten sie die Neonbeleuchtung, nur das Licht über dem Ärztepult blieb brennen, und wir überredeten David, schlafen zu gehen – »wir bleiben über Nacht bei ihr, du kommst und löst uns am frühen Morgen ab« –, und David küßte dich und ging, und wir umringten dich, standen über dir wie drei Wächter, harrten bang einer Äußerung von dir, jedes Wort konnte das letzte sein, und es schien uns, als seist du eingeschlummert, das künstliche Auge stand offen, doch plötzlich hast du auch das zweite Auge aufgemacht und uns angeblickt, als seien wir Fremde, und gefragt, »ist das hier die Zweigstelle für Argentinien«, und wir lachten, konnten uns nicht beherrschen, das Lachen rutschte uns einfach heraus, und die Ärztin warf uns einen eisigen Blick über die weiße Kunststofftheke zu, und Oren und ich setzten uns auf das freie Bett neben dir, sahen dich und Noam, der an deinem Kopfende stehengeblieben war und dein Haar streichelte, fragend an, und du hast dich auf die Ellbogen gestützt, mich angeschaut und gesagt, »lies nicht im Dunkeln, Rivi, du wirst dir die Augen kaputtmachen«, und ich sagte, »ich lese jetzt nicht, Mama, siehst du, ich lese überhaupt nicht«.

Gegen Morgen kam David an, mit Ringen unter den Augen, und sagte, »geht schlafen, ich bleibe bei Mutter«, als ob seine Kraft allein die Kräfte von uns dreien zusammen aufwöge, und wir kehrten nach Hause zurück, ich schlief kurz und schwer, wie erschlagen, und um neun Uhr morgens waren wir wieder im Krankenhaus, auf der Internistik, in die sie beschlossen hatten, dich zu legen. Wir sahen dich nur einen Moment, bevor sie uns aus dem Zimmer scheuchten, denn die Visite fing gleich an, und du hast geflüstert, »ich habe einen grauenhaften Brechreiz, sag ihnen, sie sollen mir etwas gegen die Übelkeit geben«, und ich trat auf den Stationsarzt zu, der an der Spitze einer Gefolgschaft von Ärzten, Schwestern und Praktikanten den Gang entlangschritt, die Ränder seines offenen Kittels umflatterten seinen Bauch, und ich sagte, »Verzeihung, meine Mutter, Frau Schenhar, möchte etwas gegen Übelkeit«, aber er hörte nicht zu, blickte durch mich hindurch und sagte, »ich antworte jetzt nicht auf Fragen, Auskünfte für die Familien nur nach drei Uhr«, und ich stand ihm gegenüber, blockierte den Weg, bohrte meine Augen wie zwei Nadeln in ihn und schrie, »Sie haben gar keine Antwort für mich, Sie wissen die Antwort überhaupt nicht, Sie wissen gar nichts«, und ich sah, wie ihm alles Blut ins Gesicht stieg und seine Lippen vor Wut zitterten, als er mit einer um Kälte und Beherrschung bemühten Stimme sagte, »junge Frau, Sie stören mich bei der Arbeit«.

Wir warteten auf dem Gang, an den großen Fenstern, durch die das flache blaue Meer eines herrlichen Frühlingsmorgens wie eine riesige Bildmontage, aus fünf oder sechs gerahmten Fotos zusammengesetzt, zu sehen war, denn aus dieser Entfernung, aus dem sechsten Stock auf der Carmelhöhe, war keinerlei Bewegung auf dem Wasser erkennbar, und so standen wir, jeder für sich, ohne zu reden, und es schien, als wären Stunden vergangen, seit sie dein Zimmer betreten hatten und sich die Tür hinter ihnen schloß, warum kamen sie nicht heraus, sie vergeudeten so ganz einfach die letzte Zeit, die uns mit dir blieb, und ich umschloß das Armband, das bei mir in der Tasche zurückgeblieben war, mit der Hand und befahl mir, mich daran zu erinnern, es dir anzulegen, ich warf einen Blick auf Noam, der ein Fenster weiter neben mir stand, die Hände in den Hosentaschen, die Stirn an das Glas gepreßt, und die Tränen stiegen wieder hoch, denn irgendwie bemitleidete ich ihn mehr als Oren oder sogar mich selbst, aber ich beherrschte mich, denn ich wußte, ich würde ihm nur noch mehr weh tun, denn ich würde ihn daran erinnern, daß es keinen Ersatz für dich gibt oder geben kann, und David, der die ganze Zeit ruhelos vor der Türe auf und ab lief und hin und wieder eine Schwester, die auf dem Gang vorbeikam, mit irgendeiner fruchtlosen Frage belästigte, trat zu uns und sagte, »ich muß ein paar Erledigungen in Angriff nehmen, ich komme gleich zurück«, und ich betrachtete seinen sich entfernenden Rücken, diese ganze Höhe, die plötzlich in sich zusammengesackt war, die weiße Mähne, und ich dachte, daß seine Ohnmacht, die eines Mann, der sein ganzes Leben lang befohlen und Dinge bewegt hatte, viel mehr schmerzte als die unsere, und ich erinnerte mich daran, wie er auf dich wartete, wenn du von der Arbeit heimkamst, beim Klang deiner Schritte auf der Treppe zur Tür eilte, und was sollte nun aus seiner großen Liebe werden, die geduldig gewartet hatte, daß wir groß würden, das Haus verließen und euch endlich allein zurücklassen würden, um wie zwei Gymnasiasten vor dem Fernseher Händchen zu halten, bis zu seinem letzten Tag, und ich hatte ein galliges Gefühl im Inneren, was soll er jetzt tun ohne dich.

Zu guter Letzt öffnete sich die Türe, und sie kamen heraus, der Stationsarzt und all die anderen, sie unterhielten sich mit ernsten Gesichtern und ignorierten uns, und nur ein Arzt, jung, mit Brille, trat zu mir, legte seine Hand auf meine Schulter und sagte, »es wird nicht mehr lange dauern, vielleicht noch die Nacht, vielleicht bis morgen, wir haben alles getan, was wir konnten, aber der Großteil ihrer Systeme funktioniert bereits nicht mehr«, und ich starrte ihn an und sagte wie ein Automat, »okay, sorgen Sie nur dafür, daß sie nicht leidet«, und er nahm mich beiseite, ans Fenster, und flüsterte, »momentan leidet sie nicht, wir haben ihr einen sehr starken Cocktail gespritzt, aber wenn du siehst, daß die Schmerzen zurückkehren, sag's mir, und ich gebe ihr etwas, das sie einschlafen läßt« – er sah mir kurz in die Augen, um sicherzugehen, daß ich verstand –, »normalerweise ist es mir untersagt, aber ich bin bereit, das für euch zu tun, ich überlasse es dir zu entscheiden, ob und wann«, und er ergriff meine Hand und drückte sie, und seine schönen hellen Augen hinter den Brillengläsern wurden feucht, oder zumindest schien es mir so, und in diesem Moment, ich gestehe es, verliebte ich mich ein klein wenig in ihn, denn es ist so leicht, sich in solchen Situationen zu verlieben, es genügt irgendein Lächeln, eine Berührung der Hand, und ich atmete tief durch und ging zu dir hinein, küßte dich auf die Wange, und du hast mir zugelächelt, ganz ruhig, und ich holte das Armband aus der Tasche, um es dir umzulegen, aber du hast den Kopf geschüttelt und geflüstert, »ich brauche es nicht mehr, nimm es als Geschenk«, und ich schluckte gewaltsam den Kloß hinunter, der mir im Hals steckte, und sagte, »danke«, legte das Armband um, machte den von Gravuren durchbrochenen Verschluß mit dem feinen Sicherheitskettchen zu, und du hast genickt, gelächelt und geflüstert, »es ist schön«.

Um halb eins brachten sie das Mittagessen, stellten zwei Tabletts ins Zimmer, eines für dich und eines für das Mädchen im Bett neben dir, die ich erst jetzt, als sie aufwachte, die Bettdecke abwarf und sich aufrichtete, wahrnahm, hübsch und dunkel, volle Lippen und langes, fülliges schwarzes Haar, und ich spähte auf ihre Krankenkarte an der Seitenwand ihres Bettes, auf der zuoberst geschrieben stand, Malcha Chamdan, und ich dachte, wie gut doch der Name einer lustvollen Königin zu ihr paßte, wie sie kerzengerade über dem Tablett saß, ihre langen Beine im Schneidersitz verkreuzt, und von meinem Platz im Sessel aus konnte ich sehen, daß sie unter dem weißen Krankenhauskittel keine Unterwäsche trug, ihre großzügigen Oberschenkel mündeten in einem dichten schwarzen Dreieck, und sie nahm den Hühnerschenkel mit den Fingern, riß mit ihren kräftigen weißen Zähnen etwas ab, und plötzlich bemerkte sie meinen Blick, errötete und entschuldigte sich, »ich sterbe vor

Hunger, ich habe seit vor der Operation nichts mehr gegessen«,
und ich konnte mich nicht enthalten, sie zu fragen, »was für eine
Operation« – laß es bloß etwas Einfaches sein, von dem sie sich
schnell erholen und weiterhin so schön sein kann und das Le-
ben, das ihr bestimmt ist, das gute wie das schwere, bis zum
Ende leben –, und Malcha Chamdan sagte, »sie haben mir
einen Gallenstein herausgeholt«, und zeigte mir ein durchsich-
tiges Kunststoffschächtelchen auf ihrem Nachttisch, in der sich
ein kleiner schwarzer Stein befand, und meine Augen wurden
plötzlich feucht vor Erleichterung und Neid.

Noam beugte sich über dich und sagte, »sie haben das Mit-
tagessen gebracht, Mama, willst du was«, und du hast in einem
derartigen Flüsterton, daß man dich kaum hören konnte, ge-
fragt, »was gibt es zum Essen«, und Noam sagte, »es gibt Apfel-
kompott, du magst doch Apfelkompott, stimmt's, Mama«, und
du hast dich an seiner Hand festgehalten und versucht, dich auf-
zusetzen, deine geschwollenen Füße pendelten vom Bett herab,
dein riesiger Bauch lag auf deinen Oberschenkeln, und ich be-
merkte, daß du das Bild betrachtetest, das in dem kleinen Spie-
gel über dem Waschbecken sichtbar wurde, wie etwas Erschrek-
kendes und doch halb Vertrautes – dein dünnes gelbes Gesicht
mit den Sauerstoffschläuchen in der Nase und dem künstlichen
Auge –, und ich wußte, du erkanntest dich nicht, würdest es
aber im nächsten Moment, und ich zog den Wandvorhang zu,
um dein Gesicht vor dir zur verbergen, und Noam fütterte dich
langsam, einen Löffel und noch einen, und mit geschlossenen
Augen hast du die Äpfel in deinem Mund zerdrückt, als kon-
zentrierte sich aller Genuß, den du nie mehr haben würdest, in
dem wäßrigen Krankenhauskompott, gekochte Äpfel mit Zuk-
ker und Zitrone, und du hast geflüstert, »das schmeckt so gut«.

Und als du alles aufgegessen hattest, auch den Saft, hast du
gesagt, »ich würde jetzt gerne ein bißchen geraspelte Karotten
mit Rosinen essen, wie es mir meine Mutter immer gemacht hat,
als ich klein war«, und ich sagte, »ich fahre heim und bringe es

dir«, und David, der gerade hereinkam, sagte ruhig zu mir, »laß, sie wird es nicht mehr essen«, doch ich mußte fahren, denn wie hätte ich jetzt deine Wünsche ignorieren können, sogar wenn es dir nur so vorkommen sollte, als hättest du auf diese geraspelten Karotten Lust, und Oren sagte, »ich fahre mit«, und David reichte ihm die Autoschlüssel und sagte wie immer, »fahr vorsichtig«, und Oren fuhr schweigend, den Blick auf die Straße gerichtet, und plötzlich schlug er mit der Faust auf das Steuerrad und sagte, »verdammter Scheißdreck, ich kann nicht weinen und gar nichts, alles ist trocken bei mir drinnen, als würde es jemand anderem passieren«.

Wir kamen zu Hause an, ich holte ein paar Karotten aus dem Kühlschrank, und während ich sie auf der Raspel zerkleinerte, fiel mir plötzlich der Witz ein, den Yigal mir einmal über Helen Keller erzählt hatte, im Flugzeug, als wir von Paris zurückkehrten, wieviel Zeit war seitdem vergangen, fast vier Jahre, und ich gab Zucker und Rosinen in die geraspelten Karotten, nahm noch ein paar Karotten und Bananen zusätzlich mit, vielleicht hättest du später noch Lust darauf, und für uns machte ich ordentliche Sandwiches mit Avocado, Käse und Essiggurken, wie ich sie uns immer für die Schule zubereitet hatte, und ich packte alles in die orange Tasche, die wir manchmal zu Picknicks mitnahmen, und alles irgendwie gehetzt, denn es galt, sich zu beeilen, zu dir zurückzukehren, und bevor wir fuhren, rief ich Ruth an, die einen Moment lang schwieg und dann sagte, »ich komme«, und ich zögerte, ob ich Tante Techiya anrufen sollte, aber ich sagte mir, bis sie mit drei Autobussen aus Ramat Gan dasein würde, könnte es sein, daß du schon nicht mehr lebtest, und dann fuhren wir wieder ins Krankenhaus, fanden dich schlummernd vor, undeutliche Silben murmelnd, und Noam und David hielten zu beiden Seiten des Bettes deine Hand, ich wußte, es hatte keinen Sinn mehr, die geraspelten Karotten aus der Tasche zu holen, ich bot ihnen die Sandwiches an, und David sagte, »geht ihr essen, ich bleibe bei Carmela«, und ich gab

Oren und Noam einen Wink, wir verließen das Zimmer, fuhren mit dem Aufzug hinunter und gingen zum Wadi neben dem Krankenhaus, setzten uns auf irgendeinen Felsen und aßen diese Sandwiches, trösteten uns mit dem vertrauten Geschmack, eine zu starke Mittagssonne schien, erwärmte uns bis auf die Knochen, und ich sagte, »wollt ihr einen Witz hören, einmal gab man Helen Keller eine Küchenreibe, und sie befühlte sie und sagte, wer hat diesen Mist geschrieben«, und Oren und Noam begannen zu lachen, warfen ihre Körper vor und zurück und lachten abwechselnd zum Himmel hinauf und ins Wadi hinein, und auch ich lachte, mit dem ganzen Brot im Mund, hustend, ja, fast wären wir dort erstickt vor lauter Lachen.

Als wir zurückkamen, stand der junge Arzt neben dir und hielt dein Handgelenk, und dem Blick, den er mir zusandte, entnahm ich, daß er daran dachte und zu seinem Versprechen stehen würde, und du hast die Augen geöffnet und ihn mit deinem Lächeln angeblickt, das sogar jetzt, mit einem Gesicht, das bis zur Unkenntlichkeit entstellt war, bezaubernd aussah, und hast gefragt, »wie heißen Sie«, und er beugte sich über dich, lächelte und sagte, »ich bin Dr. Sion«, und du hast gesagt, »ich möchte, daß Sie bei mir bleiben und die ganze Zeit über mich wachen«, und er sagte: »Ich kann nicht, Frau Schenhar, ich habe viele andere Patienten, aber ich verspreche, alle halbe Stunde hier vorbeizukommen und nachzuschauen, wie es Ihnen geht, in Ordnung?« Und du hast wieder gelächelt und gesagt, »vielen Dank, Sie sind sehr liebenswürdig«, und ich spürte, wie eine erneute Tränenwelle in mir aufstieg, und floh auf den Gang, stand dort am Fenster und wartete mit der Stirn an der Scheibe, denn wie konntest du nur weiterhin eine bezaubernde und höfliche Lady sein, eine solche Prinzessin von Monaco, bis zur letzten Minute, und Dr. Sion kam, stellte sich neben mich und legte seine Hand auf meine Schulter, und plötzlich ging mir der Gedanke wie ein Erschauern durch den Kopf, daß der hinkende Nachum vielleicht ihn gemeint hatte, denn wer konnte besser zu mir passen als ein junger, bebrillter Arzt auf der Internistik, und auch dir hatte er schließlich gefallen, vielleicht hat er dich an Vater erinnert, als er in seinem Alter war, ein junger Arzt mit sanften Augen und einem Herz voller Hoffnungen, vielleicht hast du ja gesagt, er sei liebenswürdig, um mich wissen zu lassen, daß du ihn mir hinterläßt, daß er dein letzter Wunsch und Wille ist.

Ich wandte ihm das Gesicht zu und bemühte mich zu lächeln, und er sah mich teilnahmsvoll an und sagte, »ich weiß, es ist schwer, ich werde im Ärztezimmer sein, ruf mich, wenn du mich brauchst«, drückte mir die Schulter und ging, und ich kehrte zu dir zurück, deine drei Männer waren um dich versammelt, und plötzlich hast du die Augen aufgeschlagen, uns gesehen und tadelnd gesagt, »ihr müßt etwas essen«, und ich sagte, »wir haben schon gegessen, Mama, du brauchst dir keine Sorgen zu machen«, und du hast gefragt, »was habt ihr gegessen«, und ich sagte, »Sandwiches«, und du hast gefragt, »gute Sandwiches?«, und ich sagte, »ja, sie waren gut«, und du hast gefragt, »was war in den Sandwiches?«, und ich sagte, »Avocado mit Käse und Essiggurken«, und du hast mit dem Kopf genickt und gelächelt, als hättest du den Geschmack im Mund, und hast ein paarmal murmelnd wiederholt, »ja, gute, gute Sandwiches«.

Und dann kam Ruth, dick, gelockt und energisch, so wie ich mich an sie erinnere, seit ich mich an mich selbst erinnern kann, denn sie war für uns immer wie eine Tante, die Schwester, die du nicht hattest, auch nachdem sie ihren Mann kennenlernte, der um viele Jahre älter war als sie, und ihr einziger Sohn geboren wurde, und ich dachte an eure Freundschaft, die bestand, seitdem ihr in der Panoramastraße Haus an Haus gewohnt habt, im Alter von vier oder fünf, fast fünfzig Jahre eine Freundschaft, in denen Ruth all deine Geheimnisse hütete und du die ihren, aber sie hatte viel weniger, denn du warst so hübsch und dein Leben erfüllt von Lieben und Stürmen, und sie erlebte sie durch dich mit, betrachtete dich all die Jahre mit großer, freigiebiger

Liebe und Ergebenheit, vor allem in den letzten Monaten, als sie jeden Tag zu dir kam, Töpfe mit Essen anschleppte, das dir vielleicht schmecken könnte, und ihr habt euch in deinem Schlafzimmer eingeschlossen, aus dem ab und zu bruchstückhaftes Weinen oder Lachen drang, und David, der sich von dieser Freundschaft immer distanziert hatte, verkündete, er würde spazierengehen, und verschwand auf Stunden, und auch jetzt stand er auf und räumte seinen Stuhl für Ruth, und sie ließ sich schwer darauf nieder, nahm deine Hand zwischen ihre großen Handteller, und du hast die Augen aufgemacht und gesagt, »Ruthi«, und Ruth schwieg, nur ihr Kinn zitterte krampfhaft.

Nachdem Ruth gegangen war, kam David zurück und setzte sich wieder, und hast deinen dünnen Arm um seinen Nacken gelegt und gesagt, »ich liebe dich«, und David, mit einer Stimme, die sich angestrengt das Zittern zu meistern bemühte, sagte, »auch ich liebe dich, mein Mädchen«, zu uns hast du es nicht gesagt, vielleicht weil es selbstverständlich war, du hast mir nur die Hand gereicht, und plötzlich hast du mich gefragt, »tut es dir weh«, und ich sagte, »nein«, und fragte, »tut es dir weh«, doch du beharrtest darauf, »nein, dir tut es weh«, und in diesem Augenblick wußte ich, daß der entsetzliche Schmerz wieder da war, den kein Medikament außer einem lindern konnte, ich wußte es mit Bestimmtheit, so wie ich vielleicht, wenn ich ein Kind haben würde, wissen würde, ob es durstig oder hungrig ist, und mir fiel plötzlich das dunkle Nähzimmer von Frau Luna ein und wie wir dort zusammen in den identischen Kleidern vor dem Spiegel gestanden waren, und du hast wieder gesagt, »dir tut es weh«, und ich sagte, »ja, ein bißchen«, und du hast gesagt, »du bist eine Heldin«, und ich drückte deine Hand und sagte, »wir sind beide Heldinnen«, und ich wußte, ich durfte keine Sekunde länger warten, trotz der schrecklichen Versuchung, bei dir zu bleiben und noch mehr Sätze aus deinem Mund zu hören, noch ein Wort, und ich löste mich von deiner Hand und rannte los, um Dr. Sion zu suchen, und fand ihn, wie er im Ärztezimmer Röntgenaufnahmen studierte, und ich berührte ihn an der Schulter und sagte, »jetzt«, und Dr. Sion ließ alles liegen und stehen, kam schnell mit einer der Schwestern in das Zimmer, bat alle hinauszugehen und schloß die Türe, und ich wußte, er gab dir die Spritze für den letzten Schlaf, und wenn wir dich wieder sehen würden, in ein paar Minuten, würdest du bereits nicht mehr reden, uns nicht mehr erkennen und nur friedlich eingeschlafen sein, bis zum Ende.

Und was für eine wahnsinnige Sonne draußen schien, du hättest es nicht geglaubt, sie entzündete lodernde Feuer auf dem Berg und versprühte blutige Inschriften am Himmel, verwandelte das Meer in eine Schale Orangensaft mit Wodka und rauchte Millionen von Zigaretten auf einen Sitz, spiegelte sich in den großen Fensterscheiben des sechsten Stockwerks und explodierte nahezu vor Freude darin, das war ihr großer Tag, und sie erlaubte nicht, daß er zu Ende ging, wie eine trunkene Alte machte sie weiter, wie eine Hure im roten Kleid, die an ihrem Geburtstag auf dem Tisch tanzt, mein Gott, du hättest sehen sollen, wie sie feierte.

Und dann öffneten sie die Türe und rollten dein Bett hinaus, brachten dich in das leere Zimmer nebenan, wahrscheinlich, um es Malcha Chamdan nicht schwer zu machen, die in ruhigem Genesungsschlaf versunken auf der Seite lag, ihre linke Brust wölbte sich über den Ausschnitt des Kittels, und ihr Oberschenkel war entblößt, vielleicht aber lauten so auch die Bestimmungen bei sterbenden Patienten, und so saßen wir vier um sechs Uhr abends um dich herum, nicht wirklich neben dir, sondern in einer Art ehrfürchtigem Abstand, und begannen zu warten, ließen kein Auge von dir, nicht einmal für eine Sekunde, als ob du durch unsere schiere Willenskraft atmen würdest, und wenn wir zu wachen aufhörten, würdest du es plötzlich einstellen, und etwa gegen sieben sagte David, »wir sollten etwas essen, das kann sich die ganze Nacht hinziehen«, und er öffnete die orange Picknicktasche, teilte Karotten und Bananen an uns aus, und wir aßen geistesabwesend und fuhren fort, die Atemzüge zu verfolgen, wir sprachen nicht, nur knirschende Kaugeräusche waren zu hören und hin und wieder ein zurückhaltendes Nasenhochziehen, denn noch war die Zeit des großen Weinens nicht gekommen, und dein Gesicht war sehr ruhig, ohne jede Bitterkeit, nur dein künstliches Auge stand offen, die Brust hob und senkte sich, und der Abstand zwischen den Atemzügen wurde immer länger, bis jeder Atemzug der letzte zu sein schien, aber mit der vereinten Kraft unserer Blicke sogen wir aus deinem Inneren noch einen, und nach einer Minute oder zwei noch einen, nun warst du bereits völlig reglos, die Brust hob sich nicht mehr, vielleicht sollte man Dr. Sion rufen, aber nein, da kam noch ein Atemzug, und nach Minuten angespannter Stille noch einer, und wir warteten auf den nächsten Atemzug, lange warteten wir, aber das war es, das war alles.

David öffnete die Türe und rief Dr. Sion, der herbeigeeilt kam, einen Wagen mit einem EKG-Gerät vor sich herschob, und wir standen im Gang und warteten auf die offizielle Bestätigung, aber wir weinten schon, wir drei, jeder für sich, an die Wand gelehnt, um nicht zu fallen, und Oren schlug mit der Stirn gegen die Wand, trat wieder und wieder nach ihr, David stand da und starrte mit trockenen Augen auf die geschlossene Tür, blau, ich erinnere mich, alle Türen waren blau gestrichen, und ich warf einen Blick auf die Uhr, sechs Minuten vor neun Uhr abends, und auch die großen Fenster wurden endlich dunkel, und Dr. Sion kam heraus, der lange Papierstreifen der EKG-Aufzeichnung baumelte von seiner Hand herab, und er schlug die Augen nieder und sagte wie die Ärzte in Filmen, »ich bedaure«, und ich sagte, »zeigen Sie mir das«, und schnappte ihm das Papier aus der Hand – denn Vater und später andere Ärzte, Spezialisten, hatten so viele solcher Untersuchungen mit mir angestellt, um den Grund für mein irreguläres Herzflattern herauszufinden, was ihnen bis heute nicht gelungen ist zu entdecken, und ich konnte sehr gut EKGs lesen – und Dr. Sion sagte, »es gibt nichts zu sehen, nur eine schwarze Linie«, und wirklich, da war eine gerade und lange schwarze Linie, und ich gab ihm das Papier zurück und dabei bemerkte ich, wie hatte ich es vorher nur übersehen können, den Ehering an seinem Finger, und er drückte meinen Arm über dem Ellbogen und sagte wieder, »mein aufrichtiges Beileid«.

Ich fragte, »kann man einen Augenblick zu ihr hinein«, und Dr. Sion sagte, »bitte«, und einer nach dem anderen, wie bei irgendeiner Zeremonie, die feste Gesetze und Regeln hat, näherten wir uns dir, küßten dich auf die Stirn, die feucht und lauwarm war, und David schloß dir mit seiner Hand das Auge, das sich beharrlich wieder öffnen wollte, und ich verstand nicht, wie er es schaffte, nicht zu weinen, ich umarmte ihn und sagte mit einer Art unterschwelligem Vorwurf, »sie hat dich so geliebt«; ein Schluchzer, erstickt wie ein Husten, entfuhr seiner Kehle, doch wie ein Kommandant, der Aufgaben an seine Soldaten verteilt, sagte er, »ihr geht nach Hause, fangt mit den Telefonaten an und setzt eine Anzeige für die Zeitung auf, ich bleibe hier, um die Formalitäten zu erledigen, und komme dann gleich«, und wir packten unsere Sachen zusammen, Oren nahm die Picknicktasche, die Schwester drückte mir deinen blauen Morgenmantel in die Hand, und ich murmelte, »was soll ich damit«, aber ich wußte, auch hier im Krankenhaus brauchten sie deine Kleider nicht, und ich umarmte den Mantel, an dem dein säuerlicher Geruch und ein paar aschblonde Haare hingen, und so verließen wir das Zimmer, gingen den Gang entlang, ich voraus, Oren hinter mir und als letzter Noam, gebrochen und erleichtert kamen uns die verwaisten Tränen, und ich fühlte die Augen, Dutzende von Augen huschten um uns herum, und ich konnte mein Gesicht nicht in den Händen verbergen, setzte meinen Weg fort und weinte mit weitoffenem Mund, und bei den Aufzügen erklärte eine Frau in vernehmlichem, scharfem Flüsterton, »die sind so, weil ihre Mutter gerade gestorben ist«.

Nachdem wir alle angerufen und es ihnen mitgeteilt hatten, die Zeitungsanzeige aufgesetzt hatten, ›unsere geliebte Carmela ist von uns gegangen‹, und auch David seine Formalitäten erledigt hatte und zurückgekommen war, als es bereits ziemlich spät war, klopfte es plötzlich an der Tür, David öffnete, und Vater umarmte ihn und barg für den Bruchteil einer Sekunde das Gesicht an seiner Schulter, und obwohl er zehn Jahre älter war als David, schienen sie gleichaltrig, deine beiden Witwer, der eine verwitwet von seiner Geschiedenen, der andere verwitwet von seiner Geliebten, und wie Davids Gesicht über Vaters schütterem Haar gefror, eine kaum wahrnehmbare Verzerrung des Abscheus um die Mundwinkel, doch da rückte Vater von ihm ab und murmelte »mein Beileid«, und David stieß »danke« hervor, ging und schloß sich in eurem Zimmer ein. Vater kam zu mir und umarmte mich, zögernd, unbeholfen, wie vor Jahren, als wir im Wadi spazierengingen, und ich atmete seinen altbekannten Geruch ein, ein Geruch nach Schweiß und Autoabgasen, vielleicht auch dem Rauch der Raffinerien, der ihm von früher anhaftete, und ich sagte mir erstaunt, daß er nie den bitteren Ärztegeruch, kalt wie ein Stethoskop, verströmt hatte.

Er legte seine großen Handflächen, die den meinen glichen, auf Orens und Noams Schultern und murmelte wieder, »mein Beileid«, holte sich einen Stuhl aus der Eßecke und setzte sich neben uns, ein bißchen erhöht, denn wir saßen auf dem bequemen niedrigen Sofa, während er so gut wie nie auf dem Sofa gesessen war, als hätte er es nicht verdient, sondern immer auf einem dieser Stühle mit der blauen Polsterung und der hohen harten Lehne, die noch aus der Zeit stammten, in der er mit uns zusammen gewohnt hatte, und ich betrachtete ihn; das gleiche fadenscheinige Hemd, die gleichen alten Hosen, die gleichen schwarzen Uraltsandalen mit den gekreuzten Riemen, nur die zwei Kerben zwischen Nase und Mund hatten sich stark vertieft, und seine Augen hinter den dicken Brillengläsern waren klein und gerötet.

So saßen wir da und schwiegen, wir drei mit rotfleckigen Gesichtern, und plötzlich begann er zu reden, obwohl keine Frage gestellt worden war, denn es schien uns ja immer, als wüßten wir alles, als hätten wir alles schon Dutzende Male gehört: ihr seid euch zum ersten Mal auf dem alten Universitätsgelände in Terra Santa begegnet, ein verzauberter, glockenläutender Name, durchscheinend wie die Luft der Hügel Jerusalems, denn obwohl ihr beide in Haifa aufgewachsen und in etwa gleich alt wart, kanntet ihr euch nicht, bevor ihr an die Universität kamt, und auch dann habt ihr nicht mehr als ein flüchtiges Hallo auf dem Gang gewechselt, vielleicht auch nur ein bestätigendes Kopfnicken, ja, wir beide sind aus dem gleichen Ort, denn Vater war schüchtern, und du warst so hübsch, daß nur die größten Angeber es wagten, dir nachzustellen, und erst Ende des letzten Studienjahres habt ihr euch eines Tages im Autobus nach Haifa getroffen, und du hast ihm von deiner Mutter erzählt, die an Krebs erkrankt war und im italienischen Krankenhaus für unheilbare Fälle lag, und du weintest, und Vater wußte nicht, was er tun sollte, nicht einmal ein sauberes Taschentuch hatte er, und du hast den Kopf an seine Brust gelegt, und er legte irgendwie die Arme um deine Schultern – »er war ein solcher Golem«, hast du einmal verbittert gelacht, als du mir von jener Fahrt im Autobus erzähltest; »er schwieg während der ganzen Fahrt, als ob ihm die Zunge am Gaumen klebte, und dann hat er mich das ganze Leben lang weiter angeschwiegen«, aber jetzt begann er plötzlich zu reden und zu reden, als redete er nicht zu uns, als hinge eine nicht gestellte Frage in der Luft, und der Luft schuldete er die Antwort, und er erzählte laut, was er sich selbst schon hunderte Male im stillen erzählt hatte, mit hohler, gleichmäßiger Stimme, wie ein Gratwanderer am Abgrund der Tränen: »Ich habe sie viele Jahre vorher schon gekannt, ich habe es ihr nie erzählt, Ende neunundvierzig oder Anfang fünfzig, nach meiner Bar-Mizva. Es war im Mai-Kino. Ich erinnere mich, daß es regnete und sich alle am Eingang unter dem Vordach zusammendrängten. Da stand so ein alter Straßenhändler hinter einem großen Kessel und verkaufte amerikanischen Mais, das war damals was Neues in Israel. Ich hatte kaum zwei Groschen für die Eintrittskarte, aber um diesen Kessel herum, aus dem der Geruch von geröstetem Mais dampfte, bis dir der Speichel im Mund zusammenlief, drängte sich eine Gruppe von Mädchen, die mit ihrem Geld winkten, und jede von ihnen tauchte mit einem trichterförmigen Papier voll mit diesen Maiskörnern wieder auf, die sie schnell in den Mund warfen, zwischen den Zähnen zerplatzen ließen, und ihrem Geplapper entnahm ich, daß sie aus dem Realgymnasium waren und vor Angst klapperten, denn Dr. Biram schickte immer seine Lehrer los, um in den Nachmittagsvorstellungen herumzulaufen und Schüler zu erwischen, wer ging denn damals ins Kino, nur Hohlköpfe, aber bei uns in der Alliance war ein Lehrer, Monsieur Enoux, der uns ermutigte, alle französischen Filme anzuschauen, mit Jean Gabin und Simone Signoret, Daniel Darieux und Arlette, es gab *Rot und Schwarz*, ich erinnere mich, und *Bestie Mensch* – damit wir die Sprachen hörten, sagte er immer, und damit wir etwas übers Leben lernten. Jedenfalls, diese Mädchen aus dem Realgymnasium wollten einen neuen Film mit Rita Hayworth nicht versäumen, es war *Lady aus Shanghai*, und plötzlich sah ich sie auf das Kino zugehen, ich erinnere mich bis heute an die Kleider, die sie anhatte, ein Kleid aus gutem Flanell mit bunten Karos, graue Strümpfe mit kleinen Kirschen eingestickt, Ballerinaschuhe aus schwarzem Lack, einen rosa Wollmantel mit einem Pelzrand um die Kapuze, wer hatte hierzulande in Zeiten der Bezugsscheine schon solche Kleider gesehen.«

Und ich, die ich immer jede Geschichte gegenüber dem, was sich in Wirklichkeit abspielte, vergrößern und mir die kleinsten Einzelheiten ausmalen muß, und vor allem jetzt, wo ich daraus irgendwie Trost schöpfte, sah dich, wie du mit der rosa Kapuze auf das Kino zugingst, deine türkisen Augen spähen hinein, Locken wie die Goldfäden der Müllerstochter, und mit einem

Mal hört der Regen auf, die Sonne tastet sich mit kalten, blaßen Strahlen vor wie mit Blindenstöcken, und jemand flüstert, »da kommt die Neue«, und du grüßt sie, bleibst aber mit einer Freundin, die mit dir gekommen ist, abseits stehen, es ist Ruth, und die Mädchen fangen sofort an, miteinander zu tuscheln, pst pst pst, und Vater, dreizehn, mit kreuzbraver Brille und Seitenscheitel, schiebt sich näher heran, bis er jedes Wort hören kann:

»Sie war zwei Jahre in Amerika.«

»Sie sin' im Krieg von hier abgehau'n.«

»Verräter.«

»Ihr Papa hat neben uns ein Touristenbüro aufgemacht für die, die aus'm Holocaust gekommen sin'.«

»Sie sin' in die große Villa in der Panoramastraße eingezogen, die eine, die die ganze Zeit zugesperrt war.«

»Dann kann man die Abkürzung da nich' mehr nehmen und Veilchen pflücken?«

»Nein, ihre Mutter läßt einen nich'. Vertreibt einen.«

»Wo war sie vorher in der Schule?«

»Im Leo Beck, ihre Mutter is' bis zur vierten Klasse ihre Lehrerin gewesen, sie hat's mir gestern erzählt, als wir uns zur Gym' umgezogen haben.«

»Auf der Stelle tot umfallen würd' ich, wenn meine Mutter meine Lehrerin wär'.«

»Schau mal, wie sie sich fürs Kino aufgetakelt hat.«

»Sie is' schrecklich hübsch, wie so'n Engel aus'm Fleißbildchenbuch«, das sagte eine Dicke und seufzte vor Neid.

»Sie lernt Englisch mit denen von der Achten, weil sie's schon so gut kann.«

»Naja, das is' keine Kunst nach zwei Jahren Amerika.«

»Und wer is' die Freundin von ihr?«

»Sie heißt Ruthi und wohnt im Haus neben ihr und geht in die Alliance zur Schule.«

»Schrecklich häßlich.«

»Sie sin' Freundinnen, seit sie klein sin'.«

Solche Dinge sagten sie, und Vater saugte jedes Wort ein, aber noch wußte er nicht, wie du heißt, und dann begannen alle hineinzudrängen, zu viele Menschen durch einen zu engen Eingang, und Ruth rannte zum Ende der Schlange und schrie nach hinten, »Carmela, jetzt komm schon, wir kriegen sonst keinen Platz mehr«, und so erfuhr er es, und er ging hinein und setzte sich hinter euch, und mehr als von dem Film sah er von deinen Locken, die ihm, erfaßt vom Licht der Leinwand, wie ein Glorienschein über deinem Kopf vorkamen, und damals begann er, sich den Kopf zu zerbrechen, wie er dich für immer für sich gewinnen könnte, er wußte, daß es keinen Sinn hatte, dich nach dem Film anzusprechen, mit seinen schlampigen Hosen und dem alten Pullover seines Vaters, der an den Ellbogen durchlöchert war, und »ich wollte nicht, daß die Dinge zu schnell geschehen. Ich wollte mich darauf vorbereiten, und ich hatte das Gefühl, es würde sehr lange dauern, aber am Ende würde es mir gelingen, ich wußte ja schon ein paar Einzelheiten über sie, und das beruhigte mich.«

Es war, als hörten wir ihm nicht zu, jeder für sich in seine eigenen Gedanken versunken, erst vor drei Stunden hattest du deinen letzten Atemzug getan, und schon sprach er von sich selbst, als hätte dein Tod dich jetzt endlich für immer zu der seinen gemacht, aber das Herz folgte der Geschichte, denn die Geschichte war in unserer Seele, unser Fleisch und Blut, und jedes Wort grub sich ein.

»Später, im Laufe der Jahre, spürte ich ihr immer nach, ohne daß sie es merkte. Jedesmal, wenn ich eine gute Note erhielt, belohnte ich mich selbst und ging sie anschauen, stieg die Treppen des Hügels hinauf zum Zentrum des Carmels, beobachtete durch den Zaun die Turnstunde, wie sie als letzte in der Reihe lief, ihre Streichholzbeine schlenkerten in alle Richtungen, ihr Gesicht war gerötet von der Anstrengung und der Sonne, und wie sie vor den Bällen beim Völkerball floh. Manchmal stahl ich mich an den Abenden unter das Fenster ihres Zimmers. Ich saß auf einem Haufen Kiefernnadeln an die Mauer gelehnt, lauschte den Liedern Sinatras, die sie auf dem Grammophon abspielte, und ihrem Getuschel mit Ruth, von dem mir nicht viel zu verstehen gelang, außer den Lachausbrüchen und ›Mami, ich sterbe, ich muß Pipi‹, und am Ende der sechsten Klasse fing sie dann an, mit Nathan auszugehen, der ein Jahr älter war als sie, und ich dachte schon, ich hätte keine Chance mehr.«

Ja, von Nathan wußte ich aus den Geschichten Tante Techiyas, aus den Briefen, die ich in den letzten Monaten entdeckt hatte, bei meinem verrückten nächtlichen Herumgeistern. Zu aufgeputscht, um zu schlafen, trieb ich mich in dem dunklen Haus herum, lauschte an eurer Zimmertür, bemühte mich, deine Atemzüge zu hören; manchmal brachen deine unterdrückten Schluchzer durch die Türe, und ich hielt mit den Händen meinen Bauch umarmt und krümmte mich zu Füßen der Wand zusammen.

Eines Nachts trat ich auf den Balkon hinaus und starrte auf die Lichter, die wie Goldflitter tanzten, das wir einmal auf den schwarzen Satinumhang geklebt haben, den du mir genäht hattest, als ich mich als Königin der Nacht verkleidete, und dann holte ich schlafwandlerisch einen Stuhl aus der Küche, stellte ihn neben den Wandschrank im Vorraum und kletterte hinauf, meine Hände ertasteten Packen alter Kleider; da war das geblümte Kleid, das du am Sabbat immer getragen hast, wenn wir mit Vaters rumpelndem 2 CV ans Meer fuhren; die Spaghettiträger des Kleides, dein langer, schöner Arm im offenen Fenster, das goldene Armband, der rote Nagellack, die Zigarette. Und da war das violette Kostüm, das du anhattest, als du mich am ersten Schultag in die Schule brachtest, langbeinig im Minirock mit hochhackigen Sandalen, wieso hast du alle diese alten Sachen aufgehoben, Mama, vielleicht kannst auch du, so wie ich, dich von nichts trennen.

Und hier deine Knopfschachtel, eine runde, klappernde

Blechschachtel, bemalt mit Anemonen, alle Knöpfe der Welt sind darin zu finden, Knöpfe aus Holz, Stoff und Plastik, Silber- und Goldknöpfe, winzige Perlenknöpfe und große Perlmuttknöpfe von Mänteln, Knöpfe in allen Farben, mit und ohne Löcher, und kleine, aufgeregte Finger, die einmal die meinen waren, greifen sich eine Hand voll und befühlen sie.

Und eines Nachts entdeckte ich die braune Stoffschachtel mit dem Lavendelgeruch, in der Großmutter Rivka ihre bestickten Taschentücher und ihren Schmuck aufbewahrte, und in einem der Kartonfächer fand ich Nathans Briefe, von einem violetten Band zusammengehalten. Ich machte den Schrank zu und kehrte in mein Zimmer zurück, schaltete das kleine Licht an, setzte mich auf die Matratze, und behutsam trennte ich die violette Schmetterlingsschleife auf, die du vor über dreißig Jahren zusammengeknotet hattest, und aus einem der Umschläge flatterten zwei Paßbilder; eine Baskenmütze über einer breiten Stirn, helle Augen, ein dunkler, kurz getrimmter Bart, volle Kinderlippen, das Rangabzeichen eines Leutnants und ein scheues, stolzes Lächeln.

Entschuldige, daß ich deine Briefe gelesen habe, Mama, ich mußte dir nachspionieren, denn du hast niemals etwas preisgegeben. Brief um Brief las ich, gelblich linierte Heftseiten, gestochene, geschwungene Buchstaben, wie die Skizzen eines Vogelschwarms; Dutzende »teure Carmelinka«, »mein Schatz«, »mein Swany«, »mein süßer Schwan«, »meine schöne zukünftige Gefährtin«, dutzendmal »mit ungeduldiger Erwartung«, »in Liebe für immer«, »dein Nathan«, und Dutzende von Tintenküssen blühten in jener Nacht unter ihren Händen auf und flatterten auf die Bettdecke.

Schlichte Briefe des Verlangens eines Soldaten an seine Geliebte; die Manöver, die Müdigkeit, die Sehnsucht, und der letzte Brief vom Novemer '56: »Damit schließe ich für diesmal. Wenn wir uns treffen, müssen wir über ganz ganz viele Dinge reden. Ich werde erzählen, du wirst erzählen, beide werden wir erzählen … und bis Freitag einen heißen Kuß auf deine Stirn, von deinem Nathan.«

»Nachdem er gefallen war, hatte ich keinen Zweifel mehr, daß sie mir gehören würde.« Der Teufel ritt ihn. Ich kann ihn sehen, wie er dir Freitagmittag und an Feiertagsvorabenden am Zentralen Busbahnhof auflauert, dort sieht er deinen Vater, Herrn Lipkin, gebeugt mit den Händen in den Taschen auf und ab gehen, unruhig und besorgt, so wie er Jahre später auf euch wartete, nachdem ihr geheiratet hattet und du mit mir schwanger warst, daß ihr aus dem Kino zurückkommt, er ging im Pyjama den Hofweg bis zum Tor entlang und wandte sich wieder zum Haus zurück, hin und zurück, nervös hustend, das Atemspraygerät in der Hand. Eines Nachts, hast du mir einmal erzählt, gelangte er in Schlafanzug und Hausschuhen bis ins Zentrum, lief dort herum und schrie, Carmela, Carmela, bis es dir reichte und du beschlossen hast, Vater und du müßten in eine eigene Wohnung ziehen, aber als du Soldatin warst, mußtest du dir das noch gefallen lassen, und als du aus dem Autobus stiegst, fragil wie Audrey Hepburn, blond wie Mae West, ein goldbraunes Reh, fiel Großvater mit Umarmungen und Küssen über dich her, nahm dir dann die leichtere Tasche ab und überließ dir die schwerere und das Gewehr, denn er litt an Asthma, das Tragen fiel ihm schwer, und vor Waffen hatte er generell Angst, und Vater hielt sich gerade noch zurück loszurennen und dir zu Hilfe zu eilen, er wußte, die Zeit war noch nicht gekommen. Und so gingt ihr die Panoramastraße hinunter, und Vater folgte euch, es gelang ihm noch, dich in den riesigen Armen deiner Mutter verschwinden zu sehen, und erst dann ging er den Abhang hinab nach Hause, duschte sich und machte sich bereit, mit seinem Vater in die Synagoge zu gehen.

»Und in dem Jahr passierte meinem Vater der Unfall, und ich dachte schon, ich müßte das Studium aufgeben und beim Verdienen mithelfen, und aus und Amen mit Carmela.« Und ich sehe den Jungen vor meinem geistigen Auge, der mit dem Autobus von der Universität in Jerusalem in die Pessachferien zum Haus seiner Eltern fährt und unterwegs beschließt, in der Nave-Scha'anan-Straße in Tel Aviv vorbeizuschauen, denn er hat von seinem Zimmergenossen gehört, daß man dort spottbillig gute Schuhe kriegen kann, und seine Schuhspitzen sind schon so abgestoßen, daß es keine Schuhcreme mehr verbergen kann, ebenso die Absätze, und außerdem, vielleicht würden sie sich zufällig auf der Straße begegnen, im Zentrum des Carmels, eine hübsche Soldatin, die auch auf Urlaub ist, die Mütze sitzt schräg in perfekter Balance auf ihren Müllerstochterlocken, so wie er dich sah, wenn er dir am Neujahrsfestabend von Rosch Haschana an der Busstation auflauerte, und vielleicht hätte er ausgerechnet dieses Mal den Mut, dich anzusprechen. Und er steigt am Busbahnhof aus, kauft die Schuhe, und auf der Fahrt nach Haifa wickelt er sie vorsichtig aus dem Zeitungspapier aus, betrachtet sie und denkt sich, ein guter Kauf, und dann glättet er die zerknitterte Zeitungsseite der *Davar* auf seinen Knien, und seine Augen irren völlig unbewußt über die schwarzen Buchstaben, bis sie auf die Schlagzeile »Arbeitsunfall in Haifa« stoßen, und er nimmt sie mit einem Lidschlag auf, aber er weiß es schon, als hätte das Wissen all die Jahre in ihm gewartet: »Eine Dachdecke stürzte über drei Arbeitern während der Betonierarbeiten ein. Einer von ihnen wurde ins Rambam-Krankenhaus eingeliefert, und die Ärzte waren gezwungen, ihm beide Beine zu amputieren. Der Arbeiter, Jacob Hirsch, ist verheiratet und Vater von drei Kindern.« Das war vorgestern, er schaut auf das Datum und sein Herz sinkt, warum haben sie mir nichts gesagt, und sofort regt sich sein Gewissen – das ist meine Strafe für Nathan.

»Aber am Schluß stellte sich heraus, daß ich das Studium fortsetzen kann, denn Großvater erhielt Entschädigungen von der Baugesellschaft und eine Rente von der Sozialversicherung«, hörte ich seine Stimme, darauf beharrend, die ganze Geschichte selbst zu erzählen, bis er, wie in diesen französischen Filmen, sagen konnte »FIN«, »und die ganze Zeit hatte ich keine Freundin, ich habe mich ganz für sie aufgehoben, und ich war ihr immer noch nicht nähergekommen, habe sie nur von weitem überwacht« – er nahm die Brille ab und rieb sich mit Daumen und Zeigefinger die Augen –, »und zweiundsechzig kam ich nach Haifa zurück und fing mit der Facharztausbildung im Rambam an, sie war einige Monate vorher zurückgekommen, denn ihre Mutter war da gerade krank geworden. Ich ging immer am Italienischen Hospiz vorbei, um sie dort am Abend herauskommen zu sehen, zwischen den Nonnen, müde und traurig. Und nachdem Rivka gestorben war, auch sie im Frühling, vor Purim, blieb Carmela mit ihrem Vater zurück und brauchte jemanden, der sie tröstete und sie aus dem Haus holte, und ich zog mich schön an und ging zum Carmel hinauf, klopfte an die Türe und lud sie zu einem Purimball vom Technikum ein, ich erinnere mich, daß ich kein Kostüm hatte, also warf ich mir den Krankenhauskittel über, und Carmela öffnete die Tür, sah mich an, so von der Seite, und sagte, zieh das aus, ich habe in der letzten Zeit genügend weiße Kittel gesehen. Auch sie verkleidete sich nicht, sie setzte nur eine schwarze Maske in Form von Katzenaugen auf, und wie sie tanzte in jener Nacht, ich erinnere mich, daß sie alle anschauten, trotz der Maske konnte man sie leicht identifizieren, an der Figur und den Locken, und alle tuschelten, noch keine zwei Wochen, seit ihre Mutter tot ist, und wie sie tanzt, aber es war ihr egal, sollen sie mich doch alle mal, sagte sie und zog mich in die Mitte des Platzes, und dann wurde sie schwanger, und das war's« – er stand plötzlich auf – »ich muß jetzt gehen, ich sehe euch morgen bei der Beerdigung.«

»Moment«, sagte ich und wechselte einen Blick mit Oren und Noam, deren Augen noch vom Weinen verschwollen waren, »du hast nicht erzählt, wie ihr euch im Autobus nach Haifa getroffen habt und wie Mutter dir den Kopf auf die Schulter legte.«

»Welcher Autobus?« – die beiden Falten über dem Brillenbügel, die ich früher mit zwei Kinderfingern gewaltsam auseinandergezogen hatte –, »ich erinnere mich nicht mehr, ich muß heute nacht noch nach Beit Schemesch zurück.«

»Moment«, sagte ich wieder, fast mit Freude, mit wilder Freude, denn plötzlich begriff ich, ja, das war es, wonach ich die ganzen Jahre über gesucht hatte, das war der Schlüssel, »als du das Haus verlassen hast, als ihr euch getrennt habt, war ich genau in dem Alter, in dem du sie zum ersten Mal gesehen hast, stimmt's, und auch wenn ich ihr überhaupt nicht ähnlich sehe, habe ich dich irgendwie an sie erinnert, als sie zwölf war, stimmt's?« Ja, das war der Grund, er war nicht imstande, mich anzuschauen, ohne dich zu sehen, wie du am Geländer neben dem Mai-Kino lehntest mit der pelzbesetzten Kapuze, ohne sich selbst wieder und wieder die Augenblicke, die Tage und die Jahre aufzuzählen, die danach kamen, dreizehn Jahre lang Erwartung und dreizehn Jahre Ehe, und all die Jahre nach dem Betrug und der Scheidung, lange Tage bar der Wünsche, bar der Freude, ja, das war es, ohne jeden Zweifel.

Ich stand ihm gegenüber wie noch nie und wartete auf eine Antwort, aber er sagte nichts, als hätte er jetzt, nachdem er eine geschlagene Stunde lang geredet hatte, kein einziges Wort mehr hinzuzufügen, er schenkte mir nur einen leicht erschütterten Blick, als sei er erschrocken, daß mir zu entdecken gelungen war, was er sich selbst zu sagen fürchtete, vielleicht aber auch das Gegenteil, vielleicht war er bestürzt, daß ich es überhaupt wagte, zwischen dir und mir einen Vergleich zu ziehen, und er murmelte wieder, »Schalom, wir sehen uns morgen«, und ging.

Danach sagten wir nichts mehr, nur, daß es schon spät sei und man versuchen müsse, ein bißchen Schlaf zu erwischen, denn morgen würde ein schwerer Tag, und wir wollten auch endlich alleine sein, zusammengerollt in unseren Kinderbetten, jeder in

Ruhe für sich allein mit seinen Tränen, doch ich lag da mit trokkenen Augen, die in die dichte Dunkelheit starrten, man kann überhaupt nichts sehen anscheinend bin ich aufgewacht immer habe ich mich davor gefürchtet und jetzt ist es wirklich passiert aber das kommt weil mein Arm über der Stirn liegt und die Augen bedeckt von denen eines fehlt und mein Körper liegt auf dem Rücken schwer verkrümmt und mein Mund ist zusammengeballt in unendlicher Erbitterung denn morgen werden sie mich mit Erde bedecken und sie sehr gut festtreten und schwere Platten darüber legen um die Lebenden von den Toten zu trennen und noch mehr Erde daraufhäufen und einen Berg von Blumen und ein kleines provisorisches Schild hineinstecken bis sie um den dreißigsten Tag herum den Grabstein aufstellen werden aber inzwischen werden sie um keinen Raum für einen Irrtum zu lassen auf das Schild meinen Namen schreiben Carmela Schenhar.

Und dann sagte jemand, daß der Sonnenuntergang an jenem Abend sehr merkwürdig und besonders lang gewesen war, und Dvori – die ein Bekleidungsgeschäft in Achusa hat, in dem du in den letzten Jahren, seit Luna, die Näherin, gestorben war, Stammkundin warst – begeisterte sich und sagte, das stimme, auch ihr sei es aufgefallen, sie hatte gerade ihre Boutique zugesperrt und war in Richtung Danya gefahren, und obwohl es wirklich schon spät war, bestimmt nach sieben, loderte der Himmel mit so einem orangen Glanz, der sie mit Erregung erfüllte, sie aber auch beim Fahren störte, und in der Luft lag ein feiner Hauch von beginnendem Chamsinwetter, und sie hatte sich gedacht, was für ein wahn-sinn-i-ger Frühlingsabend, »nicht daß ich an Mystik oder so was glaube, aber so als ob die Seele« – »Mutter starb sechs Minuten vor neun, und es war schon dunkel«, unterbrach ich sie trocken, wobei ich mich daran erinnerte, wie sie erst vor ein paar Tagen bei uns aufgetaucht war, drei Bügel mit nylonverpackten Kleidern in der Hand, die Fingernägel rot lackiert, die blauen Puppenaugen flossen über vor Mitgefühl, und mit einer Stimme voll bester Absichten zu dir sagte, sie wisse, daß es dir schwerfalle, jetzt in die Boutique zu kommen, also habe sie beschlossen, dir ein paar Sachen zu bringen, die dir gefallen könnten – »sie sind für jetzt gut für dich, für die Demisaison, komm, ich helfe dir beim Anprobieren« – und ich erinnerte mich, wie sehr du dich damals gefreut hast, als kräuselte eine zarte Lichtwelle dein Gesicht, das die Krankheit nach innen sog, und ich griff nach deiner Hand, um dir zu helfen, deinen Körper vom Sofa hochzustemmen – »ich brauche einen Kran«, hast du gekeucht, ein trübes Lachen ausgestoßen, und langsam, mit deiner Hand auf meine Schulter gestützt, sind wir ins Schlafzimmer gegangen. Dvori folgte uns, trug die Kleider und setzte sich ans Bettende, und während ich dir half, dich auszuziehen, senkte sie die Augen, heftete sie auf das abblätternde Furnier am Unterteil der Schuhschublade, aber ab und zu schielte sie nach oben, als bedeckten unsichtbare Hände ihr Gesicht und zwängen sie, durch die Fingerspalten zu linsen, um den welken Hals, die dürren Arme zu sehen, deren Haut gelb und rissig war, die eingesunkene Brust über dem riesigen Bauch und die von angestauten Flüssigkeiten aufgedunsenen Beine, und ruhelos löste sie ihre dünnen Beine voneinander und schlug sie von neuem übereinander, das rechte über das linke, die Sohle des rechten Fußes elastisch hinter den Knöchel des linken gesteckt, und auch ihre Arme verschränkte sie über den noch jungen Brüsten und dachte, o Gott, was für ein Glück, daß nicht ich das bin, und als das Kleid bereits irgendwie an dir dranhing, nur die geschwollenen Knöchel und die Fußsohlen darunter hervorlugten und du dich im Spiegel des Wandschranks betrachtetest und versucht hast, mit sanften Fingern dein Haar zu ordnen, das von dem ganzen Liegen zerdrückt war, auf deinen Bauch geklopft und gegrinst hast, »wie eine schwangere alte Frau«, vergewaltigte sich Dvori dazu, ihren Blick über den Spiegel direkt auf dich zu richten und zu lächeln, und sagte, »was redest du da, das sieht an dir doch einfach wahn-sin-nig aus«, und du, dir flutete plötzlich die Röte in die Wangen, wie ein junges Mädchen beim Kleideranprobieren hast du geplappert, »ich bin mir schrecklich unschlüssig, welches ich nehmen soll, das Grüne würde jetzt gut für mich sein, für den Übergang, das Weiße ist ein bißchen sommerlicher, aber es ist auch eleganter, vielleicht für Pessach, und das gepunktete Gelbe ist schon richtig für den Sommer, was sagst du, welches soll ich nehmen«, fast flehend, und ich sandte dir ein bestätigendes Lächeln über den Spiegel, »alle sind schön, Mama, nimm alle«, und dann hast du dich plötzlich schwer auf dem Bett niedergelassen und mit dumpfer Stimme gesagt, »das Grüne nehme ich nicht, mir ist eingefallen, daß Warda genau so ein Kleid hat«, und ich fragte, »was kümmern dich Wardas Kleider«, und du hast deine Lippen fest zusammengepreßt und gesagt, »tun sie aber«, und Dvori stand auf und sagte mit einer Stimme, die bemüht war, frisch und sorglos zu klingen, »ich muß los, Carmelinka, laß es dir gut gehen«; und du bist mit dieser Schwerfälligkeit aufgestanden, hast in deiner Handtasche nach deinem Scheckbuch gekramt und ihr den letzten Scheck ausgestellt, den du in deinem Leben ausstellen würdest, und einige Tage später betrat ich ihren Laden in Achusa, kaufte einen schwarzen Rock und eine Bluse und dachte, wenn du mich jetzt sehen könntest, würdest du dich freuen, endlich ein Rock, und später, als der Mann von der Bestattungsgesellschaft uns aufforderte, daß mir jemand zum Zeichen der Trauer die Kleider einriß, und Ruth, mit krampfhaft zitterndem Kinn, meine neue Bluse unter dem Kragen einschnitt, ging mir der Gedanke durch den Kopf, wenn wir nach Hause zurückkommen, erzähle ich dir, daß Ruth das Ritual bei mir übernommen hat, und fast hätte ich geschrien, doch da brachten sie die Bahre mit deinem Körper unter dem schwarzen Tuch, ich hatte keinen Beweis außer der Größe, er schien kleiner und weniger als du zu sein und trotz allem deiner, der Linie der Schultern nach und dem wie schwanger aufgeblähten Bauch, und die ganze

Zeit wußte ich, das bist nicht du, sondern nur das gemarterte Fleisch, denn du hast dich gestern abend mit deinem letzten Atemzug verflüchtigt, sechs Minuten vor neun, im fahlen Neonicht, im Krankenhaus auf dem Carmel, und ich weinte nicht, obwohl mich alle erwartungsvoll ansahen, ich stand nur da, am aufgeschütteten Hügel nebem dem Grab mit Oren und Noam und David, deren Augen ebenfalls trocken blieben, als hätten wir gemeinsam, wie jeder für sich, beschlossen, daß das unsere Privatangelegenheit war, in meinen Fingern hielt ich einen Blumenstrauß, den ich am Morgen an dem duftenden Nischenstand neben Dvoris Laden gekauft hatte, Frühlingsfeldblumen, die im brennend heißen Wind schon eine Spur verwelkt waren, und meine Augen streiften über die Gesichter der Menschen, deren Großteil ich zeit meines Lebens kannte, aber jetzt war etwas Fremdes an ihnen, als trügen alle exakte Masken ihrer Gesichter; Tante Techiya, Nurit und Ami, Ruth und ihr Mann, Dvori, Warda in jenem grünen Kleid, eure Freunde und einige Freunde von Oren und Noam, die in Uniform kamen, und zwei ältere Männer mit Bauchansatz, die dich vielleicht einmal geliebt hatten, einige alte Jeckes, die schon zu Großvaters Lebzeiten Stammkunden im Reisebüro waren, und da war Golden in Anzug und Krawatte, betrachtete verwirrt seine Schuhe, wie grau er im letzten Jahr geworden war, nicht nur das Haar, auch das Gesicht, die Haut, alles schien geschrumpft zu sein, und Benjamin Keinan, die langen weißen Haarsträhnen welkten über seinem Ohr, und ein weißes Taschentuch bedeckte anstelle einer Kippa seine Glatze, und Noa, die erst vor wenigen Tagen aus Amerika zurückgekommen war, mit geschorenem Kopf, fast kahl, ihr Gesicht mager, kantig, trug einen Achtmonatsbauch vor sich her, auch sie blickte mich an, ihr wacher grüner Blick wie zugespitzt, meine fünfzehnjährige Geliebte flackert für einen Moment in ihrem Gesicht auf und zieht sich wieder zurück, meine Augen suchen die ihren, um zu fragen, erinnerst du dich, um zu sagen, wie sehr hast du dich von mir entfernt, wie sehr haben wir uns voneinander entfernt, um zu beichten, weißt du, ich habe es erzählt, nur einmal, nur einem einzigen Mann, der es wert war, um zu weinen, auch ich könnte jetzt ein Kind haben, wir hätten zusammen mit zwei Kinderwägen im Stadtpark spazierengehen können.

Und ich atme tief ein, bis auf den Grund meiner Brust, die sich plötzlich öffnet, denn von nun an wirst du mich nicht mehr mit deinen Röntgenaugen anschauen, um in meinem Gesicht die Lust und die Schande zu entdecken, denn auch den Verrat, der immer zwischen uns stand, nimmst du jetzt mit ins Grab.

Ja, alle sind hier, alle, die mir noch geblieben sind, und nur Yigal fehlt – bei Begräbnissen erinnert man sich immer an den, der nicht gekommen ist, aber ich wußte, daß er nicht kommen würde, denn ich hatte ihn in der Früh angerufen, ohne Zögern und ohne Herzklopfen, denn dieses Mal rief ich legal an, und ich sagte, »Yigal, meine Mutter ist gestern gestorben, du brauchst nicht zum Begräbnis kommen, komm mich an einem anderen Tag besuchen«, und er sagte, »ich komme morgen« –, und nun fehlte er doch, als hätte ich gehofft, daß er trotz allem hier sei, neben mir stehen und meine Hand halten würde, und mein Blick streifte Vater, der vorher, auf dem Weg zum Grab, darauf bestanden hatte, den Sarg hinter David zu tragen, vielleicht um das Gefühl zu haben, daß du einmal auch sein warst, vielleicht auch, um sicher zu sein, daß er dieses Kapitel mit eigenen Händen besiegelte, oder weil er aus dem versteckten Wettbewerb zwischen zwei Eheleuten, wer als erster sterben, wer übrigbleiben würde, als Sieger hervorgegangen war, und jetzt stand er ganz dicht am Grab und blickte auf den Körper, der in die Grube hinuntergelassen wurde, und zu uns hin, als weigere er sich, es zu glauben, aber nein, seine beiden Söhne sagten den Kaddisch, beide gemeinsam, als sei nicht Oren der Erstgeborene und Noam der ganz Kleine, kaum zwanzig, und sie stolperten und strauchelten, *in der Welt, die er nach seinem Willen erschaffen, und sein Reich erstehe,* verwechselten den Kaddisch mit dem Sabbatgebet, *und Erlösung komme*, aber hier fingen sich ihre Stimmen wieder und stützten einander, *gerühmt sei und gerühmt und verherrlicht und erhöht und gefeiert und hocherhoben und gepriesen*, und schon kam, *der Frieden stiftet in seinen Himmelshöhen, er in seiner Gnade*, und sie schnauften erleichtert, *Amen*, und ich bückte mich, um die Blumen auf den Erdhügel zu legen, und zwei Angestellte aus deinem Büro legten weinend einen Kranz weißer Blumen mit einem schwarzen Band nieder, Tante Techiya stellte ein schweres Einmachglas voll Wasser hin, eines von denen, in denen sie Auberginen und Gurken einlegte, und ordnete wundervolle Strelitzien darin an, legte zwei davon auch auf das benachbarte Doppelgrab von Großmutter Rivka und Großvater Emanuel, und ich sagte mir, offenbar hat sie damals die Strelitzien in ihrem Garten befruchten können, denn seit jenem Besuch waren fast vier Jahre vergangen, und immer noch stand sie hoch aufgerichtet, ihren schwarzen Zopf um den Kopf geschlungen, und sie kam zu mir, ergriff mich am Arm und flüsterte, »mir kommt vor, als ob ich gerade erst gestern hier meine Schwester begraben habe und deine Mutter hier neben mir stand, wieviel Zeit ist seitdem vergangen, bald dreißig Jahre, jetzt gehe ich schon auf die achtzig zu, und die ganze Zeit gehen nur die Jungen, nur die Jungen«, und die Ränder ihrer Nasenflügel röteten sich.

Alle standen höflich da und warteten darauf, daß wir uns rührten, denn erst nach uns konnte man endlich anfangen zu gehen, entweder nach Hause zum Mittagessen oder zu uns, nur die Familie, ein paar enge Freunde und auch Dvori, um Kaffee zu trinken und Kekse zu knabbern, in dem Haus, in dem du geboren wurdest und dein Leben lang gelebt hast, in dem du deine Geliebten versammelt hast, in das du von all deinen Reisen außer von der letzten zurückgekehrt bist, das jetzt leer und leblos war und wo nun trotzdem viele Leute da waren, alle redeten und jeder erzählte vom letzten Mal, als er dich sah oder mit dir am Telefon sprach, und sie sagten, wie ist es dir nur gelungen, in deiner

Lage die gute Laune zu bewahren und alle Besucher freundlich zu empfangen, und daß du sie gebeten hast zu kommen, auch als du kaum mehr Kraft zum Sprechen hattest, und Ruth flüsterte mir zu, »sie hatte eine Liste von Besuchern, sie glaubte, an dem Tag, an dem der hundertste Besucher käme, würde sie gesund werden«, und ich sah sie ärgerlich an und sagte, »wieso das denn«, und sie wandte ihr Gesicht ab und sagte, »du weißt nicht alles«, und Chana, Davids Schwester, klagte immer wieder, »am Sabbatmorgen habe ich noch mit ihr am Telefon gesprochen, wer hätte gedacht, daß sie am nächsten Tag schon nicht mehr sein würde«, und dann erwähnte irgend jemand, Chanas Mann oder vielleicht war es Ruths Mann, daß der Sonnenuntergang an jenem Abend merkwürdig und besonders lang gewesen war.

Nachdem alle gegangen waren, Oren und Noam leise den Fernseher eingeschaltet hatten und David verkündete, er ginge hinaus, um Luft zu schnappen, schloß ich mich im Zimmer ein und holte aus der Schublade dein Poesiealbum mit dem genoppten roten Ledereinband heraus, ein Kupferrelief von Herzls Porträt in der Mitte und darunter, in Gold, die Schrift »Bezalel« »Herzl« »Jerusalem«.

Auf der ersten Seite stand in malerischen Buchstaben mit verdickten Querbalken, in einer Handschrift, die beinahe, aber noch nicht ganz die deine ist, »Poesiealbum, Carmela Lipkin, Gruppe Eroberer, Schar Carmel, 1950«.

Nicht alles, was glänzt, ist Gold,
nicht jedes freundliche Gesicht ein Freund,
Gold wird im Feuer geprüft,
ein Freund in Zeiten der Not.
Von deiner dich liebenden Freundin, Ruth.

Ruth, die tagtäglich zu dir kam, die versuchte, dich mit Pasteten und duftenden Suppen zu verführen, und sich mit dir im Zimmer einschloß, um die Tränen und die schreckliche Angst aufzufangen, Ruth, die ihrer Liebe bis zum Ende treu blieb.

Das Album hatte ich entdeckt, als ich acht oder neun war, und wie gerne wäre ich schon siebzehn gewesen und hätte all die Lebensweisheiten gewußt, die man in diesem Alter weiß, und wäre imstande gewesen, so zu schreiben und zu illustrieren, mit bunten, hauchdünnen Stiften:

Liebe Carmela!
Das Schicksal schlägt jeden,
ob schwer oder leicht,
alles hängt von der Natur des Menschen ab,
den der Hammer trifft.
Von deiner Klassenkameradin Yedida.

Für Carmela!
Die Hauptsache ist das Lachen,
das weiß ein jedes Kind,
daher, in der Stunde der Not,
vergiß das Lachen nicht,
von deiner Freundin Warda.
Und denk daran – Parole: Pfeif auf die ganze Welt!

Schön ist der Regenbogen in der Wolke,
erreichen aber wirst du ihn nie,
strebe daher nach nichts,
was der Hand des Menschen verwehrt ist.
Von deiner Klassenkameradin Edna Struk.

Über diesen Spruch war in hinreißenden Pastellfarben ein Bogen gemalt, daneben drei schwarze Vögel, jeder in der Art zweier verbundener abgeschnittener Fingernagelrundungen, als flögen sie weit in der Ferne in der Tiefe des Himmels.

Und auch, »ein Stück trocken Brot und Sorglosigkeit ist besser als ein Haus voller Streithähne«, und natürlich »glücklich das Streichholz, das verbrennt und Flammen entfacht, glücklich die Flamme, die im Verborgenen der Herzen brennt, glücklich die Herzen, die mit Würde zu verlöschen wissen«, die Mädchen schrieben ernsthafte, lehrreiche Sinnsprüche; die Jungen schrieben kokette Sprüche und spielten augenzwinkernd auf Nathan an. Sie – das wußte ich plötzlich – waren selbsternannte Richter, die den Auftakt zum Krieg zwischen dir und der Sonne anpfiffen, ein Schönheitswettbewerb, der zu einem Zweikampf auf Leben und Tod wurde, in dem du von vornherein keine Chance hattest:

Um drei Frevel willen, ja um vier,
will ich Carmela nicht schonen –
daß sie das Auge der Sonne erblassen läßt,
daß sie Nathan der Gesellschaft der Ledigen entrissen,
und mein Auge verdorben hat!
Dein Freund, Tschuki. Beit Biram, Abiturabend.

Carmelinka,
weißt du, warum die Sonne errötet, bevor sie versinkt?
Weil sie sah, es gibt eine Blondere als sie ...
Dein für immer, Kimbusch.
Har Hacarmel, 23. Mai 1954.

Meine ganze Kindheit hindurch faszinierten mich diese Namen – Tschuki, Zvotek, Schlobby, Zafza, Dschiraf, Kimbusch – ihr Klang kitzelte mich, das Gefühl der Intimität berauschte mich, und obwohl ich sie nie gesehen hatte, wußte ich, daß sie groß, sonnengebräunt und schnurrbärtig waren. Flüsternd wiederholte ich ihre Namen für mich, »Zvotek«, »Kimbusch«, »Zafza«, jeden einzelnen von ihnen – eine geheime Parole, ein Kodename für die Wunderhöhle deines Lebens vor meiner Geburt, deren Geheimtüre mir immer verschlossen blieb. Vielleicht war einer der älteren Männer, die ich bei deinem Begräbnis gesehen hatte, Kimbusch, Schlobby oder Zvotek.

Und die Wünsche für die Zukunft, die so rasch Vergangenheit wird, die dich in der Erde begraben würde:

»Viel Glück, viel Erfolg und viele Kinder.«

»Erfolg beim Abitur und allem danach.«

»Ich hoffe, daß die Träume deiner Jugend wahr werden, und ich sorge dafür, daß dich keine Feindgranate stört.«

»Auf Wiedersehen in Jerusalem oder vielleicht in Oxford.«

»Ich wünsche dir, daß dein Sohn nicht Nathan heißen wird.«

Nathan selbst hatte nichts ins Poesiealbum geschrieben. Ihr hattet schließlich vor zu heiraten, und wäre er im Sinaikrieg nicht gefallen, hättet ihr sicher geheiratet, und eine andere Rivi säße jetzt auf dem Teppich, das Buch in ihrem Schoß, und ihre Tränen tropften auf die strahlenden Gesichter von Vivian Lee und Rita Hayworth, Lana Turner und Grace Kelly, die du einst, mit der Starschwärmerei einer Vierzehnjährigen, auf den letzten Seiten eingeklebt hast.

Ich konnte damals, in den ersten Nächten, nichts von dem Traum wissen, der meine Nächte die ganzen Monate und Jahre, die seitdem vergangen sind, heimsuchen würde. Im Traum kehrtest du zu mir zurück, plötzlich bist du da, sehr krank, dir bleibt nicht mehr viel Zeit, und wir sind beschämt, daß wir uns so schnell mit deinem Tod abgefunden haben und unser tägliches Leben fortsetzten, dabei bist du doch noch am Leben, brauchst uns. Und ich denke darüber nach, wie wir in einigen Wochen oder Monaten allen deinen diesmal echten Tod mitteilen; werden sie wieder zum Begräbnis kommen müssen, dich ein zweites Mal an gleicher Stelle begraben, und wir sitzen wieder sieben Tage Trauer? Was soll ich ihnen sagen, daß hier ein grauenhafter Irrtum passiert ist? Und du liegst mit entschuldigendem Gesichtsausdruck im Bett, nur nicht zur Last fallen, mit deinem aufgetriebenen Bauch, und atmest hastig ein und aus, um die Schmerzen zu lindern, und plötzlich stützt du dich auf die Ellbogen und sagst mir, das tut so weh wie damals, als ich dich geboren habe. Und wir bewegen uns behutsam um dich herum, tun, was nötig ist, und warten, so wie wir die letzten Monate gewartet haben, als wir die Hoffnung verloren hatten und gezwungen waren mitanzusehen, wie du dich in Fötalhaltung zusammengekrümmt, deinen Bauch mit schwachen Skelettarmen umschlungen und vor Schmerzen geweint hast, und wir so tun mußten, als sei alles in Ordnung, dich mit jedem Wort, das gesagt wurde, Tag für Tag belogen haben, »Mama, willst du Tee«, »heute abend ist ein toller Film im Fernsehen«, und jedes Lächeln – Täuschung, Bemäntelung dessen, daß wir uns bereits abgefunden hatten und darauf warteten, daß es zu Ende wäre, anstatt auf die Straßen hinauszugehen, an die Türen der Krankenhäuser und der Quacksalber zu klopfen und zu schreien, rettet unsere Mutter, sie stirbt, heilt sie, es muß irgendein Mittel für sie geben, ja, das hätten wir tun müssen, uns die Füße wundlaufen von Land zu Land, von Stadt zu Stadt, die Wunderblume des Lebens für dich suchen, auch wenn wir wissen, daß sie nicht zu finden ist, ausziehen und uns auf die Suche machen, uns nicht abfinden, nicht warten, nicht lügen, nicht betrügen.

Und inmitten der Dunkelheit erwache ich, mit weitaufgerissenen Augen, klopfendem Herzen und dem Geschmack dörrender Erde im Mund.

Yigal kam, wie versprochen, am Tag nach dem Begräbnis – siehst du, jetzt kann ich dir von ihm erzählen, von dem Mann, dessen Hintertreppe ich war – er kam am Mittag, zur Stunde der losen Nahtstelle zwischen den Tröstungen des Morgens und des Abends, er umarmte mich, der Ledergeruch des Mantelärmels, seine warme Hand auf meiner Wange, und wir gingen in den Manya-Schochat-Park, an dem wir einmal, als ich unseren

Rundgang plante, hätten vorbeikommen sollen, und ich sagte mir, siehst du, wir können die Runde heute drehen, sogar jetzt, aber ich wußte, daß es keinen Sinn mehr hatte, und wir setzten uns nur auf eine Bank im Schatten einer Kiefer am Fischteich, über den ich unterwegs zur Bücherei Ruth immer gesprungen und der jetzt leer war, nur eine seichte Regenwasserpfütze hatte sich auf dem Grund gesammelt, und ich erzählte ihm von dir, von deinem letzten Tag, wie ich etwas nur mir selbst und ihm erzählen kann, und jetzt auch dir, und danach sprachen wir über meinen Vater, und ich sagte, daß ich immer noch nicht wüßte, warum er die ganzen Jahre für mich verschwunden war, vielleicht weil es schwierig für einen Menschen ist, der in seinen eigenen Augen nichts zählt, zu verstehen, wie wichtig er anderen ist, zum Beispiel seiner Tochter, und ich sagte, daß er jetzt, nachdem er dich begraben und das ausgespuckt hat, was all die Jahre in ihm begraben lag, vielleicht mehr mit seiner Seele und seinem Leben im reinen sein könnte, und ich hätte nun keinen Brief mehr an ihn – sagte ich – keinen einzigen Brief. Und ich erzählte von David, der bereits am Abend nach dem Begräbnis aus dem Haus verschwand, und ich bin sicher, daß er zu Warda ging, um sich trösten zu lassen, deine gute Freundin, die dich jeden Tag besuchen kam, dir Zeitungsausschnitte brachte, die letzten Neuigkeiten in der Medizin, die deine Krankheit betrafen, und die sich von dir mit einem Kuß verabschiedete, und David ging hinaus, um sie heimzufahren, und blieb stundenlang verschwunden – »er ist am Meer spazierengegangen, er muß ein bißchen Luft schnappen«, hast du das gerechtfertigt, und nur einmal, als er dir die Medikamente brachte, dafür sorgte, daß du auch alle einnahmst, dir ein Glas Tee zubereitete und seine Hand auf deine Stirn legte, hast du mir zugeflüstert, »du sollst wissen, daß es nicht haargenau so ist, wie es aussieht«.

»Warum konnte er sich nicht beherrschen? Stell dir die Demütigung vor, die Kränkung des entstellten Körpers, der einmal so begehrenswert war, der Körper eines Filmstars, am Anfang, als er zu uns zog, hörte ich ihre Seufzer in der Nacht, und am Morgen strahlten ihre Augen mit Tausenden von flimmernden Lichtern, und vor zwei Jahren hat sie sich noch ziemlich gut gefühlt, und sie sind nach Italien gefahren, und bestimmt dort auch, wie könnte man auch anders, du erinnerst dich an Siena, die grünlich goldene Luft, und in den letzten Monaten, als das Fleisch verfiel, als der Tod es verzehrte, warf er sie weg, wie irgendeine kaputte Gliederpuppe, tauschte sie gegen eine andere aus, anstatt durchzuhalten, mit Erbarmen, beim Abschied, beim letzten Fieber des Lebens, bis zum Schluß.« Und ich hob mein fleckiges Rorschachgesicht zu Yigal empor, der an seinem Bart kaute und murmelte, »manchmal korrumpiert die Angst die Seele, aber was weiß ich, vielleicht ist es ihm nur auf Grund dieser Warda gelungen, deine Mutter während dieser ganzen schweren Zeit zu pflegen.«

Aber ich konnte mich nicht beruhigen, weinte sintflutartig, zum ersten Mal seit den Tränen im Krankenhaus, und ich erinnerte mich, wie du in der letzten Woche deines Lebens, als du dich bereits kaum mehr bewegen konntest, eines Nachts zum Schlafen auf das unbequeme Sofa im Wohnzimmer umgezogen bist, und David kam und flehte, »komm ins Bett, Carmela, warum bestrafst du mich, was habe ich verbrochen«, und du hast ihm einen schrecklichen gelben Blick zugeworfen, geschwiegen und ihm den Rücken zugedreht, und David kam in mein Zimmer, barg sein Gesicht in den Händen und sagte, »ich verstehe nicht, wie sie imstande ist, so weiterzuleiden, Tag für Tag, ohne jede Hoffnung, ich an ihrer Stelle würde mir eine Kugel in den Kopf jagen, du hast keine Ahnung, was ich mit ihr in den Nächten durchmache«, aber ich hatte sehr wohl eine Ahnung, denn auch durch die geschlossene Tür hörte ich dein Schluchzen, »rette mich, zieh mich an den Haaren da raus«, aber er, nach allem, was du geopfert und nachdem du Jahre gewartet hast, um mit ihm zusammenzusein, konnte dich nicht nur nicht vor dem Tod retten, er konnte dich nicht einmal vor sich selbst schützen, auf Grund seiner grausamen Schwäche. Ich legte mich auf die Bank, zog die Beine an und legte den Kopf auf Yigals Schoß, und er streichelte mein Gesicht und mein Haar, und anscheinend nickte ich ein wenig ein, denn als ich aufwachte, leuchteten die Kronen der Kiefern bereits, und ich wußte, es war nach sechs Uhr abends und Zeit, nach Hause zurückkehren, denn tausendmal war ich von der Bücherei genau zu dieser Stunde heimgegangen, mit den zwei Büchern unterm Arm den Pfad entlanggeeilt, gab den Fingern, die vor und zurück blättern wollten, nicht nach, denn ich wußte, du wartetest und sorgtest dich. Aber ich hatte keine Lust, in das leere Haus zurückzukehren, in dem sicher schon eine ganze Schar von Tröstern saß, die Bisquits knabberten und sich wunderten, wohin ich verschwunden war – erst gestern hat sie ihre Mutter begraben, und schon treibt sie sich mit Männern herum –, ich wollte so bei ihm bleiben, auf der Bank, denn wir hatten so lange nicht miteinander geredet. Ich erzählte ihm von diesem Heft, das ich in den letzten Tagen vollkritzelte, wie ein Tagebuch oder einen Brief an dich, und ich sagte, es sei komisch, daß ich dir immer alles verheimlicht und ausgerechnet jetzt ein immenses Bedürfnis hätte, dir alles zu erzählen, und ich sagte, ich sei nicht sicher, ob alles, was ich schreibe, wirklich passiert ist oder ob ich einen Teil erfinde, um vergessen zu machen und um mich zu trösten. Dann fragte ich, wie das Buch voranginge, das er schrieb, und er seufzte und sagte, »ich bin tatsächlich schon fertig, ich habe es an einige Verlage geschickt, und ich warte, schlafe viel, denn ich habe keinen Grund, in der Früh aufzustehen, Itamar ist schon zwölf und hat seine eigenen Beschäftigungen, noch ein paar Jahre, und er wird mich überhaupt nicht mehr brauchen, und Galia, was soll ich dir sagen, sie hat mir immer noch nicht verziehen, vielleicht wird sie mir nie verzeihen, und es ist schwierig, ständig versöhnlich zu sein, ich tue, was ich kann, bemühe mich, die täglichen Kleinigkeiten nicht geringzuschätzen. Nächsten Monat werde ich fünfzig, noch relativ jung, und ich sage mir, na und, das war's, das ist alles, denn ich weiß ja, daß ich nie mehr so lieben werde, wie ich dich geliebt habe, und ich sage mir, wer vor den Zügen gerettet wurde, so wie ich, darf für sich selbst nicht allzuviel verlangen, und ich muß Gott für das danken, was ist. Aber in der letzten Zeit wache ich in der Nacht mit kaltem Schweiß und Schmerzen in der Brust auf, und mir scheint, es ist aus mit mir, einfach so, im Dunkeln, das ist das Ende, und ich hauche meine Seele aus. Ja, man muß irgendeine Beschäftigung finden, um die Ängste zu vertreiben und das Gefühl des Nichts, ich werde sicher anfangen, noch ein Buch zu schreiben, das Schreiben gibt mir wenigstens die Illusion, daß ich etwas tue, das einen Wert hat, auch wenn es nur zwei Kunstprofessoren und drei verrückte Studenten sind, die es lesen«, er zündete sich eine Zigarette an und inhalierte tief, »und weißt du, was am beängstigendsten ist – er steht mir nicht mehr, nichts, tot, als ob meine gesamte Lust bei dir geblieben ist, du hast mich völlig vernichtet, du mein Schwanengesang«, er lachte sein zu lautes Lachen und hustete.

Ich erzählte ihm nicht, daß ich ein paar Wochen zuvor auf einem meiner Ausflüge nach Tel Aviv – ich mußte doch manchmal vor dir flüchten, einfach um zu atmen –, es war schon Abend, heißer Chamsinwind des Frühlingsanfangs, der mit Tausenden dörrenden Mündern über die Haut bläst, Blütenduft und jaulende Katzen und die ganze Chose, wie Manja Olenskaja gesagt hätte, und ich ging in irgendeinen Film, dessen Titel ich ebenso wie die Handlung vergessen habe, und als ich aus dem Diezengoff-Center kam, direkt an der Ecke der Hamelech-George-Straße – wo wir einmal auf der Verkehrsinsel saßen, auf bunten Klappstühlen unter einem gelben Sonnenschirm Bier tranken und Schokolade knabberten, in einem nächtlichen Picknick am Straßenrand –, daß ich an dieser Ecke plötzlich seinen weißen Alpha Romeo sah, es war kein Irrtum möglich, und ich verfolgte, wie er neben einem dünnen braunen Mädchen verlangsamte und wie sich die Hand, diese Hand, durchs Fenster streckte und ihr eine große dunkle Rose hinhielt, sie die Blume nahm und sich zu ihm hinunterbeugte, seinen Überredungskünsten lauschte und kicherte, und ich hätte hingehen und zu ihr sagen können, mach, daß du hier wegkommst, ich war zuerst da, die Türe aufmachen und mich hineinsetzen können, der Selbsterniedrigung ein Ende bereiten, bevor es zu spät war, aber ich tat nichts, ich stand nur da und schaute zu, wie er sie anlächelte und sie sich überreden ließ, einstieg und die Tür zuknallte und er sich in Bewegung setzte und anfuhr, jedoch nicht mehr in seinem wilden Fahrstil, sondern irgendwie ermattet, und ich ging durch die Straßen und trat gegen Baumstämme und Autos, denn ich wußte, wohin er fuhr und was er mit ihr anstellen und wie er es anstellen würde, aber all das erzählte ich ihm nicht auf der Bank am leeren Fischteich, denn ich wußte, in seinem Inneren war er erniedrigt und von sich selbst angeekelt; aber auch so, müde, fast erloschen, ohne Lust oder Sehnsucht nach irgend etwas, auch nicht nach mir, oder vielleicht nur im letzten Verdämmern, ohne Teufel, die in seinen Pupillen spukten, aber auch so liebte ich ihn, das wußte ich, und ich dachte, wenn ich es ihm sagen würde, würde er sich vielleicht weniger fürchten, und ich nahm seine beiden Hände in die meinen und sagte, »weißt du, an der tiefsten Stelle in meinem Inneren weigere ich mich aufzugeben, und obwohl ich weiß, daß jetzt die Reihe an mir ist, Leben zu geben, und auch der hinkende Nachum gesagt hat, daß ich in ein paar Monaten jemanden kennenlernen und heiraten und ein Kind haben werde – vielleicht wird es ein Mädchen, und ich werde es Carmela nennen, oder Carmel, denn dem Joker des Schicksals kann man nicht entrinnen, wie Tante Techiya immer sagt, und es ist besser, sich mit ihm zu verbünden – und obwohl du von unserer Liebe bereits in der Vergangenheitsform redest, werde ich fortfahren, in irgendeiner geheimen Mansarde auf dich zu warten, und vielleicht wirst du eines Tages an die Türe klopfen, und ich werde aufmachen und einen Alten mit langem, wirrem

Haar im Rollstuhl sehen« – er lachte plötzlich, und ich sagte –, »wir werden nach Paris fliegen, und ich fahre dich im Rollstuhl die Champs-Élysées entlang, vom Place de la Concorde bis zum Arc de Triomphe, und dann trinken wir Bier in der Closerie des Lilas; ein nörgelnder, jähzorniger Greis, der die Bedienungen malträtiert, und eine angefettete Alte mit rotem Lippenstift und einem riesigen Strohhut mit Plastikblumen, wenn es mir überhaupt vergönnt ist, dahin zu kommen, denn bei uns in der Familie werden die Frauen nicht alt; meine Großmutter hat es meiner Mutter nicht beigebracht, und meine Mutter wird es mir nicht mehr beibringen, und bestimmt kann auch ich dem Leben nur zu früh und mit Gewalt entrissen werden, aber sogar der Tod jagt mir keine Angst mehr ein, nachdem ich gesehen habe, daß der ganze Unterschied in einem einzigen Atemzug besteht.«

Und ich drückte seine beiden Hände fest und blickte in seine Meeraugen, deren Pupillen aufflammten wie zwei winzige Fensterscheiben, und ich sagte, »früher einmal, bevor ich dich kannte, dachte ich, das Ende jeder Liebe sei, daß sie ende, und nur das, was uns davon bleibt, sei wirklich wichtig. Jetzt weiß ich, daß es Liebe gibt, die das ganze Leben existiert, und auch unsere Geschichte wird erst enden, wenn einer von uns stirbt, nein, erst wenn wir beide gestorben sind und vielleicht nicht einmal dann, denn ich werde sie sicher einmal aufschreiben, es gibt Dinge, die dürfen nicht vergessen werden, und was bleibt mir sonst, wenn alles zerfällt, und auch wenn du in meiner Geschichte nicht genau du sein wirst und ich nicht genau ich und die Worte und Ereignisse andere sein werden – der Herzschlag wird der gleiche sein.«